KB262364

논술 지도

저자 소개

장미영

현재 전주대학교 교수
세계문학비교학회 학술이사
문학박사, 전북대학교 국어국문학과 및 동 대학원 졸업
주요 논저 『스토리텔링의 이해』(공저), 『글쓰기 나침반』(공저)

류수열

현재 한양대학교 교수
국어교육학박사, 서울대학교 국어교육과 및 동 대학원 졸업.
주요 논저 『읽기교육과 글쓰기교육에 대한 통합적 접근』, 『명쾌한 디지로그 글쓰기』(공저)

송영주

현재 전라북도교육청 장학사
문학박사, 전북대학교 국어교육과 및 동 대학원 졸업.
한국방송통신대학교, 군산대학교 강사
주요 논저 『발화의 시간의미 연구』, 『담화분석』(역)

논술 지도

초판1쇄 인쇄 2013년 9월 2일 | 초판1쇄 발행 2013년 9월 10일

지은이 장미영 · 류수열 · 송영주

펴낸이 최종숙 | 편집 이소희

펴낸곳 글누림출판사 | 등록 제303-2005-000038호(등록일 2005년 10월 5일)

주소 서울 서초구 반포4동 577-25 문창빌딩 2층

전화 02-3409-2055 | FAX 02-3409-2059 | 이메일 nurim3888@hanmail.net

ISBN 978-89-6327-234-4 93800

정가 20,000원

* 잘못된 책은 교환해 드립니다.

* 이 도서의 국립중앙도서관 출판시도서목록(CIP)은 서지정보유통지원시스템 홈페이지(http://seoji.nl.go.kr)와 국가자료공동목록시스템(http://www.nl.go.kr/kolisnet)에서 이용하실 수 있습니다.(CIP제어번호 : CIP2013015707)

Essay

논술지도

장미영 · 류수열 · 송영주

Technique

글누림

교재 구성 일람표

내용	단원	논술 기법	쓸거리 주제
논술 총론	제1장	논술과 논술 고사	생태계와 세계관
	제2장	논제 분석의 중요성과 방법	경제와 인간
	제3장	제시문 읽을 때의 주의점	교육 대중화와 민주주의
	제4장	글의 주제와 주제문 작성	더불어 사는 삶
	제5장	개요 작성과 글의 분량 안배	효의 윤리
논술 각론	제6장	서론 쓰기의 방법	이름의 의미와 가치
	제7장	단어의 정확한 개념 인지와 주술 호응관계	전통의 미덕과 한계
	제8장	결론과 마지막 문장	역사 해석의 시각과 태도
	제9장	정서(正書, 淨書) 습관의 중요성	배움의 가치
	제10장	첨삭지도의 중요성	문명과 환경 위기

논술이란 자신의 주장을 다른 사람에게 납득시키기 위해서 쓰는 글이다. 논술의 대상은 마땅히 답을 찾기 어려운 문제이거나, 쉽게 결론을 내릴 수 없어 끊임없이 해결이 미루어지고 있는 근원적인 질문이거나, 참과 거짓이 아직 확정되지 않아 논의 중에 있는 논쟁거리들이다. 논술의 핵심은 자신의 주장이 분명하여 주제가 명확하게 드러나는 것이다.

자신의 주장을 확고히 하기 위해서는 해결해야 할 논제의 어떤 한 측면에 특별히 초점을 맞추어야 한다. 이럴 수도 있고 저럴 수도 있다는 양다리 걸치기식의 모호한 태도로는 자신의 주장을 설득력 있게 내세울 수 없다.

논제를 보는 안목은 논술자의 세계관, 즉 인간관, 자연관, 역사관, 사회관, 경제관, 교육관 등에 따라 달라진다. 어떤 정보나 사실의 나열은 논술이 아니다. 논술은 논제에 대한 논술자의 주장을 풍부한 논거로서 입증하는 것이다. 논거는 인류보편적인 사실이나 객관적인 지식, 권위 있는 의견 등을 들어 논술자의 주장이 왜 정당한지를 뒷받침하는 글이다.

글을 쓸 때는 효율적인 체계와 조직을 짜서 자신의 생각을 독자에게 잘 드러날 수 있게 구조화시켜야 한다. 누구든 글을 쓰고자 하는 사람은 글을 통해 나타내고자 하는 중심 생각이 있기 마련이나, 막상 써진 글을 보고 만족할 만큼 자신의 생각이 잘 표현되었다고 느끼는 사람은 많지 않을 것이다. 더구나 논술문은 주어진 논제와 제시된 방식에 의해 자신의 생각을 효율적으로 엮어야 하기 때문에, 일반적인 생각을 담은 글쓰기와는 그 난이도가 판이하게 구별되는 면이 있다.

이 책 각 장의 맨 앞부분에 있는 <논술 기법>난은 실제 논술문을 쓰고자 하는 학습자를 위해 실전 논술에 필요한 정보와 구체적인 기법을 제시하고 있다. <읽을거리>난은 논쟁거리가 될 만한 논제와 관련해서 권위 있는 문헌들 중 참고할만한 내용을 수록했다. <논술 실전>난은 논쟁거리가 될 만한 논제를 두 종류의 제시문과 함께 제공한 뒤, '논술해결의 길잡이'를 통해 논제를 분석하게 하고 제시문을 파악할 수 있는 실제 사례를 소개한 후, '해결과정 생각하기', '주제문 작성', '주제어 찾기', '개요 작성' 등의 글쓰기 구상 단계를 거쳐 모범 답안과 함께 그에 대한 강평까지를 예시해 놓았다. <개념 심화>난은 논제나 논점과 관련된 주요 용어의 개념을 잘 파악할 수 있도록 선행 연구들을 비교와 대조의 방법으로 일목요연하게 정리해 놓은 부분이다.

우리 필진들은 그동안 학교 현장과 교수 연수 프로그램을 통해서 비판적 글쓰기, 논리적 글쓰기, 예술적 글쓰기 등을 지도해 왔다. 최근에는 특별히 논술을 가르치면서 이론적인 설명과 실전 논술 쓰기를 곁들여 지도하고 있다. 그런데 역시 글쓰기 교육이라는 것은 만만치 않다는 것을 실감한다. 이러한 상황에서 우리 필진들은 체계적이면서도 자기주도적인 학습에 실제적인 도움을 주는 교재의 필요성을 절감하게 되었다. 논제를 소화해내기 위한 배경 지식과 짧기는 하지만 내용 이해에 주의를 요하는 논제의 분석, 제시문의 이해와 소화 방법, 머릿속으로 구상된 내용의 전개 방식, 그리고 이왕이면 생동감이 있으면서도 인상이 강한 표현 및 마무리까지 제대로 체계화시킨 교재가 절실하게 필요했던 것이다.

이런 이유에서 우리 필진들은 뜻을 같이하게 되었고 어언 2년 동안 매주 만나서 함께 고민하고 토론하고 원고를 썼다. 논의에 논의를 거듭하고 수정에 수정을 거듭하면서 어느 덧 우리들의 원고는 책의 모양새를 갖추게 되었다. 우리는 뜻을 같이하게 된 시간에 대해 서로가 서로에게 감사한다. 처음 이 책을 준비할 때 막막하기만 했던 심정이 떠오른다. 머리로 구상할 때는 그럴 듯하게 느껴졌던 생각들이 막상 글로 표현되었을 때는 전혀 다른 글이 되어 당황했던 시간들도 많았다. 각자 생각이 다르고 안목이 다르고 각기 일하는 방식이 판이하게 다른 필진들끼리 의견을 조율해내고, 일하는 스타일을 조정하고, 만나는 시간을 맞추는 일은 원고 쓰는 것만큼이나 무척 힘든 일 중의 하나였다. 이 작업을 하면서 우리들은 서로 상대방의 감정을 배려하고 의견을 수용하고 시간의 편의를 고려하면서도 각자의 개성을 살릴 수 있는 공동작업의 효율적인 기법을 체득하는 쾌거를 올리게 되었다.

이 책은 류수열 교수님의 논술에 대한 오랫동안의 고민과 이미 준비된 원고로부터 시작되었다. Reading & Writing Center를 맡았던 류 교수님과 함께 대학생들의 논리적 글쓰기 지도 방안을 모색하던 중 우리는 다양한 기관으로부터 논술특강 의뢰를 받게 되었다. 그 와중에 중등학교에서 직접 논술을 지도하시는 송영주 선생님과 인연이 되어 같이 일을 하는 동료로 만나게 된 것은 커다란 행운이었다. 송영주 선생님 덕분에 우리는 이 작업에 박차를 가할 수 있었기 때문이다. 다음은 오랜 시간 논술을 지도해 온 송영주 선생님의 글이다.

이 책의 만족스런 구성을 위해 첨삭 원고를 만들 수 있도록 예시답안을 써 준 제자들에게 이 지면을 빌어 고마움을 전한다. 이들은 가르치는 대로 열심히 따라주고 우리들의 논술 지도에 각별히 고마워한 학생들이다. 그리고 이들은 거듭 논술문을 실제로 써 보면서 글쓰는 능력이 향상되는 것을 보여줌으로써 우리 필진들을 기쁘게 해주었다. 학교생활에 더하여 하고 싶은 연구에 몰두할 수 있게 도와 준 남편과, 한창 손이 필요한 나이에도 엄마가 하는 일에 무언의 도움을 주는 속 깊은 딸 은설과 은빈 그리고 아들 윤상이에게도 특히 고마움을 전하고 싶다.

세 사람이 겪은 논술지도 현장의 다양한 체험은 논술에 대한 필진들의 안목을 넓히는 데 좋은 기반이 되었다. 우리 필진들은 Future Korea를 위해 Brain Korea를 조성하는 데 작은 힘이나마 보탤 수 있기를 소망한다.

여러 가지 논술 지도 경험을 갖게 해 주신 전주대학교 인문대학 한국어문학과의 김승종 교수님과 사범대학 영어교육학과의 유정숙 교수님께 감사를 드린다. 밤늦게까지 작업할 수 있도록 쾌적하고 넓은 공간을 마련해준 전주대학교 행정지원실 직원들께도 깊은 감사를 드린다. 애써 컴퓨터를 구해 주고 소파며 테이블이며 커피탁자까지를 갖출 수 있도록 힘써 주신 최경호 교수님의 배려는 각별하게 기억될 것이다. 바쁘게 돌아가는 학교의 숨 가쁜 상황에서도 칼같이 시간을 지키고 꼼꼼하게 작업을 수행하신 송영주 선생님의 노고에는 감사와 함께 경의를 표하고 싶다. 서울에 있는 출판사까지 직접 교정을 보러다니는 전주에 사는 필자들을 위해 매번 고속버스터미널까지 마중을 나와 준 글누림출판사의 최종숙 사장님의 열성은 말로 다할 수 없다. 이제 이 책을 계기로 알게 된 우리 모두의 만남은 아름답고 흐뭇한 추억이 되었다. 책을 출판하고 보니 부족함과 아쉬움이 더 또렷하게 도드라져 보인다. 미래의 언젠가는 오늘의 미진함을 채우고 현재의 아쉬움을 충만함으로 바꿀 수 있기를 희망한다.

필진을 대표하여
전주대학교 장미영 씀

머리말__5

제 1 장

생태계와 세계관

 **논술 기법**

1. 논술과 논술 고사

1) 논술

논술(論述)을 어의적 의미를 따라 풀이하면 '논리적으로 서술하다'의 뜻을 가지고 있다. 이것은 논술이 글쓰기의 기본 원칙을 살려 글을 쓰되, 논리적으로 따져 자기의 주장을 써 내려간 글이라는 뜻이다. 모든 글에는 작성된 글을 통해서 드러내거나 알려주거나 설득하려는 핵심 내용을 담고 있기 마련이다. 글의 논리성은 모든 종류의 글에서 공히 요구되는 특징이기는 하지만, 대체로 상대방을 이해시키거나, 설득하기 위해서 글을 쓸 때 더 강하게 동반되는 요소이기도 하다. 특히 이것이 주장과 설득의 내용일 때는 '논설문'과 매우 흡사하게 이해되기도 한다.

논설문과 논술문의 다른 점은, 논설문이 자기의 주장을 어떻게든 독자에게 강하게 설득시키는 목적으로 전개되어 주장과 논거가 자기 논리에 맞게 구조화되는 데 핵심이 있다면, 논술은 무조건 하나의 주장 내용을 가지고 자기 논리를 펴기보다 논제(論題)를 이해하고 논제에 충실한 구성을 바탕으로 하며 논제에서 요구하는 방식대로 글을 써 나가는 것이 특징이다. 이러한 논술에는 단지 현안(문제)에 대한 자기 의견이나 견해만 들어가는 것이 아니라 논제에서 요구하는 방식이나 내용, 그리고 형식까지를 제시에 따라 주면서 글을 전개해야 하는 조건이 뒤따른다.

따라서 논술문 작성에서도 주제의 명확성, 구성의 논리성, 개념의 정확성, 표현의 참신성, 단어 선택의 적절성 등은 기본적으로 골고루 갖춰져야 한다. 우리가 본 교재를 통해서 공부하고자 하는 논술 쓰기의 전략은 막연한 논술문이 아닌, 구체적인 논술 고사에 그 초점을 맞추어 가면서 논술문 작성의 방법을 면밀히 탐구하는 것이다.

2) 논술 고사

논술 고사는 논술문 작성의 능력과 실력 배양을 목표로 한다. 논술 고사에 대하여 고민을 할 때, 우리는 이것이 논술을 내용적으로 다루는 <고사>라는 개념을 염두에 두어야 한다. 다시 말해 이것은 시험이라는 것이다. 시험은 많은 지원자들을 대상으로 특정 기준을 제시하고 근거하여 일정 인원을 제외한 나머지 지원자들을 걸러내는 데 목적이 있다. 따라서 지원자들을 걸러내는 데는 그에 합당하고 근거가 분명한 이유가 명백하게 제시되어야 한다. 그러므로 논술 고사의 채점에는 논술이 매우 주관적인 내용을 다룸에도 불구하고 명확한 채점의 근거가 마련되어 있다.

이 채점의 근거를 마련하기 위해서 출제자는 발문 내용, 즉 논제에 이미 채점 기준을 깔아놓고 있음을 인지해야 한다. 다시 말하면, 논술 고사를 치를 때는, 논제를 치밀하게 분석하고 그에 합당한 글쓰기를 전개해야 한다는 것이다. 따라서 논제 분석을 철저하게 하고 그에 의거한 글을 쓰게 되면 적어도 채점 기준에서 크게 빗나가지는 않을 것이다.

많은 지원자들은 주어진 시간 안에 문제를 접하고 그 문제(논제)에 맞춰서 글을 완성해야 한다는 부담감 때문에 논제를 가능한 한 빨리 읽고(그것은 곧 소홀히 읽는 것이며 글을 논점이나 조건을 잘못 이해해 글의 방향을 제대로 찾아내지 못할 수 있다) 일단 주제만 엉성하게 잡은 다음 오로지 글을 쓰는 데에만 온 노력을 기울이는 경향이 있다. 이것은 논술 고사의 특성과 방법을 제대로 모르고 하는 행위이다. 글이란 쓰고자 하는 내용이 명확하게 머릿속에 차 올라왔을 때 써 내려가는 것이고 그럴 경우는 비교적 글이 막히지 않고 전개될 수 있기 때문에 시간은 걱정하지 않아도 된다. 오히려 시간이 아무리 충분히 있어도 글을 쓰고자 하는 내용 정리가 명확하게 되어있지 않거나 구성이 준비되지 않는다면 글 쓰는 동안 계속 혼란만 오게 되고 결국 좋은 글을 만들어 낼 수 없다.

그러나 주제를 명확하게 잡았다 하더라도 펜을 들고 실제 글을 전개하다 보면 자기 논리에 도취되어 글이 편협한 쪽으로 흘러가기도 하고, 다음에 쓸 내용을 잊어버리기도 한다. 이런 것을 방지하기 위하여 집필 이전에 반드시 자기 한 편의 논술문에 대하여 탄탄한 구조화, 즉 글의 구성을 작성하는 개요 짜기가 절대적으로 필수적이다. 여기에는 해당 내용에 따른 분량제시도 동반되어야 한다. 그래야 전체적인 글의 구조가 균형감 있게, 자신이 드러내고자 하는 주제가 살아날 수 있다.

사회생태학이란 무엇인가?

오늘의 생태 위기는 기본적으로 인간을 포함한 모든 생명 세계를 상품화하는 시장 논리에 기인한 것이다. 그러나 북친에 의해 더욱 주목되고 있는 것은 인간이 지닌 지배 속성이다. 막스주의는 인간에 의한 인간의 지배가 자연을 지배하기 위한 필요에서 등장했다고 믿지만 사실은 정반대다.

오늘의 사회적인 위기를 논의하는 학자들은 인간들이 가지고 있는 지배 속성을 소홀히 하는 경향이 있다. 지난 수세기 동안 인간들은 서로에 대한 지배를 당연한 것으로 받아들여 왔고, 급기야는 이를 자연으로 확대하였다. 인간은 이미 자신 이외의 모든 것을 지배하는 데 익숙해져 있다. 예를 들어 포식과 경쟁으로 동물 세계를 묘사하는 것도 사실은 인간의 지배 철학이 반영된 것이다.

사회생태론은 사회적인 것을 자연적인 것으로 해체하려는 것이 아니라 인간성을 자연의 맥락에 포함시키고 자연사적인 관점에서 이를 탐구하며, 자연과 사회의 뿌리 깊은 연속성을 회복시키고자 한다. 또한 사회생태론은 다윈 진화론의 근거인 적자생존이란 전제에 도전한다. 생태학적 관점에서 본 생명은 특수한 개체이면서 서로 공생하고 상호 의존적이다. 그것을 북친은 다양성 속의 통일 원칙 혹은 전일성이라고 개념화한다.

북친에 의하면 자연 종들의 관계는 지배-종속 관계가 아니라 불균등 관계다. 당연하게도 사회 내 위계질서는 생물학적인 현상이 아니라 사회제도적인 현상일 뿐이다. 생물학적으로 위계질서란 없다. 위계조직은 사회 계급보다도 더 근본적으로 인간을 구속하고 있다. 자연을 지배한다는 생각은 인간 지배에서, 초기에는 가부장제적인 위계조직 유형에서, 이후에는 계급과 국가주의적 유형에서 시작되었다고 주장한다. 결국 자연의 지배라는 개념은 인간의 인간에 대한 지배를 옹호하기 위해 나왔다는 것이다.

결론적으로 북친은 광대한 자연사가 이미 우리 존재 속에 들어와 조화를 이루고 있다는 것을 의식하고 이를 그 동안 변화 발전해온 사회사의 과정 속

에서 보면서 새로운 사회가 지향해야 할 가치관을 문제 삼는다. 이미 우리의
존재 속에 있는 조화로운 자연의 법칙을 발견하자는 것이다. 그리고 그 방편
으로 유아교육 과정에서부터 생태적 감수성을 교육하자고 주장한다.

– 머레이 북친. 「사회생태학이란 무엇인가」에서

마하트마 간디가 살았던 오두막에 앉아있던 어느 날 아침 나는 이 오두막의 정신과 전언을 받아들이고자 노력했다. 내게는 두 가지가 크게 감명적이었다. 하나는 그 정신적인 면이었고, 다른 하나는 그 쾌적함이었다. 나는 그 오두막을 지을 때의 간디의 관점을 이해해 보려고 했다. 내게는 그 집의 단순성과 아름다움과 청결함이 참으로 좋았다. 간디의 오두막은 모든 사람과의 사랑과 평등의 원칙을 선언하고 있다.

멕시코에 있을 때 내게 제공되었던 집이 여러 가지로 이 오두막과 비슷한 것이었으므로 나는 이 오두막의 정신을 이해할 수 있었다. 이 오두막에는 일곱 종류의 장소가 갖추어져 있다. 입구에는 신발을 벗고, 집안으로 들어가기 전의 신체적, 정신적 준비를 위한 장소가 마련되어 있다. 그 다음에는 대가족을 수용할 수 있을 만큼 큰 중간방이 있다. 세 번째 공간은 간디 자신이 앉아서 일하던 곳이다. 두 개의 방이 더 있는데, 하나는 손님들을 위한 것이고, 다른 하나는 환자들을 위한 것이다. 노천 베란다가 하나 있고, 또한 넓은 욕실이 있다. 이 모든 방들은 서로 유기적인 관계를 가지고 있다.

부유한 사람들이 이 오두막을 본다면 아마 웃을지도 모른다. 내가 소박한 인도사람의 관점에서 보았을 때, 나는 간디의 오두막보다 더 큰 가옥이 있어야 할 까닭을 알 수 없었다. 오두막은 나무와 진흙으로 만들어져 있다. 이 오두막을 짓는 작업은 인간의 손으로 이루어졌고, 단 하나의 기계도 사용되지 않았다.

나는 오두막이라고 불렀지만, 실은 훌륭한 집이다. 집과 가옥 사이에는 차이가 있다. 가옥은 사람들이 가구들과 소유물들을 보관하는 곳이다. 그것은 사람들 자신보다는 가구의 안전과 편의를 위해 마련된 곳이다.

델리에서 내가 머문 가옥은 많은 편의시설이 있었다. 그 건물은 이러한 편의시설들의 관점에서 건축되었다. 그것은 시멘트와 벽돌로 만들어졌고, 가구와 기타 편의시설들이 잘 어울리는 상자 같은 것이었다. 우리는 우리가 평생

동안 끊임없이 수집하는 가구나 기타 물품들이 우리에게 내면적 힘을 주지는 않는다는 것을 이해해야 한다. 이러한 물건들은 불구자의 목발 같은 것이다. 그러한 편의물들을 우리가 많이 가지면 가질수록 그 물건들에 대한 우리의 의존도는 더 커진다. 다른 한편, 간디의 오두막에서 내가 발견한 가구는 전혀 다른 차원에 속하는 것이었다. 그 가구에 사람이 의존적으로 될 가능성은 거의 없었다. 사람들은 건강을 위해서 병원에 의존하고, 아이들의 교육을 위해서 학교에 의존한다. 그런데 실제로는 병원의 수는 그만큼 사람들의 불건강을 나타내고, 학교의 수는 그만큼 사람들의 무지의 정도를 나타낸다. 그와 마찬가지로, 소유물의 증거는 창조성의 표현을 줄어들게 한다.

역설적인 것은 많이 가진 사람들이 우월한 존재로 간주된다는 것이다. 이것은 불행한 일이다. 의족을 사용하는 사람들이 우월한 존재로 간주된다면 이상한 일이 아니겠는가? 간디의 오두막에 앉아 있는 동안 나는 이러한 뒤틀림에 대해 곰곰이 생각하면서 마음이 슬펐다. 간디가 살았던 이 오두막보다 더 큰 장소를 가지고 싶어 하는 사람들은 마음과 몸과 생활방식에서 가난한 자들이다.

그들은 자연과 거의 아무런 관계를 갖지 않으며, 그들의 동료 인간들과 거의 아무런 친밀성을 갖고 있지 않다.

내가 설계가들에게 어째서 그들은 간디가 우리에게 가르쳐 준 소박한 접근 방법을 이해하지 못하는가 물었을 때, 그들은 간디의 방식은 너무 어렵고 사람들이 그걸 따를 수 없을 것이라고 말했다. 그러한 단순한 원리가 이해되지 않고 있다니 어떻게 된 일일까? 실제에 있어서, 일반 민중은 그러한 단순성의 원리를 완전히 이해하고 있다. 이해하기를 거부하는 사람들은 무엇인가 기득권을 가지고 있는 사람들뿐이다.

간디의 오두막이 함축하는 것은 자연과의 조화가 가능해지는 인간의 삶이다. 우리는 불필요한 물건이나 상품들을 소유함으로써 자연으로부터 행복을 섭취할 수 있는 가능성을 위축시킨다. 무절제한 소비적인 삶에서 우리는 자연을 제대로 볼 수 없고, 물건이나 상품으로 자연을 대체시킨다.

　　간디의 이 오두막은 평범한 사람의 존엄성이 어떻게 고양될 수 있는가를
세상에 알려주고 있다. 그것은 또한 우리의 삶이 자연과 조화되고 단순성과
봉사와 진실성을 실천함으로써 얻을 수 있는 행복의 상징이기도 하다.

− 이반 일리치, 「간디의 오두막」에서

 3 만물의 근원적 평등

홍대용의 「의산문답(醫山問答)」은 허자(虛子)와 실옹(實翁)간의 문답형식으로 이루어진 글이다. 허자는 당시의 통념을 따르던 학자를 대변한다. 그는 인간이 만물의 영장이고 지구가 하늘의 중심이라고 생각하며, 오행설(五行說)과 화이론(華夷論)을 신봉한다. 실옹은 허자가 갖고 있는 이런 통념을 조목조목 반박하며 다른 생각, 다른 관점을 제시한다. 이 점에서 실옹은 홍대용의 대변자다.

실옹(實翁)이 말했다.

"(…) 내가 너한테 묻겠다. 생물의 종류에는 세 가지가 있거늘, 인간·금수·초목이 그것이다. (…) 이 셋에 귀천의 등급이 있느냐?"

허자(虛子)가 대답했다.

"천지간 생물 중에 오직 인간이 귀합니다. 금수한테는 지혜가 없고 초목한테는 감각이 없으니까요. 또한 이들에게는 예의가 없습니다. 그러니 인간은 금수보다 귀한 존재이고, 초목은 금수보다 천한 존재지요"

실옹은 고개를 들어 껄껄 웃더니 이렇게 말했다.

"너는 정말 인간이로구나! 오륜(五倫)과 오사(五事)가 인간의 예의라면, 무리를 지어 다니면서 함께 먹이를 먹는 것은 금수의 예의이고 군락을 지어 가지를 뻗는 건 초목의 예의다. 인간의 입장에서 물(物)을 보면 인간이 귀하고 물이 천하지만, 물의 입장에서 인간을 보면 물이 귀하고 인간이 천하다. 그러나 하늘의 입장에서 보면 인간과 물은 균등하다."

– 홍대용, 「의산문답」에서

'인물균(人物均)'의 관점을 피력한 「의산문답」의 유명한 구절이다. 유학적 전통에는 인간이 만물 가운데 가장 빼어난 존재라는, 서구의 휴머니즘과는 또 다른 의미에서 인간중심적인 사유가 엄연히 존재해 왔다.

서구의 인간중심주의는 여성에 대한 남성의 성차별주의처럼 다른 모든 생명체에 대한 인간들의 극단적인 배타주의를 낳는다. 이러한 인간중심주의는 자연에 대한 차별로 나타나 인간을 제외한 다른 것들을 인간에게 유용한 한도 내에서 도구적인 가치밖에 지니지 못한 것으로 생각하게 만든다. 이에 반해 동양적 사유체계는 자연을 도구화하고 기계론적으로 바라보지는 않았어도, 특히 유학적 전통에서는 인간중심적 사유가 존재해 온 것은 사실이다.

사람이 물(物)보다 귀한 존재인가 물이 사람보다 귀한 존재인가는 사람의 입장에서 보는가 물의 입장에서 보는가에 따른 상대적인 것이며, 하늘의 관점; 곧 절대적인 관점에서 본다면 사람과 물은 귀하고 천함이 없이 똑같다는 주장이다. "천지간 생물 중에 오직 인간이 귀합니다."라는 허자의 말은 유가적 인간중심주의를 대변하고 있다. 홍대용의 분신이라 할 실옹은 이러한 유가의 인간본위적 관점을 타파하고 인물에 차별성이나 가치적 위계가 있을 수 없고, 인간과 물이 근본적으로 대등함을 설파하고 있다. 이로써 홍대용은 인간과 사물, 그리고 자연의 인식에 있어 자기중심성에서 벗어나, 특정한 존재를 중심으로 인정하지 않고 다만 존재들 사이의 수평적인 관계망만을 인정한 것은 물아(物我)의 동일성을 확신했기 때문이다. 다시 말해 물아의 동일성에 대한 인식이 존재에 대한 수직적·층위적 파악을 부정하게 만들었던 것이다. 뿐만 아니라 물아의 동일성은 중심이 없이도, 아니 중심이 없기에 정녕 공존·공생과 조화가 가능한 세계의 밑그림을 그리는 인식론적·존재론적 근거가 되고 있다. 때문에 홍대용의 사상은 지극히 생태적(生態的)이고 생태주의적 관점이 속속들이 녹아 들어가 있다.

읽을거리 4 생태적 세계관

　현재 한국, 아니 전 세계는 긴급하고 철저한 대처가 필요한, 극히 심각한 환경문제에 봉착해 있다. 이 문제는 근대 문명의 부산물이다. 문명은 인류가 자연과의 전쟁에서 사용한 전술이다. 그것은 인간에 의한 자연의 정복과 개발 그리고 착취를 의미했고, 그것은 언제나 인간의 복지를 위한 것이었다. 이런 의미에서 미시적으로는 미립자의 세계를, 거시적으로는 우주를 정복할 수 있는 자연에 대한 지식과 자연을 조작할 수 있는 기술을, 물질적 생산의 산업화와 백 년 전까지만 해도 상상할 수 없었던 경제적 풍요를 성취함으로써 과학기술 문명은 곧 진보라는 공식이 적어도 1950년대까지만 해도 자명해 보였다.

　그러나 1960년대부터 인류의 승리와 복지를 뜻했던 문명의 반작용, 아니 어쩌면 그러한 문명이 앞으로 동반하게 될지도 모를 인류의 종말 가능성에 대한 경각의 종소리가 미국에서부터 들리기 시작하더니, 20세기의 마지막이 가까워진 오늘날 그 소리는 세계 전역에 걸쳐서 날이 갈수록 크게 울려 퍼지고 있다.

　이러한 경종은 추상적이거나 관념적인 문제가 아니라 일상생활에서 피부로 느껴진다. 날이 갈수록 더 쌓이는 쓰레기, 더 증가하는 자동차, 더 답답해지는 공기가 '환경'의식을 각성시키고, 또한 날마다 더 깎이는 숲과 날로 더 썩어 가는 강물이 '생태계'를 걱정하게 한다. 또한 달이 갈수록 더욱 늘어나는 아파트 단지와 공장의 굴뚝에 밀려 푸른 산과 들이 멀어지고 새와 짐승의 울음소리를 들을 수 없게 되면서부터 '자연'의 의미가 새삼 느껴지지 않을 수 없게 되었다.

　삶은 언제나 자신을 위협하는 것들과의 싸움이기도 하다. 삶의 질은 이러한 위험의 크고 작음을 측정할 수 있는 한 방편이다. 그런데 자연과의 싸움에서 승리를 거두면서 인류의 삶의 질이 어느 때보다도 개선되고 풍요로운 삶을 즐길 수 있게 된 바로 오늘날, 환경오염과 생태계 파괴 그리고 자연의 황폐로 어느 때보다도 근본적이고 총체적인 위협을 받게 되었다는 것은 역설적이다. 어쨌든 현재 인류가 직면하고 있는 생존을 위해서 해결해야 할 가장 근본적이고 긴급한 문제가 환경오염, 생태계 파괴, 자연의 황폐에 있다는 사실을 부정할 이는 아무도 없을 것이다.

따라서 우리에게 필요한 것은 세계관의 근본적인 전환이다. 나뭇잎이 없는 나무는 존재하지 않고, 나무 없는 숲은 생각할 수 없다. 인간이라는 잎이나 나무를 떠나서 자연이라는 나무나 숲을 언급할 수 없다. 그러나 거꾸로도 마찬가지다. 나무를 떠난 잎은 죽은 잎이요, 숲을 떠난 나무는 미아가 된 나무다. 이제부터라도 인간이란 나뭇잎만을 보지 말고 나무라는 생태계를 보고, 생태계란 나무만 보지 말고 자연이란 숲을 보아야 한다. 우리의 환경, 생태계의 문제를 풀어가기 위해서는 먼저 현실을 총체적이고 객관적으로 파악해야 하며, 그러자면 전체만을 거시적으로 엉성하게 보기 전에 각각의 세부를 근시안적으로 세밀하게 알아야 하며, 마찬가지로 부분만을 근시안적으로 세밀히 분석하기 전에 그 부분들을 구성하는 전체를 거시적으로 볼 줄 알아야 한다.

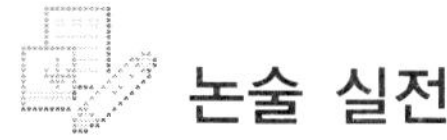

논술 실전

✤ 다음 두 글은 인간중심 사회에 대한 비판의 목소리를 담고 있다. (가) 글의 서술자가 비판하고 있는 사회현상이 (나) 글의 '경쟁적인 시장 이데올로기'와 어떻게 연관되는지 밝히고, '이타성'과 '협력'이라는 덕목이 이 문제를 해결하는 데 기여할 수 있는 가능성과 한계를 논술하시오.

가

나무 밑동을 잔혹하게 토막 내고 있는 미친 전기톱의 악쓰는 소리인지, 주살되고 있는 나무들이 질러대는 비명인지 구별할 수 없는 그 소리에서 녹즙기가 토해낸 듯한 짙푸른 생즙이 줄줄 흘렀다. 금방까지 살아 꿈틀거리던 나무들이 광란하는 전기톱날의 공격으로 말미암아 객혈을 하며 울부짖었다. 에키에엥, 이끼이잉, 으끄아앙, 쎄에엥, 씨리끼리이잉…… 그 울부짖음이 하늘과 땅과 바다를 흔들고 온 세상에 푸른 피칠을 하고 있었다. 단말마의 경련 같은 전율이 한순간에 지구를 일곱 바퀴 반 돈다는 섬광처럼 세상을 한꺼번에 구겨버리려고 아드득 움켜잡고 있었다.

땅 끝의 매실농장 한복판에서, 바야흐로 그 거역과 파괴의 주살행위가 벌어지고 있었다. 그 현장을 젊은 수컷 박새 한 마리가 늙은 백양나무의 가지 위에 앉은 채 진저리를 치며 보고 있었다. 아, 안타깝다. 전망이 좋은 땅, 맑고 짙푸른 하늘, 쪽빛으로 출렁거리는 바다, 무성한 백양나무숲, 가슴 속을 수런거리게 하는 소금기 어린 바람…… 다 좋은데, 여기에는 평화가 없다. 우리의 둥지를 틀 만한 곳이 아니다. 다른 곳으로 가보자. 아니, 여기서 더 머무르며 지켜보자. (중략)

아무리 족보가 있는 귀족 나무들이라 할지라도, 저 매실농장 땅이 호화찬란한 유락지로 개발이 된다면, 이 백양나무숲도 저 농장의 매실나무들과 운명을 같이할 수도 있는 것이다. 젊은 수컷 박새는 자기가 생각해낸 그 개발이란 말 때문에 진저리가 쳐졌다. 이 세상에서 가장 무서운 존재는 이것저것을 닥치는 대로 개발하려 드는 사람들이었다. 그의 아버지가 그에게 사람들을 조심하라고 유언을 했다.

사람들은 변덕이 심했다. 자기들이 하려고 생각을 하는 것이면 무엇이든지 하는 것이었다. 바다도 메우려고 생각을 하면 메우고 산도 허물어버리려고 하면 허물어버리는 것이었다. 어이없게도 그들은 이 세상의 모든 것들이 자기들만을 위하여 존재한다고 믿었다. 모든 것들이 그렇게 존재하도록 신이 마련했다고 생각하였다.

젊은 수컷 박새는 인간의 그런 허황된 생각이 위험하다는 것을 잘 알고 있기 때문에, 전망 좋은 곳에 자리를 잡아 이사를 하자는 아내를 늘 달래곤 했다. 지금의 둥지는 연안 뒷산의 북편 골짜기 안쪽 외틀어진 키 작은 늙은 소나무 가지에 있었다. 이 둥지가 얼마나 조용하고 아늑하고 안전한가. 여기서도 얼마든지 행복을 누리면서 튼실한 아들딸을 낳을 수 있다. 당신이 꿈꾸는 세상을 만들어갈 수 있다.

인간을 경계해야 한다고 아내에게 말했다. 인간들이 사는 곳 옆에 둥지를 틀려면 보통으로 세심한 주의가 요망되는 것이 아니다. 사람들의 풍수지리에 능통하지 않으면 안 된다. 그들의 관광지로서의 요건과 상업적인 가치까지도 따져보아야 한다. 만일 그들이 그 백양숲과 매실농장을 콘도나, 유락지나, 호텔 부지로 개발할 가능성이 손톱만큼이라도 있겠다 싶으면 피해야 한다.

하긴 박새로서는 정력에 좋다는 것이면 지렁이까지도 다 잡아먹는 그악스러운 인간들이 고맙기도 했다. 자기들의 둥지로 기어 올라와서 알들을 먹어 치우는 꽃뱀과 살무사와 구렁이와 독사들의 씨를 말려주었다. 만일 눈엣가시 같은 존재가 있고, 그것들의 씨를 말리고 싶으면 하느님이나 부처님이나 악마한테 그것들을 없애달라고 빌 필요가 없었다. 인간들에게, 그것의 어떤 부위가 정력에 좋다는 귀띔을 하면 간단히 멸종시킬 수가 있는 것이었다. 박새는 하느님과 부처님한테 축복을 받은 셈이었다. 그들의 알이나 그들의 살코기나 그들의 깃털이 인간들의 정력 북돋우는 일과 무관하다고 알려져 있기 때문이었다.

– 한승원, 「연꽃바다」에서

나

오늘날 우리들은 터무니없이 엄청난 규모의 생태위기에 둘러싸여 있다. 이 위기는 외견상 지구를 무자비하게 오염시키고 착취한 결과로 등장한 것이다. 우리는 이러한 위기의 사회적 원인이 경쟁적인 시장 이데올로기에 있음을 알고 있다. 이 시장

이데올로기는 인간을 포함한 생명체들의 세계를 상업화할 수 있는 대상에 불과한 것으로 가격표를 부착한 채 이윤과 경제 팽창을 위해 팔려질 상품에 불과한 것으로 그 의미를 축소시켰다. 이러한 이데올로기는 악의에 찬 시장 격언 "성장하지 않으면 죽음이다"로 표현되어 있다. 이 격언은 무제한적인 성장을 '진보'와 동일화하였고 '자연의 지배'를 '문명'과 동일화하였다. 이러한 착취와 오염의 물결이 야기한 결과는 지구의 멸망을 예언할 만큼 음울한 것이었다. 토양, 산림, 물, 대기의 오염과 유실은 우리 종(種)들의 역사에서 그 유래가 없었던 것이다.

역사 속의 다른 사회들과 대조해볼 때, 우리의 시장 지향적인 사회는 독특한 사회다. 이 사회는 성장과 이기주의에 전혀 한계를 설정하지 않는다. '난폭한 개인주의'가 사회 진보의 일차 동기를 제공해주고, 경쟁은 사회를 발전시키는 '동력기'라는 반사회적인 원칙들이 이 사회를 지배하고 있다. 이는 과거 시대와는 명료하게 대조되는 원칙들이다. 이전에 이타성은 인간적 품위의 속성으로, 협력은 사회적 덕목의 증거로 가치를 부여하였다. 우리의 시장 사회는 결과적으로 초기 사회의 가장 사악한 특성들을 가장 존경스럽고 명예로운 가치들로 만들었다. (중략)

사회 생태학이 지닌 특징 중 가장 중요한 것은 우리가 자연 세계와 인간 세계의 진화에 대해 전통적으로 가져왔던 거친 이미지들을 거부한다는 것이다. 그래서 인간성 그 자체와 인간의 마음을 자연이란 맥락에 포함시키고, 자연사적인 관점에서 이를 탐구한다. 이는 사고와 자연, 주체와 객체, 마음과 육체 그리고 사회적인 것과 자연적인 것 사이의 설정된 균열을 극복하기 위함이다.

– 머레이 북친, 「사회 생태론」에서

유의 사항 ●●●●●●●●●●●●●●●●●●●●●●●

1. 두 제시문이 공유하는 관점이 무엇인지 분석한 내용을 반드시 포함할 것.
2. 시장 이데올로기가 무엇인지에 대한 자신의 견해를 전제로 하여 논지를 전개할 것.
3. 글의 길이는 띄어쓰기를 포함하여 1,200자 내외가 되도록 할 것.

✪ 논제 살피기

전 세계적으로 인류 문명을 가장 심각하게 위협하고 있는 문제 중의 하나는 환경오염과 생태계 파괴의 위기일 것이다. 이데올로기의 대립이 더 이상 세계를 양분하지 않는 상황에서, 국가의 경제적 성장과 경쟁력만이 힘의 우위를 보장하는 현시점에서 우리의 지구는 또 다른 몸살을 앓고 있다. 이러한 생태계의 위기는 인류가 현재와 같이 지속적인 성장을 최대의 목표로 물질 문명의 추구에만 집착한다면 앞으로 더욱 심화될 것은 자명하다.

이 논제는 현대 사회의 문제적인 특성을 나름대로 파악하고, 그에 합당한 대안의 창출을 위한 논술을 요구하고 있다. 논술 작성자는 글 (가)가 소설이라는 점을 고려하여 제시문에서 비유적으로 말하고자 하는 바가 무엇인지를 파악하고 그것이 현대사회의 '경쟁적인 시장 이데올로기'와 어떻게 연관되는지를 유추적으로 이끌어내야 한다. 그리고 시각을 확대하여 인간의 '성장 제일주의'가 가진 한계와 인간중심주의의 결과로 발생하게 되는 생태 위기의 문제를 논술하여야 한다.

또한 고전적 가치인 '이타성'과 '협력'이라는 덕목이 이러한 문제를 드러내고 해결하는 데 어떻게 적용되어야 할지 예를 들어 설명하고 한계점을 제시하여야 한다. 이 때 논술 작성자는 자신의 논지를 충분히 보충해줄 수 있는 논거를 제시하고 논지에 구체적으로 반영시켜야 한다.

✪ 제시문 파악하기

두 제시문은 모두 근대 이후 우리가 망각해 가던, 사물을 보는 또 다른 하나의 관점, 즉 자연과 인간을 분리하지 않고 내면적으로 깊이 결부시켜 파악하는 관점을 일깨워주고 있다. 글 (가)는 인간의 입장이 아닌 박새나 백양나무와 같은 인물을 통해 무엇이든 개발하려고 하는 인간의 오만과 허황된 생각을 반어적으로 표현하고 있다. 글 (나)는 사회 생태론자인 북친(Murray Bookchin)의 글에서 일부 발췌한 것인데, 북친은 현재 생태 위기의 사회적인 원인이 '이타성'과 '협력'을 상실한 '경쟁적인 시장 이데올로기'에 있음을 지적하고 인간을 자연사적인 관점에서 탐구하여 자연과 인간 사이에 설정된 균열을 극복하고자 한다.

글 (가)가 문학작품으로서의 특성을 살려 풍부한 상징과 비유, 상상력을 펼침으로써 인간의 편견과 무지함을 일깨워 주고 있다면, 글 (나)는 주제의 선명성을 드러내기 위해 논리적인 구조와 논증을 통해 사회 생태학의 가능성을 제시하고 있다.

✪ 해결 과정 생각하기

① 먼저, 인간중심주의의 특성을 살펴본다.

인간중심주의의 가장 기본적인 명제는 인간이 다른 모든 존재들과는 본질적으로 구별된다는 신념으로서, 특히 인간이 우월한 이유는 그들이 다른 자연의 생물체들과는 달리 형이상학적 사고를 할 수 있는 이성을 가지고 있기 때문이라는 것이다. 즉 인간중심주의적 세계관에서 볼 때 "인간은 모든 사물 현상들과는 물론 모든 동물들과도 본질적으로 구별"된다. 인간은 그 어떤 존재보다 뛰어나고 고귀한 존재로서, 다른 모든 존재를 자신이 추구하는 바를 실현하기 위한 도구나 수단으로 "지배하며 소유하고 조작하거나 이용할 권리"를 갖는다. 이처럼 인간은 자신들을 자연의 일부로서 인정하거나 혹은 자연계 전체의 시각에서 스스로를 보지 않고 그들이 주인이 된 입장에서 "자연을 인간의 목적 대상"으로만 보고 있음을 특징으로 한다.

"인간이 만물의 영장이요, 모든 가치의 근원이요, 모든 사물의 척도"라고 하는 인간중심주의는 바로 배타적인 독선이고, 이는 여성에 대한 남성의 성차별주의처럼 다른 모든 생명체에 대한 인간들의 극단적인 배타주의를 낳는다.

② 경쟁적인 시장 이데올로기의 문제점을 논의한다.

논술 작성자는 경쟁적인 시장 이데올로기의 문제점을 구체적으로 비판하여 이를 토대로 자연과 인간의 평화로운 공존 가능성을 제시하여야 한다. 인간의 진보에 관한 무한한 믿음과 이를 실천하는 성장 제일주의에 대해 나름대로 자신의 시각을 가지고 기술문명과 시장경제의 무한 경쟁주의를 비판하여야 한다.

경제적 의식주의 해결, 질병으로부터의 해방은 모든 인간에게 있어서 생물학적 존속의 기본조건이다. 기술문명은 이러한 조건충족을 위한 가능성을 크게 넓혀주었고, 인간의 이기심에 호소한 시장경제는 물질적 부를 창출하는 데 가장 효과적인 장치로 기능해 왔다. 이러한 사실은 현대 기술정보사회가 지구적 차원에서 생산해 낸 놀라운 부가 사회주의와의 오랫동안 치열한 싸움에서의 자본주의의 승리를 설명하는 여러 가지 열쇠 중에서 가장 중요한 것일 수 있다.

그러나 무제한한 자유경제에 기초한 시장경제가 생산한 부는 많은 경우 인간의 건강한 복지를 증진시키는 데 유용되지는 않았다. 낭비되거나 숫제 원래의 목적을 위해서 사용되지 않은 경우가 많다.

엄청난 부를 효율적으로 대량생산하는 시장경제 체제에서 부익부 빈익빈 현상이 날로 심해가고 있다. 한 사회에서 놀라운 양의 절대 대부분의 부가 극소수의 손에 들어가 있고, 극히 소수의 재벌과 권력자의 그늘에는 적지 않은 수의 구성원이 빈곤에 허덕이고 있다. 세계적 차원에서 볼 때도 세계의 부와 권력은 일부 국가에 집중되어 있다.

이러한 상황에 대한 진단은 간단히 답을 얻을 수 있는 것이 아니다. 자연

과 생태의 균형에서 생태적 지혜를 배우고 경쟁과 성장이 아닌 조화와 안정
을 되찾을 때만이 가능한 것이다.

③ 해결의 가능성과 한계를 논의한다.

경쟁적인 시장 이데올로기의 문제점을 논의했으면 이를 바탕으로 제시된
'이타성'과 '협력'이라는 두 덕목을 가지고 가능성과 한계를 논의하여야 한
다. 사회는 분명 생물학의 세계와는 다르고, 인간은 동물과 다르며, 개인은
포괄적인 의미에서 인류와 다르다. 그러나 이러한 다름과 특성은 절대적인
것이 아니다. 그것들은 독특하지만 공통의 연속체이며, 과정 속에서 상호 연
관된 형상들이다. 때문에 그물망처럼 서로 연결된 이 세계에서 '이타성'과
'협력'은 자신과 남을 함께 생각하는 개념이 된다.

그런데 이 두 가지 덕목은 경우에 따라 달리 해석될 수 있다. 즉 인간이
'이타성'을 발휘하고 '협력'의 자세를 취하는 대상이 또 다른 인간인지 자연
인지가 명확하지 않은 것이다. 그러나 명확하지 않다는 것은 불분명함이 아
니고 의미의 풍부함으로 이해할 수 있다. 인간을 대상으로 하는지, 자연을
대상으로 하는지의 선택 여부에 따라 논지는 달라질 수 있기 때문이다. 그리
고 '이타성'은 인간과 인간 사이의 관계로, '협력'은 인간과 자연 사이의 관
계로 설정할 수도 있다.

그렇다면 그 한계는 무엇이겠는가? '이타성'과 '협력'이 인간적 품성의
문제라는 점이다. 즉 개인 하나하나가 그러한 품성을 지니면 생태 위기가 해
결될 수 있을까? 그리고 현대 사회에서 과연 모든 개인들이 그러한 품성을
가질 수 있을까? 한 개인의 품성 차원을 넘어서는 포괄적이고 구조적인 문제
에 대한 거시적인 접근이 필요하다 하겠다. 다시 말해 한 개인으로 하여금
이기심과 경쟁을 부추기는 요인에 대한 통찰이 필요한 것이다. 그러한 통찰

이 있다면 '이타성'과 '협력'의 한계도 도출될 수 있을 것이다.

✪ 주제문 작성

생태 위기는 시장이 부추긴 무한한 욕망을 충족하고자 한 결과로서, 이를 극복하기 위해서는 인간을 중심에 두는 사고에서 벗어나야 한다.

✪ 주제어 : 시장, 욕망, 경쟁, 이타적 자세, 협력, 인간 중심주의

✪ 개요 작성(1,200자)

서론(180자) : 현대 사회에서의 시장의 기능.
　　　　　　　－물질적·정신적 욕구의 충족을 위한 공간.
본론(770자) : 1. 욕망을 자극하는 시장 : 필요 이상의 상품을 구매하도록 함.
　　　　　　　2. 인간 욕망의 무한성과 경쟁적인 시장 이데올로기.
　　　　　　　3. 이타적 자세와 협력의 의의.
결론(250자) : 인간 중심주의의 한계.

✪ 예시 답안

시장은 일차적으로 물품과 화폐를 교환하는 공간이다. 물품의 공급자는 더 나은 성능과 외양을 지닌 물품을 생산하여 최대한의 이익을 얻고자 하며, 소비자는 그런 물품을 소비함으로써 물질적 욕구를 충족시키고자 한다. 그런데 오늘날에는 시장이 단순히 물질적 욕구만을 충족시켜 주는 공간이 아니라, 정신적 욕망까지도 충족시키기에 이르렀다.(185자)

오늘날 생산자는 소비자가 필요로 하는 상품을 수동적으로 생산하는 데 머무르지 않고, 오히려 소비자의 욕구와 욕망을 자극하고 충동질하여 자신들의 부가가치를 높이고자 애쓰고 있다. 그리고 소비자들은 단순히 생존을 위한 물질적 욕망뿐만 아니라 문화적 욕망의 충족을 긴급한 요구로 내세우고 한 사람의 사회적 지위를 보장해주는 모피 코트나 대형 자동차는 실제로는 일종의 문화적 욕망의 충족을 위한 장식품에 불과한 것이다.(230자)

그런데 인간의 욕망이란 무한하기 때문에, 그 충족을 위한 희생과 경비도 무한해질 수밖에 없다. 그래서 인간은 자연이 주는 혜택을 '소극적으로' 받아들이는 것으로 모자라, 과학 기술의 힘으로 '적극적으로' 개발해 나가기 시작한 것이다. 이렇게 해서 인간은 우주의 삼라만상을 모두 상품화할 수 있을 것으로 믿게 되었고, 시장은 그러한 상품의 진열장으로 변해 갔으며, 그 결과 인간은 생태 위기를 만나게 되었던 것이다. 이런 점에서 경쟁적인 시장 이데올로기란 인간을 우주의 중심으로 간주하는 오만한 태도의 반영에 불과하다 하겠다.(293자)

이처럼 생태 위기가 인간 이기주의를 바탕으로 한 경쟁적인 시장 이데올로기에 의해 발생했다면, 그 해결은 당연히 자연에 대한 이타적인 자세와 환경과의 협력을 통해 이루어질 수 있다. 개인이 아닌 공동체의 전체적인 이익을 꾀하는 자세는 필연적으로 개인의 사사로운 욕망을 포기하게 만들 수 있다. 그리고 타인보다 앞서감으로써 생존에서 살아남고 타인을 도태시키는 경쟁 이데올로기의 지양은 협력을 통한 공동체 지향적인 삶을 가능하게 할 것이다.(243자)

그러나 문제는 이러한 이타성이나 협력도 결국 인간을 중심에 둔 사고이어서는 인류의 위기를 해결하기에는 적절하지 않다는 점이다. 인간이 소비하는 만큼 자연이 공급할 수 없으므로, 자연이 공급하는 만큼만 인간이 소비해야 한다는 발상은 진정한 이타성이라 하기 어렵다. 백양나무 한 그루나 새 한 마리의 생명과 인간의 생명이 지닌 무게가 동일함을 인정할 수 있을 때, 우리는 인류가 부닥친 생태 위기에서 벗어나 '우주 공동체'를 실현할 수 있을 것이다.(249자)

(총 1,205자)

✪ 강평

이 논술문에서는 이타성과 협력의 대상을 자연으로 설정했다. 전체적으로 논제가 요구하는 바를 단계를 세워 요약적으로 논술하고 있다. 인간의 욕망을 중심축으로 논제를 풀어 나갔는데 물질적인 욕망뿐만이 아니라 문화적인 욕망까지 고려하여 관점의 포괄성을 확보하고 있다. 그러나 인간의 무한한 욕망 추구가 불러온 '경쟁적인 시장 이데올로기'를 해명하는 데 너무 많은 분량을 할애한 결과 상대적으로 '이타성'과 '협력'의 가능성 및 한계를 지적하는 데 소홀했다. 이는 개요에 따라 계획적으로 논술하지 못했기 때문인 것으로 보인다.

이타성(利他性, altruism)

이타주의 혹은 이타성의 영어 표현인 altruism은 1851년 프랑스의 철학자이자 사회학의 창시자로 알려진 오귀스트 꽁뜨(Auguste Comte)가 처음으로 제안한 용어다. 꽁뜨의 이타주의는 남을 위해 사는 삶 속에서 발견하는 행복이야말로 삶의 궁극적인 목표이며 인류 전체를 위한 희생이야말로 가장 고귀한 종교 행위라는, 이를 테면 윤리와 종교를 바탕으로 한 개념이다. 그리고 그것은 심리의 수준에서 의식적으로 남에게 좋은 일을 하는 것을 의미한다.

생물학에서는 이타성을 자신에게는 해가 될 수 있고 남에게는 도움이 되는 일종의 자기파괴적 행위로 정의한다. 그리고 그 손익계산은 번식적응도(reproductive fitness), 즉 생산 가능한 자식의 수로 가늠한다. 이타적으로 행동하는 개체는 남을 도와 그로 하여금 더 많은 자식을 낳아 기를 수 있게 하고 자신은 원래 낳아 기를 수 있는 자식의 수보다 적게 낳게 된다. 생물이란 모름지기 번식을 하기 위해 태어난 존재임을 생각하면 스스로 자신의 번식을 줄이며 남의 번식적응도를 올려주는 행동이 어떻게 진화할 수 있을지 설명하기란 결코 쉬운 일이 아니다.

이타주의적인 행동이 어떻게 기본적으로 이기적인 개체들로 구성된 사회에서 진화할 수 있는가에 대한 논리적인 설명을 처음으로 제공한 사람은 영국의 생물학자 윌리엄 해밀튼(William Hamilton)이었다. 포괄적응도 이론(inclusive fitness theory) 또는 혈연 선택론(kin selection theory)으로 알려진 해밀튼의 이론은 개체 수준에서는 엄연한 이타적 행동이 유전자 수준에서 분석해 보면 사실상 이기적인 행동에 지나지 않음을 보여준다. 결국 해밀튼의 이론에 의하면 번식이란 유전자들이 자신들의 복사체들을 퍼뜨리기 위한 수단이라는 것이다. 그러나 혈연관계도 없고 심지어는 종도 다른 개체들 간에 벌어지는 이타적인 행동의 진화를 설명하는 보완적인 이론이 있다. 바로 호혜성 이타주의(reciprocal altruism)이론이다. 호혜주의에 입각한 이타성이 진화하려면 혈연관계에 상관없이 평생 한 번 이상 만나는 관계이며 그 만남을 기억해야만 한다. 사회의 구성원들이 서로 자주 만나며 과거에 이타적으로 행동하지 않은 '얌체' 혹은 '배신자'를 색출하고 처벌할 수 있는 능력만 갖추고 있으면 호혜성 이타주의가 진화할 수 있다.

하지만 우리 인간은 분명히 이 두 이론들로 쉽게 설명하기 어려운 수준의 어찌 보면 지나치게 이타적인 행동을 보인다. 입양·헌혈·장기기증 등이 좋은 예이다. 자신의 자식을 낳기보다 남의 자식을 입양하여 길러주는 행동은 번식성공도의 척도로 가늠하면 진정한 이타적 행동이다. 누구의 생명을 구하게 될지 전혀 알지 못하는 상황에서 내 몸의 일부를 기꺼이 기증하는 일 역시 진정한 이타주의의 표현이다. 이 같은 '진정한' 이타주의를 '생물학적 이타주의'에 대비하여 '심리적 이타주의'라고 부르기도 한다.

인간 이타성의 독특한 속성을 설명하기 위해 최근 '강한 호혜성(strong reciprocity)' 이론이 등장했다. 이 이론은 다른 동물들과 달리 인간은 좋은 사회적 평판의 이득이 거의 없는 큰 집단 내에서 또 다시 만날 확률이 지극히 낮은, 그리고 유전적으로 아무런 관련이 없는 사람들과도 협동을 하며 산다는 사실에 주목한다. '강한 호혜성 이론'에 따르면 인간은 이타적 보상 외에도 이타적 처벌의 성향을 지니고 있다. 자신에게 아무런 이득이 없거나 약간은 손해가 되더라도 기꺼이 배신자나 얌체를 가려내어 처벌하는 경향이 인간만의 독특한 협동을 진화하게 만들었다는 것이다.

이렇듯 복잡한 인간의 이타성을 어릴 때부터 발달시키기 위해서 어떠한 노력이 필요할까?

이타성은 아동기의 또래집단뿐만 아니라 성인이 된 후에도 인간관계에서 어떻게 남에게 존경받고 수용될 수 있는지를 결정하는 중요한 요인이다. 남을 행복하게 하려는 마음에서 자신의 행복과 창조성 또한 풍성해지기 때문이다. 이타성이 행동으로 나타날 때 그것을 흔히 '친사회적 행동(prosocial behavior)'이라고 하는데 협동이나 나눔, 봉사, 돕기, 위로하기, 보살피기, 협조하기 등이 있다. 이러한 이타성의 발달 과정을 보면 2~3세의 유아들도 고통을 받는 사람에게 동정심을 보이기는 진정한 의미에서의 자기희생적 반응인 자발적인 자기희생적 행동은 드문 일이다. 또한 이 시기의 아이들은 예전에 자기에게 장난감을 주었던 친구가 장난감이 없다는 것을 발견하면 호의를 되돌리는 상호성을 보이지만, 이전에 어떤 친구로부터 장난감을 나눠 갖기를 거절당한 경우, 모든 유아들은 자신이 장난감을 갖게 되었을 때에도 그 친구에게 장난감을 나눠주지 않았다.

이러한 결과들은, 영유아기가 호혜적이고 상대에 대한 배려행동이 나타나는 시기이자 동시에 타인을 위한 진정한 자기희생적 행동은 나타나기 힘든 시기임을 이해하는 것이 우선되어야 함을 의미한다 하겠다. 따라서 유아들에게 진정한 의미의 이타성을 기대하기보다는 이러한 행동 특성이 건강하게 발달하는 과도기적 시기로 바라보고 일상생활에서 꾸준히 아이의 이타성 발달을 위해 노력해야 할 것이다.

이런 친사회적 행동을 잘 육성시키려면 부모는 자녀에게 남의 입장을 생각할 수 있도록 가르쳐야 하는데 이것을 조망수용능력 신장이라고 한다. 또한 조망수용능력과 함께 키워야 할 것은 '공감'이다. 남의 정서를 함께 경험하고 느끼려는 마음을 갖게 하는 것이다. 남의 어려움을 보면서 나도 그런 어려움을 겪을 수 있다는 것을 알아야 한다.

이타성을 키우는 가장 효과적인 방법은 바로 '관찰학습'이다. 이타적 행동을 권유하는 성인모델을 보이면서 유사한 행동을 하도록 유도한다. 동시에 아동들에게 언어적 권유를 할 때, 특히 아동과 따뜻한 관계를 갖고 있는 모델이 이타적 행동을 해야 하는 근거를 설명하고 말로 한 바를 실제 행동으로 실천하는 모습을 보일 때 아동의 모방은 크게 증가하였다. 이런 것을 '모방학습효과'라고 한다.

생태계(生態系, ecosystem)

1. 생태계의 사전적 의미

어떤 지역의 생물 공동체와 이것을 유지하고 있는 무기적 환경이 종합된 물질계 또는 기능계라는 뜻이 생태계의 사전적 의미이다. 생태계는 영국의 A.G.탠슬리에 의하여 1935년에 제창된 용어로 자연의 있는 그대로의 상태를 인식하기 위해서는 이것들 상호간의 관계를 지닌 생물과 무기적 환경을 하나로 통합해야 한다는 것이 탠슬리가 제창한 개념이다.

생태계의 크기는 여러 가지이다. 작은 연못의 생태계에서부터 크게는 지구 전체의 생태계까지 생각할 수 있다. 생태계 중에서 생물체는 기능적으로 생산자(녹색식물), 소비자(동물), 분해자(세균 또는 미생물)로 구분된다. 그리고 생물공동체와 무기적 환경 사이에는 물질교대와 에너지교대가 이루어진다. 생태계에서 물질교대와 에너지교대를 밝히는 것은 생태계의 성질을 이해하는 데 있어 가장 중요한 일이므로 현재 이것이 생태학의 주요 과제이기도 하다. 생태계에서 물질교대와 에너지교대는 그 양상이 다른데 물질은 생태계 내를 순환하지만 에너지는 생태계 내를 순환하지 않는다. 이런 차이로 인해 생태계에서는 물질순환, 에너지 흐름이라는 표현을 쓴다.

무기적 환경 가운데 생물에 필요한 물질은 우선 생산자에 의한 유기물의 합성이다. 그 일부는 생산자 자신에 의하여 쓰여지고 다시 무기물이 되어 환경으로 되돌아온다. 나머지 일부는 먹이연쇄를 통하여 저차 소비자에서 고차 소비자에게로 운반되고, 그 과정에서 이용되어 무기화되어 간다. 생산자, 소비자의 배출물이나 유체는 분해자에 의하여 분해되어 다시 무기물이 되어 환경으로 되돌

아온다. 이러한 물질은 무기화→유기화→무기화로 변화하면서 생태계 내를 순
환한다.

2. 생태계 파괴 현상

　　최근 인류는 지난 50년 동안 과거 어느 시기보다도 급속하고도 광범위하게
생태계를 변화시켜 왔다. 인류가 아무 생각 없이 무절제하게 내놓는 에너지들은
엔트로피의 증가 방향(무질서의 방향)으로 이어져 태양에너지가 수행한 엔트로피
감소 방향으로 이루어진 질서 정연한 생태계를 파괴하고 있다. 지구 생태계 자
원의 60%가 악화 또는 고갈됐고, 이런 손실은 앞으로 50년 동안 더욱 악화될 것
이다. 30일 발표된 '유엔 밀레니엄 생태계 평가보고서'는 "물, 식량, 목재, 공기
와 기후 등 인류에게 필요한 기본적인 생태자원들이 심각한 위협을 받고 있다"
며 "생태계의 악화가 계속된다면 인류는 빈곤과 기아의 퇴치, 보건증진, 환경보
호를 위한 진보의 발걸음을 한 발자국도 내디딜 수 없을 것"이라고 경고했다.
생태계의 균형이 파괴되면 결국 최종 소비자인 인간도 피해를 입게 될 것이다.

3. 디지털 생태계의 의미

　　현대사회에서 생태계라는 용어는 우리가 흔히 생각하는 생물학적인 의미보
다 더 광범위하게 사용되고 있다. 기업생태계, 기술생태계, 디지털생태계 등이
그 예이다. 그 중 가장 활성화 된 개념이 바로 디지털생태계인데 생물과 무생물
을 통틀어 생물공동체와 이것을 유지하고 있는 무기적 환경이 종합된 물질계를
생태계라고 하는 점에서 생태계는 '공존'의 질서와 '지속가능성'의 개념을 포함
하고 있다고 할 수 있다. 인간에 의해 만들어진 또 다른 환경인 정보사회는 디지
털에 기반하고 있다. 수많은 아날로그 정보들은 디지털로 변환되며 디지털이라
는 숫자의 조합은 인간의 삶에 중요하게 부각되고 있다. 이러한 인위적인 환경
은 인간사회를 새롭게 디자인하는 질서이며 디지털의 총합인 '정보'는 곧 권력

을 의미하기도 한다.

디지털생태계에서는 생산자(공적정보, 프라이버시적 정보, 재산권적 정보, 공유적인 정보, 쓰레기적인 정보 등), 유통자(정보의 유통, 재가공 등), 소비자(정보이용, 가공 등), 분해자(정보의 사장, 사멸, 삭제, 정보환경)들이 존재한다. 생명을 가진 인간은 무생명인 매체의 연결로 디지털화 된 정보를 소통하게 된다. 이 관계는 궁극적으로 인간과 인간, 인간과 공동체간의 질서이다.

디지털 생태라는 개념은 인간과 인간이 만들어 놓은 인위적인 정보사회의 존재에 관한 관점이다. 정보세계는 하나의 생산자가 유통자, 소비자, 분해자의 역할을 동시에 수행할 수 있는 큰 특징을 가지고 있다. 디지털 생태라는 관점에서 개인은 매우 중요한 위치에 있다. 이 질서는 네트워크라는 관계 속에서 거대하게 확장된다. 인간의 행위에 의해 만들어진 디지털의 생태적 환경은 개인의 삶과 삶들과의 관계에서 계급과 계층, 국가와 국가로 확장되며 개인과 공동체는 오프라인상의 수많은 기존의 질서들이 디지털로 복제되고 자생적으로 만들어 지면서 자유의 공간과 더불어 억압구조를 만들게 된다. 개인과 공동체에 대한 속박은 어쩌면 인간 사회구조의 일반적인 현상일 것이다. 이 일반성의 무분별한 확장이 정보 흐름 안에 이입되는 것을 디지털 생태의 훼손이라고 부른다. 이러한 훼손은 궁극적으로 개인과 공동체에 대한 억압과 통제를 낳는 것으로 디지털 생태계를 감시하는 것은 운동적 정당성을 가지게 된다. 억압이 있는 곳에 저항과 감시가 있는 것이다.

세계관(世界觀, world view)

세계관이란 자연, 사회, 인간에 대한 일관된 하나의 체계를 이루고 있는 견해를 말한다. 세계관 속에는 '우주란 무엇이며, 어떻게 발생했으며, 어떻게 발전해 가는가?', '인류는 어떻게 생겨나고 발전되어왔으며, 인류의 미래는 어떠한가?', '삶의 본질과 의미는 무엇인가?', '우리는 어떤 태도로 살아야 하는가?', '인간의 정신과 문화는 어떤 가치를 가지는가?' 등과 같은 근본적인 문제에 대한 답이 포함되어 있다. 세계관은 지적 측면뿐만 아니라 실천적, 정서적 측면까지를 포함한 포괄적 세계 파악을 목적으로 한다.

1. 세계상과 구별되는 세계관

19세기 초부터 '세계관'이라는 말은 '세계상(世界像)'이라는 말과 구별되는 특별한 의미로 사용됐다. 세계상이란 보통 개별 과학이 보여주는 세계에 대한 단편적인 모습을 가리킨다. 물리학의 세계상, 천문학의 세계상, 생물학의 세계상 등을 예로 들 수 있다. 반면에 세계관은 각 과학 분야의 성과들을 통일된 생각으로 종합하고 철학적으로 반성해 세계 전체에 대한 체계적인 관점을 제공한다. 그리고 더 나아가 그 속에서 인간이 차지하는 위치를 정해준다. 세계관은 단순하게 세계를 있는 그대로 서술하는 것이 아니라 세계에 의미를 부여한다. 이로써 세계관은 우리가 어디에 가치를 두고 어떻게 행동해야 하는가를 정해준다.

2. 과학과 대립되는 세계관

세계관이라고 하면 세계의 바깥쪽에서 세계를 대상적으로 바라보면서 이해하는 것처럼 생각될지도 모르지만 사실은 그렇지 않다. 아무리 초월적인 관점에서 세계를 바라보는 사람이라 하더라도 그 자신이 세계를 구성하는 한 부분임을 부정할 수는 없기 때문이다. 세계관을 형성하는 인간도 또한 현실 세계의 움직임 속에 존재하는 것이며 그는 창조함으로써 세계를 보고 반대로 세계를 봄으로써 창조해나간다. 세계관은 역사적 현실 속에서 이루어지나 또한 끊임없이 역사를 바꾸어 나간다. 이런 의미에서 세계관에서의 주체적, 실천적 요소가 자주 강조되기도 한다.

이에 반해 과학은 사물의 상호관계를 관찰하고 법칙적으로 기술할 뿐, 그런 방법으로 세계를 보는 인간의 주체적 현실을 고려하지 않는다. 과학은 관측이 가능한 현상의 객관적 기술에만 시종하기 때문에, 세계를 통일적으로 파악하고 해석할 수 없다. 그래서 과학은 우리에게 세계상을 줄 수는 있지만 세계관을 줄 수는 없는 것이다. 이에 반해서 세계관은 객관적으로 대상을 이해하는 데 그치지 않고 보는 주체의 실천적 파악을 목적으로 한다. 따라서 세계관은 세계에서의 인간의 위치를 분별할 뿐만 아니라, 어떠한 방향으로 나아가야 하는가 또 어떻게 살아야 하는가를 반성하는 경지에까지 이른다. 다시 말해서 세계관은 근본적으로 인생관과 관련되었다고 할 수 있다.

3. 세계관의 성립과정

세계관의 구조는 심적 법칙성에 의하여 규정되는 것으로 '현실파악', '생의 평가', '목적 설정'의 세 의식 상태를 통과하는 데서 성립된다. 기본적인 단계는 대상을 감정적으로 파악하는 단계이다. 이것은 내적 현상과 외적 대상을 관찰하고 느끼는 데서 성립되는 기본적인 제1층이다. 이러한 기본적인 구조에서 성립되는 것이 세계상이다. 이 세계상은 생의 평가와 세계의 이해의 기초가 된다. 이러한 단계를 지나면 세계관 구조의 제2의 층이 성립된다. 제2층 구조 위에 의식의 최고 상태인 이상, 즉 최고선을 가미시키면 세계관이 형성되어 우리의 행동을 촉진시키게 된다. 이와 같이 인생 계획, 행위의 최고 규범, 개인 생활과 사회화의 형성 이상 등의 목적을 설정하는 데서 성립되는 제3층이 성립되는 데서 세계관의 구조는 완성된다. 따라서 세계관은 사유의 산물이거나 인식의 단순한 의지로부터 생겨나는 것이 아니라 생에 근거하고 있다. 세계관의 궁극의 뿌리를 생이라고 보고, 각 개인의 여러 가지 생활 경험을 토대로 여러 가지 세계관이 성립된다.

4. 다양한 철학자들의 세계관에 대한 입장

세계관은 흔히 시대에 따라, 또는 국민에 따라, 종족에 따라, 계급에 따라 다르다고 말한다. 또 철학자의 머릿수만큼 서로 다른 세계관이 있을 수 있다고 말하기도 한다.

① W.딜타이

생의 철학자 W.딜타이는 세계관이 형성되는 근원에는 각각 다른 생의 체험이 있다고 생각하여 세계관의 유형을 종교, 시, 형이상학으로 대별하고 형이상학적 세계관을 자연주의, 자유의 관념론, 객관적 관념론으로 분류하였다.

첫 번째, 자연주의 세계관은 사람도 자연에 불과한 것으로 보며 모든 세계를 물리적, 기계적, 과학적 입장에서 보려는 세계관으로 대표적인 학자로 데모크리토스, 에피쿠로스, 포이어바흐, 콩트 등이 있다. 두 번째, 자유의 관념론의 세계관은 자유를 주장하는 관념론자들의 세계관이다. 자유의 관념론은 세계라는 수수께끼의 보편타당한 해결의 근거를 의식 속에서 발견하려고 하였고, 플라톤, 아우구스티누스, 칸트, 피히테 등이 주장하였다. 세 번째, 객관적 관념론은 우주를 주관적, 개인적, 정신적이라고 보는 것이 아니라, 객관적 절대적 정신의 발전으로 보는 세계관이다. 대표적인 철학자로 헤라클레이토스, 브루노, 스피노자, 라이프니츠, 괴테, 셸링, 헤겔 등이 있다.

② K.야스퍼스

K.야스퍼스는 스스로 세계관을 정립하려고 하는 예언적 철학과 세계관의 여러 유형을 비교 고찰하는 '세계관의 심리학'을 구별하여 요해 심리학 또는 정신 병리학적 관점에서 근대적 세계관의 분류를 시도하였다.

③ 그 밖에 J.C.F.실러가 유대적·기독교적·그리스적·자연 과학적이라는 세 가지 유형을 구별하고, F.W.니체가 아폴론적과 디오니소스적이라는 두 가지 유형을 생각한 것은 잘 알려진 사실이다. 유물론자들은 계급적 견지에서는 부르주아적과 프롤레타리아적, 철학적 견지에서는 관념론과 유물론이라는 대립을 설정하려고 한다.

우리는 이러한 여러 가지 세계관 중에서 공통적이며 가치 있는 세계관을 추려낼 수 있을 것이다. 그리하여 인간의 체험 중 가장 존귀하며, 세계에 대한 과학상 중 가장 신뢰할 수 있는 것을 토대로 하여, 사회적으로 가치가 있고, 우리의 생활의 향상과 발전에 이바지할 수 있는 세계관을 세울 수 있을 것이다. 그리고 올바른 세계관이 서서 그 시대를 움직이고 지도하여 나갈 때에 우리는 비로소 안정된 기분에서 살 수 있을 것이다. 세계관은 어떠한 개인의 두뇌에서 만들어진다기보다 그 시대의 과학적, 사회적, 문화적 조건을 토대로 하여 우러나는 것이기 때문에 위대한 세계관을 형성하기 위하여 당대의 과학자, 예술가, 종교가, 철학자들의 공동적인 연구의 협력을 필요로 한다. 그러나 이것은 역사적, 사회적 현실을 근거로 하는 시대적, 사회적 세계관이고, 또한 각 사람의 생활과 지식을 토대로 하는 개인의 세계관이 있게 될 것이다.

논술 첨삭

논술 원고지

이름(　　　　　　　　　　)

지구상의 많고 많은 좋들 중 하나에 지나지 않는 ①인류가, ②어쩌면 이제 능히 전 지구의 운명을 좌지우지할 수 있게 되기까지 겪 몇백년이라고 하는 짧은 시간이 겪겼다. 이 ③터널 건설 사람 별채, 간첩사연 들이 가은 자연을 이용해 이익으로 ④야금야금 자연을 괴롭혀온 것이다. 하지만 ⑤먼저 언급했듯 초창기의 인간은 그런 모습이 아니었다. ⑥그에 따르는 하나의 사회적 원인, ⑦즉 것이 사상적 기반이라고 할 수 있는 것이 시장의 형성, 그리고 ⑧시장 이데올로기의 형성이다.

자급자족이 당연시 되며 평화롭게 살턴 때, 그리고 농경생활로 약간의 잉여 생산물이 발생해 교환이나 매매가 시작된 소규모의 시장이 형성되었을 때까지만 이를 해도 오늘날과 같은 지경에까지 이를 것이라고 예상하지 못했을 것이다. 그러나 산업 혁명이 일어나고 공장이 지어지면서 대량 생산이 이루어졌다. 비로소 인간들은 과거와는 비교도 할 수 없을 만큼 많은 잉여 생산물을 이용한 대규모의 거래를 시작하였는데 그것이 본격적 의미의 시장이다.

⑨시장에서 많은 자본을 축적하게 되어 있다른 이익을 추구하기 시작한 인간은 개발을 시작하였다. 그런데 이익만 될 수로 있다면 무한히 성장해야 한다는 ⑩이을 밑바닥에 ⑪깔고서 였다. 시장에서는

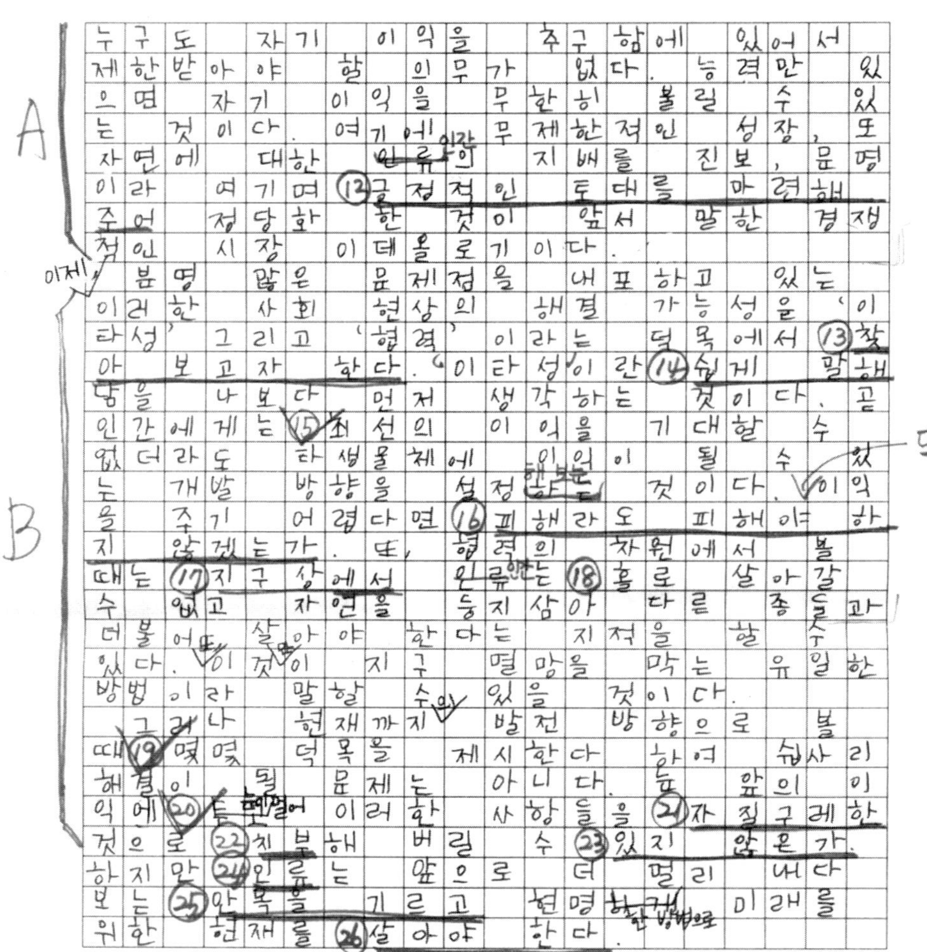

① 이 글의 '인류'를 **'인간'**으로 바꿈.(이 글에서는 본 논술의 맥락에서 '종(種)'의 개념으로 사용하고 있고, 이후 자연과 맞선 존재로 논의되고 있으므로 '인류'보다는 '인간'이 적절한 표현으로 생각함.)

② (②-1) 시제호응이 부자연스러움.('어쩌면 이제는 앞으로의 행보에 따라~'와 '시간이 걸렸다'의 호응에 시제의 불일치를 보임. 내용 정돈의 필요)

(②-2) '불과'라는 단어의 사용과 관련하여 문맥 재조정 필요.

(②-3) '어쩌면 이제는'을 문맥 정돈을 통해 '마음먹기에 따라'로 교체 표현

→ ~마음먹기에 따라 전 지구의 운명을 좌지우지 할 수 있게 되기까지 걸린 시간은 불과 몇 백 년이었다.

③ 문장의 시작에 바로 예를 열거하는 것보다는 글의 서두에 해당하므로 주어를 먼저 쓰면 내용의 흐름이 편하게 전개됨. → 그동안 인간은 터널건설, 산림절채, ~

④ '야금야금'의 사전적 의미는 '탐내어 조금씩 가지거나 소비하는'의 의미를 가진 의태어임. 따라서 '야금야금 ~이익을 챙기다'는 호응에 부자연스러움이 있음.

→ **자신만의 이익을 챙기며**

⑤ 어디에서 언급되었다는 것인지 분명히 확인이 안 됨(자신의 글 서두에서인지, 제시문에서인지? 서두에서는 명확히 확인이 안 되고 있으며, 제시문이라면 제시문이라고 밝히는 것이 좋음). **빼어도 무관함.**

⑥ '그에 따르는'의 의미 내용이 정확하지 않음. 의미를 잡아주는 표현으로 고침.

→ **이러한 현실에 도달한**

⑦ '즉'을 중심으로한 앞뒤의 내용이 동일 의미가 아니기 때문에 '**또는**'으로 고침.

⑧ (⑧-1)한 문장에 동일한 단어가 두 번 씌어지면 표현이 매끄럽지 못함. 뒤의 '**형성**'을 '**의식**'으로 바꿈. → **시장 이데올로기의 의식이다.**

(⑧-2) 제시문의 내용을 고려하여 '시장 이데올로기' 앞에 '**경쟁적인**'을 삽입하여 내용을 보장함.

⑨ '잇다른'을 '**잇따른**'으로 고침.

⑩ 엄밀히 말하면 '이론'이라고 말할 수는 없음. → '**사고**'로 고침

⑪ '깔고서였다'를 '**깔고 있다**'로 고침.

⑫ 내용이 모호해질 우려가 있으므로 내용을 살려 표현을 다시 함. → **자연개발**

에 대한 긍정적인 평가를 토대로 그것을~

⑬ '~해 보고자 한다'는 흔히 서론에서 쓰는 표현임. 이 부분은 해결의 시점이
  므로 '**찾아볼 수 있다**'는 표현으로 고침.

⑭ '쉽게 말해' 대신 '**개념적으로**'로 대치함.(논술문에서는 가능하면 개념어를 씀)

⑮ 문맥적 의미를 살리기 위해 '**설령**'을 삽입함.

⑯ 문맥을 고려하여 '**적어도**'를 삽입함.
  '피해라도 피해야~'는 동일음운(발음)이 겹치므로 표현을 바꿔주면 좋음.
  → **피해는 주지 않아야~**.

⑰ 조사 '에서'는 흔히 행동서술어와 호응되므로, '**지구상에 존재하는**'으로 바꿈.

⑱ 문맥을 강화하기 위해 '**결코**'를 삽입함.

⑲ 문맥적 의미를 정확하게 잡아주기 위해 '**이 사회 현실의 극복에**'를 추가함.

⑳ 문맥의 흐름에 살려 '**또는 순전히 개인적인 잇속에**'를 추가함.

㉑ '자질구레한'을 개념어로 바꾸어 '**사소하고 무가치한**'을 고침.

㉒ '치부'의 사전적 의미는 '마음속에 잊지 않고 새겨두거나 그렇다고 여김'의
  의미임.
  → '**차치**'(내버려두고 문제삼지 않음)으로 고침.

㉓ 앞 문장과의 내용 연결성을 고려하여 '**차치해 버릴 수 있는 경우도 많겠기
  때문이다**'로 고침.

㉔ 이 부분은 결론의 마지막 문장으로서 인간 나아가 고도의 세련된 정신력을
  가진 인간 집단으로서의 의미로 확장하여 '인류'라는 단어를 써도 될 것 같음.
  → '**인간, 아니 우리 인류는**'

㉕ 결론의 내용임을 고려하여 '안목을 기르고'보다는 '**안목에서**'로 고침.

㉖ 강조하는 표현 연구의 차원에서 '살아야 한다'보다는 '**살아야 하지 않겠는가!**'
  를 비교해 보면 좋을 듯함.

〈총평〉

논제를 분석하여 반드시 답안에 들어가야 하는 내용은 크게 두 가지이다.

A. (가)의 서술자가 비판하고 있는 사회현상(무엇이든 개발하려고 하는 인간의 오만과 허황된 생각)이 (나)의 '경쟁적인 시장 이데올로기'와 어떻게 연관되는지 밝히는 내용

B. '이타성'과 '협력'으로써 이 문제를 해결할 수 있는 가능성과 한계의 논(論).

이 글은 논제에서 제시하는 답안의 내용을 비교적 잘 포착하여 답안의 방향을 잘 잡아가고 있다. 다만 어휘의 개념에 대한 정확한 이해와 용법이 서툰 점이 있고, 문장의 구성과 의미적 연결이 문맥의 자연스러운 흐름에 어긋나는 부분이 있다. 이러한 잘못은 관심 있고 진지한 자세로 몇 번 반복하여 훈련하면 많이 고쳐질 수 있을 것으로 기대한다.

논술 수정 원고

지구상의 많고 많은 종(種)들 중 하나에 지나지 않는 인간이 마음먹기에 따라 전지구의 운명을 좌지우지 할 수 있게 되기까지 걸린 시간은 불과 몇 백 년이었다. 그동안 인간은 터널건널, 산림벌채, 간척사업 등 자연을 이용해 자신만의 이익을 챙기며 자연을 괴롭혀 온 것이다. 하지만 초창기의 인간은 그런 모습이 아니었다. 이러한 현실에 도달한 사회적 원인 또는 사상적 기반이라고 할 수 있는 것은 시장의 형성, 그리고 경쟁적인 시장 이데올로기의 의식이다.

자급자족이 당연시 되며 평화롭게 살던 때, 그리고 농경생활로 약간의 잉

여 생산물이 발생해 교환이나 매매가 시작된 소규모의 시장이 만들어졌을 때까지만 해도 오늘날과 같은 지경에까지 이를 것이라고 예상하지 못했을 것이다. 그러나 산업혁명이 일어나고 공장이 지어지면서 대량 생산이 이루어졌다. 그에 따라 인간들은 과거와는 비교도 할 수 없을 만큼 많은 잉여 생산물을 이용한 대규모의 거래를 시작하였는데 그것이 본격적인 의미의 시장이다.

시장에서 많은 자본을 축적하게 되어 잇따른 이익을 추구하기 시작한 인간은 개발을 시작하였다. 그런데 그것은 이익만 될 수 있다면 무한히 성장해야 한다는 사고를 바탕에 깔고 있다. 시장에서는 누구도 자기 이익을 추구함에 있어서 제한받아야 할 의무가 없다. 능력만 있으면 자기 이익을 무한히 불릴 수 있는 것이다. 여기에 무제한적인 성장, 또 자연에 대한 인간의 지배를 진보, 문명이라 여기며, 자연개발에 대한 긍정적인 평가를 토대로 그것을 정당화 한 것이 앞서 말한 경쟁적인 시장 이데올로기이다.

이제 분명 많은 문제점을 내포하고 있는 이러한 사회 현상의 해결 가능성을 '이타성' 그리고 '협력'이라는 덕목에서 찾아볼 수 있다. '이타성'이란 개념적으로 남을 나보다 먼저 생각하는 것이다. 곧 인간에게는 설령 최선의 이익을 기대할 수 없더라도 타생물체에 이익이 될 수 있는 개발 방향을 설정해 보자는 것이다. 또 이익을 주기 어렵다면 적어도 피해는 주지 않아야 하지 않겠는가. 또 '협력'의 차원에서 볼 때, 지구상에 존재하는 인간은 결코 홀로 살아갈 수 없고 자연을 둥지삼아 다른 종들과 더불어 살아야 한다는 지적을 할 수 있다. 이것만이 지구 멸망을 막는 유일한 방법이라 말할 수 있을 것이다.

그러나 현재까지의 발전 방향으로 볼 때 이 사회 현실의 극복에 몇몇 덕목을 제시한다 하여 쉽사리 해결이 될 문제는 아니다. 눈앞의 이익에 또한 순전히 개인적인 잇속에 눈이 멀어 이러한 사항들을 사소하고 무가치한 것으로 차치해 버릴 수 있는 경우도 많겠기 때문이다. 하지만 인간 아니 우리의 인류는 앞날을 더 멀리 내다보는 안목에서 현명한 방법으로 미래를 위한 현재를 살아야 하지 않겠는가!

제 2 장

경제와 인간

 **논술 기법**

1. 논제분석의 중요성과 방법

1) 논제 분석의 중요성

논술 고사에서의 논제는 시험에서의 발문 내용과 같다. 시험 문제를 풀어 갈 때 가장 먼저 확인하고 정확히 이해해야 할 부분이 바로 발문 내용이다. 여기에서는 단순히 무엇을 묻고 있는가만 중요한 것은 아니다. 어떤 전제하에서, 또는 어떤 범위에서, 또는 어떤 측면으로의 고찰에서 접근하라는 것인지가 부여되어 있고, 이것을 바탕으로 해서 궁극적으로 특정 내용의 발문에 답하라는 것이 논제이다. 발문 내용은 흔히 한 줄, 혹은 두 줄 정도의 문장으로 주어져 있지만, 그 내용들은 총체적으로 쉽게 한 눈에 쓱 보고 넘어갈 일은 아니다. 왜냐하면, 시험 문제의 발문은 그 짧은 발문 내용을 주고 다양한 수험생들에게 오직 정해진 한 개의 답 외에는 그 어느 것도 답이 될 수 없다는 설득력을 가질 수 있는 발문 내용이어야 하기 때문이다. 만약 선택된 답지에 대해서 재론의 여지가 있다면 그것은 잘된 발문은 아니며, 그 이유는 발문 구성이 제대로 되지 않았음을 입증하는 것이다. 이것을 바꾸어 생각해 보면, 문제 출제자는 그 어떤 수험생도 출제자 자신의 출제 의도에 어긋나지 않게 생각하도록 만들고자 하는 준비가 이미 발문 내용에 내포되어 있다는 사실이다.

이렇게 중요한 시험 문제의 발문 내용에 해당하는 것이 논술 고사에서는 논제이다. 논제는 두 줄 또는 석 줄로 되어 있다. 이것을 순간 읽어가면서 '아!, 이 내용을 쓰라는 뜻이구나!' 하고 지나치는 사람은 올바른 논술을 작성할 수 없을 것이며 결론적으로 좋은 점수를 얻을 수 없다.

논제는 반드시 치밀하게 분석해야 할 것이고, 그 분석한 내용대로 글을 써 내려가야 한다. 논제 분석을 치밀하게 하다 보면 제시문을 읽지 않았어도 자신의 논술문 구성에 대한 기본 개요가 만들어질 수도 있다(물론 자세한 내용상의 개요는 제시문을 읽은 후에 만들어짐). 이러한 방식으로 글을 쓰게 되면 적어도 시험으로서의 논술의 채점 기준에서 크게 벗어나는 글은 작성하지 않을 것이다.

2) 논제 분석의 방법

논술 고사를 치를 때 보통 가장 먼저 눈에 접하게 되는 것이 논제이다. 긴장도 되겠고 시간에 대한 강박관념을 떨치지 못하기 때문에 흔히 서둘러 논제를 접하게 되는 경우가 많다. 그러나 논제를 제대로 이해하고 그에 따라 글의 흐름을 잡는 것은 올바른 방향으로의 글쓰기의 핵심이기 때문에 시간이 걸리더라도 논제의 이해와 분석은 매우 필수적이다. 논제의 분석 없이 글을 쓰는 것은 뼈대 없이 집을 짓기 시작하는 것과 같아서 잘 지어질 수도 없거니와 설령 지었다 할지라도 곧 무너지게 된다.

논제 분석을 할 때는 단어의 개념을 하나하나 음미해 가야하며, 의미의 마디를 서술어에 주목하여(서술어는 흔히 출제가가 논술자에게 논술상의 중요 행위를 지시하는 경향이 높다) 제시대로 논술해 가려는 준비로 이어져야 한다. 다음의 예시(2005년 서울대 정시모집 논술 고사 예시문항)를 가지고 논제 분석을 시도해 보자.

논제 1

①(가)를 읽고, ②자연 상태에서 ③소유권은 어떻게 성립하며, ④소유의 한계는 무엇인지, 그리고 ⑤사유화에는 어떤 제한이 있는지에 관한 ⑥저자의 생각을 기술하시오.

논제 2

①(나)에 언급된 정보의 특성들로 인해, (가)에 제시된 ②재산권 정당화논의의 조건(들) 가운데 무의미해지는 조건들이 있다. 그 ③조건(들)을 들고 그 이유를 설명하시오.

논제 3

①(가)와 (나)를 토대로, ②(다)의 카피라이트와 카피레프트에 대한 ③자신의 입장을 밝히고 그 입장을 ④정당화하시오.

일단, 위 예시 논제는 총체적인 하나의 논술문을 요구하는 것이 아니므로 논제 1, 2, 3을 단계적으로 접근해 가면서 마치 문제를 풀듯이 내용을 정확하게 기술해 주는 것이 중요하다.(보통의 경우는 해당 논제마다 기술 분량이 제시되어 있으므로 그 분량을 고려하여 작성하는 것도 중요함.)

먼저 논제 1에서 우리가 제시 내용에 따라서 기술하고자 할 때 고려하거나 염두에 두어야 할 것은 6개 항목으로 분석된다. ①은 제시문 (가)에 근거를 두고 (가)글 내에서 기술할 답을 정리해야 함을 뜻한다. 일단 자기의 생각이나 배경 지식보다는 주어진 (가)글의 내용에 충실해야 함을 말한다. ②의 경우는 '자연 상태'가 구체적으로 어떤 상태인지 제시문 (가)에 있음을 암시하고 그 자연 상태가 어떤 경우인지를 정확히 이해할 마음의 준비를 갖는 것이 필요하다(물론 기존 배경 지식으로 알고 있다 하더라도 일단 주어진 제시문에서 모든 것을 해결하려고 하는 자세는 필요함). ③, ④, ⑤의 경우는 비교적 편하게 기술할 수 있는 내용이다. 이 경우는 분명히 어떤 방법으로든 제시문 (가)에 노출되어 있을 것이기 때문이다. 그런데 ⑥의 경우는 논술 1의 총체적인 지시 사항으로서, 저자의 생각을 기술하라는 주문이다. 물론 제시문의 이해 난이도에 따라 이 문제는 쉬워질 수도 있고 어려워질 수도 있다. 그리고 표면적으로 이해될 수 있을지 아니면 치밀한 독해력에 의존해 내면적 이해로 접근해 가야 할지는 제시문을 읽은 다음에 해결해야 할 문제이다. 다만 논제 1의 답안 작성은 <저자의 생각>을 잡아내어야 한다는 초점을 인식해야 한다는 데 중요성이 있다.

논제 2는 제시문 (가)와 제시문 (나)를 연결지어 이해해야 답안 작성을 할 수 있는 문제이다. 무작정 제시문을 접하는 것보다는 이 제시문에서 무엇을 찾아내야 할 것인가의 초점을 가지고 제시문을 대하면 답안 기술에 필요한 정보를 더 집중력있게 정확히 찾아낼 수 있는 이점이 있다. 논제 2를 면밀히 검토해 보면, 먼저 제시문 (가)에는 재산권을 정당화시킬 수 있는 논의의 조건들이 여러 개 있음을 전제하고 있다. 먼저 (가)에서는 그러한 조건들을 찾아 줄을 긋고 나름대로 번호를 붙여가면서 정리할 필요가 있다. 그런 다음 제시문 (나)를 읽을 때는 그 속에 담긴 정보를 정리하면서 이 정보들이 (가)의 재산권 정당화의 조건과 부합되기도 하고 상충되기도 한다는 것을 염두에 두고 읽어가야 한다. 그러면서 상충되는 조건들을 표시하면서 그 이유를 생각하여 해당 조건 옆에 메모를 해 두는 것도 유익한 방법이다.

위 논제에서 가장 포괄적이고 종합적인 문제는 논제 3이다. 이 부분이 흔히 학습자들이 생각하는 논술문의 유형이다. 왜냐하면 제시문을 읽고 자신의 입장 또는 견해를 밝히라는 것이기 때문이다. 이러한 유형의 논제를 학습자들이 대하면 다짜고짜 제시문에서 주제를 선정하여 자신의 글을 써 내려가기가 쉬운데, 이 부분에서도 우리는 논제 분석을 철저히 해야 할 필요가 있다. 먼저 논제 3에 해당하는 논술문의 주제는 제시문 (다)에 근거한 카피라이트(copyright)와 카피레프트(copyleft)에 대한② 자신의 입장③을 정해서 써 내려가야 하는 것이다. 그리고 또 주의해야 할 것은 자신의 입장을 정하는 데 있어 (가)와 (나)글을 토대로 해야① 한다는 점이다. 따라서 자신의 입장을 정리할 때 직접적으로 (가)와 (나)글의 내용을 부분적으로 언급하면서 기술하면 매우 좋다. 마지막으로 자신의 입장에 대하여 정당화④하라는 제시가 따로 나와 있기 때문에 자신의 입장이 정당하다는 논리적 근거를 찾아 준비해야 한다.

이제 위 논제와는 유형이 약간 다른 예시문(2005년 연세대)에 대하여 다시 한 번 간략히 접근해 보자.

> 다음 ①제시문에 담긴 '세월의 흘러감'에 대한 생각을 ②'욕망'과 연관시켜 분석하고 ③자신의 의견을 논술하시오.(첫머리에 자신의 ④주장을 반영한 제목을 달 것. ⑤1,800자 안팎)

앞의 논제를 읽고 바로 생각할 수 있는 것은 제시문의 내용이 ‘세월이 흘러감’에 대한 생각을 담은 글(①)이라는 것이다. 그리고 제시문을 읽을 때 학생들은 필자의 ‘세월이 흘러감’에 대한 생각이 어떠한지를 찾아내는 데 중점을 둘 준비를 해야 한다. 그리고 순발력이 있다면 그 생각을 줄을 긋든 연필로 메모를 하든 해 가면서 그때그때 ‘욕망’의 개념으로 분석(②)해서 필자의 생각을 검토하고 평가해야 한다. 결국 이 분석과 검토와 평가가 ③의 자신의 의견이 되는 것이다. 이 논제는 전형적인 논술문의 형태를 요구하기 때문에 분석 검토한 필자의 생각을 자료로 ‘세월의 흘러감’에 대한 자신의 의견을 한 주제로 만들어 내어야 한다. 그리고 이 주제를 주장화 시켜 제목으로 만들면 된다. 이러한 전형적인 논술문 형태는 구조적인 글쓰기로 실현되어야 하기 때문에 반드시 개요 작성을 해야 한다는 점을 또한 명심해야 한다. 개요를 작성할 때는 전체 글의 분량이 1,800자이기 때문에 이 분량을 제대로 맞추겠다는 의지도 매우 중요하다.(제시된 분량에서 어긋나면 감점 대상임)

이렇듯 논제 분석은 절대로 소홀히 할 것이 아니며 이 단계가 잘 되면 글은 모범 답안에서 크게 벗어날 수 없다. 그리고 분석된 내용을 염두에 두고 다음 제시문을 읽으면 필요한 핵심 정보를 집중력 있게 더 잘 포착할 수 있는 장점도 있다.

우리 사회의 세 가지 위기

오늘날 우리 사회는 크게 세 가지의 열병을 앓고 있다. 첫째는 실업 문제를 비롯한 고용 위기라는 열병이고, 둘째는 스트레스나 산업재해 등으로 나타나는 노동 소외라는 열병이며, 셋째는 흔히 우리 주변의 생활 환경에 대한 파괴를 포함한 인간의 생활 방식, 사고 방식 자체의 위기로 나타나는 생태계 파괴라는 열병이다. 이 병들은 서로 얽혀 더 큰 병을 만들어 내기도 한다. 한 마디로, 온 사회가 3차원의 합병증을 앓고 있다.

첫째, 대량 실업 문제 등으로 나타나는 고용 위기라는 열병은 역사적으로 기업의 경영 합리화나 산업의 구조 조정, 생산 입지의 변화, 불경기의 도래나 공황의 발생 등 각 계기마다 수시로 등장한 문제였지만, 자동화와 정보화, 그리고 자본운동의 세계화가 고도로 진척되고 있는 오늘날만큼 암담한 전망을 보인 적은 없다. 다가오는 21세기의 전망과 관련해 '정보사회' 이론가들의 여러 장밋빛 낙관에도 불구하고, 현실에서는 살아갈 권리마저 더이상 행사할 수 없게 된 사람들이 대량 생산되는 "20 : 80의 사회"가 도래하고 있지 않은가.

둘째로 노동 소외라는 열병은 특히 18세기 산업화 이후로 지금까지 수많은 사람들에 의해 부단히 제기되어온 문제이긴 하나, 기껏해야 그 장기적 실효성이 의심스런 몇몇 노동생활의 질(QWL)향상 프로그램 같은 것 외에는 아직도 이렇다 할 해결책이 없다. 원래 소외(Entfremdung)라는 말은 우리 자신의 내면(노동)이 외화되어 점점 멀리 떨어져 나간 뒤에 나중에 가서는 우리 자신에게 매우 낯설게 다가오는 것을 말한다. 이것은 노동의 소외에도 적용될 수 있는데, 그것은 노동의 산물이 노동을 행한 자신의 것이 되지 못하고 오히려 자신에게 매우 낯설게 다가와 나중에 가서는 억누르기까지 한다는 사실을 일컫는 것이다. 이러한 노동 소외 현상은 노동의 결과물뿐만 아니라 직접적인 노동과정에서도 광범위하게 발견되며, 그 현실적 모습은 직무 불만족, 스트레스, 산업재해와 직업병, 과로사 등으로 표현된다. 따라서 이러한 노

동 소외에 대처하기 위해 경영 측에서는 노동생활의 질 향상 프로그램이나 제
안 제도, 소집단 노동, 팀 제도, 경영 참가 제도, 산업 민주주의 등과 같은 시도
에 일정한 투자를 하였으나 이것이 결코 견고한 신념과 지속적 실천에 의해 뒷
받침되지는 못했기에, 자본의 수익성 향상에 별다른 도움이 되지 않으면 곧잘
철회되었다. 그래서 갈수록 많은 사람들이 더 이상 자신의 일 속에서 보람을
찾기보다는 가급적 노동 시간을 줄여 노동과정의 울타리 '밖에서' 삶의 의미를
찾고자 하는 것이다.

셋째로 범지구적 생태계 파괴는 기존의 성장과 개발, 물질적 가치, 인간 이
익 중심의 경제 발전 패러다임이 더 이상 지속될 수 없음을 경고하면서 우리
모두에게 새로운 가치와 전망에 기반한, 그리하여 지금까지와는 전혀 다른
사회경제 발전 패러다임을 모색할 것을 시급히 요구하고 있다. 그것은 경제
(economy)라는 것이 원래 먹고사는 것(oikos), 살림살이를 뜻하는 것인데도 불
구하고 경제 성장의 과정이 역설적이게도 바로 우리 삶의 토대를 파괴하는
모순을 드러내고 있기 때문이다. 나아가 인간 삶의 토대인 지구 자체가 단지
우리만이 소유하고 처분할 수 있는 사유 재산이 아니라, 멀리 우리 선조들로
부터 물려받아 또다시 뒤따르는 후손들에게 대대로 물려주어야하는 공동재
산이기 때문이다. 지구는 인간의 생존을 위해서는 충분히 넓은 공간이지만,
한없는 욕망을 채우기에는 아주 부족하다는 말도 있지 않은가. 한 걸음 더
깊이 생각하면, 우리 삶의 토대인 자연은 하나의 '재산'이기에 앞서 인간 스
스로 그 일부에 불과한, 그리하여 우리 모두의 삶을 긴밀하게 엮어 주는 위
대한 생명체 그 자체가 아니던가!

읽을거리 2 노동 사회의 탄생 과정

이미 110여 년 전인 1883년에 폴 라파르그는 『게으를 권리』, 또는 『여유로움을 즐길 권리』라는 책을 지어, '노동 중독증'에 사로잡힌 자본주의 사회의 노동자들이 주장하고 실천하는 '노동의 권리'를 통렬하게 비판한 바 있다. 그렇다면 우리는 도대체 인간이 청교도나 캘빈주의처럼 왜 노동을 신성시하고, 또 사랑하기까지 하는가라고 묻게 된다. 차분히 역사를 살펴보건대 그것은 한마디로, 긴 사회적 과정에서 '만들어진' 것이다. 이때의 노동이란 역사를 뛰어넘는 개념이 아니라 하나의 역사적 범주로 자본주의와 함께 등장한 하나의 삶의 양식이다. 이러한 노동은 '뭐든 해낼 수 있다', 또는 '모든 것이 통제 가능하다'는 망상적 패러다임에 기초하고 있다. 이 패러다임은 따지고 보면 유럽에서 르네상스 이후 계몽주의의 한 산물로 나온 것으로, 그 역사적·사회적 과정은 인간이 외적인 지배나 종속에서 벗어나는 인간 해방의 한 특수 형태라 할 수 있다. 그 이후 이것이 자본주의의 확대, 심화와 함께 온 세계로 퍼진 것이다. 따라서 여기서 우리가 '노동 사회'라 하면, 이것은 곧 자본주의를 뜻한다고 할 수 있다.

초기 자본주의의 발전 과정에서 상업이나 수공업 중심 도시의 성장은 마침내 자연을 토대로 한 봉건 사회를 해체한다. 그리하여 이제 인간은, 최소한 현상적으로는 자연으로부터도 독립적으로 되었다. 왜냐하면 인간이 토지에 더 이상 얽매이지 않는 것처럼 보이기 때문이다. 이 자연으로부터의 독립은 본질상, 자신의 내적 자연으로부터의 독립도 의미한다. 그리하여 한편으로 외적 자연은 더 이상 모든 삶의 원천이 아니라 단순히 인간 의지의 대상 또는 객체로 변하고, 다른 편으로는 내적 자연도 존재 그 자체로서의 자아로부터 분리되어 노동력의 모습으로 거래되는 대상(상품)이 되고 말았다. 즉 인간은 종교 개혁, 지리상의 발견, 계몽주의, 그리고 시민 혁명을 거치면서 '외적인 자율성'을 획득하는 대신, 단순히 지배자만 신에서 인간으로 교체하고 말았다. 나아가 모든 개인들이 자신을 제외한 여타 세상을 객체로 인식, 서로 살벌한 경쟁이 되었다. 그런데 본격적인 자본주의가 발전하기 위해서는 역사적으로 최소한 두 가지 조건이 필요하였다. 첫째, 소농이나 수공업자와 같은 소상품 생산자들과 그들의 생산 수단(토지나 작업장, 원료, 작업 도구 등)을 '상호 분리'시켜 나가는 것이다. 둘째, 나아가 토지나 작업 도구 등 생산 수단으로부터 분리된 이들 소농이나 수공업자들이 그들의 노동력을 기꺼이 시장에 들고 나와, 화폐와 생산 수단 및 생활 수단을 가진 사람들과 서로 '교환'을 하게 되는 과정이 필요한 것이다. '노동력의 상품화'가 이루어지기 위한 이 두 가지 중요한 역사적·사회적 전제 조건은 곧바로 자본이 화폐로부터 떨어져 나와 자기 발로 서게 되는 과정과 동전의 양면을 이루고 있다.

이러한 역사적 전제 위에 엄청나게 단순한 경제적 세계관이 정립되었고, 이 세계관은 오늘날까지도 영향력을 끼치고 있다. 그것은 한 마디로 모든 사람은 자신의 이익을 극대화하고자 한다는 것이다. 그리고 이러한 개별 행위의 독립성은 생산자들 상호간에, 또 소비자들 상호간에 경쟁을 일으켜 전체적으로는 좋은 결과를 초래한다는 것이다. 왜냐하면 경쟁은 생산자로 하여금 원가와 가격을 저하시키게 강제하고 품질을 향상하게 하며 개선된 생산 방식과 제품을 도입하게 만든다고 보기 때문이다. 따라서 소비자에게는 지속적으로 더 많고 더 좋은 상품과 서비스를 추구하게 하며, 마침내 안락함과 생활수준을 끊임없이 개선시키게 된다는 것이다.

이 입장은 어느 정도까지 타당하다고 볼 수 있다. 그러나 이것은 단지 부분적으로만 그러하다. 왜냐하면 이러한 시장 모델 입장은, 자연에 대한 고려와 같은 사회 윤리적 요구 앞에서는 거의 그 기능이 마비되기 때문이다. 이 좌절의 한 이유를 오늘날 우리는 이 모델이 근거하고 있는 인간관의 결정론적 특성 속에서 찾을 수 있다. 즉 자본주의 사회에서 사람들은 인간의 행동이 단순히 효용극대화의 계산 속에서 '합리적'으로 결정된다고 본다. 그래서 고전파 경제학자들은 인간 사회도 자연과 같이 규칙에 따라 움직이는, 따라서 제대로 인식하기만 하면 모두 통제 가능한 과정으로 파악하고자 하였다. 그래서 경제학은 이에 따라 개인의 사회적 행위에 대해 일반 법칙을 정식화하고자 노력하게 된 바, 이는 모든 개인은 동일한 형태의, 반복적인 합리성에 따라 움직인다는 가정에 기초하고 있는 것이다. 그러나 불행히도 바로 그 모델에서는 진정으로 자율적이고 책임성 있는 행위는 체계적으로 제외되게 마련이다. 이 입장은 단지 외적인 자유나 외적인 자율 개념에 묶여 있기 때문이다.

경제 윤리는 경제 행위를 하는 모든 주체들에게 요구된다. 최소한의 경제 윤리는 법적인 제도를 통해 관철된다. 경제 행위에 관한 법적인 제도는 그 사회의 경제 체제가 어떠하느냐에 따라 달라진다. 자본주의 체제인가 아니면 사회주의 체제인가에 따라 다르고, 자본주의 체제 중에서도 경제 행위에 대한 국가의 간섭이 강한가 약한가에 따라 다르다. 철저히 자유주의를 옹호하는 사람들은 애덤 스미스의 '보이지 않는 손'을 내세워 경제 행위에 대한 국가의 간섭을 최대한 줄여야 한다고 주장한다. 또한 경제 행위를 개인간의 자유로운 무한 경쟁에 맡겨 놓아서는 안 된다고 주장하는 사람들은 사회 복지나 부의 균등한 분배를 위해 경제 행위에 대해 국가가 최대한 간섭해야 한다고 주장한다. 아무튼 법적인 제도가 올바르다고 볼 경우, 최소한의 경제 윤리는 법적인 제도를 통해 실현된다.

그렇다면 어떤 내용의 경제 윤리를 어떤 방식으로 법적으로 정착시켜야 할 것인가? 경제 윤리는 우선 경제 정의를 이루는 것이어야 한다. 경제 정의의 핵심은 많은 정치가들이 말하듯이 열심히 일하는 사람들이 잘 살도록 하는 것이다. '일하지 않는 자는 먹지도 말라'는 성서의 구절이 있듯이 성실하고 정직하게 일한다는 것은 기본적인 덕목이다. 이 덕목을 따르는 자들에게 행복한 삶이 보장될 수 있는 사회가 경제적으로 정의로운 사회이다.

물론 개인차가 있겠지만 한 사람이 일해서 만들어낼 수 있는 사회적인 가치는 어느 정도 정해져 있다. 특별히 어떤 사람이 자기 몫으로 다른 사람과 비교도 안 될 정도로 많은 소득을 올린다는 것은 다른 사람들에게 그만큼 소득이 덜 가도록 하지 않고서는 거의 불가능하다. 최대한 부의 공정한 분배가 이루어질 수 있도록 법적인 장치를 마련해야 한다. 그리고 모든 경제 주체들이 그러한 법적인 제도에 따라 저절로 경제 윤리를 실행할 수 있도록 해야 한다.

이와 더불어 경제 윤리는 물질적인 가치보다는 인간을 인간답게 만드는 가치를 중히 여기는 것이어야 한다. 가능하다면 인간을 인간답게 만들고 사회를 더욱 살기 좋은 아름다운 사회로 만드는 데 많은 일을 한 사람이 그만큼 더 많은 소득을 얻을 수 있도록 해야 한다. 물질적인 것보다 정신적인 것이 사회적으로 훨씬 더 높은 가치를 갖도록 해야 한다. 또한 사회 전체가 그같은 정신적인 가치를 위해 물질적인 가치를 소비할 수 있도록 해야 한다. 바로 이 같은 일이 이루어질 수 있도록 최대한 법적인 장치를 마련해야 한다.

경제 성장과 경제 윤리는 서로 대립적일 수도 있고 상보적일 수도 있다. 경제 성장을 단순히 물질적인 성장으로만 볼 경우 경제 성장과 경제 윤리는 서로 대립적이기 쉽다. 그러나 경제 성장을 국민 개개인의 삶의 질을 향상시키는 것으로 볼 때 경제 성장과 경제 윤리는 서로 보완적인 관계에 놓이게 된다. 경제 성장의 목적이 무엇인가를 묻는다면, 국민 개개인의 아름답고 행복한 삶을 그 해답으로 제시할 수 있다. 그런데 경제 윤리가 빠져 버린 경제 성장은 맹목적으로 굴러가는 눈덩이처럼, 혹은 맹목적으로 부풀어 오르기만 하는 풍선처럼 우리의 참다운 삶을 오히려 위협하게 될 것이다.

그러므로 가능하면 경제 성장, 혹은 국민 총생산을 추산하여 수치화하는 방법을 완전히 바꿀 필요가 있다. 국민의 삶의 질을 부정하고 파괴하는 방향으로 이루어진 생산이나 혹은 그에 따른 부작용을 메우는 생산이나 노력들은 따로 분리해 내어 수치화할 필요가 있다. 설혹 거기에서 현실적으로 소득이 생겼다 하더라도 이는 국민의 삶의 질을 깎아 내리면서 생긴 소득이기 때문에 진정한 의미의 경제 성장에서 빼야 한다. 이같이 국민의 삶의 질과 궤를 같이 하는 경제 성장을 전사회적으로 추진해 나가야 할 것이다.

논술 실전

❖ 다음 두 제시문은 경제 발전 및 생산력 향상이라는 문제에 대하여 유사한 관점을 취하고 있다. 제시문의 분석을 바탕으로 하여 바람직한 경제 사회를 이루기 위해 요구되는 인간관에 대해 논하라.

가

성북동 산에 번지가 새로 생기면서
본래 살던 성북동 비둘기만이 번지가 없어졌다.
새벽부터 돌 깨는 산울림에 떨다가
가슴에 금이 갔다.
그래도 성북동 비둘기는
하느님의 광장 같은 새파란 아침 하늘에
성북동 주민에게 메시지나 전하듯
성북동 하늘을 한 바퀴 휘돈다.

성북동 메마른 골짜기에는
조용히 앉아 콩알 하나 찍어 먹을
널찍한 마당은커녕 가는 데마다
채석장 포성이 메아리쳐서
피난하듯 지붕에 올라앉아
아침 구공탄 굴뚝 연기에서 향수를 느끼다가
산 1번지 채석장에 도로 가서
금방 따낸 돌 온기에 입을 닦는다.

예전에는 사람을 성자(聖者)처럼 보고

사람 가까이
사람과 같이 사랑하고
사람과 같이 평화를 즐기던
사랑과 평화의 새 비둘기는
이제 산도 잃고 사람도 잃고
사랑과 평화의 사상까지
낳지 못하는 쫓기는 새가 되었다.

- 김광섭, 「성북동 비둘기」

나

노동이란 자연과 인간이 교류하는 과정으로서 인간이 자신의 삶의 문제를 해결해 나가는 방식이다. 그러나 이러한 노동이 자본주의(資本主義) 사회에서는 자본가에 의한 노동력 상품의 소비라는 모습으로 등장하게 되었다. 형식적으로 자유로운 인간의 일부인 노동력이 상품이라는 형태로 노동 시장에 등장하고 또 그 노동력이 시장에 팔릴 상품을 대량으로 생산해야지만 노동자가 먹고 살 수 있는 사회, 이를 '노동 사회'라 한다.

한나 아렌트가 이미 1960년에 '노동 사회에서 노동이 사라지고 있다'고 주장한 이래 노동 사회의 위기 문제에 대한 논의가 이어지고 있다. 사실 이 논의가 모든 이의 관심을 끄는 이유는 오늘날 자본주의 사회에서 대부분의 사람들이 그 물질적 재생산을 일자리에 의존하고 있고, 개인주의화 경향이 계속 진행되면서 노동이라는 것이 개인의 사회적 정체성(正體性)을 매개해 주기 때문이다. 바로 이것이 노동 사회의 특징이다.

그런데 곰곰이 따져 보면, 현대 자본주의 사회에서는 경쟁을 통해 보다 값 싸고 질 좋은 재화(財貨)와 서비스를 공급하여 모두의 효용을 극대화(極大化)한다는 패러다임 속에서 각종 생산조직체들이 신기술의 발전과 작업 조직의 혁신을 통해 살아 있는 인간 노동력을 갈수록 많은 일터로부터 축출(逐出)하고 있다. 이른바 생산력의 발전을 통해 인간을 행복하게 만들어보겠다는 패러다임 자체가 위기에 처한 것이다. 바로 이러한 위기의 반영이 오늘날 우리가 고민하는 '고용 위기'로 나타나고 있다.

일자리의 수량 문제뿐만 아니라 노동의 내용도 문제다. 즉 일자리를 갖고 있는 사람들이 구체적으로 어떻게 일하고, 또 무엇을 만들어 내느냐 하는 것과 관련해서도 심각한 문제가 드러나고 있다. 갈수록 많은 사람들이 자신의 노동 내용이 공허하거나 단조로우며 자아실현과는 거리가 멀다고 얘기하고 있고, 나아가 생산하는 내용이 갈수록 의미 없는 것, 쓸데없는 것, 또는 필요 이상으로 넘치는 것, 또는 파괴적인 것—인간과 자연을 병들게 하고 죽이는 것—이 되어가고 있지 않나 의심스러워하고 있다. 사실상 이러한 측면은 우리 사회가 인간을 포함한 생태계(生態系)에 대해 가지는 파괴적인 관계를 직접적으로 표현하는 것이다. 생태적인 관점에서 보더라도 현재의 패러다임은 되돌릴 수 없는 위기에 빠지고 있는 것이다.

결국 노동 사회란 외적 자율성은 획득했으되, 자연과 인간의 파괴를 통한 이윤 추구라는 내적 타율성이 강화된 사회라고도 할 수 있다. 나아가 노동자들은 노동 사회에서 노동의 ‘주체(主體)’라기보다는 대안적인 삶을 살지 못하고 자본의 기획과 통제 속에 갇혀 있는 ‘대상(對象)’이기 때문에 이들은 외적으로도 종속적이고 내적으로도 종속적으로 되었다고 할 수 있다. 요컨대 우리는 노동 사회의 위기를 내·외적인 종속성과 타율성의 심화, 삶의 질의 피폐화라고 요약할 수 있을 것이다.

– 강수돌, 「작은 풍요」에서

유의 사항 ●●●●●●●●●●●●●●●●●●●●●●●●●●●●●●●●●●

1. 두 제시문이 공유하는 관점이 무엇인지 분석한 내용을 반드시 포함할 것.
2. 경제의 본질이 무엇인지에 대한 자신의 견해를 전제로 하여 논지를 전개할 것.
3. 글의 길이는 띄어쓰기를 포함하여 1,600자 내외가 되도록 할 것.

논술 해결의 길잡이

✪ 논제 살피기

논술 답안에 포함되어야 할 논제는 사실상 두 가지다. 그 하나는 경제 발전 및 생산력 향상이라는 문제에 대해 두 제시문이 취하고 있는 관점과 입장을 구체적으로 분석하는 것이고, 다른 하나는 이를 바탕으로 하여 바람직한 경제 사회를 이루기 위해 요구되는 인간관이 무엇일지를 논하는 것이다. 여기서 중요한 것은 두 논제 사이의 연결 고리를 마련하는 일이다. 그런데 제시문 분석을 충실히 해 보면, 경제적 측면에서 현대 사회가 어떤 지향을 가지고 있었는지, 그리고 그와 같은 지향의 결과 어떤 문제가 초래되었는지가 초점화 될 수 있을 것이다. 또한 그러한 초점화의 결과는 자연스럽게 바람직한 경제 사회의 상에 대한 논의로 이어지게 될 것이다.

이 지점에서 유의사항 2번 항목이 의미 있는 실마리를 제공할 수 있음을 간파하는 것도 중요하다. 유의사항 2번 항목에서는 경제의 본질이 무엇인지에 대해 자신의 견해를 정리해 볼 것을 요구하고 있다. 경제적 측면에서 현대 사회가 지향하고 있는 방향이 대단히 문제적이라는 점은 제시문의 분석을 통해 귀납적으로도 입증될 수 있지만, 경제의 본질에 관한 설득력 있는 견해를 전제로 하여 연역적으로도 입증될 수 있기 때문이다.

두 차원의 입증 과정에서 유의해야 할 것은 인간에 대한 관점의 문제를 비판의 핵심에 놓아야 한다는 점이다. 현대 사회에서 경제를 바라보는 관점이 어떤 인간관과 맞물려 있는지를 직시하고 이를 중심으로 그 관점에 대한 비판을 초점화하면, 바람직한 경제 사회를 이루기 위해 요구되는 인간관의 문제로 논의가 자연스럽게 진행될 수 있기 때문이다.

이 논제를 해결하기 위해서는 현대 사회에서 경제를 바라보는 지배적 관점인 경제 발전 및 생산력 향상의 논리에 대한 비판적 시각이 요구된다. 경제적 발전의 추구와 생산력 향상에의 노력이 물질적 측면에서 현대 사회에 비약적인 변화와 발전을 가져다 준 것은 사실이다. 그러나 그와 같은 물질적 부의 증가와 발전 이면에는 몇 가지 본질적 문제가 도사리고 있다. 제시문 (가)와 (나)는 그와 같은 문제들이야말로 인간이 주목하고 해결해야 할 중요한 문제라고 보면서, 발전 일변도의 논리에 대해 비판적 관점을 취하고 있다.

따라서 먼저 두 제시문의 관점에 대해 꼼꼼하게 분석하고 이해해 볼 필요가 있겠다. 그런데 시 텍스트인 제시문 (가)는 산문인 (나)의 경우와는 달리 비판적 견해를 직설적으로 제시하지 않고 상징적 형상화를 통해 간접적으로 제시하고 있기 때문에 다양한 해석의 가능성이 있다. 그러므로 논제에서 '두 제시문이 경제 발전 및 생산력 향상이라는 문제에 대해 유사한 관점을 취하고 있다'고 밝힌 점에 입각하여, 제시문 (나)를 기준으로 두 제시문이 공유하는 바를 분석해 가는 것이 효율적일 수 있다. 제시문 (가)는 명료한 개념어로 비판의 지점을 드러내고 있지 않지만, 형상화된 시적 대상인 비둘기의 모습이 상징하는 바를 해석해 가는 과정에서 제시문 (가)의 내용과 맞물리는 비판의 지점을 의미화할 수 있을 것이다. 이 작업이 바로 논제에서 요구하는 제시문의 분석에 해당한다.

그런데 논제에 부합하는 논술 답안을 작성하기 위해서는 여기서 더 나아가 바람직한 경제 사회를 이루기 위해 요구되는 인간관에 대한 논의가 이어져야 한다. 어떻게 보면 이 새로운 논제는 제시문 분석과 상당한 간극이 있는 것으로 보여 논술의 개요를 구상하는 데 난점으로 작용할 수도 있다. 그러나 또 어떻게 보면 다양한 문제의식으로 확장될 수 있는 제시문의 분석을 일관성 있는 논지로 수렴할 수 있는 큰 논의 틀이 되어준다고도 볼 수 있다. 여기에 유의사항 2번 항목 또한 중요한 논의의 단서가 되어 준다. 지금까지의 경제가 지향했던 바와는 달리 본질적으로 경제란 무엇이어야 하며, 이는 인간과 어떤 관련을 갖고 있는지의 문제로 논의가 수렴되면, 바람직한 경제 사회를 위해 요구되는 인간관에 대한 논의가 자연스럽게 도출될 수 있기 때문이다.

✪ 제시문 파악하기

논제에 명시되어 있는 것처럼 주어진 두 편의 제시문은 경제 발전 및 생산력 향상이라는 문제에 대하여 유사한 관점을 취하고 있다. 그런데 제시문 (가)의 경우는 시 텍스트이기 때문에 그와 같은 가이드라인이 없다면 매우 다양하게 해석될 수도 있다. (가) 시에서 비둘기는 산업화와 도시 개발 과정에서 보금자리를 잃은 가엾은 모습으로 형상화되어 있는데, 독자들은 이를 바탕으로 현대 문명에 대한 시인의 비판 의식을 읽어낼 수도 있고, 자연이 파괴되는 현실에 대한 우려를 읽어낼 수도 있으며, 산업화되기 이전의 인간적인 세상에 대한 향수를 읽어낼 수도 있는 것이다. 따라서 논제에 명시된 논의의 범주인 '경제 발전 및 생산력 향상'의 문제에 대한 시인의 관점을 중심으로 논의를 진행하여야 무리가 없게 된다.

이런 관점에서 보면, '성북동 산에 번지가 새로 생'긴 것이나, '돌 깨는 산울림', '채석장 포성', '메마른 골짜기' 등은 모두 경제 발전 및 생산력 향상의 논리에 의해 생태계가 파괴된 모습을 형상화한 것으로 이해할 수 있다. '번지가 없어'지고, '피난'할 수밖에 없는 비둘기의 모습 역시 이와 같은 생태계 파괴의 결과를 생생하게 보여주기 위한 구체적 형상에 해당한다. 또한 3연에 묘사되고 있는 것처럼 사람으로부터 멀어진 비둘기의 모습은 경제 개발의 논리 속에서 인간과 자연의 공존 관계가 훼손된 상태를 구체적으로 보여주고 있다.

그러나 이 시가 비판적으로 형상화하고 있는 내용이 생태계 파괴의 문제에만 국한된다고 보는 것보다는 여기서 한 걸음 더 나아가 인간 본연의 가치

상실까지도 문제 삼고 있다고 파악할 때 논의가 한층 심화될 수 있다. 이 시에서 비둘기는 파괴된 자연의 대표물이면서 동시에 본연의 가치를 상실한 인간의 상징물로 해석될 수 있기 때문이다. 이 시에서 형상화된 비둘기의 모습은 인간적 삶의 가치와 인간의 본성을 도외시한 개발의 과정에서 삶의 터전과 삶의 의미를 상실한 소외된 인간의 모습을 떠올리게 한다. 따라서 제시문 (가)의 분석 과정에서 이와 같은 시의 이중적 의미를 모두 포괄한다면 훨씬 깊이 있는 답안을 작성할 수 있을 것이다.

이에 비하면 제시문 (나)를 이해하는 작업은 한결 수월하다. 이 글에서는 '노동'이 키워드이기는 하지만, '노동 사회에서 노동이 사라지고 있다'는 표현에서 알 수 있듯이 이 글은 현대의 자본주의 사회가 노동 본연의 의미를 퇴색시키고 인간을 노동으로부터 소외시키고 있을 뿐 아니라, 인간과 자연의 조화로운 관계까지도 훼손시키고 있음을 문제 삼고 있다. 따라서 제시문 (나)의 분석 역시 경제에 대한 왜곡된 관점이 제시문에 명시된 '고용 위기'와 '생태계 위기' 등의 위기를 인간 사회에 초래하였다는 점을 중심으로 서술하면 무리가 없을 것이다.

✪ 해결 과정 생각하기

① 경제 발전 및 생산력 향상 문제에 대해 두 제시문이 취하고 있는 관점을 분석한다.

제시문 (가)와 (나)는 언뜻 보기에 상이한 주제를 다루고 있는 글로 보일 수 있다. (가)는 비둘기라는 소재를 취해 문명에 대해 비판하고 있는 시라고 널리 알려져 있고, (나)는 현대 자본주의 사회가 초래한 노동의 위기 문제를 개진하고 있는 글로 파악될 수 있기 때문이다. 그러나 논제에 명시된 사항을 중심으로 두 제시문을 꼼꼼히 읽어 보면, 두 제시문이 비판하고 있는 지점이 크게 다르지 않음을 알 수 있게 된다. 제시문 (가)에서 형상화된 비둘기와 인간의 위기도 결국은 발전과 문명을 추구하는 현대 사회의 흐름에서 야기된 문제이고, 제시문 (나)에서 개진되고 있는 '고용 위기'와 '생태계 위기'도 결국은 생산력의 발전을 통해 인간을 행복하게 만들어보겠다는 현대 자본주의의 경제 패러다임이 초래한 문제인 것이다.

이에서 한 걸음 더 나아가 (나) 글의 문제의식을 기준으로 (가) 시를 분석해 보면, 두 제시문이 비판하는 문제의 원인뿐 아니라, 두 제시문이 바라보는 위기의 지점 역시 유사함을 알 수 있게 된다. (가) 시에서 문제시되고 있는 비둘기의 모습은 경제 개발의 과정에서 보금자리와 존재의 가치를 훼손당한 자연의 모습이면서 동시에 인간의 모습인 바, 이는 (나)에서 문제 삼고 있는 '고용 위기'와 '생태계 위기'의 문제와 상당 부분 겹쳐있는 것이라 할 수 있다.

물론 답안 작성 과정에서는 두 제시문이 비판하고 있는 문제의 원인, 즉 현대 사회에 심각한 문제를 초래한 것은 다름 아닌 경제 개발 일변도의 논리라는 점에 대해서만 분석해도 무방하다. 그러나 두 제시문이 현대 사회의 위기의 실체로 제시하고 있는 상황의 유사성까지 분석할 수 있다면 제시문 분석 측면에서 훨씬 좋은 평가를 받게 될 것이다.

② 제시문의 분석을 바탕으로 하여 바람직한 경제 사회의 상에 대해 생각해 본다.

두 제시문이 공히 경제 발전 및 생산력 향상만을 목표로 하는 현대 사회에 대해 비판하고 있다면, 바람직한 경제 사회는 이와는 다른 관점에서 추구되어야 할 것이다. 다시 말해 인간이 경제 행위를 하는 목적은 단순한 양적인 발전과 풍요에만 그치는 것이 아님을 분명히 해야 한다. 유의사항에서 경제의 본질에 대해 생각해 볼 것을 요구한 것도 이러한 맥락에서이다.

인간이 경제 행위를 하는 목적은 경제 발전 및 생산력 향상 자체가 아닐 것이다. 경제란 인간을 위해 존재할 때에만 의미 있는 것이라는 점을 고려한다면 인간의 삶을 피폐화하고 인간을 소외시키는 경제 행위는 무의미하리라는 판단이 자연스럽게 이어지게 된다. 따라서 인간이 추구하여야 할 바람직한 경제 사회는 물질적 풍요와 번영을 제1의 목적으로 하는 사회가 아니라 인간 삶의 질 향상을 제1의 목적으로 하는 사회라는 요지의 논의가 전개되는 것이 자연스럽다.

③ 바람직한 경제 사회를 이루기 위해 추구해야 할 인간관의 문제로 논의를 초점화 한다.

논제에 충실하게 논의를 마무리 짓기 위해서는 본질적으로 경제라는 것이 인간과 어떤 관계에 놓여 있는 것인지를 다시 한번 강조할 필요가 있다. 앞서 언급하였듯이 경제란 인간을 위해 존재할 때만 의미가 있는 것인데도 불구하고, 발전 일변도의 경제 논리나 생산성 향상의 논리는 인간의 자율성과 주체적 생명력을 도외시한 채 물질적 부를 확대하는 데만 급급했기 때문에 필연적으로 인간을 소외시키고 수단화하게 되었음을 분명히 하여야 한다. 경제에 대한 이와 같은 관점이 갖는 한계는, 그러므로 궁극적으로는 그 패러다임이 갖는 인간관의 한계라고 볼 수 있다.

따라서 중요한 것은 인간을 배제한 양적 풍요가 아니라 인간을 경제 활동의 주체이자 목적으로 하고 영위되는 경제 활동이라는 점이 강조되어야 한다. '작은 풍요'라는 제시문 (나)의 제목 역시 이와 같은 인간 이해의 연장선상에서 의미 있게 이해될 수 있다. 경제 활동의 결과로 얻을 수 있는 물질적 풍요의 규모는 다소 작아지더라도 인간의 행복과 삶의 자율성의 규모는 확대되는 사회야말로 바람직한 경제 사회이자 바람직한 사회의 모습일 것이라는 점이 그 제목에 내포되어 있음을 파악했다면 논의를 마무리하는 데 큰 어려움이 없을 것으로 보인다.

논술 답안에 포함되어야 할 논제는 사실상 두 가지다. 그 하나는 경제 발전 및 생산력 향상이라는 문제에 대해 두 제시문이 취하고 있는 관점과 입장을 구체적으로 분석하는 것이고, 다른 하나는 이를 바탕으로 하여 바람직한 경제 사회를 이루기 위해 요구되는 인간관이 무엇일지를 논하는 것이다. 여기서 중요한 것은 두 논제 사이의 연결 고리를 마련하는 일이다. 그런데 제시문 분석을 충실히 해 보면, 경제적 측면에서 현대 사회가 어떤 지향을 가지고 있었는지, 그리고 그와 같은 지향의 결과 어떤 문제가 초래되었는지가 초점화될 수 있을 것이다. 또한 그러한 초점화의 결과는 자연스럽게 바람직한 경제 사회의 상에 대한 논의로 이어지게 될 것이다.

이 과정에서 유의해야 할 것은 인간에 대한 관점의 문제를 비판의 핵심에 놓아야 한다는 점이다. 현대 사회에서 경제를 바라보는 관점이 어떤 인간관과 맞물려 있는지를 직시하고 이를 중심으로 그 관점에 대한 비판을 초점화하면, 바람직한 경제 사회를 이루기 위해 요구되는 인간관의 문제로 논의가 자연스럽게 진행될 수 있기 때문이다.

✪ 주제문 작성

현대의 바람직한 경제 사회는 인간의 삶 자체의 발전에 기여하는 모델로 인간 중심의 경제 체제를 이루어야 한다.

✪ 주제어 : 경제 문제, 생태계, 인간 소외, 행복, 인간관, 인간 중심 경제

✪ 개요 작성(1,600자)

서론(200자) : 현대 사회에서 경제가 문제가 되는 이유.

본론(1,100자) : 1. 경제 문제가 초래한 인간의 위기.

　　　－제시문 (나) : 고용의 위기, 생태계의 위기.

　　　－제시문 (가) : 생태계의 위기, 인간 소외.

　　2. 경제의 본질－인간 행복에의 기여.

　　3. 바람직한 경제 사회를 이루기 위해 요구되는 인간관.

결론(300자) : 삶 자체의 발전에 기여하는 인간 중심의 경제.

✪ 예시 답안

　현대 사회에서 경제는 발전과 생산력 향상을 최우선의 가치로 삼는 영역이 되었다. 최소의 비용으로 최대의 생산을 이루고자 하는 효용 극대화의 원리가 그 어떤 가치에도 우선하는 절대적인 가치가 된 것이다. 그로 인해 경제 발전의 과정이 인간을 행복하고 풍요롭게 만드는 과정이 아니라, 인간을 건강한 경제 생활로부터 소외시키고 인간 세계를 훼손시키는 과정이 되었다.(201자)

　제시문 (가)와 (나)는 이와 같은 현실에 대한 비판적인 관점을 잘 보여주고 있다. 특히 제시문 (나)는 현대 자본주의 경제 시스템을 '노동 사회'라는 말로 요약하면서, 현대의 노동 사회가 처한 두 가지 위기를 제시함으로써 비판을 구체화하였다. 생산력의 발전을 통해 인간을 행복하게 만들어 보겠다는 경제의 패러다임이 오히려 인간을 일터로부터 쫓아내는 결과를 초래하였을 뿐 아니라, 인간과 자연을 병들게 하였다는 것이 그 비판의 핵심이다. 다시 말해 현대의 '고용 위기'와 '생태계 위기'가 사실은 경제 발전 패러다임에서 비롯되었다는 것이다.(302자)

　제시문 (가)의 시 역시 이와 유사한 관점을 취하고 있다. 이 시는 일차적으로 경제 개발의 과정에서 자리를 잃고 '가슴에 금이 간' 비둘기의 모습을 통해 제시문 (나)에서 비판하고 있는 것과 마찬가지로 경제 발전의 패러다임이 초래한 생태계 파괴의 문제를 비판적으로 형상화하고 있다. 또한 그 이면에서는 비둘기로 상징되는, 경제 개발의 과정에서 삶의 터전과 인간 본연의 가치까지도 상실해버린 소외된 인간의 모습을 떠올리게 함으로써 세상의 참다운 의미와 가치가 무엇인가를 다시금 생각하게 하기도 한다.(278자)

　경제란 가만히 따지고 보면 '먹고 사는 것'의 문제이다. 그렇다면 과연 잘 먹고 잘 산다는 것은 어떤 의미일까. 그것은 결코 물질적 욕망을 무한정으로 추구하는 것은 아닐 것이다. 제시문에서 문제 삼고 있는 발전 일변도의 경제 논리나 생산성 향상의 논리는 바로 이와 같은 무한정한 욕망 추구의 연장선상에 놓여 있는 것이라 할 수 있다. 그러한 욕망 추구의 과정에서 인간은 잘 먹고 잘 살게 되었다기보다는 오히려 스스로 소외되거나 타인의 삶과 생태계까지도 훼손하는 결과를 초래하였다. 그러나 진정으로 잘 먹고 잘 사는 것은 아마도 이웃이나 자연과 더불어 정겹고, 건강하게, 그리고 여유롭게 사는 것일 터이다.(339자)

그러므로 경제라는 삶의 영역이 이처럼 참다운 의미에서 인간의 행복에 기여하는 영역이 되기 위해서는 놓치지 말아야 할 원칙이 있다. 그것은 바로 경제 활동이 물질적 부의 생산이 아니라 인간 자체를 위해 영위되어야 한다는 점이다. 다시 말해 인간이 경제 활동의 수단이 아니라 목적이 될 때 그 상태를 바람직한 경제 사회의 모습이라고 할 수 있는 것이다.(197자)

이러한 인간관이 바탕이 될 때 경제는 인간을 위한 영역으로 존재하게 되며, 인간이 경제 활동을 하는 구체적 모습인 노동 역시 인간이 자신의 삶의 문제를 해결하기 위해 자율적으로 사회 및 자연과 교류하는 본연의 주체적 모습을 되찾게 될 것이다. 인간이 경제 활동의 주체이자 목적이 될 때에만, 인간이 가진 주체적 생명력, 창의성과 자율성, 삶의 활력 등이 발현될 수 있으며, 그것이야말로 사회의 진정한 발전과 삶의 질 향상을 위한 근본적 동력이 될 것이기 때문이다.(261자)

(총 1,585자)

☆ 강평

이 답안에서는 문제가 요구하는 두 가지 논점을 자연스럽게 연결하여 논의를 전개한 점이 돋보인다. 논의의 심도와 수준은 다 다르겠지만, 적어도 많은 학생들이 제시문을 분석하는 데는 커다란 어려움이 없었을 것이라 생각된다. 두 제시문이 관점을 공유하는 지점이 논제 자체에 명시되어 있기 때문이다. 그리고 이 글은 경제가 인간에게 어떤 의미를 가져야 하는지를 중심으로 경제의 본질을 따져 들어갔기 때문에, 인간의 문제를 어떻게 고려하고 이해해야 하는지에 대한 논의를 무리 없이 펼쳐갈 수 있었던 것으로 보인다.

그러나 제시문 (나)에서 거론한 '고용 위기'라는 문제가 제시문 (가)에서 분석된 '인간 소외'의 문제와 어떤 관련을 갖는지를 명징하게 논리화하지 못했다는 점에서 다소 아쉬움이 남는다. 그밖에도 서론−본론−결론의 진행 과정에서 다소간의 동어반복으로 논의가 늘어지는 인상을 준다는 점과 '것이다'라는 표현을 지나치게 많이 사용한 점 등 몇 가지 아쉬운 점이 더 눈에 띈다. 1,600자의 논술은 논의를 심도 있게 펼치기에는 그리 길지 않은 분량이라는 점을 염두에 두고, 퇴고 시에 논의가 충분히 전개되고 있는지, 불필요하게 같은 논의를 하고 있지는 않은지, 그리고 표현상의 군더더기는 없는지 등을 중점적으로 살펴보도록 하자.

경제(經濟, economy)

1. 경제의 어원

‘가정 관리, 가정 경영’이라는 그리스어 oikonomia가 라틴어로 유입되어 oeconomia로 쓰였고 이것이 1530년경 economy라는 형태로 영어에 도입된다. oikonomia를 분석해 보면 ‘집’을 뜻하는 oikos에 ‘관리, 경영’을 뜻하는 nomos가 붙어서 만들어진 ‘집사’를 뜻하는 oikonomos로부터 파생된 말이다. 1651년부터 political economy(정치경제)라 해서 ‘가정’에서 ‘국가’ 단위로 확장하여 ‘한 국가의 자원 관리’라는 의미가 생겼다. 이것이 현재의 ‘economy’라는 말의 첫 번째 쓰임이 된다.

경제(經濟)는 경세제민(經世濟民) 즉, ‘세상을 경륜하고 인민을 구제한다’에서 나온 말로 일본에서 economy를 번역할 때 중국의 고문헌을 참고해 만들어낸 말이다.

세상을 다스리고 백성을 다스린다는 뜻으로 『장자(莊子)』의 제물론(齊物論)편에서 처음으로 찾아 볼 수 있는 말이다. 세상을 다스린다는 것은 정치를 의미하며 경국 또는 제민과 거의 같은 말이다. 경세제민을 줄여서 경제라고도 한다. 한국에서의 경제라는 말은 이것에서 비롯하나 현재 경제가 의미하는 것과는 차이가 있다.

2. 경제의 개념

의식주 등 물재(物財)의 생산·유통·소비에 관련되는 인간관계의 전체. 사람은 생활해 나가는 데 있어서 여러 가지 욕망을 만족시켜야만 하는데 그 욕망을 만족시키기 위해서 요구되는 외계의 물자 또는 타인의 활동을 재화(財貨) 및 용역(用役)이라 하고, 재화 및 용역에 대한 요구충족, 즉 재화 또는 용역을 지배하는 것을 소비라고 한다. 그러나 재화 및 용역은 언제나 사람의 요구를 곧 만족시켜 줄 수 있는 완성재의 형태로 존재하는 것이 아니고 대개는 재료로서만 존재한다. 그러므로 이러한 재료를 적당히 결합하여 재화 및 용역을 만들어내야 하는데, 재화를 만들기 위한 재료를 자원(資源)이라 하고 자원을 결합 또는 배분함으로써 재화를 산출하는 것을 생산이라고 한다. 이와 같은 재화 및 용역의 소비와 생산에 관한 활동이 경제생활이며, 경제생활에서 요구대상이 되는 재화 및 자원은 대개가 부족한 상태에 있는 데 반해 재화 및 용역에 대한 요구는 무한하다. 따라서 요구와 재화 간에는 언제나 긴장된 상태 또는 모순된 상태가 존재하게 되며, 인간생활을 원활히 하기 위해서 이러한 모순을 끊임없이 극복 또는 완화해야 한다. 여기에서 요구와 재화, 요구와 자원 간에 합리적인 선택을 하게 되고 그 결과로 질서가 이루어진다. 질서라는 것은 목적달성을 위한 여러 수단이 조화를 이루는 것을 말하며 경제생활에 있어서의 질서는 재화 및 용역에 대한 요구충족을 위하여 필요한 소비 및 생산 활동의 질서를 뜻한다. 미국의 경제학자 P.A.새뮤얼슨은 어떠한 사회든 반드시 다음과 같은 기본적 경제문제, 즉 ① 무슨 재화를 얼마나 생산할 것인가 ② 어떠한 재화를 어떻게 생산할 것인가 ③ 누구를 위하여 생산할 것인가 등을 해결해야 한다고 했다. ①, ②는 생산에 관한 문제이고 ③은 소비에 관한 문제이다. 한사회의 성원(成員)이 생명의 유지, 생활의 영위를 위해서는 이상의 세 가지 문제를 그 사회가 해결함으로써 그 사회내의 성원의 소비와 생산을 보장해 줄 수 있는 것이다. 이상과 같은 기본적 경제문제의 해결이라고 할 수 있는 사회의 경제생활은 동일한 문제의 해결이면서도 시대와 국가에 따라서 반드시 동일하지는 않다.

3. 경제학의 종류

경제학의 정의는 경제학의 계보(系譜)에 따라 달리할 수 있겠지만, 인간의 욕망을 충족시키기 위한 수단이 항상 제한되어 있다는 사실(자원의 희소성)에 직면하여, 그 제한된 수단을 가장 유효하게 활용하고자 선택을 하는 과정에서 인적 및 물적 자원이 어떻게 배분되고 소득이 어떻게 처리되는가를 관찰함으로써 이들에 관한 일반적인 법칙을 구명하며, 그 자원의 배분 과정에서 야기되는 경제적·사회적 문제를 적절히 해결할 수 있는 방법을 찾아내고자 하는 학문이라고 할 수 있다.

경제학에는 경제현상의 연구목적과 방법에 따라 실증경제학(實證經濟學, positive economics)과 규범경제학(規範經濟學, normative economics)의 두 가지 측면이 있다.

실증경제학은 현실의 경제사회에 존재하는 경제법칙의 구명을 목적으로 경제현상을 사실(what is) 그대로 기술하고 분석한 결과로 얻은 일련의 체계적 지식이다. 즉, 실증경제학이란 현실 경제사회의 여러 경제변수(예 : 재화의 가격·수요량·공급량과 같은 미시변수와 물가수준·고용·국민소득과 같은 거시변수) 사이에 존재하는 함수관계를 발견하고 그 성질을 구명하는 것을 내용으로 한다.

흔히 경제학 또는 경제이론이라고 할 때는 이 실증경제학을 가리킨다. 한편, 규범경제학은 마땅히 있어야 할 경제상태(What ought to be)가 무엇인가에 대한 판단을 내리는 기준에 관한 이론으로, 가치판단을 하는 것을 전제로 한다. 그런데 경제학자나 다른 사회과학자들은 그들의 연구과정에서 가치판단을 해서는 안된다는 의견이 지배적이다.

그러나 경제학을 연구하는 목적이, 첫째, 어떤 경제현상에 대한 진상을 구명하여 그것에 대한 정확한 지식을 가지고자 하는 것이고, 둘째, 적극적으로 경제사회의 모순을 제거하고 사회를 옳은 방향으로 유도하자는 실천적 동기(實踐的動機)에 있다고 한다면, 당연히 그 사회의 통념과 양식에 비추어 가치판단을 해야 할 것이다. 다만, 이 가치판단은 확고한 실증적 연구와 결론에 입각해 있어야 한다는 것이며 경제학은 이와 같은 실천적 측면을 가지고 있는 것이다.

경제학은 경제현상의 인식 방법의 차이에 따라, 이론경제학·경제사(經濟史)·경제정책의 셋으로 전통적으로 나누어 왔다. ① 이론경제학(theoretical economics) : 경제현상에 적용되는 원리를 그 인과관계에 의하여 관찰하고 거기에 작용되는 공통적인 법칙성을 밝히는 것, ② 경제사(economic history) : 경제현상에 대한 인과관계를 역사적인 특수성에 의하여 파악하려는 것, ③ 경제정책(economic policy) : 장래에 있어서 형성되어야 할 경제현상을 대상으로 하는 것으로서, 당위(Sollen)의 문제, 즉 가치판단이 개입되게 된다. 경제정책의 학문적 대상과 방법론에 대해서는 많은 논의가 있다.

보통 경제학이라고 하는 경우는 흔히 이론경제학을 말하며, 다시 그 대상을 기준으로 경제현상의 일반적인 문제를 다루는 경제학원리(principle of economics)와 경제생활의 주체에 따른 정부의 경제행동에 관한 재정학(財政學), 기업의 활동에 관한 경영학(經營學 : 經營經濟學), 가계의 행동에 관한 가정학(家政學), 국제경제를 대상으로 하는 국제경제학(國際經濟學) 등으로 분류된다.

현대 경제학은 연구대상의 범위와 방법에 따라 미시경제학(微視經濟學, micro-economics)과 거시경제학(巨視經濟學, macro-economics), 또는 가격론적 경제학과 소득론적 경제학으로 크게 구별된다.

4. 경제학의 역사

경제학은 보통 이론·역사·정책의 3부문으로 분류되지만 경제학설사가 다루는 것은 경제이론의 역사이다. 그러나 사회과학으로서의 경제학은 이론과 역사 사이, 그리고 이론과 정책 사이에 불가분의 연관성이 있으므로, 경제학설사의 연구는 경제사 및 경제정책과의 관련 속에서 고찰하지 않으면 안 된다. 경제학설사의 내용을 이루는 주요학파의 계보를 약술하면 다음과 같다. 경제사상이 종교·철학·윤리사상의 하위체계(下位體系)로 취급되던 서양의 고대·중세 및 19세기까지의 동양사회에서는 독립체계로서의 경제학설이 성립되기 이전이었으므로 좁은 의미의 경제학설사에서는 다루지 않는다.

초기자본주의의 원시축적기(原始蓄積期)에 전개되던 중상주의(重商主義)의 학설은 17~18세기에 걸쳐 전개된 학설이며, 18세기 중기에 프랑스의 F.케네가 제창한 중농주의(重農主義)의 학설은 그의 저서 『경제표(經濟表)』가 중심이 되어 있다. 18세기 후반부터 약 100년 동안 주로 영국을 무대로 전개된 고전파경제학은 시민사회 성립과 산업혁명을 시대적 배경으로 하여 전개된 학파로, 이를 고전파 또는 정통파(正統派)라고 하는 까닭은 경제학이 이들에 의해서 비로소 자율적이고 통일적인 이론체계로서 확립되었으며, 이 기간 동안 이 학파는 비단 영국뿐만 아니라 세계의 경제학계에 지배적 영향을 끼쳐 왔기 때문이다. 이 학파의 대표적 학자로는 A.스미스, D.리카도, T.R.맬서스, J.S.밀 등을 들 수 있고, 이들은 생산비가치론·노동가치론·가격론·분배론·임금기금설·자본축적론 등의 거시적·동태적 이론체계로써 당시의 경제정책에도 지대한 영향을 끼쳤음은 물론이다. 그 중에서도 특히 스미스의 '보이지 않는 손(invisible hand)'은 공익(公益)과 사익(私益)의 예정조화설(豫定調和說)과 작은 정부론(small government)을 내용으로 하는 경제적 자유방임주의(自由放任主義)의 시초가 되었다. K.마르크스도 리카도의 노동가치설을 계승했다는 점에서는 넓은 의미의 고전파에 속한다고 볼 수 있다.

19세기 중엽부터 현실경제의 움직임에 대한 고전파 이론의 설명력이 약화되자, 정통이론에 대한 비판경제학의 조류가 나타났다. 몇 부류의 학파가 탄생되었는데, 이들에게 공통적인 것은 정통이론이 경제현상을 가격기구(價格機構)에 바탕을 두고 설명하려는 데 반해서, 이들은 모두 이를 비판하고 있다는 점이다. 가령 독일에서 F.리스트 이래 W.로셔, B.힐데브란트, K.G.크니스 등으로 이어져온 역사학파에서는 가격기구 대신 민족의 역사적 단계 또는 국가에 바탕을 두어 경제학을 확립해야 한다는 입장을 내세우게 되었으며, 마르크스 학파에서는 계급관계에 모든 경제현상의 설명원리를 뿌리박고자 하였고, 좀 뒤늦게 19세기 말 미국에서 탄생된 제도학파(制度學派)는 진화하는 제도와 그 배경으로서의 사회심리학적 요인들에 입각해서 경제학을 재구성할 것을 주장하였다.

이와 같이 가격기구에 신뢰를 두지 않는 비판경제학이나 비주류의 경제학파들은 19세기 말을 거쳐 오늘날까지 이어오는 것도 있다. 예를 들면, 역사학파는 19세기 말 A.바그너, G.슈몰러, L.브렌타노 등 후기 역사학파(신역사학파)로서 그 역할이 끝났지만, 마르크스 학파는 K.카우츠키, R.힐퍼딩, R.룩셈부르크, E.베른슈타인 등의 독일어권 내의 각파가 마르크스의 계승자임을 자처하며 논쟁을 벌이던 중 러시아의 레닌이 사회주의혁명으로 정권을 장악하고 정통 마르크스주의를 내세워, 여타의 모든 마르크스주의는 수정주의(修正主義)나 이단으로 몰아세웠다. 따라서, 마르크스 경제학을 하나의 학설로서 과학적·객관적으로 비판하는 학문적 연구대상이 아니라, 정권을 장악하는 이데올로기 또는 특정 정당의 선전활동의 도구로 전락시키고 말았다. 오늘날 사회주의권 내에서 독자적 경제이론이 발달하지 못하게 된 것도 이 같은 경향과 관계가 있는 것이다. 다음으로 T.B.베블런이 창시한 미국의 제도학파는 J.R.커먼스, W.C.미첼, J.M.클라크 등의 초기단계에서 아이레스, J.K.갤브레이스, K.G.뮈르달 등의 신제도학파에 이르기까지 현대에서도 활기 있는 비판경제학의 한 계류(系流)를 이루고 있다.

이상과 같이 비주류의 각 학파가 고전파 몰락 이후 전개되어 왔지만, 이들이 경제학의 주류를 이루지는 못하였다. 가격기구의 역할을 새로운 가치인 효용가치론(效用價値論)에 입각하여 경제학의 정통성을 재확립한 것이 신고전파(新古典派) 경제학이다. 1870년대 W.S.제번스가 창시하고 A.마셜이 완성하였다고 볼 수 있는 영국의 케임브리지학파(신고전학파), 같은 시기에 M.E.L발라가 창시하여 V.F.D.파레토, E.바로네 등으로 이어져 온 로잔학파, 그리고 C.멩거를 시조(始祖)로 E.뵘바베르크, F.비저 등으로 계승된 오스트리아학파가 오늘날 신고전파 경제학의 골격을 형성한 한계주의(限界主義) 경제학을 생성·발전시킨 주역들이다. 그런데 수리적인 분석방법에 의한 미시이론(微視理論)이 1930년대 대공황에 대한 설명력 상실로 인해 나온 것이 케인스혁명이며, 이로써 거시경제학(巨視經濟學)의 시대가 열리게 되었다. 그러나 J.R힉스와 P.A.새뮤얼슨에 의해 케인스경제학은 이론적으로는 발라의 일반균형 이론체계(一般均衡理論體系) 속에 통합된 형태로 이해됨으로써 현대경제이론을 여전히 신고전파경제학이라고 통칭하게 된 것이다.

현대경제학의 이와 같은 주류에 대해서 케인스혁명을 정치경제적으로 재해석해야 한다는 케임브리지학파의 J.V.로빈슨과 케인스적(的) 재정정책을 불신하는 시카고학파의 M.프리드먼, 그리고 주관가치이론을 재인식하고 균형이론적 결정론을 불신하는 신(新)오스트리아학파의 F.A.하이에크 등의 도전에 현대의 신고전파 경제학이 어떻게 대처할 것인지의 무거운 짐을 짊어지고 있다.

5. 경제체제

통일기준을 어디에 두는가에 따라 여러 가지 경제체제로 구별한다.

그 중 W.좀바르트가 '근대 자본주의'의 연구에서 사용한 경제의 유형개념(類型概念)을 가리킨다. 좀바르트는 경제체제를 구성하는 경제질서·경제의식·기술의 3요인이 갖가지로 조합되어 여러 가지 경제체제의 유형이 생기는 것이라 생각하고, 인류의 역사를 크게 전(前)자본주의적 경제체제·자본주의적 경제체제·사회주의적 경제체제 등으로 구분하였다.

① 전통적 경제체제

전통적인 관습이나 신념에 따라 경제 문제를 해결했으며 자원 개발이나 기술 발전이 제한적이었다.

② 자본주의경제

경제생활은 원시사회·고대사회·봉건사회를 거쳐 근대사회의 경제생활로 발전해왔다. 18세기에 영국에서 발생한 산업혁명의 결과로 새로 발생하게 된 근대사회의 경제를 자본주의경제라고 하는데, 화폐경제 또는 상품경제라고 할 수 있다. 자본주의경제는 산업혁명의 결과 기계의 이용에 의한 대량생산이 가능해졌으며, 이로 인해 자급자족을 위한 생산이 아닌, 상품으로서 팔기 위한 생산이 행해지게 되었다. 따라서 교환이 빈번해졌고 이에 따라 일반적 교환수단이 화폐를 사용하는 매매의 형태를 취하게 되어 화폐사용이 일반화되었다. 자본주의경제에서는 자본과 노동이 분리되어 자본이 노동을 지배하게 되었다. 공장에서 대량생산이 행해짐에 따라 몰락한 종래의 수공업자와 상품경제의 발달 및 토지의 상실로 빈곤해진 농민들이 공장노동자로 바뀌어 갔다. 이에 따라 근대적 생산설비를 소유하는 소수의 자본가와 노동을 유일한 생산수단으로 하는 노동자가 발생하게 되었고, 생산수단을 가진 자본가가 노동자를 지배하게 되었다. 이러한 자본과 노동의 분리는 또 필연적으로 생산자와 소비자의 분리를 초래하였다.

자본주의의 또 하나의 주요한 특질은 개인의 경제활동의 자유가 인정된다는 점이다. 즉 개인의 경제활동에 대해서 정부는 일절 간섭을 하지 않는다. 개인은 자신의 이익을 최대화하기 위하여 자기 책임 하에 생산 및 소비를 행하므로 여기서는 사유재산이 인정되고 보장된다. 그리고 직업 선택의 자유가 인정되어 있으므로 노동자의 고용에 있어서는 고용주와 노동자가 평등한 지위에서 계약을 맺을 수 있도록 법률에 의하여 <계약자유의 원칙>이 규정되어 있다. 또 소비에 있어서는 요구의 표현과 이 요구를 충족시켜 줄 수 있는 재화의 선택을 정부의 간섭을 받지 않고 소비자 자신이 할 수 있는 권리, 즉 <소비자주권>이 인정된다. 이상과 같은 특징을 가진 근대 자본주의경제는 생산수준과 소비수준을 끌어올렸지만 다음과 같은 폐해도 가져왔다. ① 자본가계급과 노동자계급간에는 불공정한 분배가 행해져서 빈부의 차가 격심해졌고 여기서 노동문제가 빈번히 발생하게 되었다. 생산과잉으로 침체·공황을 일으켜 파산하는 기업이 속출하고 이에 따라 실업자가 증대하는 혼란이 일어나게 되었다. ③ 거대한 자본이 집중되어 각 산업 부문에 독점이 성립되었다. 일단 독점이 성립되면 그것은 독점자로 하여금 독점이윤을 획득하게 할 뿐 아니라 생산제한으로 실업자를 배출하고 또 가격의 인상으로 소비대중을 압박한다. 이러한 자본주의의 내재적 모순을 극복하기 위한 노력의 하나는 자본주의의 테두리 안에서 생산수단의 사유를 인정하고 개인의 창의와 자유를 살려나가는 한편 중요한 산업·금융에 대해서 정부가 통제를 가하고 노사관계를 정부가 조정해 나가는 이른바 <수정자본주의>이고, 또 하나는 자본주의의 테두리를 벗어나 생산수단을 공유하여 노사간의 대립을 해소하고 정부의 계획적인 경제활동에 의하여 소비와 생산의 수준을 향상시키려는 이른바 <사회주의경제>이다. 세계의 경제는 크게 이 사회주의경제와 자본주의경제로 나누어진다.

다음은 시장 경제체제의 발전을 대략적으로 나타낸 것이다.

① 상업자본주의(13~14C) : 절대 왕정 체제의 중상주의 하에서 상업자본의 성장, 화폐 경제의 발달, 보호 무역주의 체제 인클로저운동 전개, 공장제 수공업 및 선대제 발달.

② 산업 자본주의(18C~) 산업혁명 : 증기 기관 및 방직기의 발명, 생산량의 비약적 증가, 공장제 기계 공업 발달, 자유방임주의 체제 발달－정부의 역할은 치안 유지에 한정, 개인과 기업의 자유로운 경제 활동을 중시－순수 시장 경제 체제, 작은 정부, 야경국가, 소극적 국가 성립.

③ 독점 자본주의(19C 중엽~) : 기술 혁신으로 인한 생산력 증대와 과잉 생산으로 기업간 경쟁의 격화－도산하는 기업을 흡수 합병시킨 독과점 기업 등장.
빈부격차 심화, 노동자 계급과 자본가 계급의 본격적 대립, 식민지 개척을 도모하는 제국주의적 침략 등장.

④ 수정 자본주의(1930년대~) 세계 대공황 : 독점 자본에 의해 과잉 공급과

유효 수요 부족-풍요 속의 빈곤 발생.

미국은 뉴딜 정책을 채택하여 정부의 적극적인 시장 개입을 통해 위기를 극복.

큰 정부, 복지국가, 적극적 국가, 행정국가, 혼합경제체제, 수정(복지)자본주의 등장.

⑤ 신 자유주의(1970년대 후반~) : 1970년대 석유 파동으로 스태그플레이션 발생-정부 역할에 대한 한계 인식 영국병(복지병, 선진국병) 현상 발생-무분별한 복지 정책의 부작용에 대한 문제 인식, 정부 실패현상의 해결을 위해 다시금 정부의 역할을 축소하려는 움직임 등장.

6. 사회주의경제

사회주의경제가 처음 모습을 나타낸 것은 1917년 10월의 러시아혁명 이후 N. 레닌이 지도하는 노농정권이 탄생하면서부터이다. 그 후 제2차 세계대전이 끝난 뒤 동유럽과 아시아의 국가들이 사회주의의 길을 가게 되면서 사회주의 경제가 형성되기 시작하였다. 사회주의 경제는 생산의 수단, 즉 토지·삼림·수리·지하 매장물·원료·생산용구·생산용건물·교통통신기관 등이 자본주의에서와 같이 개인의 사적 재산이 되지 않고 사회성원 전체의 소유가 되는 것을 그 특징으로 한다. 사회주의경제는 생산수단과 노동력의 계획적인 배분과 이용을 통해 운용되는 이른바 계획경제이다. 거기서는 자유경제가 인정되지 않는다. 동시에 사회주의경제는 공산주의경제와도 구별된다. 1952년 I.V.스탈린은 소련의 사회주의는 생산력의 미발달로 말미암아 콜호스적·협동조합적 소유형태가 고유형태와 병존하고 또한 노동자의 교양이나 생활수준이 낮기 때문에 사회주의에서 공산주의로 이행하려면 이러한 문제들이 해결될 필요가 있다고 지적함으로써 사회주의와 공산주의를 구별하였다. 소련의 사회주의적 경제발전의 시기는 역사적으로 다음과 같이 나눌 수 있다. ① 10월 러시아혁명기(1917~18), ② 외국의 무력간섭과 국내 전쟁기(1918~20), ③ 국민경제부흥기(1921~25), ④ 공업화의 시기(1926~29), ⑤ 농업집단화의 시기(1930~34), ⑥ 사회주의사회건설의 완성기(1935~37)가 그것이다. 그러나 1960년대에 들어와 소련·동유럽의 경제발전속도는 둔화되었고 따라서 그때까지의 외연적·물량적 발전에서 집약적·질적 발전으로의 정책전환이 불가피해졌다. 종래 각국의 경제계획·관리제도는 1930년대 소련의 방식을 답습한 것으로 그것은 물동적(物動的)·중앙집권적 계획기구에 의한 것이었다. 생산력이 일정한 단계에 이르면 농촌의 혼재적 노동력이 차례로 고갈되게 되고 설비투자가 대규모화함에 따라 노동생산성이나 투자효율이 큰 관심사가 되었다. 또한 계획화이론이나 기술이 컴퓨터의 발달에 따라서 비약적으로 발전하여 소련과 동유럽제국에서는 경제관리를 보다 더 분권화하고 기업단위로 재정상의 상대적 자립성을 강화하는 방식, 말하자면 행정지도방식에서 경제적 자극을 보다 더 중시하는 방식으로 전환하게 되었다. 소련·동유럽제국(알바니아 제외)은 모두 1965~1968년에 전면적으로 이 개혁을 도입하였다. 한편 중국은 소련의 평화공존정책이 민족해방을 위한 투쟁을 억압하는 결과를 가져온다는 이유에서 이에 반대하고, 또한 소련의 대국주의적 태도에 대한 반발도 겹쳐서 소련과의 대립이 점점 심화되었다. 이 과정에서 사회주의경제의 과도적 성격에 관한 문제, 공업과 농업의 균형문제, 공산주의로의 점차적 이행에 관한 경제정책 등 격한 논쟁이 진행되었다.

자본주의(資本主義, capitalism)

현재 서유럽과 미국, 대한민국을 비롯한 많은 나라의 국민들은 '자본주의체제'라는 경제체제 아래서 경제생활을 영위하고 있다. 이와 같은 체제가 발생한 것은 인류의 유구한 역사에서 볼 때 비교적 오래지 않은 일이다.

이 경제체제는 16세기 무렵부터 점차로 봉건제도 속에서 싹트기 시작하였는데, 18세기 중엽부터 영국과 프랑스 등을 중심으로 점차 발달하여 산업혁명에 의해서 확립되었으며, 19세기에 들어와 독일과 미국 등으로 파급되었다. '자본주의'라는 말은 처음에 사회주의자가 쓰기 시작하여 점차 보급된 용어인데, 자본주의란 무엇인가에 대하여는 명확한 정의가 있는 것은 아니다.

자본주의란 말은 사람에 따라 여러 가지 뜻으로 쓰이고 있다. 예를 들면 이윤획득을 위한 상품생산이라는 정도의 뜻으로도, 단순히 화폐경제와 동의어로도 쓰이며(이 경우 부분적으로는 고대와 중세에도 자본주의가 존재하였다고 가정), 사회주의적 계획경제에 대하여 사유재산제에 바탕을 둔 자유주의 경제라는 뜻으로 쓰이는 경우도 있다.

K.마르크스는 자본주의의 특징을 '이윤획득을 목적으로 상품생산이 이루어진다는 점, 노동력이 상품화된다는 점, 생산이 무계획적으로 이루어진다는 점' 등으로 보았다. W.좀바르트는 자본주의체제란 '서로 다른 두 인구군, 즉 지배권을 가지며 동시에 경제주체인 생산수단의 소유자와, 생산수단을 소유하지 않은 노동자가 시장에서 결합되어 함께 활동하는, 그리고 영리주의와 경제적 합리주의에 의해서 지배되는 하나의 유통경제적 조직이다'라고 정의하였다.

M.베버는 근대자본주의는 '직업으로서 합법적 이윤을 조직적·합리적으로 추구하는 정신적 태도'라고 정의하였다. 요약하면 자본주의란 상품생산에 의해

서 이윤을 획득하려고 하는 정신적 태도를 말하며, 자본주의체제 또는 자본주의 경제란, 이와 같은 태도 하에서 상품생산이 이루어지는 유통경제조직을 말한다.

자본주의의 특징은 ① 사유재산제에 바탕을 두고 있다는 것, ② 모든 재화에 가격이 성립되어 있다는 것, ③ 이윤획득을 목적으로 하여 상품생산이 이루어진다는 것, ④ 노동력이 상품화된다는 것, ⑤ 생산은 전체로서 볼 때 무계획적으로 이루어지고 있다는 것 등을 들 수 있다.

자본주의 경제에서는 모든 재에 각기 가격이 성립되고, 그 가격을 기준으로 하여 재의 생산·교환 및 소비가 이루어진다. 재의 가격이 등귀하면 생산 또는 공급이 증가하고, 소비 또는 수요가 감소한다. 가격이 하락하면 공급은 감소하고 수요는 증가한다. 그러므로 가격은 그 가격에서 수요와 공급이 일치할 수 있는 높이로 결정된다.

이와 같이 자본주의의 경제적 질서는 가격의 성립에 의하여 유지된다. 상품의 가격은 수요와 공급의 관계에 의해서 결정된다는 설이 일반적이지만, 상품생산에 투하된 노동량에 일치 또는 비례한다는 설, 상품의 생산비에 평균이윤을 더한 선에서 안정된다는 설, 상품의 효용에 의해서 결정된다는 설 등이 있다.

국가는 원칙적으로 경제에 간섭하지 않는 자유방임(laissez-faire)정책을 취한다. 그런데 가격에 의한 질서에만 의존하게 되면 그 특징적인 경제적 무정부성에 의하여, 생산과 소비와의 모순이 생겨 자본주의 경제 특유의 순환적인 공황이 발생하게 된다. 가난한 사람들의 생활이 더욱 어렵게 되고 실업자가 생기게 된다. 따라서 국가는 여러 방법으로 경제에 통제를 가하게 되었다. 오늘날 자본주의의 경제적 질서는 가격과 국가통제에 의해서 유지된다.

자본주의 경제의 장점은 첫째, 경제활동의 자유가 있다는 점이다. 사람들은 마음대로 직업을 선택하고, 마음대로 생산을 하며, 원하는 것을 소비할 수 있다. 둘째, 이윤획득을 목적으로 자유경쟁이 벌어지기 때문에 사람들은 창조적인 생각을 발휘하여 좋은 상품을 풍부하게 저렴한 가격으로 생산하게 된다. 이것이 사회에 양질·풍부·저렴한 재를 공급하는 결과가 된다. 이것을 A.스미스는 '보이지 않는 손'에 의해 인도되고 있는 것이라고 하였다. 반면 자본주의 경제의 단점은 첫째, 빈부의 차가 크다는 점이다. 하지만 최근에는 노동조합의 힘이 강화되고, 국가에 의한 소득재분배정책도 추진되기에 이르러, 분배의 불평등이 꼭 커지는 것만은 아니다. 둘째, 생산이 자유경쟁을 바탕으로 영위되기 때문에, 전체로서는 무계획적이 되어 공황이나 실업이 발생할 수 있는 경향이 있다. 자본주의 사회는 붕괴되고 사회주의 사회가 도래한다고 생각하는 사람도 있다. 마르크스는 자본주의 사회에 있어서 필연적으로 산업예비군과 공황이 발생하여 노동자계급의 사회주의혁명이 성취된다고 주장하였다. 지금까지도 이 생각을 지지하는 사람이 있기는 하지만, 어느 선진자본주의국에 있어서도 사회주의혁명은 일어나지 않고 있다. 혁명은 오히려 후진국에서 빈발하고 있다. 선진국은 일반적으로 자본주의를 수정하여 복지국가를 지향하고 있다. 한국은 중진국 선두 그룹에 속해 있으며, 선진복지국가에의 길을 걷고 있다.

욕망(欲望 · 慾望, desire)

1. 욕망의 개념

욕망이란 단어를 한자로 풀어보면 欲(하고자할 욕) 또는 慾(욕심 욕)에 望(바랄 망)을 더해 이루어져 있다. 欲(하고자할 욕)을 사용할 때나 慾(욕심 욕)을 사용할 때나 욕망(欲望 · 慾望)은 무엇을 하거나 가지고자 하는 바람이나 누리고자 탐하는 마음, 부족을 느끼어 이를 채우려고 바라는 마음을 의미한다.

욕망에 대응하는 영어 단어로는 desire를 들 수 있다. desire은 「별(sidus)에서 대망(待望)하다」라는 어원에서 비롯된 말로 몹시 바라고 원한다는 뜻을 가지고 있다.

2. 욕망(欲望 · 慾望, desire)과 구분되는 욕구(欲求 · 慾求, demand) · 요구(要求, need)

정신분석자 라캉에 의하면 욕망은 욕구나 요구와 구분되는 개념이다.

욕구(demand)란 특정한 대상을 지향하며 그것을 통해 만족을 얻으려 하는 것이다. 욕구는 그 자체로 추구되거나 충족될 수 있는 것이 아니다. '주체'는 그것의 충족을 위해 특정한 것을 요구하게 된다.

요구(need)란 다른 사람에게 욕구를 제시함으로써 정식화된다. 요구는 언어를 통해 이루어지며, 언어를 통해 욕구의 대상을 고정하는 것이다. 그것은 기표를 통해 작용하는 상징적 질서 안에서 이루어진다. 즉 상징적 질서가 요구의 한계인 셈이다. 따라서 욕구가 기표를 통해 요구로 되는 순간, 다시 말해 욕구가 요구에 흡수되는 순간 소외가 발생한다. 말로 되어 나온 요구를 통해서는 향유에 도달하지 못한다. 반대로 말 혹은 요구를 통과하면서 향유는 금지된 것으로 되고, 그것을 계속 추구하려는 한 거세(castration)에 직면하게 된다.

욕구와 요구 사이에는 하나가 될 수 없는 필연적인 갭이 존재하는데, 이러한 욕구와 요구의 일치를 위해 나가고자 하는 에너지가 욕망(desire)이라고 본다. 따라서 욕망은 욕구와 요구의 차로 정의된다. 욕망은 이런 점에서 충족되지 못함이며 결핍(manque)이다.

그것은 결코 충족될 수 없는 것이지만, 동시에 충족시키고자 하는 욕망이기에, 그 결핍을 메우리라 생각되는 대상이 무한히 치환되는 '욕망의 환유연쇄'가 나타난다. 즉, 요구와 욕구의 일치는 불가능한 것이므로 끝없는 욕망의 회로 속으로 미끄러져 가는데, 사르트르는 욕망의 정의를 자신에게 결핍되어 있는 것을 추구하여 결함이 없는 존재가 되고 싶어 하는 정신활동이라고 했다.

3. 욕망의 본성에 대한 두 가지 견해

욕망이란 만족의 원천이라고 상상하고 또 알고 있는 대상에 대한 탐구이다. 그러므로 욕망은 고통을 동반하며, 부족과 결핍의 감정이 따르고 있다. 그럼에도 불구하고 욕망은 자기만족을 거부하는 듯이 보인다. 왜냐하면 한 욕망이 겨우 채워지자마자 다른 욕망이 서둘러서 다시 생겨난다. 그래서 욕망은 욕망된 대상에 대해 다음과 같은 양가감정을 지닌다. 즉 욕망은 만족되기를 원하기도 하고 원하지 않기도 한다. 한 대상에서 다른 대상으로 이전하면서 욕망은 무한정적이고, 잴 수 있는 범위를 넘어서며, 심지어 숙명적으로 근본적인 불만족이다.

다른 방향에서 욕망을 고려할 수 있다. 긍정의 능력으로서 욕망은 인간의 본질 자체일 것이며, 인간 그 자체와 그의 작품의 창조자이다. 욕망은 작용하는 권능으로서 개체로서 인간을 생산하는 능력자로서 뿐만 아니라, 다른 사물(물체)에 대한 발명자이며 그 발명품을 이용하는 사물을 발명하는 능력자이다.

4. 부족(manque)으로서의 욕망-플라톤

만일 욕망이 단순한 필요를 넘쳐난다면, 욕망이란 근원적인 부족으로 진행하는 것일 것이다. 이미 플라톤을 이런 성격을 강조하면서, 『향연(Le Banpue)』에서 어머니 빈곤(Penia)과 아버지 풍요(Poros)의 아들인 에로스(Eros) 탄생의 신화적 이야기를 통하여 욕망의 기원을 묘사하고 있다. 궁핍과 풍요 사이에서 욕망은 탐색 중이며, 지혜의 사랑으로서 철학은 욕망의 진행이다. 그러나 만일 욕망이 근원적 부족이라면, 그것은 신적이고 충만한 세계에 대한 향수를 표현하는 것이다.

현대철학에서 만일 욕망이 부족과 부정성이라면 반대로 욕망이란 인간의 존재가 시간성 속에 투입한 증거라는 것이 된다. 사르트르는 욕망에 특별한 중요성을 부여한다. 왜냐하면 욕망에서 인간의 유한성, 다시 말하면 의식이 시간의 차원으로, 우리가 저 세상으로 지고 갈 초월성으로, 항상 또다시 인도할 다른 장소로의 개방성(열려진 의미)을 갖게 됨을 보았기 때문이다.

5. 긍정과 창조의 권능(puissance)으로서의 욕망-스피노자, 들뢰즈, 프로이트

욕망이 부정과 부족이라는 전망에서 바라보는 것과 달리, 스피노자는 의심의 여지없이 욕망의 긍정성과 가치를 가장 열렬하게 확정한 학자이다. 이미 좋고 나쁜 욕망이 있을 거란 가정 하에, 욕망을 이미 욕망된(채워진) 사물의 가치에 종속시키는 것으로 생각하는 대신에 스피노자는 반대로 욕망을 가치의 생산자로서 간주한다. 게다가 욕망에 앞서서 존재하는 대상에 의해서 가치가 규정되는 것이 아니라, 욕망은 그 대상을 실행하고 생산하는 것으로 보았다. 이처럼 스피노자는 우리가 어떤 사물이 좋기(선하기) 때문에 욕망하는 것이 아니라, 우리가 그것을 욕망하기 때문에 좋다고 판단했다.

스피노자에 이어 들뢰즈도 욕망의 긍정적 성질을 강조한다. 그는 욕망을 실재성(본성)의 정교하고 근면한 생산자로 본다.

프로이트 역시 우리는 스스로 필요하여 욕망하는 대상보다 욕망이 지원하는 무의식적 환영을 탐색(갈망)한다고 본다. 환영은 금지(통제명령)의 위치에서 생겨나는 부족(결핍)에 뿌리를 내리게 된다. 달리 말하면 금지에 의해 생겨난 부족 때문에 욕망이 생겨난다.

6. 현대사회에서 욕망의 의미

우리는 소비 자본주의 사회에 살고 있다. 소비 자본주의 단계인 탈산업사회는 분화된 영역들 간의 경직된 구획과 벽이 전면적으로 해체되는 탈분화 사회이다. 이러한 소비 자본주의 사회에서는 일상적 삶의 모든 영역에 경제의 논리가 침투하고 있으며, 수요에 부응해서 공급이 이루어지는 것이 아니라 공급이 수요를 창출하는 시대이다. 자본의 욕망이 일상적 삶의 모든 영역에서 우리를 포획하는 '욕망의 시대'라 할 수 있는 것이다. 따라서 소비와 연결되는 욕망을 무한정 추구하도록 하는 현대 사회에서 '욕망'의 의미를 파악하는 것은 중요하다. 우리는 욕망의 긍정적 가치는 인정하되 무분별한 욕망의 추구는 자제하는 합리적인 태도를 갖추어야 한다. 욕망의 시대에 욕망을 부정적인 것으로만 간주하는 교육은 이러한 태도를 갖춘 인간을 만들 수 없다. 반대로 욕망을 방종으로 이어지게 하는 교육 역시 옳지 않다. 그러므로 욕망에 대한 다각적인 교육적 접근과 사회적 인식이 중요할 것이다.

제 3 장

교육 대중화와 민주주의

 **논술 기법**

1. 제시문 읽을 때의 주의점

학습자들은 주어진 제시문을 대할 때 그 글을 가능한 한 빠른 시간 내에 완벽히 소화하여 이해할 수 있기를 바란다. 그러면 주어진 글을 완벽히 소화하고 이해한다는 것은 무슨 뜻일까? 이것은 단어와 문장의 개념을 이해하는 수준만의 것은 아닐 것이다. 글의 이해는 적어도 필자의 글을 쓰고자 하는 의도와(사실은 이것이 가장 중요함), 그것의 표면적 의미와 더불어 그 속에 묻혀 있는 내면적 의미를 터득해 내는 것이 통합되어야 할 것이다. 글을 읽을 때 이런 수준의 고차원적인 이해는 시간을 무시하고 본다면 아마 대부분의 학습자들이 가능할 것이다. 그러나 독해력이란 빠른 시간 내에 또는 한 번 읽고서 그 깊은 의미들을 최대한 끌어내는 힘인 것이다. 그리고 적어도 시험은 강력한 독해력을 토대로 자신의 의견을 내세울 수 있는 필자인지 아닌지를 판별해 내는 작업이다.

논술 고사는 주어진 시간 내에 완성된 글을 지시에 따라 전개해야 한다는 긴장 속에서 제시문을 읽어야 하기 때문에 그 치밀한 독해에 어려움이 있을 수도 있다.

그러나 필자의 의도를 살려 글을 이해하거나 이것을 이용해 글을 작성해야 하는 입장에서 제시문의 독해를 잘 할 수 있는 방법은 논제에서 언급되고 있는 제시문의 정보를 충분히 이용하는 것이다. 앞에서 살폈듯이, 논제는 제시문에서 반드시 논의하거나 해결해야 할 부분을 알려주기도 하며 그 제시문의 핵심 내용을 놓치지 않게 잡아주는 역할을 한다. 이러한 점을 염두에 두고 읽으면 논제에서 언급된 제시문의 내용이 좀더 구체화되고 확고하게 되어 논제에 대한 재해석이 덧붙여질 수 있다. 다시 말하면, 이 단계에서는 제시문의 이해도 조목조목 잘 정리되면서 이로 인해 거꾸로 논제 분석이 더 치밀하게 완성되기도 하는 것이다. 다음의 예(2004년 한양대)를 보자.

논제

제시문 (가)는 최근의 사회문제에 관한 글이다. 제시문 (가)에 나온 사례들의 원인을 분석한 후, 제시문 (나)에서 유추할 수 있는 구체적 해결책을 제시하고 그 한계를 비판하시오.

가

…(전략)…

최근에 발생한 몇몇 자살사례는 자살유형의 전형적인 모습을 담고 있다. 최근 [여대생] 2명이 극약을 먹고 자살하였다. 경찰조사 결과 죽기 불과 닷새 전 인터넷 자살사이트를 통해 알게 된 이들은 죽기 전날 밤 처음 만나 민박집에서 극약을 탄 소주를 함께 마신 것으로 밝혀졌다. [한 가장]은 카드 빚 등으로 생활고에 시달리자 가족을 동반하고 자살했다. 이 가장은 자신의 아내와 아이들을 태운 승용차를 몰고 그대로 호수로 돌진했다. [한 회사원]은 회사 공금 수억 원을 빼돌려 도박으로 모두 잃고 극약을 마시고 스스로 목숨을 끊었다. [한 농민운동가]는 WTO 협상을 반대하며 시위 도중 자신의 왼쪽 가슴을 흉기로 찔렀다. 그는 세계 여러 나라에서 온 1만여 명의 시위대와 함께 WTO 각료회의 회의장 진입을 시도하다가 자살했다.

　'죽은 사람은 다시 살아올 수 없는 법, 할 수 없으니 내 자식이나 잘 키워내리라.' 하고 어린아이 있는 것을 차례로 물어 동냥젖을 얻어 먹일 적에, …(중략)… "…댁 집의 귀하신 아기 먹이고 남은 젖 한 통 먹여주시오."하니, 뉘 아니 먹여주리. 육칠 월 김매는 여인 쉴 참 찾아가서 애근하게 얻어 먹이고, 또 시냇가에 빨래하는 데도 찾아가면 어떤 부인은 달래다가 따뜻이 먹여주며 훗날 찾아오라 하고, 또 어떤 여인은 말하되, "이제 막 우리 아기 먹였더니 젖이 없노라." 하여, 심청이 젖을 많이 얻어 먹인 후에 아이 배가 불룩한즉 심봉사 좋아라고 양지바른 언덕 밑에 쪼그려 앉아 아기를 얼렀다.

먼저 논제에서 끌어낼 수 있는 제시문의 정보는 다음과 같다.
① 제시문 (가)는 사회문제에 대한 글이다.
② 제시문 (나)에서는 (가)의 사회문제의 해결책을 유추해 낼 수 있다. 그

리고 (나)의 내용을 (가)의 해결 방법으로 연결시킬 수 있는 가능성을 찾아 이해한다.

이제 이러한 정보를 바탕으로 제시문 (가)를 읽을 때는 (가)에 나타난 사회문제를 유형별로 정리하면서 읽을 준비를 해야 한다. 위의 경우는 논제에 (가)의 사례들에 해당하는 원인을 분석하라는 지시가 있으므로 (가)에서 유형별 사례를 정리하면서 그 원인도 생각해 가면서 읽는다. 특히 (가)는 위에 굵은 글씨로 표시되었듯이 사례별로 정리할 수 있도록 해 가면서 읽어 가면 체계적인 이해에 도움이 된다. 그리고 이 자살 사례의 공통점을 생활의 비극적 상황에서 유발된 것으로 볼 때 이것을 (나)의 내용과 결부시켜 보면, 아내가 죽고 없는 심봉사의 처지와 다를 바가 없다는 것을 알게 되며, (나)에서 심봉사의 처지를 주변 사람들이 도와주어 심리적인 안정을 얻게 만들어 생활의 비극적 처지가 극복됨을 이해할 수 있는 길이 열린다. 즉 이것은 논제에 나타난 '구체적 해결책'인 것이다.

이렇듯 논제를 먼저 분석하고 그 분석한 정보를 토대로 해서 제시문을 읽으면 제시문의 중요한 내용을 놓치지 않을뿐더러 논제에서 필요로 하는 정보들을 찾아내고 엮을 수 있는 순발력이 생길 수 있다. 논술 고사에서의 제시문은 이러한 방법으로 읽어 가는 것이 효과적이다.

읽을
거리 1 교육 기회는 평등한가

우리나라의 교육이 지닌 문제점 중 가장 흔히 지적되는 것은 열악한 교육 환경이다. 그리고 이 문제는 교육 기회의 불평등과 동전의 양면처럼 얽혀 있다. 교육 환경이 열악하니까 학부모들은 사교육비를 지출하지 않을 수 없고, 이에 따라 당연히 교육 기회가 경제적 격차에 따라 불평등하게 제공되는 것이다.

예전에 비해 훨씬 사정이 나아지긴 했지만, 여전히 과밀 학급 문제는 남아 있다. 정상적인 교육이 이루어지기 위해서는 학급당 인원이 많아도 30명이어야 하지만, 이 수준에 이르기 위해서는 앞으로도 10년은 더 기다려야 하는 상황이다.

더 큰 문제는 거대 학교의 문제이다. 교육적으로나 학교 운영상으로 결코 바람직하다고 할 수 없는 거대 학교는 초등학교의 경우 56학급 이상을 기준으로 전체의 약 6~7%, 중학교의 경우 36학급 기준으로 약 8%, 고등학교의 경우 36학급 기준으로 약 25%를 차지하고 있다.

특별 교실과 실험 실습 기자재나 도서관 장서 등의 문제는 물론이고 교육의 가장 기본적인 시설인 학교 운동장, 조명 시설, 난방 시설, 그리고 화장실과 상수도 시설 등 모두가 열악하기 짝이 없다.

사정이 이러하므로 학부모로서는 사교육비를 지출해서라도 좀 더 나은 교육 환경을 조성해 보려고 한다. 예컨대 학교에서는 절대로 실험을 할 수 없어서 교실에서 교과서를 통해서 배우는 것으로 끝내던 과학 수업을, 학원에서는 소규모의 학급에서 실험을 하게 함으로써 수행의 효과를 높이게 되는 것이다. 또 다른 예로 대부분의 학생들이 12년 동안 학교에서 음악 수업을 들어도 음표를 읽을 능력도 없고, 피아노 건반을 짚을 능력도 없지만, 학원에서 3개월 정도 강습을 받은 학생은 건반을 보지 않고도 피아노 연주를 해 내기도 하는 것이다.

이러한 공교육에 대한 불만과 이로 인한 교육열은 결과적으로 경제적 능력에 따라 교육 기회가 불평등해지는 현상을 낳게 된다. 지나친 학부모의 교육비 부담은, 능력은 있으나 가난한 학생들의 교육 기회를 원천적으로 박탈하는 결과를 빚고 있다. 특히 대학의 경우, 대학생 1인당 공교육비가 아프리카나 중남미 국가보다도 낮은 것으로 조사되고 있으며, 각종의 장학 제도도 외국과 비교하여 형편없는 것으로 나타나고 있는 것은, 가난한 학생들의 고등 교육 기회를 박탈하고 있는 것으로 볼 수밖에 없다.

이 밖에도 비싼 과외에 들이는 돈이 지역별로 천차만별인 점, 도시와 농촌 간 교육 환경의 차이도 궁극적으로는 교육 기회의 불평등을 조장하게 된다.

요컨대 우리나라의 공교육은 외형적으로는 매우 팽창되어 있어, 국민 누구에게나 교육의 기회를 보장해 주는 듯하지만, 실질적으로는 자본의 논리에 따라 불평등하게 제공되고 있다고 볼 수 있다.

읽을거리 2 대중 교육에 의한 인간성의 위축

최근에 구미 여러 국가에서는 학교교육에서 인간성을 되찾아야 한다고 외치는 소리가 더욱 높아지고 있다. 웨인스테인(Weinstein)은 교과목을 통한 주지주의 교육에서 아동의 정의적 발달이 무시되고 있어서 정의적 측면을 고려한 교육 과정을 구성하여 인간화된 교육을 실시해야 한다고 주장하고 있다. 실버먼(Silberman)은 미국의 학교는 능률만을 추구하기 때문에 학교 상황은 극히 비인간적으로 변했다고 비판하고 있다. 라이머(Rimer)는 아예 책의 표제로 "학교는 죽었다"를 내걸고 오늘날의 학교가 아동들에게 생존을 위한 순종을 강요함으로써 남녀를 불문하고 "사회적으로 거세"를 시키고 있다고 비난하고 있다.

이러한 비판은 비단 미국과 유럽의 학교 교육에만 해당되는 것은 아니다. 우리나라의 경우에도 인간성 회복을 위한 교육을 주창하는 목소리가 지난 수년 동안 끊임없이 터져 나오고 있는 형편이다. 이들은 인간성이 황폐화되고 있는 이면에 대중 교육의 그늘이 자리를 잡고 있다고 보고 있다. 이들의 논리를 구체적으로 살펴보면 다음과 같다.

첫째, 대중 교육이 학생들의 전인성(全人性)을 위협하는 경향이 있다는 것이다. 학교에서 학생들은 주지주의 교육의 제물이 되어 정서적, 사회적, 도덕적, 신체적 발달이 큰 제약을 받아 왔다. 특히 치열한 입시 경쟁을 치러야 하는 학생들이 단편적이고 무의미한 지식을 암기하는 데 사력을 다함으로써 전인적 인간으로 성장할 기회를 잃고 있다고 본다.

둘째, 대중 교육은 학생들의 개성 신장을 제약한다는 것이다. 과밀 학급에서 실시되는 평균인을 위한 일제 수업, 융통성 없는 학년제와 진급 제도, 만인 공통의 유일한 교과서, 교사의 업무 과중과 무성의 등 여러 이유로 한국의 학교는 학생들의 개성과 개인차에 입각한 인간적 교육을 실시하지 못하고 있다는 것이다.

셋째, 대중 교육에서는 학생이 인간으로서의 존엄성을 인정받지 못하는 경우가 많다고 본다. 학생들이 목적으로서가 아니라 수단으로 간주되고 있으며, 그들의 인권은 교문 앞에서 멈추고 만다. 학생들은 학교에서는 교사의 만족감을, 가정에서는 부모의 만족감을 성취시키는 수단으로 전락하고 말았다. 그리고 종종 부모의 사회적 지위에 따라 불공평하게 차별받는 경우도 있다. 이와 같이 학생들이 인간으로서의 권위와 존엄성을 인정받지 못한다면 인간주의 교육은 이루어질 수 없다는 것이다.

이 밖에도 자발적인 선택과 의지에 따라 학습 활동을 할 수 있는 폭이 매우 좁고, 청소년 특유의 호기심이나 창의성을 제대로 살려줄 수 있는 학습 환경이 미비한 점, 교사와 학생, 학생과 학생 사이의 인간 관계가 인격적 만남을 형성하지 못하는 점 등도 같은 맥락에서 지적되는 사항들이다.

이 같은 문제는 앞에서도 지적했듯이, 수업 수준의 평균성, 수업 내용의 획일성 등으로 특성을 삼고 있는 대중 교육 자체의 모순으로 이해된다.

읽을거리 3 교육의 평균화는 정당한가

유럽의 교육제도는 그 기원이 무척 오래고 독특한 역사를 가지고 있다. 고대 그리스에서는 소년들을 도시 국가의 시민으로 기르기 위해 교육을 실시했다고 해도 무방할 것이다. 중세 유럽의 기독교 세계에서는 이와 같은 교육이 소년들을 신부(神父)로 기르기 위한 것으로 바뀌었다. 그리하여 오늘에 와서는 소년뿐만 아니라 소녀들에 대해서도 성인들의 직업을 교육하기 위해 실시되고 있다.

이러한 교육 목적의 발전은 하나의 의문을 불러일으키고 있다. 어느 문명 사회의 한 전문직업의 후보자를 양성하기 위해 만든 교육 제도를, 지적인 능력이 다양한 젊은 남녀에게 일반적인 교육으로서 실시하는 것이 현실에 맞는 일인가 하는 것이다. 좀 더 구체적으로 설명하면, 13세기 유럽에서 가톨릭교의 신부를 양성하기 위해 실시한 교육을 산업 노동자나 비서, 또는 가정주부가 되려는 20세기의 동양 소녀들에게도 실시하는 것이 합당한 일이냐 하는 것이다.

이와 연관하여 또 다른 의문이 생겨난다. 그것은 같은 사람이라도 개인차가 심하다는 점을 감안할 때, 누구에게나 획일적으로 표준화된 교육을 실시하는 것이 현실에 부합되느냐 하는 점이다. 가령 어떤 사람은 기술적인 재능을 가지고 있고, 또 어떤 사람은 행정적인 재능, 또 어떤 이는 예술적인 재능을, 어떤 이는 종교적인 재능을 가지고 있다. 이와 같이 어느 한 가지 분야에만 뛰어난 재능을 가지고 있는 사람이 있는가 하면, 처음부터 피동적인 사람도 있고 또 창조적인 사람도 있다. 그리고 주어진 것을 넘겨받고 넘겨주는 정도의 재능밖에 갖지 못한 사람도 있고, 이어받은 재능 이외에 좋든 언짢든 간에 그것을 변화시킬 수 있는 사람도 있다. 그러므로 이와 같이 다양한 인간의 모든 재능을 개발하는 데 획일적인 교육이 적합할는지 의문이다. 특히 개인차가 많은 사람들에게 동일한 교육을 실시한다는 것이 그들에게 공평한 일인지, 그리고 사회에 이득이 되는지 문제가 아닐 수 없다.

···(중략)···

인류의 재산을 만들어 낸 것은 소수의 특출한 개인의 두뇌였다. 이 지구상에서 인간이 다른 동물보다 우월하다는 것은 기술과 행정, 예술, 종교 등에 천재적인 재능을 발휘한 이런 소수의 사람들 덕분이다. 그런데 획일적인 평등 교육을 실시하여 특출한 재능을 가진 개인이 재능을 기르고 발휘할 수 있는 기회를 빼앗아 버리는 것은, 유능한 사람들을 실망케 하여 이 사회에서 인간의 자본이 사라지게 하는 것이라 생각한다. 이런 유능한 인간 자본이야말로 인간 생활의 물질적 및 정신적인 조건을 개선해 나가는 유일한 사회적인 재산이 아닐 수 없다.

인간은 어떠한 종류이건 교육을 받도록 되어 있다. 인간이 사회 참여를 하려면, 넓은 의미의 교육이 필요하다. 각자 갖고 있는 능력의 정도에 차이가 있더라도, 우리는 누구나 사회에 참여해야 한다. 이왕이면 건설적인 참여자, 행복한 참여자가 되어야 한다. 인간이 사회적 동물이라는 사실을 부인할 수는 없기 때문이다.

- 아놀드 토인비, 「내일의 전망」에서

 ## 논술 실전

✦ 다음에 제시된 글 (가)는 우리나라의 교육 대중화 현상 혹은 대중 교육을 개괄적으로 살핀 것이고, 글 (나)는 민주주의의 일반적인 이념을 서술한 것이다. 그런데 교육의 대중화(대중 교육)와 민주주의의 이념이 항상 조화를 이루는 것은 아니다. 교육 대중화(대중 교육)와 민주주의가 어떤 점에서 상호 모순의 관계를 이루는지를 밝히고, 서로 조화를 이룰 수 있는 방안을 서술하시오.

가

해방과 함께 우리나라에서는 학교마다 많은 학생들이 밀어닥치기 시작했다. 해방 이후 약 50년이 지난 오늘날 국민학교와 중학교 수준에서는 이미 완전 就學에 가까운 취학률을 달성하였으며, 특히 최근에는 대학의 취학률도 크게 늘어나 취학 적령 인구의 60%에 가까운 젊은이들이 고등교육 기관에 진학하는 현상을 보이고 있다. 이것은 한국이 세계에서도 대학 취학률이 가장 높은 국가군에 속한다는 것을 의미한다. 그리고 80년대 이후 幼兒敎育 분야의 취학률이 획기적으로 증가한 것도 특기할 만한 일이다. 이렇게 하여 형식 교육 대상의 폭발적 팽창은 물론이고, 국민들의 평균 교육 연한도 크게 길어졌다. 교육 인구의 증대와 교육 기회의 均等化가 반드시 일치하는 것은 아니지만, 형식 교육을 받는 학생수가 늘어남으로써 결과적으로 균등한 교육 기회의 보장에 큰 진전을 가져왔다. 그리고 해방 후 平等主義의 이념을 기초로 한 민주적 교육 제도와 정책에 의해서 교육 기회 균등을 위한 노력이 적극적으로 기울여졌다. 예컨대, 의무 교육 제도의 확대, 중학교 무시험 제도의 시행, 고등학교 평준화 정책의 시행, 산업 근로자를 위한 각종 교육의 실시, 대학생 정원의 확대, 장학금 제도의 확충, 저소득층을 위한 유아교육 기관의 설립 등의 구체적인 정책과 제도를 통해서 교육 기회 균등의 이념을 실현시키려 노력해 왔다.

결과적으로 여러 면에서 엘리트 교육은 사라지고 '보통 사람들'을 위한 대중 교육의 모습이 뚜렷이 나타나고 있으며, 각급 학교 교육은 이제 소수의 선택된 자만을 위한 교육이 아니라 '모두를 위한' 대중 교육의 성격을 띠게 되었다. 대중 교육의 일반적 특성은, 첫째 소수인이 아닌 다수인을 그 대상으로 한다는 것, 둘째 階層이나 성별과 같은 귀속적 요인은 물론 능력 요인도 고려하지 않는 無選別의 교육이라는 것, 셋째 특수인이 아닌 평균인을 겨냥한 교육이라는 점, 넷째 교육과정에서 특수 계층문화보다 전체 사회의 일반문화가 강조된다는 것으로 요약된다.

– 이상주, 「대중 교육에서의 인간성과 수월성」에서

나

　　민주주의는 인간의 존엄성과 최선의 自我實現을 기본 이념으로 삼고 있다. 이로 볼 때, 民主主義가 구체적인 생활 양식으로 구현되는 데 가장 중요한 것은 사람을 보는 관점과 인간 관계의 원리라 할 수 있다. 사람은 누구나 존귀하며 사람의 가치는 무엇과도 바꿀 수 없는 至上의 가치라고 생각하면, 사람을 대하는 행동이나 태도가 민주적으로 달라질 것이다. 또한 민주주의는 모든 사람의 권리를 동등하게 존중한다. 사회 계층이나 성별 혹은 나이, 교육 정도에 따라 사람을 다르게 대접하는 곳에서 인권의 존중이라든가 인간의 尊嚴性이란 존재할 수 없으며, 따라서 이러한 곳에서 민주사회가 이룩될 수는 없다. 민주주의의 理念을 구현할 수 있는 민주 사회는 무엇보다도 인간의 존엄성을 근거로 하여, 自由와 평등을 실현하고자 하는 사회이다.

　　민주주의에서 말하는 '인간'은 특정한 몇몇 개개인이 아니라 일반적인 보통 사람을 의미한다. 특정한 개인에게 만인의 運命을 맡기거나 그 사람의 명령에만 복종하는 집단이나 사회는 민주적일 수 없다. 개인이 지닌 創意性, 自律性, 個性이 존중되는 사회가 민주 사회이다. 따라서 민주사회는 다양한 대회이다. 민주 사회는 개성을 존중하기 때문에 개인의 사고와 행동의 다양성을 허용하고 장려한다. 개인이 각자의 人生觀과 價値觀에 따라 행동할 수 있도록 자율성과 多樣性을 허용하고 장려하는 것이 민주사회의 특성이다.

– 한국국민윤리학회, 「사상과 윤리」에서

유의 사항

1. 자신의 경험을 포함한 구체적인 사례를 제시할 것.
2. 글의 분량은 띄어쓰기를 포함하여 1,200자 내외로 할 것.

논술 해결의 길잡이

✪ 논제 살피기

이 논제는 주어진 제시문의 내용을 충분히 이해한다고 해서 해결될 수 없는, 다소 어려운 문제이다. 그러나 모두 자신이 경험하고 있는 바를 충분히 성찰해 보면 글의 소재를 구하는 데는 특별한 어려움이 없다. <유의 사항>에서 경험을 반영하라고 요구하고 있는 것을 글감을 주변에서 찾아보라는 충고이다.

논제에서 요구하고 있는 바는 두 가지이다. 하나는 교육의 대중화 혹은 대중 교육과 민주주의 이념이 어떤 점에서 모순을 일으킬 수 있는가 하는 점을 밝히는 것이고, 다른 하나는 이 두 가지가 어떻게 조화를 이룰 수 있는가 하는 방안을 제시하는 것이다. 이러한 논제가 성립될 수 있는 전제는, 교육의 대중화도 민주주의도 우리 사회가 결코 포기할 수 없는 지향이라는 점이다. 즉 두 가지 지향을 고스란히 추구하면서도 그것이 조화를 이룰 수 있는 방안을 나름대로의 시각으로 정리하면 논술의 반은 성공인 셈이다.

대중 교육과 민주주의가 모순을 일으킬 수 있는 가능성은 대중 교육의 일반적 특성을 단서로 해서 찾으면 된다. 글 (가)의 마지막 단락에 제시되어 있는 대중 교육의 일반적 특성 네 가지는 개인의 창의성, 자율성, 개성의 존중이라는 민주주의의 이념과 상충될 소지를 가지고 있는 것이다. 개개인이 지니고 있는 이러한 덕목들이 무시되는 교육 현실은 교실에서 하루에도 몇 차례씩 경험할 수 있을 것이므로, 이를 글감으로 정리하는 일은 어렵지 않을 것이다. 문제는 그 조화의 방안이다. 모든 정책이란 현실화되기 위해서 물리적 시간과 경제적 재화를 요구하게 마련이지만, 여기에서는 가장 현실적인 방안을 요구한 것이 아니므로, 그러한 현실적 한계를 굳이 고려할 필요가 없다. 다만 대중 교육과 민주주의의 이념이 지니는 가치를 존중하기만 하면 답안은 타당성을 지닐 수 있다.

❂ 제시문 파악하기

글 (가)는 특정한 관점을 내세우고 주장하는 글이 아니고 비교적 객관적인 입장에서 현상을 설명하고 정보를 제시하는 데 초점을 맞추고 있는 글이다. 따라서 이 글의 요지를 이해하는 데 특별한 지적 능력이 필요한 것은 아니다. 주어진 정보를 그대로 받아들이기만 하면 된다. 이 글에서는 현재 한국의 교육이 대중 교육의 성격을 지니고 있음을 밝히고 있다. 대중 교육의 핵심은, 교육 기회가 확대되어 거의 모든 국민들이 원하기만 하면 교육을 받을 수 있다는 데 있다. 이를 위해 갖가지 정책과 제도가 만들어져 있다는 것이 이 글의 입장이다.

그런데 이 글에서 눈여겨보아야 할 대목은, 대중 교육의 일반적 특성이 요약적으로 제시되어 있는 이 글의 마지막 단락이다. 여기에서 말하고 있는 대중 교육의 네 가지 일반적인 특성, 즉 다수인을 대상으로 한다는 점, 무선별의 교육이라는 점, 평균인을 겨냥한다는 점, 전체 사회의 일반 문화가 강조된다는 점은, (나)에서 제시하고 있는 민주주의의 일반적 이념과 상치될 가능성을 내포하고 있기 때문이다.

글 (나)는 민주주의의 이념에 대한 지극히 상식적인 수준의 개괄적 설명이다. 여기에 소개된 내용은 사회 교과서를 통해서도 충분히 접할 수 있었을 것이다.

민주주의가 인간의 존엄성과 자아 실현을 최고의 이념으로 삼고 있다는 점, 그리고 개인의 창의성, 자율성, 개성을 존중하는 사회가 민주 사회라는 점에 대해서는 특별한 설명이 요구되지 않는다. 다만 이러한 가치들이 보편적이라고 하는 것과, 그 가치들이 구체적인 사회 현상에서 실제로 실현되고 있는가 하는 것은 별개의 문제이다. 아무리 보편적이고 초월적인 가치라고 하더라도, 여러 가지 조건과 상황에 밀려 실현되지 않을 수도 있기 때문이다. 오히려 그러한 가치는 실현되기 어렵기 때문에 더 소중할 수 있는 역설도 성립한다. 이 논제에서는 특히 이 역설에 주목할 필요가 있다.

✪ 해결 과정 생각하기

① (가)에 나타난 교육 대중화 혹은 대중 교육의 일반적 특성을 파악하여, 이를 경험에 조회해 본다.

교육 대중화 혹은 대중 교육이라 하면 평준화 제도를 떠올리기 쉽다. 그리고 실제로 평준화 제도는 대중 교육이 활성화되는 데 가장 크게 기여한 제도이기도 하다. 그러나 평준화 제도가 대중 교육의 전부는 아니기 때문에, 이를 대중 교육 일반으로 확장시켜서는 안 된다. 오히려 여기에서 중요한 것은 대중 교육의 이념이 그 속성상 모든 개개인의 차이를 의도적으로 고려하지 않는다는 데 있다. 경제적 여건을 포함한 성장 환경의 차이, 지적 능력의 차이 등을 고려하지 않고 모두를 평균화하여 교육과정을 구성하고, 교과서를 제작한다. 이는 교실에서도 마찬가지이다. 교사는 다양한 편차를 지닌 불특정 다수의 학생을 대상으로 하되, 평균적인 수준에 맞추어 수업을 진행할 수 있을 뿐이다. 교육 기회의 균등을 실현하는 대중 교육의 빛은 한편으로 이처럼 교육의 획일화라는 그림자를 만들어 내는 것이다.

② 대중 교육의 일반적 특성이 민주주의의 이념과 모순될 수 있는 가능성을 정리해 본다.

민주주의가 인간의 존엄성과 자아실현을 최고의 이념으로 삼고 있다는 점은 명백해 보인다. 그리고 개인의 창의성, 자율성, 개성을 존중하는 사회가 민주 사회라는 점은 누구도 부인하지 않는다. 대중 교육은 어떤 면에서 이러한 이념을 실현하는 사회적 조건으로 역할하기도 한다.

　그러나 대중 교육의 구체적인 과정에서는 민주주의의 이념이 제대로 존중되지 않을 수 있다. 대중 교육은 교육의 평균화와 획일화를 특성으로 삼고 있기 때문이다. 대중 교육은 원하는 모든 사람을 대상으로 하기 때문에 다수를 수용할 수 있는 물리적 공간을 요구하고, 국가적 차원에서 이들에게 교육의 준거로 작용할 만한 교육과정을 필요로 한다. 따라서 교육의 효율성과 경제성을 우선적으로 고려하지 않을 수 없고, 효율성과 경제성의 논리에 의해 각 개인이 지니는 다양한 개성은 무시되기 십상이다. 이런 점에서 대중 교육은 민주주의의 이념과 모순된다고 볼 수 있다. 이는 사회 구성원 대다수에 대한 교육 기회의 제공과 함께 대중 교육의 두 가지 얼굴을 이룬다 하겠다.

③ 대중 교육과 민주주의가 조화를 이룰 수 있는 방안을 강구해 본다.

　현재 각종 매스컴에서 언급되고 있는 각종 교육 문제는 실상 대중 교육과 민주주의가 조화를 이루는 방안으로 연결될 수 있으므로, 방송이나 신문의 교육 관련 기사를 참조하면 답안의 단서를 찾는 것은 어렵지 않다. 가령 국가적 수준에서 요구하는 최소한의 학력 수준, 이수 학점을 정하되, 학생 개개인의 선택과 재량을 최대한 존중하는 방안이 있을 수 있다. 선택 과목의 확대, 각종 특성화 학교의 설립, 영재 교육 기관의 설립, 학교 외의 다른 교육 기관에서 교육받을 기회의 확대 등등이 그 구체적인 방안이다. 물론 이를 위해서는 물질적 조건의 확충이 필요할 것이다. 그러나 이 논제에서 요구하고 있는 것은 현실화의 방안이 아니기 때문에 물질적 조건까지 고려할 필요는 없다. 대중 교육과 민주주의의 가치가 동시에 존중될 수 있다면 논제의 요구는 충족시킬 수 있기 때문이다. 따라서 양자가 조화를 이룰 수 있는 방향을 제시하는 것만으로도 충분히 의의가 있다.

　이 논제에서는 두 가지 사항을 요구하고 있다. 하나는 교육의 대중화 혹은 대중 교육과 민주주의 이념이 어떤 점에서 모순을 일으킬 수 있는가 하는 점을 밝히는 것이고, 다른 하나는 이 두 가지가 어떻게 조화를 이룰 수 있는가 하는 방안을 제시하는 것이다.

　대중 교육은 교육의 민주화라는 점에서 앞으로도 지속적으로 추구되어야 할 지표이지만, 그 반대편에서 많은 폐단을 낳고 있다는 점에 대한 인식이 이 과제를 해결하는 가장 핵심적인 관건이다. 글 (가)의 마지막 단락에 제시되어 있는 대중 교육의 일반적 특성 네 가지는 개인의 창의성, 자율성, 개성의 존중이라는 민주주의의 이념과 상충될 소지를 가지고 있음을 먼저 파악해야 한다. 개개인이 지니고 있는 이러한 덕목들이 무시되는 교육 현실은 교실에서 하루에도 몇 차례씩 경험할 수 있을 것이므로, 이를 글감으로 정리하는 일은 어렵지 않을 것이다. 그리고 대중 교육과 민주주의가 조화를 이룰 수 있는 방향은 양자가 지니는 고유한 가치를 존중하면서 강구해야 한다. 가령 민주주의의 덕목인 개인의 창의성과 자율성을 강조한다고 해서 대중 교육이 없어져야 한다고 주장해서는 안 되는 것이다.

✪ 주제문 작성

　개개인의 개성과 적성을 최대한 배려하는 교육의 기회가 점점 확대되어야 한다.

✪ 주제어 : 대중화, 개인차, 경쟁, 교육 기회, 민주주의 이념

✪ 개요 작성(1,200자)

　서론(310자) : 교육 대중화의 양면성.

－교육의 민주성과 비민주성.

본론(670자) : 1. 개인차가 무시되는 획일적인 교육의 원인.

－경쟁을 통한 선발이 목적인 교육.

2. 개인차를 배려하는 교육 기회의 확대 필요성.

－교육 대중화와 민주주의 이념의 조화.

결론(320자) : 개인차를 배려할 수 있는 제도.

－기본적인 전제 및 구체적인 사례.

✪ 예시 답안

서구에서 300년의 역사를 거치면서 이룩한 눈부신 경제 발달을 우리는 근 30년 만에 이룩할 수 있었던 이면에는 남다른 교육열이 자리잡고 있다. 산업인력을 양성해야 하는 사회적 요구와 교육을 통해 가난에서 벗어나야겠다는 국민들의 의지가 아주 자연스럽게 만나면서 우리의 교육은 양적으로 급속도의 성장을 이룰 수 있었다. 그러나 오늘날의 교육 현실은 교육을 받는 학생들 개개인의 자율성이나 창의성, 개성을 전혀 배려하지 못하고 있다. 따라서 어떤 면에서 교육의 대중화는 교육의 민주성과 비민주성을 동시에 안고 있는 매우 문제적인 상황이라 할 수 있다.(305자)

교육이 양적으로 팽창했다는 것은 그만큼 국민들이 교육을 받을 기회가 많아졌음을 의미한다. 그러나 국민들이 교육을 받을 기회가 많아졌다고 해서, 교육을 받은 국민들 모두가 교육을 통해 자아를 실현할 수는 없다. 교육의 양적 팽창이 교육을 경쟁의 장으로 만들어 버렸기 때문이다. 우리의 교육은 개개인의 소질과 가능성을 발굴하기보다는 경쟁을 통해서 소수를 선발해내는 데 목적을 두고 있는 것이다. 교육의 목적이 선발에 있는 한, 그 과정보다 결과가 중시되는 것은 당연한 일이다. 교육의 양적 팽창이 질적 성장과 보조를 맞추지 못했던 것이다.(300자)

그렇다고 해서 교육의 양적 팽창을 무조건 문제 삼을 수는 없다. 왜냐하면 그것은 교육의 대중화이기도 하고, 교육 받을 기회의 확대이기도 하기 때문이다. 따라서 교육의 기회를 최대한으로 확대하는 한편, 교육을 받는 개개인의 소질과 가능성을 최대한으로 존중해 줄 수 있는 정책과 제도가 필요하다. 다시 말해, 현재의 추세대로 교육을 원하는 모든 국민들이 출신 성분이나 경제적 조건의 차이를 떠나 자유롭게 교육을 받도록 배려를 하면서도 개인차에 따른 선택의 폭을 넓혀주는 방향으로 제도가 만들어져야 하는 것이다. 그 동안 발생한 문제가 평균인을 대상으로 한 획일적인 교육 제도에 원인을 두고 있다는 점에서, 이는 매우 시급하고도 중대한 사안으로 볼 수 있겠다.(367자)

이를 위해서는 개인들의 자율적인 선택권을 보장하여, 적성과 관심에 따라 학교와 교과목을 원하는 대로 이수할 수 있도록 해야 한다. 대학 입시를 준비하는 고등학교만이 아니라, 직업을 준비하는 고등학교도 있어야 한다. 또 과학이나 예술, 체육 등의 전통적인 특기만이 아니라, 요리나 만화, 영화, 컴퓨터 등 새로운 세대들의 관심이 집중되고 있는 특기를 살려주는 고등학교의 설립도 적극적으로 고려해야 할 것이다. 그리고 이들 정책적인 과제들보다 선행되어야 할 것은, 학급당 학생수를 줄여 교사와 학생 간의 만남이 인격적인 관계를 유지할 수 있도록 해야 하는 것이다.(319자)

(총 1,291자)

✪ 강평

논제가 가장 기본적으로 요구하고 있는 바를 충실히 반영한 답안이다. 문제의 핵심을 잘 파악하였고, 그 해결 방안도 나름대로의 시각으로 잘 정리했다. 그리고 전체적인 논리의 흐름이 매우 자연스러워 논술을 쓰는 역량이 탁월함을 알 수 있겠다. 다만 논리의 일관성과 유기성에 비해 독창적이거나 참신한 사고가 잘 드러나지 않은 점이 문제이다. 나름대로의 논리적 결론이긴 하지만, 그것은 결국 지극히 평범한 주장에 머물고 말았다.

민주주의(民主主義, democracy)

1. 민주주의의 의미와 어원

　　민주주의하면 일반 사람들은 링컨 대통령의 게티스버그 연설 내용을 생각하게 된다. 링컨 대통령은 민주주의를 국민의(OF THE PEOPLE), 국민에 의한(BY THE PEOPLE), 국민을 위한(FOR THE PEOPLE) 것이라 정의 내렸다. 그럼 좀더 일반적인 민주주의 의미와 어원에 대해서 알아보자. 국가의 주권은 국민에게 있고, 국가권력은 국민으로부터 나오는 정치체제를 민주주의라고 한다. 민주주의라는 말은 그리스어(語)의 'demokratia'에 근원을 두고 있는데, 'demo(국민)'와 'kratos(지배)'의 두 낱말이 합친 것으로서 '국민의 지배'를 의미한다. 한자로는 民主主義라 쓰는데 민(民)이 주인(主)이 되는 정치체제를 말한다. 초기에는 그리스에서 국민이 다수결로 정치결정을 하는 직접민주주의였다. 그러나 시간이 지나면서 사회가 방대해짐에 따라 국민이 선출한 대표가 정치결정 권한을 대리하는 대의민주주의 형태도 나타나게 되었다. 그리고 정부의 형태와 상관없이 사회적, 경제적 평등에 관심을 기울이는 '사회적 민주주의'와 '경제적 민주주의'도 나타났다.

2. 민주주의에 대한 잘못된 이해

　　위의 내용과 같이 민주주의 해석에는 여러 가지가 있다. 하지만 기본 원칙에는 변화가 없고 이 개념에 관해 착각을 하지 말아야 한다. 우리는 흔히 민주주의에 상반되는 단어로 공산주의를 말한다. 하지만 공산주의는 자본주의에 반대되는 경제개념으로 민주주의와는 직접적 관련은 없다. 예를 들어 북한에서도 선거를 할 때 명목상으로는 나름대로 민주주의를 하고 있다고 주장한다고 한다. 따라서 기본원칙에 따라 민주주의에 상반되는 말은 주권이 국민에게 없는 군주주의나 전제주의이다.

3. 민주주의의 발전

민주주의의 요소는 원시사회에서도 찾아 볼 수 있었다. 원시부족사회에서 사회구성원들이 자신들의 중대한 문제에 대해서 같이 참여해 결정을 했다. 역사적으로는 민주주의라는 개념은 고대 그리스에서 기원한다. 그러나 고대 그리스의 민주주의는 불완전한 형태였다. 시민들이 '입법의원'으로 정치결정과정에 참가하기는 했으나 여성들은 선거권이 없었고 노예제도도 있었다. 그리고 소규모 도시국가에서 실시되었기 때문에 직접민주주의의 형태가 나타났고 대의제는 나타나지 않았다. 고대 그리스의 민주주의는 스파르타와의 전쟁으로 시들어 버리고 결국 로마에 정복당함으로써 자취를 감추고 그 뒤, 2000여 년 동안 인류의 역사에 묻혀 버렸다.

그러나 17세기 후반 영국의 로크가 '시민정부론'에서 정부의 의무, 시민의 저항권, 행정부와 입법부의 분리를 주장하고 이어서 프랑스의 몽테스키외가 '법의 정신'에서 행정, 입법, 사법의 삼권분립을 주장하였다. 그 후 1762년에는 제네바의 루소가 '사회계약론'을 통해 국민주권론을 주장하였다. 이들의 사상은 민주주의를 다시 부활시켰고 미국의 독립혁명, 프랑스혁명의 정신적 토대가 되었다.

미국의 독립선언서는 인간 자유의 기본을 문서화 하였고 미국의 헌법은 삼권분립의 명시와 자유민주제도의 성문화로 근대 민주주의 정치제도의 출발을 가져왔다. 이후 여성의 참정권이 인정되고 노예제도도 링컨에 의해 폐지된다. 프랑스혁명은 봉건제도를 타파하고 자유, 평등, 박애 정신을 기초로 하려는 것이었다. 결과적으로 프랑스혁명은 사상을 펼치는 데는 성공했으나 민주주의에 입각한 정치제도의 정착에는 실패하였다. 그러나 프랑스혁명은 평등개념과 주권재민 사상, 그리고 모든 국민의 정치참여에 대한 의식을 유럽에 알렸다.

미국의 자유민주주의 정부수립과 프랑스혁명의 영향으로 영국에도 청교도혁명과 명예혁명이 일어났다. 청교도 혁명은 세습적인 전제정치를 실시하려는 데대한 의회 중심의 입헌적인 의회 우위권을 주장하고 의회정치의 확립을 초래하였다는 데 큰 뜻이 있다. 그리고 명예혁명은 입헌군주제의 모범적 혁명으로 무혈의 명예혁명으로 지칭되고 있다. 영국혁명은 최고의 절대군주에 대한 항거로자유주의 정신과 절대군주를 타도하고 시민중심의 의회권을 확립하였다는 점에서 시민혁명으로서 큰 의의를 찾을 수 있고, 정당의 출현과 의원내각제 그리고입헌정치를 가져왔다는 점에서 근대사회성립의 계기가 되었다.

영국의 입헌군주제도는 유럽의 많은 국가들에 영향을 주었다. 뿐만 아니라미국과 유럽의 민주주의는 기타 후진지역의 민주주의 발전 모델이 되었다. 민주주의는 각 지역의 고유한 정치와 문화를 배경으로 각기 독특한 형태로 나타났다.

4. 한국 민주주의의 발전 방향

한국은 제한적이고 불완전한 민주화를 이루었다. 그리고 탈군사화를 완성시켰지만, 반면 국민적 참여에 의한 민주화는 취약하다. 또한 재벌의 정치적 영향력이 강력한 반면에 노동계의 역할은 취약하다. 따라서 이러한 한국의 민주주의의 문제들을 해결하기 위해서는 민주화에 부합하고 민주화를 추진할 정치세력을교체하고 민주적 성과의 법·제도화를 통한 민주주의를 공고화시켜야 한다. 또한 개혁진보세력의 정치적 등장을 통한 정치적 다원화를 이루고 권력민주화/권력교체에서 다음 단계의 구체적 민주화로 진전시켜야 한다. 그리고 민주주의를공고화시키기 위해서는 재벌개혁, 언론개혁, 정당개혁, 정부개혁 (국정원, 검찰),부패척결의 5대 개혁을 해야 할 것이다. 이런 개혁들을 통해서 한국의 민주주의는 좀더 긍정적인 형태로 발전할 수 있을 것이다.

제4장

더불어 사는 삶

 **논술 기법**

1. 글의 주제와 주제문 작성

모든 글에는 주제가 살아 있어서 독자에게 그 주제 의미가 전달될 수 있어야 한다. 글을 쓰는 사람 입장에서 주제가 명확히 잡히지 않으면 글을 전개해 가면서 글의 방향을 상실하여 중언부언하게 되고 결국 그 글을 읽는 사람에게는 답답함만 느끼게 한다. 물론 논술 고사에서는 일반적인 논술문과는 달리 자신의 순수한 주제보다는 논제에 따른 개요에 의거해서 써야 하는 경우가 많다. 하지만 논제 분석과 제시문 읽기가 결합된 개요가 마련되었다 할지라도 최종적으로 논술의 글쓰기를 통해서 드러내야 하는 주제 의미는 드러나야 한다. 이것은 글의 궁극적인 방향과 인상 깊은 결론으로 나타날 수 있다.

이러한 글을 쓰기 위해서 가장 중요한 것은 명확한 주제 의식이다. 우리는 개요를 작성할 때 메모식으로 작성하거나 또는 문장식으로 작성할 수 있다. 흔히 논술 고사에서는 문장식보다는 메모식이 편리하다. 문장식 개요는 글의 뼈대 제시를 문장으로 제시하여 의미 내용이 정확하게 작성될 수 있기는 하지만 그 핵심 내용이 한 눈에 드러나기 어렵다. 그리고 논술 고사에서는 시간 부족도 많이 느끼기 때문에 간편하면서도 한 눈에 내용이 드러날 수 있는 메모식 개요 작성이 좋다. 그러나 글을 쓰고자 하는 사람에게 꼭 제대로 의식화되어 있어야 하는 주제는 메모식이 아닌 문장식으로 작성하는 것이 좋다. 이것이 곧 주제문 작성이다. 같은 내용을 가지고 있는 표현이라 하더라도 메모식 구성과 문장식 구성 즉 주제문 작성의 의미 집약성과 확정성이 서로 어떻게 다른지를 다음을 통해서 살펴볼 수 있다.

① 인간 중심 사고를 통한 생태 위기의 극복
② 생태 위기는 시장이 부추긴 무한한 욕망을 충족하고자 한 결과로서, 이를 극복하기 위해서는 인간을 중심에 두는 사고에서 벗어나야 한다.

①은 메모식 구성이고 ②는 문장식 구성의 주제문이다. 누구나 읽었을 때 ①보다는 ②가 의미 내용이 정확하게 머릿속에 입력됨을 느낄 수 있을 것이다. 주제문을 이렇게 가시적으로 작성한 뒤에 그것을 염두에 두고 세부 개요를 작성하거나 글을 전개할 때는 적어도 글의 주제를 크게 벗어나는 일은 없을 것이다. 이런 식으로 이해한다면 주제문 이하 세부 개요 작성에서도 큰 단락만이라도 문장식으로 구성하면 그 단락에서 이루어내어야 하는 의미 내용은 매우 잘 살아날 수 있다.

읽을거리 1 　더불어 사는 삶

　오늘날 우리들은 도시나 농어촌을 가릴 것 없이 따뜻하고 정다운 인간적인 속성에서 점점 벗어나고 있는 현실이다. 날이 갈수록 사람과 사람 사이가 멀어져만 간다.

　다른 한편, 자주 만나 이야기하면서도 그저 건성으로 스치고 지나가는 일은 없는가. 가족 사이가 됐건 혹은 친구 사이가 됐건 너무 자주 만나기 때문에 으레 당연하게 여기고 범속해지는 일은 없는가.

　일이 있건 없건 걸핏하면 습관적으로 전화를 걸고, '띵동' 하고 찾아가는 것도 우정의 밀도에 어떤 몫을 할 것인지 생각해 볼 일이다. 무료하고 심심하니까 그저 시간을 함께 보내기 위해서 친구를 찾는다면 그건 '우정'일 수 없다. 시간을 죽이기 위해 찾는 친구는 좋은 친구가 아니다. 시간을 살리기 위해 만나는 친구야말로 믿을 수 있는 좋은 친구 사이다.

　친구 사이의 만남에는 서로 영혼의 메아리를 주고받을 수 있어야 한다. 너무 자주 만나게 되면 상호간에 그 무게를 축적할 시간적인 여유가 없다. 멀리 떨어져 있으면서도 마음의 그림자처럼 함께 할 수 있는 그런 사이가 좋은 친구일 것이다.

　만남에는 그리움이 따라야 한다. 그리움이 따르지 않는 만남은 이내 시들해지게 마련이다. 우리가 세상을 살아가면서 가장 기쁜 일이 있을 때, 혹은 가장 고통스러울 때, 그 기쁨과 고통을 함께 나눌 수 있는 그런 사이가 좋은 인간관계다.

　진정한 친구란 두 개의 육체에 깃들인 하나의 영혼이란 말이 있다. 그런 친구 사이는 공간적으로 멀리 떨어져 있을지라도 결코 멀리 있는 것이 아니다. 바로 지척에 살면서도 일체감을 함께 누릴 수 없다면 그건 진정한 친구일 수 없다. 사랑이 맹목적일 때, 즉 사랑이 한 존재의 전체를 보지 못하는 동안에는 관계의 근원에 도달해 있지 않다.

　진정한 만남은 상호간의 눈뜸(開眼)이다. 영혼의 진동이 없으면 그건 만남이 아니라 한때의 마주침이다. 그런 만남을 위해서는 자기 자신을 끝없이 가꾸고 다스려야 한다. 좋은 친구를 만나려면 먼저 나 자신이 좋은 친구감이 되어야 한다. 왜냐하면 친구란 내 부름에 대한 응답이기 때문이다. 끼리끼리 어울린다는 말도 여기에 근거를 두고 있다.

이런 시구가 있다.

> 사람이 하늘처럼 맑아 보일 때가 있다.
> 그때 나는 그 사람에게서
> 하늘 냄새를 맡는다……

사람한테서 하늘 냄새를 맡아본 적이 있는가. 스스로 하늘 냄새를 지닌 사람만이 그런 냄새를 맡을 수 있을 것이다. 인간관계에서 권태는, 시간적으로나 공간적으로 늘 함께 있으면서 부딪친다고 해서 생기는 것만은 아니다. 창조적인 노력을 기울여 변화를 가져오지 않고, 그저 맨날 비슷비슷하게 되풀이되는 습관적인 일상의 반복에서 삶에 녹이 스는 것이다. 아름다움을 드러내기 위해 가꾸고 다듬는 일도 무시될 수 없지만, 자신의 삶에 녹이 슬지 않도록 늘 깨어 있으면서 안으로 헤아리고 높이는 일에 보다 근본적인 노력이 뒤따라야 한다.

생각과 영혼에 공감대가 없으면 인간관계가 투명하고 살뜰해질 수 없다. 따라서 공통적인 지적 관심사가 전제되어야 한다. 모처럼 친구끼리 만나서 이야기를 나누면서도 공통적인 지적 관심사가 없기 때문에 만남 자체가 빛을 잃는 일이 얼마나 많은가. 끊임없이 탐구하는 사람만이 지적 관심사를 지닐 수 있다. 사람은 저마다 따로따로 자기 세계를 가꾸면서도 공유하는 만남이 있어야 한다. 칼릴 지브란의 표현을 빌리자면, '한 가락에 떨면서도 따로따로 떨어져 있는 거문고 줄처럼' 그런 거리를 유지해야 한다.

거문고 줄은 서로 떨어져 있기 때문에 울리는 것이지, 함께 붙어 있으면 소리를 낼 수 없다. 공유하는 영역이 넓지 않을수록 깊고 진하고 두터워진다. 공유하는 영역이 너무 넓으면 다시 범속(凡俗)에 떨어진다. 행복은 더 말할 것도 없이 절제에 뿌리를 두고 있다.

생각이나 행동에 있어서 지나친 것은 행복을 침식한다. 사람끼리 만나는 일에도 이런 절제가 있어야 한다. 행복이란 말 자체가 사랑이란 표현처럼 범속(凡俗)으로 전락된 세태이지만, 그렇다 하더라도 행복이란, 가슴속에 사랑을 채움으로써 오는 것이고, 신뢰와 희망으로부터 오고, 따뜻한 마음을 나누는 데서 움이 튼다. 그러니 따뜻한 마음이 고였을 때, 그리움이 가득 넘치려고 할 때, 영혼의 향기가 배어 있을 때 친구도 만나야 한다. 습관적으로 만나면 우정도 행복도 쌓이지 않는다.

혹시 이런 경험은 없는가. 텃밭에서 이슬이 내려앉은 애호박을 보았을 때, 친구한테 따서 보내주고 싶은 그런 생각 말이다. 혹은 들길이나 산길을 거닐다가 청초하게 피어 있는 들꽃과 마주쳤을 때, 그 아름다움의 설레임을 친구에게 전해주고 싶은 그런 경험은 없는가. 이런 마음을 지닌 사람은 멀리 떨어져 있어도 영혼의 그림자처럼 함께 할 수 있어 좋은 친구일 것이다. 좋은 친구는 인생에서 가장 큰 보배이다. 친구를 통해서 삶의 바탕을 가꾸라.

- 법정 스님, 「사람과 사람 사이」에서

　그의 손은 늘 말하고 있다. 손으로 노래도 부르고, 화도 내기도 하고, 기뻐하기도 하고, 안타까움을 토로하기도 한다. 수화(手話) 노래 보급자이며 수화 통역사인 정택진 씨. 농아도 아닌데 정씨는 말하는 것보다 손짓이 더 편하다고 한다. 수화를 배운 것은 14년 전이다. 교회 주일학교 교사로 활동하던 시절, 주말마다 인천에 있는 농아원에 자원봉사를 나가면서 그는 평생을 청각장애인들을 위해 살기로 마음먹었다. 그가 자신의 정해진 인생을 포기하면서까지 이 길을 선택한 이유는 무엇일까? 그는 보다 가치 있는 삶을 살고 싶어서였다고 간단히 대답한다.

　"사람들이 호기심 어린 눈으로 보는 것만으로도 즐거워요. 수화의 아름다움을 전할 수 있으니까요. 수화를 예술로 승화시키고 싶어요." 그는 3년 전부터 수화 뮤지컬 전문 극단을 만들어 활동하고 있다. 기회가 된다면 장애인 예술공동체도 꾸미고 싶다.

　하지만 그에게 무엇보다도 중요한 일은 수화 통역이다. 농아인들이 하고 싶은 말을 마음껏 하게끔 도와주는 것이 그의 소명이고 책임이라고 생각하기 때문이다. "농아인들이 일상생활에서 입는 피해가 참 많아요. 교통사고, 직장내 갈등, 가족간 갈등 등 문제가 발생했을 때 의사표현이 안되니까 손해를 보는 거죠. 말하는 사람과 말 못하는 농아 사이의 의사소통을 가능하게 해주는 수화통역사로서의 일이 저에겐 가장 소중해요."

　그는 말한다. 한 번도 농아인들을 만나보지 않은 사람이 수화를 배우는 것이 어쩐지 몸에 맞지 않은 옷을 억지로 입는 것처럼 어색해 보인다고 한다. 마음으로 농아들과 대화할 준비가 되어 있는 사람이어야 진정으로 '아름다운 손짓'이 나온다는 것이 그의 지론이다.

　"청각장애인은 고집 세고 융통성이 없다는 생각은 그들과의 의사소통이 안 되기 때문에 생긴, 말하는 사람들의 일방적 편견입니다. 수화를 배우세요. 사람과 사람 사이의 문이 열린다는 것이 얼마나 경이롭고 행복한 체험인지 깨닫게 될 테니까요."

— 우선, 「세상에서 가장 아름다운 손짓」에서

논술 실전

❖ 제시문 (가)와 (나)는 더불어 사는 삶의 진정한 길에 대해 공통적으로 이야기하고
   있다. 이를 바탕으로, '행복한 미래사회 건설을 위한 진정한 공동체 의식'에 대하
   여 구체적으로 진술하시오.

가

  당신에게 이야기를 하나 해 드리겠습니다. 한 남자가 우리 집에 찾아와서 말했습니다. "아이들이 여덟 명이나 되는 한 가정이 있는데 그들은 며칠째 굶고 있습니다."

  나는 음식을 조금 들고 나갔습니다. 내가 그 가정을 방문했을 때, 나는 거기서 어린아이들이 배고픔으로 얼굴이 일그러져 있는 것을 보았습니다. 그 얼굴에는 슬픔이나 서러움이 아니라 단지 배고픔으로 인한 깊은 고통이 있을 뿐이었습니다. 나는 아이들 어머니에게 쌀을 주었습니다. 그녀는 단순하게 이렇게 대답했습니다. "이웃에 다녀와야겠어요. 그들도 배가 고프거든요!" 나는 그녀가 이웃에 나누어 준 것에 대해서 전혀 놀라지 않았습니다. 가난한 사람들은 진정으로 너그러우니까요. 다만 그녀가 이웃이 배고프다는 사실을 아는 것이 놀라웠습니다. 왜냐하면 일반적으로 우리가 고통 받을 때는 자신의 고통에 너무나 몰입되어 있어 다른 사람에게 관심을 가질 수 없기 때문입니다.

  이곳 캘커타에는 수많은 그리스도 교인과 비그리스도 교인이 '임종(臨終)의 집'이나, 다른 곳에서 봉사하고 있습니다. 어떤 사람들은 나환자들을 돌보기 위해서 헌신하고 있습니다. 어느 날 오스트레일리아 사람이 우리에게 와서 매우 유용한 것들을 내놓으면서 이렇게 말했습니다. "이것은 단지 외적인 것에 불과합니다. 이제 나는 정말 나 자신의 것을 주고 싶습니다." 그는 지금도 환자들의 수염을 깎아 주거나 그들과 이야기하기 위해 이 '임종(臨終)의 집'에 정기적으로 옵니다. 그는 돈뿐만 아니라 시간까지도 내놓았습니다. 온전히 자기 자신을 주고 싶은 것입니다.

나는 가끔 돈이 아닌 다른 선물을 줄 것을 요청할 때도 있습니다. 가능하면 나는 사람들에게 돈을 주거나 선물을 건네면서 만지기도 하고 웃기도 하고 관심을 기울이기도 하면서 그 자리에 함께 있기를 바랍니다.

당신은 주는 기쁨을 체험해 보신 적이 있으십니까? 나는 많은 풍요함 중에서 조금 주는 것은 원하지 않습니다. 그리고 사람들이 나를 위해 모금운동을 하는 것을 원하지 않습니다. 나는 그것을 모릅니다. 나는 당신 자신의 것을 주기를 바랍니다. 당신 것을 줄 때 함께 담아준 그 사랑이 가장 중요하니까요.

나는 필요 없는 것을 주는 것을 원하지 않습니다. 캘커타에는 돈이 너무 많아서 없애버리고 싶어하는 사람도 있습니다. 돈을 숨겨둘 필요가 있을 때도 있고, 돈을 써버릴 필요가 있을 때도 있습니다.

며칠 전 나는 소포 꾸러미를 받았습니다. 나는 우표나 카드일 거라는 생각에 시간이 날 때 보려고 한쪽에 밀어놓았습니다. 몇 시간이 지난 후 별 생각 없이 소포 꾸러미를 풀던 나는 내 눈을 믿을 수가 없었습니다. 소포에는 2만 루피가 들어 있었습니다. 거기엔 주소도 메모도 없어 정부에 빚진 돈일 거라는 생각이 들었습니다. 나는 무언가를 없애버리기 위해 보내오는 건 원하지 않습니다. 준다는 것은 다른 그 무엇, 정으로 나누는 것입니다. 그러므로 나는 당신이 먹다 남은 것을 주는 건 바라지 않습니다. 필요한데도 불구하고 진정으로 나눔의 의미를 느낄 때까지 나누는 것을 원합니다!

서로서로 진지하게 대하도록 합시다. 그래서 서로를 있는 그대로 받아들일 수 있는 용기를 가집시다. 이제 서로 타인의 실패 앞에서 놀라거나 편견을 가지지 맙시다. 우리 한 사람 한 사람이 모두 하느님의 형상대로 창조되었기 때문에 서로에게서 착함과 선함을 발견하도록 합시다. 우리의 사회는 이미 성인이 된 사람으로 구성되어 있는 것이 아니라 성인이 되고자 노력하는 사람들로 구성되어 있다는 것을 늘 마음속에 간직합시다. 그러므로 서로간의 잘못이나 실수를 최대한으로 참아줍시다.

친절은 열성이나 과학이나 웅변이 했던 것보다 더 많은 사람들을 회심시켰습니다. 거룩함은 친절이 있는 곳에서 빨리 자랍니다. 세상은 달콤함과 친절의 필요성을 잃어가고 있습니다. 우리는 서로서로 필요한 존재하는 것을 잊지 마십시오.

– 테레사 수녀, 「봉사에 대하여」에서

상처가 아물고 난 다음에 받은 약은 상처를 치료하는 데 사용하기에는 너무 늦고, 도리어 그 아프던 기억을 상기시키는 역할을 하는 경우가 있습니다. 이것은 단지 시기가 엇갈려 일어난 실패의 사소한 예에 불과하지만, 남을 돕고 도움을 받는 일이 경우에 따라서는 도움이 되기는커녕 더 큰 것을 해치는 일이 됩니다.

남의 호의를 거부하는 고집이 과연 좁고 삐뚤고 어두운 마음의 소치인가? 우리는 공정한 논의를 위하여, 베푸는 자의 얼굴에도 초점을 맞추어 조명해볼 필요가 있다고 생각합니다. 이를테면 그 대가를 다른 것으로 거두어들이기 위한 상략적(商略的)인 동기가 있는가 하면, 비록 물질적인 형태의 보상을 목적으로 하지는 않으나 수혜자 측의 호의나 협조를 얻거나, 그의 비판이나 저항을 둔화시키거나, 극단적인 경우 그의 추종이나 굴종을 확보함으로써 자기의 신장을 도모하는 정략적(政略的)인 동기도 있으며, 또 가해자라는 정신적 우월감을 즐기는 향악적(享樂的)인 동기도 없지 않습니다.

이러한 동기에서 나오는 도움은 자선이라는 극히 선량한 명칭에도 불구하고 그 본질은 조금도 선량한 것이 못됩니다. 도움을 받는 쪽이 감수해야 하는 주체성의 침해와 정신적 저상(沮喪)이 그를 얼마나 병들게 하는가에 대하여 조금도 고려하지 않고 서둘러 자기의 볼 일만 챙겨 가는 처사는 상대방을 한 사람의 인간적 주체로 보지 않고 자기의 환경이나 방편으로 삼는 비정한 위선입니다.

이러한 것에 비하여 매우 순수한 것으로 알려진 '동정'이라는 동기가 있습니다. 이것은 측은지심(惻隱之心)의 발로로서 고래(古來)의 미덕으로 간주되고 있습니다. 그러나 이 동정이란 것은 객관적으로는 문제의 핵심을 흐리게 하는 인정주의의 한계를 가지며 주관적으로는 상대방의 문제 해결보다는 자기의 양심의 가책을 위무(慰撫)하려는 도피주의의 한계를 갖는 것입니다. 뿐만 아니라 동정은 동정 받는 사람으로 하여금 동정하는 자의 시점에서 자신을 조감하게 함으로써 탈기(脫氣)와 위축을 동시에 안겨 줍니다. 이 점에서 동정은, 공감의 제일보라는 강변(强辯)에도 불구하고 그것은 공감과는 뚜렷이 구분되는 값싼 것임에 틀림없습니다.

돕는다는 것은 우산을 들어 주는 것이 아니라 함께 비를 맞으며 함께 걸어가는 공감과 연대의 확인이라 생각됩니다.

– 신영복, 「함께 맞는 비」에서

유의 사항 ●

1. 논술문의 주제를 잘 드러내는 제목을 답안지의 첫째 줄에 쓰고, 본문은 둘째 줄부터 쓸 것.
2. 자신의 직·간접적 생활 체험을 반드시 포함시켜 구체적으로 논할 것.
3. 글의 분량은 띄어쓰기를 포함하여 1,600자(±200자 허용) 내외로 할 것.

논술 해결의 길잡이

✪ 논제 살피기

더불어 사는 삶의 길이 진정한 행복의 길임을 알고 있는지 묻는 문제이다. 이것은 현대인들의 삶의 질과 직결되는 것으로, 물질적으로는 풍요해졌지만 정신적으로는 가난해진 현대인들의 실질적인 문제의 해결책을 찾아보도록 하는 문제이다. 현대사회에서 정신병리적 현상이 다수 나타난다는 것은 현대사회가 현대인들에게 가하는 압박이 삶의 진정한 가치를 훼손시키고 있기 때문이라고 할 수 있다. 또한 현대인들이 정신적으로 그릇된 방향을 지향하고 있기 때문에 더욱 문제 해결이 힘들어지고 있기도 하다.

이런 까닭에, 서구의 물질주의적 세계관을 대체하여 동양의 정신주의가 미래사회의 주된 흐름이 될 것이라는 주장이 나오고 있는 것이다. 정신사적으로 볼 때, 근대화 또는 산업화는 서구의 세계관에 의해 추동된 것이라고 할 수 있다. 그러나 그러한 생각은 인간의 행복마저 계량화하고 물질화하며 궁극에는 황금만능주의로 귀결되고 있다. 즉 행복도 돈의 유무, 물질적 풍요의 여부에 의해 판가름 나는 것이다. 이것이 체제적인 측면에서는 국경을 넘어서는 냉혹한 무한경쟁의 시대를 가져왔고, 개개인의 측면에서는 고립적인 개인주의를 가져왔다고 할 수 있다. 이런 정신사적 흐름을 되돌릴 수 있는 것은, 인간의 발견, 즉 사람 사이의 사랑, 연대감의 발견에서 가능할 것임을 깨닫게 하고자 하는 문제이다. 21세기의 보편정신은 이처럼 경쟁이 아닌 화합과 연대감의 시대임을 알게 하기 위한 문제이다.

✪ 제시문 분석

(가)는 테레사 수녀의 봉사 정신을 쉬운 말로 사례를 들어 보여주고 있다.

이 글에 의하면, 물질적으로 가난한 사람들이 정신적으로 얼마나 풍요롭고 너그러운지를 우선 보여준다. 극한의 기아 속에서, 고통에 압도되어 자신만을 생각할 것 같았던 한 가난한 여인은 자신과 가족의 고통은 물론이고 이웃의 고통을 잊지 않고, 이웃에 대한 걱정을 아주 자연스럽게 표현하고 있다. 이러한 사례는 독자에게 무한한 마음의 평화를 가져다준다.

이런 사례로부터 테레사 수녀는 이웃에 대한 진정한 봉사는, 자기 자신에게 소중한 것을 남에게도 주는 것임을 주장하고 있다. 돈이 남기에 주는 것, 돈으로 대체하는 것은 진정한 봉사가 아닌 것이다. 봉사를 받는 사람들과의 연대감, 그들과 함께 하는 것이 진정한 봉사임을 강조하고 있다. 이 속에서 마음의 넉넉함, 행복감을 얻을 수 있다고 말하고 있다.

(나)도 또한 유사한 깨달음을 보여주고 있다. 봉사란 우산을 씌워주기만 하는 것이 아니라, 차라리 그들과 함께 비를 맞는 것이란 역설을 통해 진정한 봉사의 정신, 이웃을 이해하는 길을 제시하고 있다. 있고 없음을 떠나, 모든 인간 관계는 수평적이고 공동적이어야 한다. 내가 사회적으로 나은 조건이기 때문에 도울 수 있어서 돕는다는 것이 아니라, 그들과 함께 하고 싶기 때문에 함께 해야 한다는 것이다. 자신의 처지가 더 낫기 때문에 돕는다는 생각은 자칫 그 봉사의 행위 속에 비순수의 정신을 깃들이게 하며 동시에 도움을 받는 사람에게 정작 정신적 상처를 줄 수 있음을 말해 주고 있다. 이런 관계는 진정한 인간적 관계라 할 수 없을 것이다.

✪ 해결 과정 생각하기

이 논제는 행복의 올바른 인식을 우선 요구하고 있다. 무엇보다도 개인적이고 고립적인 행복이 아니라 사회의 모든 사람들과 행복을 같이 느낄 때 그것이 진정한 행복임을 인식할 필요가 있다. 이러한 전제가 있어야만 현대 사회에서 아직도 인간이 행복하지 못하고, 왜 그 행복한 사회의 실현을 미래에 기대하고 있는지가 설명될 수 있다.

현대사회는 빛과 어둠이 양존하고 있어서, 양심적인 빛의 세계의 사람들이 어둠의 세계의 사람들에게 행복의 길로 안내하고자 끝없는 봉사를 실천하고 있다. 문제는 이들 간의 관계가 자칫 잘못된 방향으로 흐를 수 있고, 그것은 이 사회 전체를 불행과 행복간의 대립이 있는 사회로 머물게 할 수 있다는 점이다.

제시문이 문제삼고 있는 것이 이 점이다. 따라서, 제시문을 활용하여, 올바른 인간 관계의 정의를 내릴 필요가 있다.

올바른 인간관계는 무엇보다도 연대감에서 나온다. 그 연대감은 사람과 사람 사이에 진정한 이해와 공감에서 비롯한다고 제시문은 밝히고 있다. 그것이 '친절'이든, '사랑'이든, '공감'이든 그 바탕에는 상호간의 신뢰가 전제된다. 이것에 기초한 인간관계가 진정한 것이고 이것 위에서 이루어지는 봉사가 인간 사회를 행복에 이르게 할 수 있다고 논할 필요가 있다.

이 같은 점을 해결하고 궁극적으로는 행복한 미래사회의 비전을 제시할 필요가 있다. 그 비전에는 행복한 미래사회의 건설을 위한 방법이 또한 포함되어 있어야 한다. 이 같은 논제의 요구에 답하면서, 마지막으로 실천적인 관점에서 항상 행복과 신뢰를 생각할 필요가 있다고 강조해야 하겠다. 이념이든 윤리든 인간사회의 보편적 이념은 항상 그 사회의 인간에 의해 실천되어야만 하는 행동원리이기 때문이다. 따라서, 결론 부분은 실천적인 논의로 마무리되어야 할 것이다.

✪ 주제문 작성

사람 사이의 관계가 따뜻한 마음에 기초하여 굳건히 성립될 때, 모두가 행복감을 느낄 수 있는 사회가 이룩될 수 있다.

✪ 주제어 : 공동체 의식, 행복, 공동체 윤리, 인격적 만남

✪ 개요 작성(1,500자)

서론(200자) : 공동체 의식을 상실한 현대인.
　　　　　　　－위선적인 선행, 위선적인 인간관계.
본론(1,000자) : 1. 소수라도 불행한 사람이 이웃에 있음을 알면 행복할 수
　　　　　　　　　없다.
　　　　　　　　　－나의 행복은 이웃의 행복에서 온다.
　　　　　　　　2. 진정한 공동체 윤리.
　　　　　　　　　－이웃과의 사랑과 신뢰.
　　　　　　　　　－거짓 없는 봉사의 정신.
　　　　　　　　　－상호존중의 원리.
　　　　　　　　3. 마음과 마음의 만남.
결론(300자) : 진정한 인격적 만남으로 이루어진 사회.

✪ 예시 답안

　일찍이 아리스토텔레스가 삶의 목적이 다름 아닌 행복에 있다고 갈파했듯, 사람은 누구나 행복을 추구한다. 그러나 현대인들이 가지고 있는 행복의식은 매우 왜곡된 감이 없지 않다. 무엇보다도 자신이 행복하면 모두가 다 행복하다고 쉽게 착각에 빠지곤 하기 때문이다. 이런 착각 때문에, 불행한 이웃의 의미를 진정으로 모르는 경우가 많다.(185자)

　맹자가 왕도정치(王道政治)에 대해 양혜왕과 주고받은 문답에서, "백성이 편안하지 않은데, 왕 홀로 즐거움을 탐닉하는 것은 진정한 즐거움을 누리는 것이 아니다."고 주장했듯, 나의 이웃이 불행에 처해 있는데도 내가 행복하다면 그것은 진정한 행복을 누리는 것이 아니다. 따라서 불행한 이웃의 존재는 결국 나의 행복이 완전한 행복이

아님을 말해 주는 것에 다름 아니다. 다시 말해 이웃의 행복은 내가 완전한 행복에 도달하기 위한 전제 조건이 되는 것이다.(252자)

물론 많은 사람들은 이웃의 불행을 좌시하지 않고 봉사 활동을 통하여 그들의 불행을 조금이나마 덜고자 한다. 이름을 굳이 밝히지 않은 채 장애인이나 불우 아동, 독거 노인들을 묵묵히 보살피는 사람들의 미담은 지금도 지속적으로 발굴되고 있다. 그리고 길거리에서, 버스 안에서도 이웃의 불행을 외면하지 않고 자신의 힘을 적극적으로 보태는 일도 자주 목격할 수 있다. 이들을 통해 우리는 인간들이 모여 사는 우리 사회의 희망을 발견하곤 한다.(243자)

그러나 현대인들의 봉사는 형식적인 측면이 없지 않다. 특히 우리 사회에서 이웃의 불행을 덜고자 하는 행위들이 무슨 행사처럼 특정한 주기에 반복되어 나타나는 사례가 많은 점은 유쾌한 장면이 아니라고 생각된다. 우리는 언제 이웃을 생각하는가? 매일매일 생활의 압박 속에서 자신의 욕망 충족을 위해 혼신을 다하다가도, 연말연시나 성탄절, 또는 큰 재해시 TV에서 '당신의 사랑이 필요할 때입니다!'라는 메시지를 보낼 때, 반사적으로 이웃의 불행을 생각하지는 않는가? 또한 많은 학생들은 또한 봉사활동이라는 명목 하에 각종 사회단체를 방문하여 요식적으로 봉사활동을 하고 그것을 확인해주는 확인증을 받아오는 경우가 적지 않다.(433자)

이것은 진정한 봉사도, 진정한 이웃간의 연대감의 표시도 아니다. 그것은 나의 필요를 채우기 위한, 그리고 TV 등 무언가에 의해 조건화된 선행에 지나지 않는다. 이런 행태의 반복으로는 우리 모두가 행복을 느낄 수는 없다. 거기에는 정성이 빠져 있기 때문이다.(147자)

진정한 행복은 서로가 서로를 항상 신뢰하고 사랑하고 믿을 수 있는 정신적 연대감이 충만할 때 이루어질 수 있을 것이다. 경제적인 부의 평등도 아니고 권력의 평등도 아닌, 마음의 평등, 마음의 나눔 속에서 행복은 가능하다고 생각한다. 그리고 그런 사람들의 사회가 진정으로 행복한 사회일 것이다. 테레사 수녀의 말처럼, 사람들이 서로, 돈이 아닌 자기 자신을 남에게 줄 때, 남에 대한 신뢰와 사랑은 물론 나의 행복도 이루어질 수 있을 것이다.(249자)

(총 1,424자)

형이상학(形而上學, metaphysics)과
형이하학(形而下學, physical science)

1. 형이상학과 형이하학의 개념

형이상학은 '형체를 초월한 영역에 관한 과학'이라는 뜻으로 '철학'을 일컫는 말이다. 반면 형이하학은 형체가 있는 사물에 관한 학문 물리학·식물학·동물학 등을 다루는 자연과학이라 할 수 있다. '형이상학적'이 정신적이라면 '형이하학적'은 물질적인 것이라 할 수 있겠다.

2. 형이상학의 어원

역경易經(주역이라고도 함) 계사전상(繫辭傳上) 중 다음과 같은 구절에서 나온 것으로 이것을 응용해서 일본인들이 라틴어 metaphysica를 형이상학이라고 번역했다.

形而上者謂之道, 形而下者謂之器.

"형상(形象) 이전의 것을 도(道)라고 하고, 형상 이후의 것을 기(器)라고 한다"
반면 형이하학은 형이상학의 반대개념으로 만들어진 조어라 따로 어원이 없는 것 같다.

3. 형이상과 형이하

형이상은 인간의 감각기관을 초월한 정신, 도를 가리키고 형이하는 형상을 가진 물질 또는 그런 속성 자체를 가리키는 말이다.

형이상은 사물이 형체를 갖기 이전의 근원적인 본모습이며, 형이하는 감각할 수 있는 구체적인 사물을 뜻한다. 송대(宋代)의 주희(朱熹)는 "형이상자는 형체도 없고 그림자도 없다"라고 하고 도를 이(理), 성(性)이라고 해석하였고 "형이하자는 실상도 있고 모양도 있다"라고 하여 기를 기(氣)라고 해석하여 철학적으로 중요한 개념이 되었다.

또한 그는 인간과 사물이 생성될 때 이(理)를 먼저 받은 후에 본성을 갖게 되고 기를 받은 후에 형태를 갖추게 된다고 하였다. 이전에는 형이상인 이가 형이하인 기보다 논리적으로 우선한다고 하였으나 이기의 관계는 분리해서 생각할 수 없는 것이라 주장하였다. 그러나 이는 형이상적인 존재이고 기는 형이하적 존재로서 본질이 다르기 때문에 양자의 관계는 불리부잡(不離不雜, 분리되지도 않고 섞이지도 않음)에 있지만 현상적 실재물에서는 이를 따라서 기가 있고 기를 떠나서 이가 있는 것은 아니라고 하였다. 기가 운동성을 갖는 데 반하여 이는 무위이고 기의 운동에 따르며 거기에 질서를 부여할 뿐이다.

형이상자와 형이하자는 이와 기로 해석되며 서로 불가분의 관계인 동시에 통합될 수 없는 관계로, 그 관계를 파악하는 이해방법의 차이에 따라 다양한 학설들의 전개와 발전이 이루어져 왔다.

4. 형이상학과 형이하학으로 구분해본 인간의 소망

형이상학―인격완성, 자아완성, 신학적으론 구원 및 영생 등
형이하학―권력, 명예, 물질, 미색 등

5. 아리스토텔레스가 말한 형이상학

형이상학은 특수(개별)과학들처럼 단지 존재의 한 부분만을 잘라내어 다루는 것이 아니라, 단지 보편적인 존재 자체를 다룬다. 그리고 또 형이상학은 제일근거를 찾아 헤매며, 그렇게 함으로써 감춰져 있는 곤란한 영역에까지 파고들며,

실재적인 목적들을 위해서가 아니라 앎(지식) 그 자체를 위해서 추구하는 앎이라 하였다.

6. 형이상학이란 용어의 쓰임

형이상학이란 용어는 그리스어 메타(Meta : 저 넘어 au-dela, 또는 다음에 또는 후에 apres)와 퓌시케(phusike : 물리 physique, 자연 nature)의 합성어이다. 이 애매한 용어는 여러 가지 의미로 쓰일 수 있다.

이 용어가 쓰인 시원적 의미에서 보면, 중세의 과정에서 형이상학이란 용어는 아리스토텔레스 작품을 지칭하는 것으로 쓰였으며, 이 명칭은 안드로니코스에 의해 붙여진 것이다.(아리스토텔레스는 형이상학을 학문으로서 최초로 확립한 인물이다.) 보다 넓은 의미에서, 형이상학이란 인식을 말한다. 이 인식은 물질적인 자연적 실재성을 넘어서 비물질적 실재성에 대하여 종교적 계시에 의해서가 아니라, 이성에 의해서 파악하는 것이다. 또한 형이상학은 절대자를, 다시 말하면 사물의 무조건적 근본을 목표로 삼으면서 최고의 과학 또는 최초의 과학으로서 정의된다. 만일 현상을 관통하여 또는 현상을 넘어서 사물의 존재 또는 본질을 탐구하는 것을 형이상학이라고 생각한다면, 그러면 형이상학은 "존재하는 한 존재의 학문" 또는 "존재론"이다. 게다가 형이상학이란 용어는 비판적 의미 또는 경멸적 의미로 사용될 수 있다. 이 용어는 추상적인 것을 대상으로 삼는 사색을 의미하며, 따라서 한가로이 한담하는 언어 훈련정도 또는 실증과학의 객관적 기준을 회피하는 환상을 의미한다.

공동체(共同體, community)

1. 공동체의 개념 및 의의

행복이란 나 혼자서만 향유할 수 있는 것이 아니다. 왜냐하면 인간은 사회적 존재이기 때문이다. 인간은 혼자서 살 수 없고 남과 더불어 함께 살아가야 하고 또 기쁨과 슬픔도 함께 나누면서 살아가야 할 운명을 타고나는 것이다. 이것을 공동체라고 한다. 공동체의 사전적 의미는 "생활과 운명을 함께 하는 조직체"라 하였다. 다시 말하면 공동체란 "실제적이고 유기적인 생활체로서 감정이나 충동, 욕망 등이 자연스럽게 또 실제적으로 통일을 이루는 사회"를 말한다. 전통적으로 공동체는 토지를 중심으로 형성된 개념이다. 공동체 자본주의적 생산사회에 선행하는 사회에서 볼 수 있는 폐쇄성이 강한 지역단체. 즉, 토지소유제도가 미개사회 이래 여러 가지 형태를 거치며 발전해오는 가운데, 완전한 의미에서의 사적 소유권이 확립되는 것은 근대사회 성립 이후의 일인데, 그 이전의 토지의 사적 소유와 공동체에 의한 소유가 병존하는 상태 아래서의 토지의 공동소유 단체를 공동체라고 한다. 영어로 Community를 우리는 지역사회라고 하지만 이 말 속에는 지역공동체라는 의미가 함축되어 있다.

이와 같이 공동체란 결속과 상호협조, 보다 깊고 보다 튼튼한 상호 이해와 공생의 관계를 의미한다. 따라서 공동체는 공동의 가치, 공동헌신, 공동사명에 의식적이고도 인격적으로 참여하는 집단인 것이다. 또한 공동체는 개성화요 친교이며, 다양성이요 일치이며, 공동 책임성 안에서의 성장이다. 그것은 공동체에 속해 있다는 소속감이면서 동시에 주체성의 확보인 것이다.

2. 공동체의 유형과 특징

　공동체는 혈연공동체, 지역공동체, 정신적인 공동체의 세 가지 유형이 있을 수 있다. 혈연공동체는 가족, 지역공동체는 촌락·마을·동네 등이 있고, 정신적인 공동체란 교회 같은 종교집단을 말한다. 이러한 공동체가 가지는 특징은 ① 공동의 목표를 향해 함께 나아가며 ② 이를 위해 모든 구성원이 헌신적으로 봉사하며 ③ 공동체 구성원들끼리 서로 사랑으로 일치하는 것이다. 그래서 대부분의 공동체에서는 재산은 소유권에 상관없이 공동체 구성원이 함께 공유한다. 공동체 관계가 유지되기 위해서는 행동면에서나 감정면으로 개인이 공동체에 주고자 하는 것과 공동체가 개인에게 기대하는 것이 서로 조정되어야 하고 서로 보강하는 것이어야 한다. 이와 같이 공동체에 있어서 헌신이라는 문제는 매우 큰 중요성을 가진다. 워싱턴의 미국 국립묘지에 있는 John F. Kennedy 대통령 묘소의 비석에는 "국가가 나에게 무엇을 해 주기를 바라기에 앞서 내가 국가를 위해 무엇을 해야 할 것인가를 생각하라"는 말이 새겨져 있다. 이것이 바로 헌신이다.

3. 공동체의 요건

　헌신적인 유대관계를 갖기 위해서는 공동체가 가져야 할 세 가지 요건이 있다. 즉, ① 공동체의 구성원, ② 공동체로서의 응집력, ③ 공동체의 통제력을 말한다. 공동체가 <구성원을 보유>한다는 뜻은 사람들이 기꺼이 공동체 안에 머무르고, 그 공동체를 유지하며, 자기 역할을 수행하고자 하는 태도를 말한다. 그러나 우리의 현실은 인재와 돈이 대도시로 집중되고 농어촌은 이농현상이라는 중병을 앓고 있다. 지역의 주민들은 기회만 있으면 좀더 좋은 지역으로 이주하려 한다. 내가 살고 있는 지역을 아끼고 사랑함으로써 좀더 낳은 환경으로 바꾸려는 노력을 하지 않는다.

　<공동체의 응집력>이란 공동체 구성원들이 "한데 뭉치는 힘", 서로 끄는 힘

을 의미한다. 이러한 공동체의 응집력은 우리의 전통사회에서는 쉽게 찾아 볼 수 있었다. 한국 전통사회의 두레는 개인적 가족적 이해를 떠나 마을 전체의 사회적 집단적 이익을 추구하여 조직적 감정적으로 의무처럼 공고히 결합된 본질적으로 공동체였다. 그러나 오늘날 우리 사회는 대도시는 물론, 중소도시와 농어촌에서까지도 이러한 공동체의 응집력을 찾아보기 힘들다. 오늘날 비인간화된 산업사회의 현상에 따라서 기초공동체가 점점 이익이나 관심에 따라 조직되어 나감으로써 기초공동체는 점점 약화되고 이익공동체가 극대화되어 가는 현상이다. 이에 따라 인간관계는 더욱 갈등과 소외현상으로 나타나고 어떤 조직체의 목표에 따라 인간행동이 통제되어 나간다. 그래서 개인은 자율보다는 의타적 혹은 의존적 또는 타의에 의해서 움직이는 경우가 많아진다.

오늘날 사회 변동의 속도가 빨라지면서 규범 자체가 불분명해지고 개인도 어떤 규범을 따라야 할지 모르는 아노미 상태에 빠지는 등 규범에 혼란이 심해지고 있는데, 이에 따라 사회 규범에 대한 냉소적인 태도가 확산되고 일탈과 범죄가 증가하고, 부정부패가 만연하게 되었다. 여기에 맞서 우리는 건전한 판단 능력을 육성해야하고, 합리적인 규범을 제정하고 공동으로 준수하는 노력을 해야 하며, 올바른 규범 문화를 창조해 나가야 한다.

논술 첨삭

논술 원고지

이름 (　　　　　　)

㉖ 〈나누는 행복〉

최근 우리 나라의 기업 중에 웬만한 기업들은 자선 사업을 한다. 언뜻 보면 사회에 환원하는 훌륭한 기업이라는 생각을 갖기 쉽지만, 그 내면에는 다른 계산이 숨어 있다. 이 자선 사업에 들어가는 돈은 다음 아닌 국가에 낼 세금이고, 어차미 쓸 돈이니까 기업 이미지나 높이자는 차원에서 ①을여 겨 자먹기 식으로 기부하는 식이다. 이처럼 우리 사회의 자선은 ②물진직인 것으로 환산되고, 위선적인 ③자기 홍보 식으로 전각 했다. 인간은 사회적 동물이라고 했다. 즉 혼자서는 절대로 살아갈 수 없고, ④또한 ⑤띵진연적으로 ⑥인간은 인간 대 인간과의 진정한 ⑥공감이 있어야 안 행복할 수 있는 존재아다는 ⑦결론이 나온다. 하지만 현대 사회에 사는 사람들은 ⑧그것 깨닫지 못하는 것처럼 보인다. 자신이 행복하면 남들의 불행은 눈에 들아어오지 않는다고, 이웃의 불행을 가승아파 하기보다 자신의 욕망을 채우는데에 급급하다. 이것은 특히 근대의 서구 중심의 개인주의가 유입되면서 더욱 심화 되었으며 ⑨우리의 전통적인 공동체의 식아저 해치고 있다. 물론 우리 사회의 진정한 의미의 봉사들을 ⑩실천하시는 분들이 없는 것은 아니다. 어려운 형편에도 익명으로 쌀을 보내거나 이름 없이 정기적으로 시간을 할애하여 ⑪봉사하시는 분들도 계신다. ⑫이분들은 남의 불행을 자신의 그것처럼 공유하며, 상호 간의 신뢰를 바탕으로 더불어 사는 삶을 실천한다고 볼 수 있다.

그러나 아직까지 우리 사회의 ⑬봉사는 형식적인 측면이 많다, 국민 모두 봉사의 중요성을 인식하고는 있으나, 그것이 ⑭표출되는 시기는 연말 연시나 크리스마스 같은 날에 한정되어 있다. 또한 ⑮요근래에는 대학입시를 위하여 학생들이 겉치레로 봉사를 하는 경우도 많다. 이러한 행위는 봉사라는 이름하에 ⑯자행되는 ⑰위선적인 것에 지나지 않으며, 받는 사람에게도 ⑱정신적인 박탈감을 심어주기 쉽다.

그렇다면 ⑲진정한 의미의 공동체 ⑳윤리를 실천한다는 것은 어떤 것일까? 정답은 바로 상호존중을 바탕으로 한 신뢰와 사랑이다. 이것은 인간과 인간 사이의 진정한 평등을 추구하면서도 봉사하는 사람과 받는 사람 모두에게 정신적인 행복을 가져다 ㉑준다.

따라서 ㉒우리는 진정한 유대를 형성하기 위하여 다른 사람과의 정신적인 교감이 필요하며, 그것을 ㉓실제로 실천하기 위한 행동의지가 요구된다. 아무리 다른 사람과 정신적 공감을 느끼고 있다 해도 직접적으로 나서지 않으면 상대방에게는 아무런 도움이 될 수 없다. 상대방을 진정으로 존중하는 마음을 바탕으로 실제로 실천을 해야만이 상호 간의 마음이 통할 수 있고 이는 곧 ㉔행복으로 이루어진다. 도움을 준다는 것은 생각보다 어려운 일은 아니다. 상호 간의 신뢰와 사랑을 바탕으로 실제로 행함이 있을 때에 우리 사회는 ㉕진정한 공동체로 거듭날 수 있을 것이다.

① 한 문장에 ‘식’이 두 번 나오면 흐름이 매끄럽지 않음. → ‘울며 겨자 먹기 식
　　으로 기부하는 것이다.’

② 초점화 된 내용은 ‘물질적인 것’이 아니라 ‘물질적인 이익’임. → ‘물질적인
　　이익으로’

③ 바로 앞 문장에 ‘식’이 있으므로 여기서는 생략함. → ‘자기 홍보로’

④ 문장 구성상 내용의 단순한 이어짐으로 처리함. → ‘또’

⑤ 자신이 쓴 글을 스스로 교정할 때도 교정부호에 맞게 하도록 함.

⑥ 단어 선택의 적절성 고려. → ‘교감’이 더 적절한 것 같음.(‘공감’은 자기도 그
　　렇게 느낀다는 뜻이고, ‘교감’은 느끼어 서로 감응한다는 뜻임)

⑦ 글을 쓰기 위한 단서를 꺼내는 단계에서 ‘결론’이라는 단어가 나오면 글의 구
　　조에 무리가 올 수 있음. → ‘해석’으로 바꿈.

⑧ 구어적 표현임. 특히 구어적 준말을 사용하지 않도록 유의함. → ‘이것을’

⑨ 앞 문장과의 자연스러운 연결이 안 됨. → ‘나아가 전통적인 공동체 의식마저
　　해치고 있다.’

⑩ 일반적인 글에서는 특별한 대화 상황이 아닌 이상 존대표현은 하지 않음. 그
　　리고 문체의 통일성을 위해서도 이 부분만의 존대표현은 균형에 어긋남. →
　　‘실천하는 사람들이 없는 것은 아니다.’

⑪ → ‘봉사하는 이들도 있다.’

⑫ → ‘이들은’

⑬ → ‘봉사는’(‘-란’은 흔히 개념을 규정할 때 씀)

⑭ 단어 선택의 적절성 문제임. → ‘실천’(‘표출’은 내면적인 것이 겉으로 드러난
　　것을 말하고, ‘실천’은 자신의 의지가 실제로 이행되는 것을 말함.)

⑮ 굳이 이 표현을 쓰자고 하면 ‘요(관형사)＋근래’로 써야 하지만. 이것도 구어
　　적인 성향이 있는 표현이므로 ‘근래’로 쓰는 것이 더 좋을 듯함.

⑯ 단어 사용의 적절성 문제임. 문맥에 의하면 ‘자행’은 방자한 행동의 의미로서,

‘겉치레로서의 봉사활동’을 지시하는 경우에는 적절한 단어 선택이 아님. →
‘치러지는’

⑰ 의미의 강화를 위해 단어를 명시함. → ‘위선적인 행동에’

⑱ 문장은 의미 내용을 살리기 위해 단어를 추가함. → ‘정신적인 박탈감과 소외
감을’

⑲ 본 논술문의 주제적인 접근성을 살리기 위해 논제의 초점을 내용에 추가함.
→ ‘더불어 사는 행복한 미래 사회를 위하여 우리가 가져야 할 진정한―’

⑳ 여기서 ‘윤리’라는 단어가 나오면 논점이탈의 우려가 있음.―‘공통체 의식은
무엇일까?’

㉑ → ‘줄 수 있다.’(단정보다는 설득으로 나가는 것이 좋음)

㉒ 문장의 호응을 바로잡음. → ‘우리에게는 진정한 유대를 형성하기 위하여 다
른 사람과의 정신적인 교감을 바탕으로 한 사랑이 필요하며, 그것을 실천하
기 위한 행동의지가 요구된다.’

㉓ ‘실제로 실천하기 위한’에서는 의미의 잉여적 표현이 보임.(‘실제’와 ‘실천’)

㉔ 의미 연결이 부자연스러움. → ‘인간 사회의 행복을 만들어 낸다.’

㉕ 앞 문장의 내용을 이으면서 본 논술문의 마지막 문장을 명쾌하게 구성하기
위해 여기에 ‘행복을 만들어 내는’을 추가함.

㉖ 전개한 논술 답안지의 핵심 내용과 논제의 성격을 살려 제목을 〈사랑을 나
누는 행복〉으로 조금 고치면 어떨까? 〈나누는 행복〉은 막연한 느낌이 있음.

〈총평〉

　본 논술 답안지는 반드시 드러나야 하는 내용이 세 가지이다. 첫째는 논제에
서 요구하는 ‘행복한 미래 사회 건설을 위한 진정한 공동체 의식’에 대한 언급이
고, 둘째는 유의사항에서 요구하는 항목(1)의 ‘주제를 드러내는 제목 쓰기’, 셋째
는 유의사항(2)의 ‘자산의 직·간접 생활 경험 들어내기’이다. 〈논술 수정 원고〉

에 이 세 가지를 표시해 두었다.

위 학생은 대체로 논제를 잘 분석하고 그에 따라 내용 구성을 적절하게 잘 하는 편이다.

다만 미묘한 문장의 호응을 맞추는 일이나, 미세한 단어의 의미와 용법을 살펴 적절한 단어를 쓰는 것은 좀더 훈련과 연습을 요한다. 그리고 글을 전개해 갈 때 써 내려가고 있는 내용의 핵심을 항상 염두에 두고 정확한 단어와 연결을 할 수 있도록 노력해 가면 훨씬 정돈된 글을 만들어질 것으로 기대한다.

논술 수정 원고

사랑을 나누는 행복

최근 우리나라의 기업 중에 웬만한 기업들은 자선사업을 한다. 언뜻 보면 사회에 환원하는 훌륭한 기업이라는 생각을 갖기 쉽지만. 그 내면에는 다른 계산이 숨어 있다. 이 자선사업에 들어가는 돈은 다름 아닌 국가에 낼 세금이고, 어차피 쓸 돈이니까 기업 이미지나 높이자는 차원에서 울며 겨자 먹기 식으로 기부하는 것이다. 이처럼 우리 사회의 자선은 언제부턴가 물질적인 이익으로 환원되고, 위선적인 자기 홍보로 전락했다.

인간은 사회적 동물이라고 했다. 즉, 혼자서는 절대로 살아갈 수 없고 또 행복할 수도 없다는 뜻이다. 따라서 인간은 필연적으로 인간 대 인간과의 진정한 교감이 있어야만 행복할 수 있다는 해석이 나온다.

하지만, 현대 사회에 사는 사람들은 이것을 깨닫지 못하는 것처럼 보인다. 자신이 행복하면 남들의 불행은 눈에 들어오지 않고, 이웃의 불행을 가슴 아파하기보다 자신의 욕망을 채우는 데 급급하다. 이것은 특히 근대의 서구 중심의 개인주의가 유입되면서 더욱 심화되었으며, 나아가 전통적인 공동체 의식마저 해치고 있다.

물론, 우리 사회의 진정한 의미의 봉사를 실천하는 사람들이 없는 것은 아니다. 어려운 형편에서 익명으로 쌀을 보내거나, 이름 없이 정기적으로 시간을 할애하여 봉사하는 이들도 있다. 이들은 남의 불행을 자신의 그것처럼 공유하며, 상호간의 신뢰를 바탕으로 더불어 사는 삶을 실천한다고 볼 수 있다.

그러나 아직까지 우리 사회의 봉사는 형식적인 측면이 많다. 국민 모두 봉사의 중요성을 인식하고는 있으나, 그것이 실천되는 시기는 연말연시나 크리스마스 같은 날에 한정되어 있다. 또한 근래에는 대학입시를 위하여 학생들이 겉치레로 봉사를 하는 경우도 많다. 이러한 행위는 봉사라는 이름 하에 치러지는 위선적인 행동에 지나지 않으며, 받는 사람에게도 정신적인 박탈감과 소외감을 심어주기 쉽다.

그렇다면 더불어 사는 행복과 미래 사회를 위하여 우리가 가져야 할 진정한 의미의 공동체 의식은 무엇일까? 정답은 바로 상호존중을 바탕으로 한 신뢰와 사랑이다. 이것은 인간과 인간 사이의 진정한 평등을 추구하면서 봉사하는 사람과 받는 사람 모두에게 정신적인 행복을 가져다 줄 수 있다.

따라서 우리에게는 진정한 유대를 형성하기 위하여 다른 사람과의 정신적인 교감을 바탕으로 한 사랑이 필요하며, 그것을 실천하기 위한 행동의지가 요구된다. 아무리 다른 사람과 정신적인 교감을 이루었다 해도 직접적으로 나서지 않으면 상대방에게는 아무런 도움이 될 수 없다. 상대방을 진정으로 존중하는 마음을 바탕으로 실천을 해야만이 상호간의 마음이 통할 수 있고, 이는 곧 인간 사회의 행복을 만들어낸다. 도움을 준다는 것은 생각보다 어려운 일은 아니다. 상호간의 신뢰와 사랑을 바탕으로 실제로 행함이 있을 때에 우리 사회는 행복을 만들어 내는 진정한 공동체로 거듭날 수 있을 것이다.

제 5 장

효의 윤리

 **논술 기법**

1. 개요 작성과 글의 분량 안배

　지금까지 실전 논술 고사에 초점을 두고 논술 공부의 본론에 들어가기에
앞서 기본적인 전략을 항목별로 살펴보고 있는 바, 집필 단계 이전의 준비
작업이 매우 중요하게 인식되고 탄탄하게 짜여져야 함을 이해했을 것이다.
이제 집필의 바로 전단계로 개요 작성의 중요성을 이해해 보자. 개요 작성은
많은 분량의 글이든 적은 분량의 글이든 모두 필요하다. 개요 작성이 필요한
가장 중요한 이유는 크게 두 가지로 설명할 수 있는데, 첫째는 형식적인 면
에서 구조적인 안정감과 균형감을 살린 글을 쓰기 위한 것이다. 둘째는 내용
적인 면에서 완성될 글을 하나의 숲으로 조망할 때 전체적인 내용의 흐름이

흐트러지거나 빠지거나 쏠림이 없이 순리적이고 명확하게 드러나게 하려는 데 있다.

논술 고사에서의 개요 작성은 2단계로 접근되어야 하는데, 1단계는 치밀한 논제 분석을 통해서 논제에서 요구하는 내용을 추스르기 위한 개요 작성이다. 논제에 따른 개요 작성은 형식적 요건으로 반드시 충족되어야 하는 항목들이다. 이 항목에서 빠진 것이 있게 되면 고사에서는 바로 감점이 될 수 있다. 그러나 논제 분석으로 만들어진 개요는 내용적으로 완벽할 수가 없고 또 엄밀히 말하면 제시문을 읽지 않은 상태의 논제 분석은 의미적으로 완벽할 수 없다. 그래서 논제 분석에 따른 개요 작성을 1단계로 준비해 놓고, 제시문을 읽어 다시 내용의 보강을 통해 2단계 개요 작성을 마무리하면 좋다.

2단계 개요가 마무리되면 이것을 다시 점검하면서 주제는 주제문으로 고쳐 작성하고, 세부 개요에서도 큰 덩이의 단락 내용은 가능하면 문장식 구성으로 고쳐두는 것이 좋다. 이렇게 개요가 완성되면 이에 의거하여 집필 단계로 들어간다. 참고로 개요 작성이 중요한 이유를 실감하게 하기 위하여 [논제–주제문 작성–개요 작성–집필]의 한 예를 들어보자.

예시 ●●●●●●●●●●●●●●●●●●●●●●●●●●●●●●●●●●●●●●●

〈논제〉

(가)는 현실 상황을 풍자하는 소설이고, (나)는 티베트 지역을 방문한 프랑스 인류학자의 여행기이다. (가)에는 문화적 이질감으로 인한 세대간의 분열상이 제시되고 있다. 문화적 차이에 대한 태도를 중심으로, (가)와 같은 현상을 일반화하여 이러한 현상이 발생하는 이유와 그 해결 방안을 모색하는 논술을 작성하되, (나)에서 상대방을 대하는 방문객과 승려들의 태도를 참조하시오.(1,200자)

〈주제문 작성〉

　세대 간의 문화 차이로 인한 분열을 극복하기 위해서는 상대방의 문화를 인정하고 존중하는 태도가 요구된다.

〈개요 작성〉

　서론 : 한 사회 내부의 다양한 문화 분화(200자)
　본론 : 1. 포용력 없는 기성 세대의 편견(300자)
　　　　 2. 자기 중심적 사고로 인한 불필요한 오해와 갈등의 발생(250자)
　　　　 3. 프랑스 인류학자의 태도가 주는 시사점(200자)
　결론 　: 문화의 성숙을 위한 조건(200자)

〈집필〉

　하나의 사회가 발전하다 보면, 문화는 다양하게 분화하게 마련이다. 문화의 분화는 대체로 계층별, 분야별, 성별, 세대별로 이루어지며, 사회는 이러한 다양한 하위 문화가 공존하는 장이 된다. 그런데 각각의 문화가 지향하는 가치나 의식은 모두 같을 수 없기 때문에, 서로 오해하게 되고, 결국은 갈등하게 된다. 그러한 갈등은 더욱 성숙한 문화를 이루어가는 하나의 절차가 될 수도 있지만, 경우에 따라서는 대책 없는 혼란만을 불러일으킬 수도 있다.

　글 (가)에 나타난 학생의 글에서 이러한 갈등을 살필 수 있다. 학생은 그 또래의 친구들과 느낄 수 있는 유대감을 확인하기 위해 자신들만의 축제를 계획한다. 그들이 계획한 것은 명상의 시간, 만남의 시간, 노인의 말씀 듣기, 음악 감상과 춤추기 등이다. 축제의 내용은 누가 보아도 불량한 것은 아니다. 그러나 그들의 계획은 사전에 발각이 되어 학교와 경찰서에서 조사를 받게 된다. 경찰서와 학교는 그들의 모임을 ‘먹고 마시는 놀자판’으로 못 박아 버리며 그들의 문화를 비웃고 격하시켰다. 경찰과 학교로 대표되는 기성 세대의 문화적 감수성은 이들의 모임을 순수하게 받아들일 포용력이 없었던 것이다.

　이는 자신들의 문화와 사고를 중심으로 다른 문화를 이해하려는 태도에서 비롯된다. 인간은 자기 중심적이며 이기적인 생각에서 세상을 바라볼 수밖에 없는 존재라고 하더라도, 이는 유아적인 발상이라고 할 수 있는 것이다. 오히려 우월하다는 생각에서 나올 수 있는 상대방에 대한 포용력도 보이지 않는, 자기 중심적이며 이기적인 생각인 것이다. 자기 중심적으로 생각했을 때 상대방에 대한 이해의 폭은 줄어들며 반대로 오해의 폭이 늘어날 것이다.

이런 점에서 (나) 글에 나타난 프랑스 인류학자의 태도는 편견에 기반을 둔 타문화 이해의 위험을 경고하고 있는 셈이다. 그는 내 문화에 대한 자신감에서라기보다는 다른 문화와 자신의 문화에 대한 분별심, 즉 서로 다르다는 것을 인정하는 태도의 필요성을 보여준다. 이는 더 나아가 타문화를 존중하는 차원으로 이어지고 있다.

물론 문화적 갈등 자체가 문제가 되는 것은 아니다. 문화적 갈등이 해결되는 순간 그 사회의 문화는 한 단계 성숙을 성취할 수 있기 때문이다. 문제는 이질적인 타문화를 자신만의 기준으로 평가하고 판단해서 매도하는 독단적인 자세이다. 자기 중심적 사고를 벗어나 상대방을 인정하고 존중하는 태도는 상대방을 이해하기 위한 우선 조건이 되며 이러한 태도를 지녔을 때 우리는 상대방의 문화를 비웃고 멸시하는 데서 생기는 문화적 갈등을 극복할 수 있을 것이다.

1 안락사(安樂死)란 무엇인가?

안락사란 "치료할 수 없는 상황이나 질병으로 인하여 고통받고 있는 사람을 아무런 고통 없이 죽음으로 이끄는 행위나 관행"을 말한다. 교통 사고를 당해 졸지에 목숨을 잃는 사람이 부지기수인 우리나라에서 죽음은 늘 가까이 있는 문제이며, 또한 식물 인간으로 남은 시간을 아무런 의식 없이 보내야 하는 경우도 있다. 생명은 존엄하다. 그러나 견디기 힘든 극심한 고통 속에서, 또는 살아 있다는 최소한의 징표만을 지닌 채 생존하고 있는 사람들에게 죽음은 하나의 구원일 수도 있다. 한 생명이 자신의 의사에 따라 인간으로서의 존엄성을 지키면서 죽을 수 있도록 자비의 이름으로 간섭할 수는 없는 것인가? 만약 내가 식물 인간으로 병원에 누워 있게 된다면 나는 어떤 행동을 해야 할까? 죽음도 개인의 권리이므로 나에게는 안락사할 권리가 있는 것인가?

안락사는 그러나 자살과는 구별되어야 한다. 자살은 임박한 죽음이나 그 밖의 다른 어떤 죽음을 가속화시키는 것이라기보다는 오히려 생명을 중단시키는 것이다. 또한 자살하는 사람만이 그 자신의 죽음에 대한 유일하고도 독특한 원인이 된다. 따라서 자살의 경우 대체로 그 상황이 의료 행위와 무관하고, 사람 스스로 생명을 빼앗는 것이기 때문에 안락사와 구분되어야 한다.

한편, 안락사는 의료적인 한계나 이유로 인해 자기의 생명을 종식시키거나 혹은 자기 자신을 위해 누군가에게 자기의 생명을 죽여 달라고 요구하는 것과 관련된다. 이러한 안락사는 적극적인 안락사와 소극적인 안락사로 구분될 수 있다. 적극적인 안락사는 불치의 병에 걸린 환자나 그 밖의 다른 사람이 그 환자의 생명을 종식시키기 위해 적극적으로 관여하는 형태를 말한다. 이때 이러한 역할의 담당자는 담당 의사만이 할 수 있다고 얘기된다. 소극적인 안락사는 치료 행위를 거부하거나, 중단하는 형태로 이루어지는 것을 말한다. 그러나 실제로 직접적인 안락사와 간접적인 안락사는 생명을 지켜내야 하는 의사의 윤리적 입장에서 보면 크게 차이나지 않기도 한다.

　안락사는 그러나 사회 내에서 많은 논쟁을 낳고 있다. 안락사를 반대하는 사람들은 첫째, 식물 인간도 생명체라는 점을 강조한다. 둘째, 식물 인간도 소생 가능성이 있다는 것이다. 의학 기술이 시시각각으로 발전하고 있기 때문에 지금 치료 불가능한 질병도 6개월 혹은 1년 후에는 새로운 치료법이 개발될 수 있다는 가능성을 배제할 수 없기 때문이다.

　반대로 안락사를 찬성하는 사람들도 있다. 이들은 첫째, 설혹 소생한다 하더라도 정상적인 활동이 어려울 것이라는 점, 둘째, 환자 가족의 정신적 경제적 고통이 극심하다는 점, 셋째, 장기 이식을 통한 의료적 공리성 향상의 강조 등이다. 이 중에서도 가장 강력한 근거는 셋째 이유이다. 즉 죽어가는 사람의 장기로 다른 사람의 생명을 구할 수 있다는 점이다.

읽을거리 **2** **호스피스란 무엇인가?**

　　호스피스(hospice)란 말기 환자의 육체적·정신적 고통을 완화시켜 주고 편안한 죽음을 맞이하도록 환자를 돌보는 것을 말한다. 미국 호스피스 협회가 밝히는 호스피스의 개념은 다음과 같다.

　　"호스피스란 종말기 환자와 그의 가족을 가정이나 입원 체제 내에서 의학적으로 관리함과 더불어 간호를 주체로 한 계속적인 프로그램을 가지고 지지해 가는 것이다. 여러 직종의 전문가로 조직된 팀이 호스피스 목적을 위해서 행동한다. 이들의 주요 역할은 종말기에 생기는 증상, 즉 환자나 가족의 육체적·정신적·사회적·종교적·경제적 아픔을 경감하고 지지하며 격려하는 것이다."

　　그러므로 호스피스는 특별한 장소를 의미하기보다는 환자의 육체적·정신적·사회적·종교적·경제적 문제에 대응하기 위한 관리의 새로운 간호의학적 운동을 의미한다. 사랑과 자비심이 스며 있는 환자 돌보기는 환자의 질병 치유를 목적으로 하기보다는 환자가 평화롭게 죽음을 맞이할 수 있도록 도움을 줌으로써 환자뿐만 아니라 가족에게도 그들의 슬픔과 고통에 대해 배려해 준다. 즉 호스피스는 죽음의 존엄성을 지키려는 공동체 활동이라 할 수 있다.

상황 윤리에 대한 설명 중 대표적인 것이 J.플레처(Joseph Flecher)의 이론이다. 플레처는 윤리적 행위 기준이 '사랑'이라고 한다. 이는 기독교적 윤리관에서 나온 것으로서 사랑의 윤리라고도 할 수 있을 것이다. 기독교에서 사랑이란 반율법주의에 해당한다. 상황 윤리에서는 '살인하지 말라', '거짓말하지 말라' 등의 율법이 행위의 절대적 기준이 되는 것이 아니라 상황에 따라 변경 가능하며, 이 변경 가능성의 근거는 아가페적 의미로서의 사랑이라고 본다. 그래서 상황 윤리에서는 안락사도 사랑의 동기에서라면 정당한 것으로 인정된다.

플레처가 말하는 사랑이란 이웃을 생각하고 돌보는 사랑이다. 원수까지도 사랑하는 아가페적 사랑이다. 우애나 낭만과 같은 사랑과는 다르다. '사랑만이 항상 선한 것이다.'라는 명제는 사랑이 율법보다 우선함을 나타낸다. 굶주린 사람이 굶어 죽기보다는 빵을 훔치는 것, 장사꾼이 공갈범에게 돈을 빼앗기지 않기 위해 거짓말하는 것 등 윤리적 행위의 선택 상황은 율법에 의한 잣대로 평가하기에는 부적절한 경우가 허다하다. 그래서 플레처는 '네가 처한 곳에서 네가 할 수 있는 일을 하라'고 하며 보편적인 행위 규범의 존재를 부인하고 상대적인 규범으로서의 사랑을 제시한다.

사랑의 반대 개념은 무엇일까? 사랑의 반대는 증오가 아니라 무관심이다. 왜냐하면 증오는 그 이웃을 '너'로 취급하지만, 무관심은 그 이웃을 '그것'으로 취급한다. 그러므로 사랑은 항상 옳지만 무관심은 항상 그른 것이 된다. 어떤 일을 하든지 간에 사랑을 근거로 한 일이라면 선하고 옳은 일이다. 우리나라의 논개도 적장에게 몸을 바치지만 그 적장을 안고 푸른 강물에 뛰어든다. 이처럼 그 행동이 이웃 사랑이나 나라 사랑을 근거로 한 경우 옳은 것이다. 예수의 경우 안식일을 지키는 의무보다 환자의 고통에 대한 사랑의 마음을 우선시하였다. 바울이 쓴 고린도 전서 10:23~10:26의 내용도 사랑이 규칙이나 율법에 우선함을 보여주는 글이다.

　　그러나 플레처의 상황 윤리가 지닌 문제점은 무엇인가? 우선 아가페적 이타적 사랑은 실천 가능성이 매우 미약한 규범이라는 사실이다. 인간은 이타적이기보다는 이기적인 본성이 더 강하다. 이웃 사랑의 개념도 그렇다. 모든 사람이 이웃이라고 한다면 부모에 대한 사랑과 아프리카 빈민에 대한 사랑이 동일한 사랑의 대상이 된다. 그러나 우리는 현실적으로 먼 곳보다는 가까운 곳, 모르는 사람보다는 나와 관련이 있는 사람에 대한 관심이나 사랑을 우선 시키게 된다.

　　또한 사랑이냐 아니냐의 판단 여부도 쉽지 않다. '핑계 없는 무덤 없다'는 말처럼 누구나 그럴 듯한 논리와 이유를 대어 자신의 행위를 정당화할 수 있기 때문이다. 이럴 경우 '사랑'이라는 추상적인 개념은 윤리적 평가 기준으로서 객관성을 유지하기가 어렵게 된다.

우리나라에서 '효는 만 가지 행위의 근본을 이루는 것'으로 여겨진다. 그렇다면 왜 효를 행하여야 하는가? 전통 사상에서는 효의 출발을 '고마움에 대한 보답'에서 찾는다. 즉 낳고 기르시느라 애쓰고 수고하신 부모님의 은혜를 잊지 않는 것이 효의 출발인 것이다. 또한 효를 행해야 하는 이유는 자식 교육의 표본이기 때문이었다. 명심보감에 나오듯, '자신이 어버이에게 효도하면 자식 또한 나에게 효도한다'는 논리이다.

이러한 효가 왜 현대인에게 올바르게 계승되지 못했을까? 그것은 조선 시대의 잘못된 효행 사상 때문이라고 할 수 있다. 효를 지나치게 강조하다보니 사람에게 불가능한 것을 강요하는 것에까지 이른 것이다. 가령 부모가 드시고 싶다는 물고기를 잡기 위해 한겨울에 알몸뚱이로 얼음 위에서 잠을 잤다거나, 여름밤 부모님의 잠자리를 편하게 하기 위해 자기 몸에 술을 발라 모기가 꼬이도록 했다든지 하는 과장된 효행을 만인에게 강조한 것이다.

하지만, 정작 한국 사회가 강조했던 효의 핵심은 무엇인가? 바로 '부모의 뜻을 어기지 않는 것'이었다. 소학은 다음과 같이 언급하고 있다.

"효자가 늙은 부모를 봉양할 때에는 그의 마음을 즐겁게 하며, 그의 뜻을 어기지 않으며, 그의 귀와 눈을 즐겁게 하며, 그의 잠자리와 계신 곳을 편안하게 하며, 음식으로써 봉양한다."

이처럼 효의 핵심은 굉장한 것이 아니라 작은 일의 실천에 있음을 알 수 있다.

그런데 이러한 전통 문화적 유산이 21세기에 왜 더욱 그리워지고 강조되는 것일까? 현대적인 의미에서 효란 무엇인가? 오늘날 우리 사회에는 '부모 유기 사건' 등 극단의 이기적 행태들이 서슴없이 행해지기도 한다. 이러한 문제는 단순히 전통적인 의미의 효 사상을 복원하는 방법으로 해결될 수 있는 것이 아니다. 전통적인 의미의 효 사상은 개인적 실천의 차원만을 강조하고 사회적 차원에서의 효를 고려하지 못한 한계가 있다.

현재 65세 이상이 노인 인구는 전체 국민의 8%에 육박하고 있다. 그런데 국가 예산 중 노인 복지 부문이 차지하는 비중은 겨우 0.2~3%에 불과해 20%에 달하는 선진국에 견주어 볼 때 100분의 1 수준이다. 왜 이러한 상황에 이르고 있는가?

왜 우리는 전통적인 효의 가치를 조금도 부정하지 않으면서도 개인 차원의 효는 더욱 부도덕해지고 사회 차원의 효인 노인 복지 정책의 전망은 어두운가?

그 원인은 '발전 제일주의'와 남북분단 상황에 따른 '국방예산 과다'에 있다고 볼 수 있다. 성장 제일주의를 표방하면서 1인당 GNP의 숫자적 강조, 성급한 선진국 달성병 등이 노인을 위한 사회 복지의 문제를 도외시하고 있다. 또 남북 분단의 상황은 많은 예산을 군사비로 지출하게 하고 있다.

효가 보편적 가치라면 복지 정책을 수행하는 정부야말로 효용성의 원칙보다는 정의의 원칙, 가장 작은 자, 힘없는 자, 즉 노인을 위한 배려를 아낌없이 하는 주체가 되어야 한다. 이런 점에서 현대사회의 상황에서 필요한 것이 사회적 효의 실천인 것이다.

물론 아직도 사회적 효의 실천이 요원하기 때문에 개인적 차원에서의 효의 중요성은 무시할 수가 없다. 노인 복지 정책이나 시설이 부족한 상황에서 고통받는 노인들이 의지할 곳이라고는 나 아니면 없다고 생각해야 한다. 보잘것없이 퇴락해 버린, 그러나 내가 신세진 이에 대한 의무를 지키는 것이 윤리적 삶의 시작이라고 할 수 있을 것이다.

그러므로 현대사회에서 효는 개인적 효와 사회적 효의 양면에서 균형적으로 강조되고 또 실천되어야 한다.

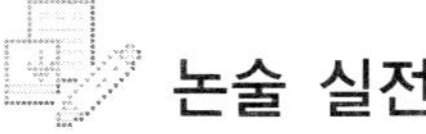

논술 실전

❖ 다음에 제시된 글에서 주인공 '전 주사(田主事)'는 노망이 든 어머니의 존엄성을 지키기 위해 어머니를 영면(永眠)에 들게 한다. 글을 읽은 후, 안락사(安樂死)의 문제와 관련하여 '전 주사'의 행동을 평가하고 현대사회에서 바람직한 효의 윤리 가 실현될 수 있는 방향을 서술하시오.

전 주사(田主事)의 집안에도 재미없는 일이 생겼습니다.

칠십이 넘은 그의 어머니가 정신이 좀 별하게 되었습니다. 사십에 가까운 며느리 가 아직 아들 하나를 낳지 못한 것을, 처음은 좀 이상하게 말하여 오던 어머니는 차 차 만나는 사람은 누구에게나 다 그것을 전무후무한 큰 괴변과 같이 지껄이고 하였 습니다.

"계집년이 방정맞으니깐, 아들 하나도 못 낳고 매일 하느님, 하느님…… 하느님이 제 서방이야?"

이런 말이 나올 때는 전 주사는 어쩔 줄을 모르고 골방에 뛰쳐들어가서, 이 무서 운 말을 하는 어머니를 위하여 기도하였습니다.

그러나 어머니의 그것은 노망이라는 병 때문인지라, 막을 도리가 없었습니다. 어 머니의 노망은 차차 더하여 마지막에는 며느리뿐 아니라, 종들이며 드나드는 장사 치에게까지 못 견디게 굴었습니다.

어떤 날, 뜰에서 무엇이 잘못되었다고 중얼거리고 있는 어머니의 뒷모양을 전 주 사가 한심스러이 창문으로 내다보고 있을 때에, 사내종 녀석이 하나 지나가다가 뒤 에서 흉내내며 주먹질하는 것을 발견하였습니다.

전 주사는 어떻게든 어머니 문제를 처치하여야겠다고 생각했습니다. 참말 어머니 의 삶은 아무 가치가 없는 것입니다. 종놈 종년들에게까지 주먹질이나 받고… 그와 같은 사람은 하루를 더 살면 그만큼 자기 모욕의 행동이라고 전 주사는 생각하였습 니다. 그리고 결론으로는, 자기 어머니와 같은 사람은 떠나버리는 것이, 떠나는 자 기를 위함이요, 또 남을 위함이라고 생각하였습니다. 어머니께 효도를 하기 위해서는, 하루바삐 어머니를 저 세상으로 보내는 것이라고까지 생각하였습니다. 참말로 사면에서 욕보는 어머니의 모양은, 마음 착한 전 주사로서는 볼 수가 없었습니다.

"하느님이시여, 당신은 이 세상에 죄악이 너무 퍼졌을 때는 큰 홍수로써 세상을 박멸한 하느님이외다. 지금 제 어머니 때문에 저는 어머니를 미워하는 역도의 죄를 지으며, 어머님께서도 만날 고생으로 지내실 뿐 아니라, 집안 몇 식구가 그 때문에 잠시도 마음을 못 놓고 지냅니다. 제 이 어머니를 하느님 앞에 돌려보내는 것이 가장 착하고 옳은 일인 줄 저는 생각합니다."

뿐만 아니라 이제 일 년을 더 살지 못할 만큼 몸이 쇠약한 것은 누구나 아는 바요, 이제 더 산다는 그 일 년이 또한 다만 어머니의 껍질을 쓴 한 바보에 지나지 못하는지라, 그가 어머니를 죽인다 할지라도 그것은 어머니가 아니요, 벌서 송장이 된 어떤 몸집에 조금 손을 더하는 것에 지나지 않겠습니다. 그는 그 <벌써 송장으로 볼 수 있는 어떤 몸집>에 조금 손을 더하려고 작정하였습니다.

이틀 뒤에 그의 어머니는 몹시 구역을 하고, 그만 세상을 떠나버렸습니다.

한 달 뒤에 호출장으로 그는 검사청에 가 서게 되었습니다.

그는 서슴지 않고 온갖 일을 다 말하였습니다.

그날 밤부터 그는 구치감에서 자게 되었습니다. 또 한 달이 지났습니다. 존친족 교살범이라는 명목 아래서 그의 공판은 열렸습니다. 그는 두말없이 사실을 부인하였습니다.

"아, 천부당만부당하신 말씀이외다. 제가 그 인자하신 어머니께 손을 대다니요, 천만에…. 어차피 일 년 이내에 돌아가실 수명이시고, 게다가 그 당시에도 살아계시다고 할 수가 없는 이를 마음 편히 주무시게 한 것 뿐이지, 어머니를 내 손으로……. 참 천부당만부당……."

재판관은 다시 전 주사에게 물었습니다.

"좌우간 죽인 것은 사실이지?"

"아니올시다."

"말을 바꾸어서 하마. 그럼 어머니를 <주무시게> 한 것은 사실이지?"

"네, 그렇습니다."

“그것은 죄가 아니냐?”

“그럴 리가 없습니다. 어머님을 가련한 경우에서 건져내는 일이지, 결코 못된 일이 아니올시다.”

열흘 뒤에 그는 사형의 선고를 받았습니다. 그때 그는,

“하느님뿐이 아시지, 당신네는 모릅니다.”

이렇게 대답하였습니다.

– 김동인, 「명문(明文)」에서

유의 사항

1. 전 주사와 같은 상황에서 자신이 취할 방법을 구체적으로 제시할 것.
2. 글의 분량은 띄어쓰기를 포함하여 1,200자 내외로 할 것.

논술 해결의 길잡이

✪ 논제 살피기

이 논제는 우선 문학 작품을 능동적으로 해석하고 비판하는 능력과 연관된다. 문학 작품은 현실의 문제를 구체적으로 제시한다. 하지만, 해결 방향을 직설적으로 제시하는 성격의 글은 아니다. 따라서 작가가 던져 놓은 문제를 독자는 능동적으로 해석하고 자기 견해를 확립할 필요가 있다. 이런 과정을 필요로 하기 때문에 이 논제는 능동적인 읽기에 해당하는 것이다.

또한 이 논제는 책(문학작품) 읽기에서 끝나는 것이 아니다. 그 능력을 확장하면 세상과 현실을 읽는 능력으로 발전된다. 이 작품에서 벌어지는 상황은 현실에서도 접할 수 있는 상황이기 때문이다. 결국 이 논제는 책읽기란 다름 아닌 세상 읽기와 동일하다는 점을 알려 준다.

논제에서 요구하는 바는 세 가지이다. 하나는 안락사의 의미를 정확히 알고 있는지, 즉 윤리적 지식의 유무를 묻는 것이다. 아는 만큼 보인다는 말처럼, 다양한 지식의 필요성을 강조하고 있다. 이런 지식을 활용하여 전 주사의 행동의 성격이 규정될 수 있다. 둘째, 전통 사상인 효에 대한 현대적이고 올바른 해석, 판단 능력이 있는지를 묻는 것이다. 효는 기본적으로 개념적 대상이 아니라 실천적 대상이다. 아무리 효의 뜻을 잘 안다고 해도 효를 실천하지 않는 것은 무의미하다. 그러나 문제는 현대사회에서 올바른 효가 무엇인지 판단할 수 있어야 한다는 점에서, 전통 사상인 효에 대한 보편적인 해석과 판단 능력이 요구된다. 셋째, 이것은 결국 둘째 문제와 직결되는 것으로, 실천의 문제이다. 주어진 상황 속에서 올바른 판단을 내리는 것만으로 끝나는 것이 아니다. 그것을 어떻게 실천할 것인지, 즉 현대사회에서 타당한 실천의 방법을 구체적으로 묻는 문제이다. 이러한 세 가지 점을 유념하여 답안을 작성하여야만 타당성을 지닐 수 있다.

✪ 제시문 파악하기

이 글은 김동인의 또 다른 작품인 「감자」와 같이, 현대사회의 윤리적 선택 상황 하에서 발견되는 현대인의 윤리 의식과 행동을 주제로 한 작품이다. 주인공이 기독교도인 점에서 올바른 신앙 생활은 무엇인지를 쟁점화할 수 있는 특성도 지니고 있다.

그러나 제시된 부분은 부모와 자식간의 관계를 특히 문제삼고 있다. 노망이 든 어머니의 존엄성이 하인에게마저 무시당하는 상황은 평소 어진 성품의 소유자였던 전 주사에게 몹시도 참을 수 없는 것이었다. 이런 상황 하에서 전 주사는 어머니의 행복한 죽음을 결심하게 된다. 이것은 윤리적으로 쟁점이 되고 있는 안락사(安樂死) 문제와 유사해 보인다.

전 주사의 선택은 두 가지 판단의 계기를 지닌 것으로 보인다. 첫째, 어머니의 존엄성을 살리는 것이 자식된 도리로서 마땅한 것이라는 판단이다. 이것은 전통 사상인 효에 대한 전 주사 나름의 해석이자 실천에 해당한다. 둘째, 종교적 신념에서 비롯하는 판단이다. 전 주사는 하나님의 심판행위를 모방한다. 즉, 세상의 죄악을 다스리기 위해 홍수로써 징벌하신 하나님처럼, 어머님의 노망이 발생시키는 가족의 어려움과 자신에게 심어주는 어머니에 대한 증오의 감정에 대한 다스림을 위해 어머님의 영면을 마련한다.

따라서 논제를 해결하기 위해서는 전 주사의 판단이 옳은지, 또 그의 행동이 안락사와 어떤 점에서 같고 다른지, 그리고 그것은 정당한 것인지를 비판적으로 살필 필요가 있다.

✪ 해결 과정 생각하기

① 안락사의 의미를 정확히 이해한다.

전 주사의 행동은 얼핏 보면 안락사에 해당하는 것 같다. 그러므로 전 주사의 행동의 정당성을 판단하기 위해서는 우선 안락사의 의미에 대한 정확한 이해가 필요하다. 안락사의 정확한 의미를 이해하기 위해서는, 타살이 무엇인지, 자살이 무엇인지 등 형태별로 죽음의 차이를 확인해 보아야 한다.

그런데 제시문에서는 법의 심판에 의해 전 주사는 친모살해자로 선언되어 사형에 처해지고 있다. 안락사 논쟁은 사실 법의 이 같은 판단에 대해 많은 의문을 던지고 있다. 안락사 허용을 주장하는 측면과 부정하는 측면의 주장을 살펴야 하는 이유도 이 때문이다.

따라서, 안락사의 의미와 그것의 정당성을 이해하기 위해 안락사에 대한 논쟁의 글들을 참고할 필요가 있다. 또 안락사와 관련하여 대안으로 제시되는 호스피스 문제를 참고할 필요가 있다.

② 규범과 상황윤리의 모순을 이해하고 해결 방법을 찾아본다.

윤리는 인간 행동의 규범이며, 윤리학은 그런 규범의 보편타당성을 묻는 학문이다. 그런데 모든 사회, 모든 시대, 모든 인간에게 보편적으로 받아들여지는, 전혀 그 타당성이 의문시되지 않는 규범은 그리 많지 않다.

이런 이유 때문에, 사실 전 주사의 행동에 대한 맹목적인 부정과 지탄이 어려운 점이 있다. 전 주사의 행동의 동기는 어떤 점에서는 선한 측면을 보여주고 있다. 하나밖에 없는 소중한 어머니가 자신의 존엄성을 유지하지 못하고 많은 가족들로부터 경원의 대상이 되는 상황은 자식으로서 참기 힘든 측면이 있다. 이런 상황에 처한 사람이라면 어느 정도 전 주사와 같은 행동에 유혹 받지 않을 수 없다.

규범과 상황 논리가 서로 상충되는 경우에 인간은 심한 갈등을 하게 되며, 전 주사의 상황도 이에 해당한다. 이러한 고뇌를 해결하고 정당한 방법을 제시하려는 윤리철학 중의 하나가 상황윤리(situation ethics)이다. 규범을 부정하는 상황윤리의 성격과 그 한계를 이해함으로써, 상황에 의존할 것이냐, 아니면 언제나 규범을 따를 것이냐, 또는 다른 해결 방법을 찾을 것인지를 판단해 보아야 한다.

③ 효 사상의 현대적 해석과 실천방법에 대해 알아본다.

제시문에서 가장 중요한 사건은 전 주사가 어머니를 영면(永眠)시키는 행위이다. 이는 부모와 자식간의 올바른 관계를 묻는다는 점에서, 효와 직결된다. 효란 부모와 자식간의 관계에서 자식이 지켜야 할 도리이자 규범이다. 그런데 현대 사회의 폭넓은 변화로 인해, 부모와 자식간의 생활 방식도 큰 변화가 일어남으로써 효에 대한 새로운 해석과 실천이 요구된다고 할 수 있다.

따라서, 현대 사회에서의 효의 논의에 대해 알아보고, 전 주사의 행동이 효의 실천인지 판단하며, 자신은 어떤 효의 실천 방법을 선택할 것인지 정리한다.

이 논제에서는 세 가지 사항을 반드시 고려해야 한다. 하나는 전 주사의 행동이 안락사인지 타살인지 판단해야 한다. 그렇게 하기 위해서는 안락사의 개념을 정확히 이해할 필요가 있다. 그러나 제시문에서처럼 타살로 판단하고 그에게 사형 선고를 내린다고 해서 문제가 해결되는 것은 아니다. 그것은 법적인 차원이지 윤리적 차원이 아니기 때문이다. 이 논제에서는 윤리적으로 안락사의 정당성까지를 묻고 있다. 따라서 안락사에 대한 자신의 견해를 윤리적으로 판단 내려야 한다.

둘째, 안락사에 대한 윤리적인 논쟁에 대한 이해가 필요하다. 즉, 상황윤리 이론에서는 안락사도 선의의 동기에서는 정당화될 수 있다고 하고 있다. 이러한 주장이 타당한지 부당한지를 결정해야 한다. 즉 윤리적으로 존엄성을 잃을 정도의 질병에 처한 존재에 대해 어떤 대응을 할 것인지를 결정해야 한다.

셋째, 이 같은 상황에서 어떤 행동과 판단이 올바른 효의 실천인지를 판단 내려야 한다. 특히 전 주사는 어머니의 생각을 확인하는 절차를 밟지 않고 있다는 점에서 보면, 효의 기본적인 개념인 양지(養志)에 위배되는 행위를 했다고 할 수 있다. 이 같은 점들을 고려하면서, 올바른 효의 실천이 무엇인지 판단해야 한다.

이러한 윤리적 판단 과정을 통해 궁극적으로는, 전 주사와 동일한 상황에 자신이 처했을 경우 가장 올바른 윤리적 행동과 방법을 제시해야 한다.

✪ 주제문 작성

대화를 통해 환자나 가족의 상처를 최소화하며 평화롭게 환자의 죽음을 기다려야 한다.

✪ 주제어 : 타살, 안락사, 고통의 최소화, 존엄한 죽음, 효

✪ 개요 작성(1,200자)

서론(200자) : 병에 걸린 노모를 죽인 것은 정당한가.

본론(800자) : 1. 타살과 안락사의 구별.

2. 환자의 존엄한 죽음과 가족의 도리.

3. 병든 노모에 대한 효의 실천 방법.

결론(200자) : 평화로운 죽음을 이끄는 가족의 방법.

－가족의 고통 최소화와 환자의 존엄한 죽음.

✪ 예시 답안

'긴 병(病)에 효자 없다'는 말이 있다. 부모 자식 사이도 병 때문에 벌어질 정도로, 병은 그만큼 주변 사람들을 괴롭힌다. 그 괴로움은 단순히 경제적 차원에서 끝나지

않는다. 이 소설에서처럼, 치매 같은 불치병을 앓는 부모의 모습은 자식에게 정신적 상처를 준다. 이 같은 상황에서 자식은 효를 다하지 못하고 내적인 갈등에 빠지는 경우가 많다.(192자)

그러나 전 주사처럼 노모의 존엄을 지킨다는 명분 하에 노모를 죽이는 것이 과연 정당한 일인지는 의문이다. 더구나 노모의 의사는 물론이고 가족들의 의견도 듣지 않고, 자신의 독단적인 판단 하에 노모를 죽인 행동은 문제점을 내포하고 있다. 특히 최근의 안락사(安樂死) 논쟁을 오해할 경우, 그의 행동이 정당한 것처럼 보일 수도 있다. 그러나 안락사가 정당화된다 하더라도, 그의 행동은 용납될 수 없다. 안락사란 "불치병으로 고통받는 사람을 고통 없이 죽음으로 이끄는 행위나 관행"이다. 그러나 대화를 통한 합의가 전제되어야 한다. 그가 내세운 명분은 그만의 명분일 뿐이었다.(318자)

더욱이 집안의 사내종이 어머니를 뒤에서 모욕 주는 장면을 보고 어머니를 죽이겠다고 한 것은 성급했다. 노모의 병환은 노망이자 치매란 점에서 주변인에게 매우 불편한 것은 사실이다. 그러나 그것을 받아들이는 가족과 주변인들의 태도는 처음부터 거부감으로만 나타나고 있다. 이것은 결코 올바른 것이 아니다. 주변인의 포용과 자비가 있었어야 했다.(189자)

따라서 이런 상황에서 노망이나 치매가 낳는 괴로움을 최소화할 수 있도록, 주변인의 태도 변화가 필요하다. 가족 구성원들은 이해와 자비의 태도를 취함으로써 정신적 상처를 다스리고, 호스피스(hospice)와 같은 간호 과정을 실천함으로써 환자가 편안한 죽음을 맞이하도록 도와주어야 한다. 이것이 진정한 효의 실천일 것이다. 물론 그와는 달리 경제적으로 어려운 처지에 있는 가족들이 많다. 호스피스와 같은 제도가 시급히 마련되어야 하는 이유가 이런 때문이다.(258자)

인간은 자신의 죽음은 물론이고 여하한 이유에서도 타인의 생사를 결정할 권리는 원칙적으로 없다. 또 이런 죽음을 강요하는 사회도 있어서는 안 된다. 불치병 환자들과 가족들을 위해, 개인적 태도와 사회적 제도의 측면에서 평화로운 죽음을 맞이할 수 있는 방법을 찾는 지혜가 필요한 시대이다.(161자)

(총 1,120자)

✪ 강평

  논제가 기본적으로 요구하고 있는 바를 충실히 반영한 답안이다. 문제의 핵심을 잘 파악하였고, 그 해결 방안도 나름대로의 시각으로 잘 정리했다. 그리고 전체적인 논리의 흐름과 양적인 균형도 유지되고 있다. 다만 효의 개념 정의가 부족하고 결론 부분이 평이하고 평범한 것이 약점이라 하겠다.

상황윤리(狀況倫理, situation ethics)

1. 개념

보편적인 윤리 규범을 부정하면서, 구체적인 상황에 처한 개인은 자신의 윤리적 당위(當爲)를 스스로의 직관을 통해 식별해야 하거나 윤리 규범을 글자 그대로 따라야 한다고 주장하는 윤리 학설.

2. 내용

인간의 행위를 선과 악, 옳고 그름으로 윤리적 판단을 할 때 규범윤리와 상황윤리로 나누어 생각할 수 있다. 규범윤리는 윤리적 법칙이나 원리에 따라 판단하는 것이며 상황윤리는 상황을 고려하여 윤리적 행위를 판단하는 것이다.

예를 들면 안중근 의사가 이토 히로부미를 죽인 것을 어떻게 볼 것이며, 의사가 환자에게 하는 거짓말은 윤리적으로 정당한 것인가, 전쟁터에서 적군을 죽이는 행위나 1980년대 지는 꽃처럼 떨어지듯 죽은 대학생들의 분신자살에 대해 어떻게 평가할 것인가 등인데, 위의 문제들은 살인하지 말라, 거짓말하지 말라는 계명을 어기는 것은 아닌가.

상황윤리에서는 윤리적 규범의 상대적 타당성만을 인정하고 상황에 따라서는 범법행위도 정당화 될 수 있음을 주장한다. 상황윤리는 상황이라는 용어 때문에 잘못 생각되는 경우가 많다. 원칙 없이 상황에 따라 그때그때 형편에 따라 윤리적 판단을 하는 것을 상황윤리라고 생각하는데, 그것은 상황윤리가 아니라 무원칙의 도덕률 폐기주의이다. 상황윤리에서 윤리적 규범은 사랑이다. 사랑만이 항상 선하고 사랑만이 유일한 규범이고 사랑은 수단을 정당화 한다고 한다.

"인간의 행위 그 자체는 결코 선도 아니며 악도 아니다. 만약 사랑이 동기가 될 때에는 이 모든 것은 죄가 아니며, 이 모든 것은 오히려 적극적인 의일 수 있다." 이것이 바로 상황윤리이다.

3. 등장 배경

상황윤리라는 용어가 등장한 것은 1966년 조셉 플레처가 '새로운 도덕'을 말하며 상황윤리(Situation Ethics)를 출간하게 된 이후이다. 물론 이 책이 나오기 이전에도 윤리적 판단에서 상황을 중요시하는 상황주의적 윤리는 있었다. 그러나 플레처의 상황윤리가 나온 후, 상황윤리라는 말이 널리 사용되었고 이에 대한 찬반논쟁이 뜨겁게 전개되기도 했다. 기독교윤리를 상황윤리로 파악한 플레처는 도덕적 결단을 내리는데 계율주의, 도덕률 폐기주의, 상황주의가 있다고 하고 그는 상황주의를 옹호했다

플레처는 상황윤리를 논하기 위해서 실용주의, 상대주의, 실증주의, 인격주의 등 네 가지 전제가 필요하다고 했다. 그는 사랑을 절대적인 윤리규범으로 보며 모든 계명이나 율법 또는 규범을 사랑을 실현하려는 목적에 부합할 때 타당성을 갖는다고 했다. 플레처는 도덕규범을 어길 수밖에 없는 예외적인 경우로 성을 애국적 수단으로 사용하는 애국적 간첩행위, 강간을 당해서 임신한 태아의 낙태 문제 등을 들고 있다

4. 조셉 플레처의 예화

볼그 마이어라는 독일 여인이 있었다. 그녀는 전쟁 중 러시아군에게 포로가 되어 우크라이나 포로수용소에 수용되었다.

그녀의 남편 또한 연합군의 포로가 되어 웨일즈 수용소에 갇혀 있었는데, 그는 특사를 받아 베를린의 자기 고향으로 돌아갔다. 그녀의 남편은 흩어진 가족을 모으기 위해 사방으로 연락을 취하여 간신히 세 자녀를 찾았다. 그래서 그녀

의 남편과 세 자녀는 가정을 이루고 살 수 있었다.

러시아의 포로수용소에 갇혀 있던 마이어 여사는 남편과 세 아이가 베를린에서 살고 있다는 소식을 듣고 자기도 이곳에서 어떻게 해서든 나가야겠다고 결심했다. 그런데 이곳에서 나갈 수 있는 방법은 단 하나, 임신을 하는 것이었다. 왜냐하면 '임신한 여자는 석방 한다'는 규칙이 있었기 때문이다. 마이어 여사는 고민 끝에 자신에게 늘 친절히 대해 주던 간수에게 자신이 임신할 수 있게 해달라고 요청했다. 그리하여 임신이 된 그녀는 고향으로 돌아갈 수 있었다.

이제 그녀의 온 가족들이 함께 모여 살 수 있게 되었다. 얼마 후, 그녀는 아이를 낳았다. 온 가족은 이 아이를 사랑하였다. 그 아이로 인해 가족이 모두 다시 모일 수 있었기 때문이다.

플레처는 이런 경우의 그녀의 간통 행위를 희생적인 간음이라고 칭하였다. 그녀가 그 행위를 한 동기는 자기 가족에 대한 사랑이었으므로 그녀의 간통 행위는 사랑이라는 목적을 성취하기 위한 수단에 불과하다는 것이다.

"그 목적은 가족과 결합하는 것이다. 그 목적은 바람직한 것이다. 그러므로 간수와의 간통행위는 결코 죄가 아니다."

5. 비판점

상황윤리에 대해 비판하는 점은 다음과 같다. 상황윤리에서 윤리적 규범과 판단기준으로 삼는 '사랑'이라는 용어가 매우 애매하게 사용되었다. 그뿐 아니라 극단적인 한계상황 속에서 일어날 수 있는 경우들을 가지고 보편적 윤리기준을 삼았다는 것이다. 윤리적 문제를 인격적 · 실존적 접근을 함으로써 사회적 측면을 소홀히 다뤘다는 점도 비판을 받는다. 그러나 상황윤리가 윤리문제의 중요성을 사회 속에 부각시키는데 공헌한 것은 분명하다.

6. 사랑의 윤리

　규범윤리가 도덕생활의 유지기능이 있는가 하면 상황윤리는 새로운 윤리를 만드는 건설과 개혁기능이 있다. 규범이냐 상황이냐는 양자택일의 문제가 아니다. 누구든 상황을 전혀 고려하지 않고 판단을 내릴 수 없다. 그렇다고 원칙이나 법칙을 전혀 무시할 수 없다. 따라서 규범윤리와 상황윤리는 상호보완적이 되어야 한다.

　상황 없는 규범은 공허하고 규범 없는 상황은 맹목이다. 윤리적 삶에 있어서 바른 방향은 법칙에 의해서 지배되는 사랑의 윤리이다.

자살(自殺, suicide)과 타살(他殺, murder)

1. 자살

① 자살의 의미와 모호한 점

자살이란 라틴어의 sui(자기 자신을)와 cædo(죽이다)의 두 낱말의 합성어이다. 여기서 알 수 있듯이, 자살이란 그 원인이 개인적이든 사회적이든, 당사자가 자유의사(自由意思)에 의하여 자신의 목숨을 끊는 행위를 말한다. 이 정의는 일견 명백하기는 하나 실제로는 여러 문제가 있다. 예를 들어, 음독(飮毒)은 일반적으로는 자살의 한 형태인 것으로 되어 있지만, 그것이 처벌(處罰)의 형식으로서 이루어졌을 때(예전의 賜藥) 과연 자살이라 할 수 있는지, 그리고 전쟁에 의한 사망은 일반적으로 자살이라고 하지 않으나 과거 일본 군대의 '가미카제(神風) 특공대'나 이른바 '육탄용사(肉彈勇士)'처럼 스스로 자진해서 죽음으로 뛰어드는 경우를 자살적 행위라고 할 수 있는지 그 한계는 모호하다. 자살의 시비(是非)에 관한 윤리관과 종교관에 대해서는 예로부터 여러 제의가 제기되어 왔다.

자살긍정론자(自殺肯定論者)는, 인간은 누구든지 자기의 생명에 관해서 절대적인 권리를 가진다는 윤리적 입장에서 긍정해왔다. 종교적 관습으로서도 인도의 사티(satī) 등에서 볼 수 있듯이 남편을 잃은 아내가 남편의 극락왕생(極樂往生)을 기원하여 뒤따라 자살하는 경우가 있었다. 한국에도 옛날에는 임금의 죽음에 대하여 신하가 순사(殉死)하는 관습이 있었으며, 근세 이후의 문예작품이나 연극 중에는, 자살을 동정하고 정사(情死)를 미화하는 사상이 드러나는 작품이 있다.

자살부정론자는, 자살은 신과 국왕에 대한 의무를 포기하는 행위로서 비난하였는데, 특히 그리스도교에서 자살은 신을 모독하는 행위라 하여 이를 죄악시하고, 종교적 제재를 가하였다. 가톨릭에서는 오늘날에도 자살을 죄악시하는 사상이 강하다. 불교에서는 열반사상(涅槃思想)의 입장에서 자살을 경계하고 있지만, 현실적으로 종교자살이 없지는 않다.

② 자살의 원인

프랑스의 사회학자 뒤르켐에 의하면, 자살에는 이기적 자살(利己的自殺)·애타적 자살(愛他的自殺)·아노미(anomie : 無規制狀態)적 자살의 세 가지 있다고 한다. 이기적 자살은 개인이 사회에 결합하는 양식(樣式)으로서 과도한 개인화를 보일 경우, 즉 개인과 사회의 결합력이 약할 때의 자살이다. 애타적 자살은 그 반대로 과도한 집단화를 보일 경우, 즉 사회적 의무감이 지나치게 강할 때의 자살이다. 아노미적 자살은 사회정세의 변화라든가 사회환경의 차이 또는 도덕적 통제의 결여(缺如)에 의한 자살이다.

통계에 의하면 신경쇠약·실연·병고(病苦)·생활고·가정불화·장래에 대한 고민·사업실패·염세(厭世) 등 여러 가지가 있으며, 그 중에서도 염세·병고·신경쇠약·실연·가정불화가 두드러지게 많다. 이것을 남녀별로 보면 남자에게는 신경쇠약과 병고가 많고, 여자에게는 가정불화와 실연이 많다. 그리고 연령별로는 청소년에서는 실연과 염세가 많고, 노인에서는 병고가 특징적으로 많다. 가정불화는 20~30대에 많다. 어느 경우이든 자살의 원인은 자살기수자(自殺旣遂者)의 유서나 가족의 증언, 또는 미수자의 진술 등으로 파악하게 되는데, 여러 조건이 서로 얽혀 있다.

③ 자살률과 그 경향

자살은 지역적·시대적으로 다양한 발생상황을 보여주고 있다. 자살률이 항상 높은 나라는 덴마크·독일·스웨덴 등이며, 반대로 낮은 나라는 이탈리아·

네덜란드·노르웨이 등이다. 영국·프랑스·미국·한국 등이 중간적 위치를 차지한다. 이것만으로는 나라별 자살경향을 판단하기는 어려우나, 서유럽의 경우 전반적으로 자살경향이 북부 여러 나라일수록 높고, 남부의 여러 나라로 올수록 낮아진다.

남녀별·연령별 자살경향을 보면, 남녀별로는 어느 나라에서나 여자의 자살률이 남자보다도 훨씬 낮다. 이것은 여러 이유를 생각할 수 있으나, 역경에 순응하고 곤경을 참아내는 능력이 남자보다도 뛰어나다는 것과, 여자는 남자에 비하여 사회적 활동의 범위가 좁아, 자살의 동인(動因)이 될 만한 사회적 곤경에 봉착하는 경우가 적다는 것 등이 주된 원인으로 지적된다. 연령별로는 어느 나라에서나 자살률은 연령이 높아짐에 따라 점차 높아지고 있다.

2. 타살

① 타살의 의미

살인이란 타인에 의한 죽음을 의미한다. 그러나 그것이 반드시 불법적인 것만은 아니다. 우선, 상해의 의향이 존재하지 않는 사고와 같이 용서 가능한 살인행위(Excusable Homicides)가 있고, 경찰관이 도주하는 강도범을 사살하거나 시민이 자기방어를 위하여 사람을 죽이는 경우와 같이 죽일 의향이 있더라도 어쩔 수 없는 것으로 받아들여질 수 있는 정당화 가능한 살인행위(Justifiable Homicides)도 있다. 그리고 여기서 우리가 관심의 대상이 되는 특정인에 대한 타인에 의한 불법적 죽임인 범죄적 살인행위(Criminal Homicides)가 있다.

② 타살의 원인

첫 번째는 유전학(Genetic)이론으로서, 대부분의 정상인은 23개씩의 X와 Y염색체를 가지고 있으나 극히 일부는 남성염색체인 Y염색체를 하나 더 가지고 있는데 이 Y염색체가 남성을 강인하고 공격적으로 만들기 때문에 이들 XYY염색체를 가진 남성은 통상적으로 공격적인 경향을 가질 확률이 높다는 것이다. 이러한 주장은 재소자에 대한 연구결과 정상인에 비해 높은 비율의 재소자가 XYY염색체를 가진 것으로 밝혀지기도 하여 검증된 바 있다. 그러나 이러한 주장은 우선 검증의 자료가 시설에 수용된 사람으로 제한되어 있었으므로 수용되어 있지 않던 대부분의 XYY범죄자를 고려해 볼 때 편견적인 것이었다. 한편 일부 살인범이 XYY염색체를 가지고 있으나 대부분의 살인범은 XYY염색체를 가지고 있지 않으며, XYY염색체가 폭력성의 잠재요인은 될 수 있을지언정 결정인자는 아니라는 점도 지적할 수 있다. 따라서 오히려 사회문화적 요인이 이 잠재적 요인의 표출을 결정하는 것으로 사료되는 등의 문제점과 한계가 지적되기도 한다.

두 번째는 심리속생설로서, 심리분석학적 이론과 좌절－공격성(Frustration-Aggression)에 관한 심리학적 이론이 그것이다. 심리분석학자들에 의하면, 우리의 심리상태는 인간의 기본적 욕구인 id, 욕망을 성취하는 방법을 학습한 결과 얻어진 지식이라고 할 수 있는 ego, 그리고 인간의 자기만족 또는 자기희열(Self-Enjoyment)에 대한 한계인 양심이라고 할 수 있는 superego로 구성되어 있다. 그런데, 감정적이고 비이성적인 id와 superego는 욕구를 만족시키고자 하는 요구와 그것을 제한하는 갈등관계에 있게 마련이다. 그러나 이러한 갈등관계를 인간 마음의 이성적 부분인 ego가 해결해주고 있다. 즉, superego를 거역하지 않고 id를 만족시키거나 id를 좌절시키지 않고 superego를 따르는 방법을 중재해 주는 것이다. 그런데, ego가 이러한 역할을 제대로 하지 못하여, 즉 id를 만족시키지 못하거나 superego를 거역했을 때 불행해지거나 죄의식을 갖게 되고 나아가 정신적 병질을 앓게 되어 결국 살인과 같은 폭력으로 이끌리게 된다는 것이다.

제 6 장

이름의 의미와 가치

 **논술 기법**

1. 서론 쓰기의 방법

서론쓰기는 논제에 따라 이미 구상된 내용을 집필하는 단계이다. 주어진 시간에 글을 구상하는 것도 대단히 어렵지만 그것을 직접 글로 적어내려가기 시작하는 이 단계는 적잖은 부담과 어려움을 동반하는 것이 사실이다. 그런 만큼 이 서론쓰기는 매우 중요하기도 하다. 왜냐하면 일단 원고지에 글을 써 내려가면 써 내려가는 글의 흐름대로 글이 이어지고 실제적인 글의 내용이 완성되어 가기 때문이다. 경우에 따라서는 글이 진행되면서도 이것은 자신이 쓰고자 하는 방향이 아닌데 하는 생각이 드는 경우도 있다. 우리는 이러한 잘못을 저지르지 않기 위해 개요의 중요성을 이미 공부한 바 있다. 이러한 우려는 탄탄하고 적정량이 안배된 개요를 옆에 두고 보아가며 글을 전개함으로써 극복할 수 있으리라 믿는다.

서론을 쓸 때 가장 어려운 점의 하나는 어떤 내용으로 시작할 것인가 그리고 첫 문장을 어떻게 시작할 것인가가 될 것이다. 첫 문장과 서론의 내용 전개만 끝나면 본론부터는 실제적인 글의 내용을 전개하면 되기 때문에 상대적으로 글을 써 가는 사람의 입장에서는 글의 시작인 서론쓰기가 정말로 어려울 수밖에 없다. 그러나 아무렇게나 써서는 정말 안 된다. 따라서 논술문을 연습하거나 훈련을 할 때는 서론쓰기의 실제가 다른 어떤 것보다도 많이 실습되어야 할 것으로 생각한다. 실습뿐만 아니라 실제 서론쓰기의 다양한 예시와 고친 사례 등을 면밀한 눈으로 고찰하여 살피면서 자기 학습을 해야 할 것이다.

그러면 서론은 어떤 내용으로 어떻게 꾸며야 할까? 일반적인 논설문을 쓸 때와 논술 고사에서의 논술문을 쓰는 방식은 약간 차이가 있다. 논설문의 경우는 자신이 쓰고자 하는 문제 현상에 대하여 자신의 목소리를 설득력 있게 전개하면 되기 때문에 글을 전개하는 내용이나 유형이 비교적 넓고 자유로워서, 예화를 삽입하여 독자를 부드럽게 자신의 주제에 접근시키거나, 문제의 상황을 제시하여 자신의 의견에 맥락을 같이할 수 있도록 끌어당기는 등 그 방법이 다양할 수 있다. 그리고 그 끌어당김의 내용 분량도 비교적 자유롭다(경우에 따라서 2개 단락 가능). 그러나 논술 고사에서는 전체 논술문의 분량이 구체적인 글자수로 제한되어 있고(이 글자수는 반드시 지켜야 함), 논지에서 다루어야 하는 글의 범위와 구체적인 내용 자료도 이미 제시문에서 주어진 상태이기 때문에 실제 글을 전개할 때는 내용상의 군더더기가 없이 압축된 느낌이 있어야 한다. 따라서 논술문에서의 서론의 분량은 한 단락이면 족하고 그 분량도 전체 글의 1/6을 넘지 말라는 충고도 있다.

짧은 분량의 서론쓰기이지만 이 부분에서는 서론으로서의 기능과 특성이 제대로 살아있어야 한다. 서론에는 '시작하기 – 문제제기(논지암시) – 글의 방향 및 전개 방식'이 꼭 드러나 있어야 한다.

먼저 '시작하기'는 도입적 성격인데 긴장감과 글의 분량을 의식해 다짜고짜 문제제기적인 성격의 내용을 전개할 수 없다는 것에 주의를 해야 한다. 곧바로 핵심 내용을 전개하거나 문제제기를 하면 누가 보아도 글이 전체적인 균형이 없고 성급한 글을 쓴 것으로 판단하게 된다. 도입적 성격의 '시작하기'로 적절한 내용의 예는 다음과 같다.

1. 몇 년 전 '국민학교'라는 이름을 '초등학교'로 개명한 일이 있었다.
2. '최고의 쾌락이 곧 최고의 선'이라는 표어는 헬레니즘 에피쿠로스 사상을 대변해 주는 말이다.
3. 유사 이래 인간 사회는 개인과 집단 사이의 조화 문제에 골몰해왔다.

다음으로 중요한 것은 서론에서는 반드시 '문제제기' 또는 '논지암시'의 성격이 드러나야 한다는 것이다. 사실은 내용적으로 이 점이 서론에서의 핵심이다. 그러나 이 내용을 무작정 드러낼 수가 없어서 형식적인 안정감과 순리를 살려 '시작하기' 부분으로 출발한다. 따라서 '문제제기'의 성격이 없으면 서론의 글이 없는 것과 같다. 중요한 것은 이 내용은 곧 논술문의 주제적 내용과 통해야 하며 결론과 맥락을 같이한다는 데 있다. 글을 쓰는 사람은 이미 논제와 제시문을 충분히 읽고 자기 논술문의 전개 방향과 논지를 분명히 한 상태이기 때문에 서론에서는 이 논지를 효과적으로 잘 살리기 위한 형태적 글쓰기를 갖추어야 한다. 따라서 글의 내용 전개면에서 본다면 서론의 문제제기와 결론의 분명한 논지는 구조적으로 균형감이 잘 살아나야 한다. 그렇다고 서론에서 결론적인 인상이 강하게 제시될 필요는 없다. 다만 결론과의 연결이 자연스러운 문제제기의 성격이 가장 좋은 것이다. 이러한 글의 내용을 만들어내기 위해서는 문제와 방향을 자신이 내린 결론적 사고를 토대로 바라보아야 하며, 그래야 글의 전개 내용이 흔들림이 없이 진행될 수 있다. 서론의 '시작하기'를 어떤 내용으로 출발할까 하는 고민도 자신의 결론적 사고를 바탕으로 접근하려는 준비가 되면 매우 적절한 문장이 개괄적인 내용으로 선택될 수 있을 것이며 '문제제기'의 글도 결론이 아닌 결론과의 관련성을 암시하는 내용으로 잘 선택될 수 있을 것이다.

짧은 서론이지만 서론에서 담아야 하는 마지막 내용은 '글의 방향과 전개 방식'을 간략하게 제시하는 것이다. 이 부분은 지나치게 경직되어 드러날 필요는 없고 명시화될 필요도 없다. 이 부분이 마치 공식처럼 드러나 버리면 글이 논문식으로 인상지워지면서 너무 판에 박은 듯한 느낌을 주어 오히려 신선한 맛을 감하거나 딱딱해 질 수도 있다. 그러나 적어도 전개할 글의 방향은 제시하는 것이 좋다. 다음 예를 보자.

......

그런데 각각의 문화가 지향하는 가치나 의식은 모두 같을 수는 없기 때문에, 서로 오해하게 되고, 결국은 갈등하게 된다. 그러한 갈등은 더욱 성숙한 문화를 이루어가는 하나의 절차가 될 수도 있지만, 경우에 따라서는 대책 없는 혼란만을 불러일으킬 수도 있다.

이 부분은 서론의 마지막 부분으로서 경직되지 않고 글의 흐름을 자연스럽게 자신의 논리 방향으로 이끌어주고 있다. 이렇게 되면 본론에서 다루어질 내용도 암시되지만 무엇보다도 귀결될 결론의 내용이 미리 암시되기도 하여 전체적인 글 내용의 구조적 균형감을 살릴 수 있다.

이 밖에 논술문의 서론쓰기 단계에서 고민해야 할 것은 적절한 내용과 구성은 물론이거니와 이 부분이 완성되었다고 한다면 채점자에게 강한 인상을 줄 수 있는 문장을 쓰는 것이 또한 고민해 보아야 할 부분이다. 격식에 맞는 서론쓰기에 참신한 발상이나 비유, 적절한 단어 선택이나 표현 등이 곁들여지면 그야말로 금상첨화일 수 있다. 어디까지나 우리가 지향하는 논술문은 평가 대상이고 그 평가는 상대적인 속성을 벗어날 수 없기 때문이다. 예를 들어 최근의 화제, 속담·명언의 이용, 주제와 대립된 주장이나 의문형의 출발, 주제와 관련된 사례 언급 등을 고려해 볼 만하다. 그러나 너무 진부하거나 상투화된 표현은 감점이 될 수도 있으므로 이런 부분은 또 걸러내야 한다. 글은 상황이나 맥락에 적절하면서도 참신하게 전개되면 가장 좋다. 이제 '서론쓰기'의 한 예를 참고로 그 실례를 확인해 보자.

〈논제〉

다음의 (가)에서는 현실의 고통과 이를 극복하고자 하는 의지가 표현되어 있다. 글 (나)에 나타난 세계화에 대한 설명을 참조하여 (가) 시(詩)의 화자가 처해 있는 상황과 그가 바라는 이상이 정당한지를 평가하고, 이를 토대로 한국인으로서 세계화에 대하여 가져야 할 바람직한 관점을 제시하시오.

〈서론〉

㉠ 21세기는 전 세계가 글로벌화 되어 있다는 것을 주요 특징으로 하고 있으며, 이는 인터넷이 대중화됨으로써 더더욱 중요한 특질이 되었다. 이러한 사회는 문화, 사회, 인력 등 모든 것들이 지역적인 한계를 넘어 서로 연결되어 있으며 상호간에 강한 영향을 미치고 있다. 이러한 사회 변화

는 이른바 '세계화'라는 화두로 우리에게 다가서고 있으며, 세계화를 위한 온갖 변화는 우리 생활 도처에서 일어나고 있다. ⓛ 그렇지만 세계화 경향 그 자체가 정당한지 아닌지의 여부를 가리기는 어렵다. 그것은 마치 칼이 의사의 손에 쥐어질 때와 강도의 손에 쥐어질 때 용도가 달라지는 것과 마찬가지이다. ⓒ 따라서 세계화의 경향을 인정하고 이를 추진하되, 어떠한 방향으로 이끌어갈 것인가 하는 문제가 관건이라 할 수 있다. ……

〈결론〉

세계화는 우리가 세계의 보편 문화 속에 들어가는 일방적인 것이 아니라, 이와 동시에 우리 스스로 세계의 보편 문화를 창조하여 그것을 세계로 전파하는 쌍방향적인 것이어야 한다. 이를 위해 우리는 먼저 가장 '한국적인 것'이 무엇인지 파악하여야 한다. 가장 한국적인 것을 파악한 후 이를 가장 '세계적인 것'으로 발전시킬 수 있는 노력을 하여야 한다. ……

위의 예는 논술 고사의 한 〈논제〉와 그를 기초하여 답안을 정리한 논술문의 '서론쓰기'의 예이다. 서론에서 ⊙은 '시작하기'의 내용이어서 개괄적인 언급으로 시작되고 있다. ⓛ은 '문제제기'의 성격으로서 본 논술문을 통해서 다루어지면서 핵심화될 내용이다. ⓒ은 본론을 전개할 글의 방향을 제시해 주고 있다. 그리고 ⓒ은 ⓛ과 내용적으로 맞물리면서 결론의 방향과 연결될 수 있다. 그렇다면 ⓛ과 ⓒ의 내용으로 미루어 볼 때 최종 결론에는 ⓒ의 '어떠한 방향으로 이끌어갈 것인가'가 해명되어야 할 것이다. 이렇게 서론을 쓰면 서론으로서는 거의 군더더기 없이 잘 구성된 것으로 평가된다. 그리고 이에 의거, '쌍방향적인 접근 노력'이라는 결론적인 내용과 잘 부합할 수 있는 것이다.

읽을거리 1 장미와 주판의 싸움

봄은 언제 오는가. 어느 시인의 말처럼 그것은 도둑고양이처럼 몰래 왔다 가 몰래 사라지는가. 아니다. 적어도 내게는 그렇지 않다. 봄이 오는 날을 나는 달력에 적힌 날짜로 표식할 수 있다. 입춘 절기인 양력 2월 4일이다. 그날이면 어김없이 내 부친은 한지에 정성스레 쓴 「입춘대길」을 한 장은 대문에, 다른 한 장은 대청마루에 붙이고 나서 "이제 봄이 왔고 진정한 새해가 시작된다."고 말했다. 나의 봄은 부친의 이 의식(儀式)에서 시작되었던 것이다. 산등성이에 아직도 희뜩이는 잔설과 잎 떨군 나무 끝에서 여전히 잉잉거리는 삭풍도 아버지가 마련하는 이 대춘(待春)의 찬란한 의식을 흔들어 놓지는 못했다. 내 유년기 기억의 어느 대목에서도 봄의 출몰이 혼란스러웠던 적은 없다. 따라서 도둑고양이 잡으려는 충혈된 시인의 눈으로 봄의 진퇴를 추적해 본 적 또한 없다.

봄이 어느 특별한 날 하루에 온다는 주장은 확실히 황당하게 들리리라. 그것은 언제부터라 할 것 없이 피다 지는 벚꽃처럼 왔다 가는 게 아닌가. 아마 그럴지도 모른다. 하지만 어제가 오늘 같고 오늘이 내일 같은 그 통속한 나날 속에서 그 성스러운 봄의 도래가 소리없이 묻혀버린다는 건 어쨌든 참을 수 없는 일이다. 그 어느 날과도 뒤섞일 수 없는 하루 그 특별한 날을 정해 대춘부를 부르는 의식은 이 분망한 일상에서의 사치일 뿐인가. 설을 쇠지 않아도 우리는 나이를 먹고 추석차례를 지내지 않아도 들판의 곡식은 익어 간다. 그런데 왜 우리에게 그 번거로운 의식이 필요하다는 말인가.

사막에 떨어진 어린 왕자. 그 사막에서 사귄 친구 여우가 아무 때나 불쑥 나타나는 왕자에게 부탁한다. "언제나 같은 시간에 찾아와 주었으면 해. 이를테면 네가 오후 네 시에 온다면 난 세 시부터 행복해지기 시작하는 거야. 시간이 갈수록 난 점점 더 황홀해 지겠지. 4시에는 흥분해서 안절부절못할 거야. 그래서 행복이 얼마나 값진 것인가 알게 되는 거지. 아무 때나 오면 몇 시에 마음을 곱게 단장을 해야 하는지 모르잖아."

　그렇다. 기다림으로 황홀해지기 위해서, 행복이 얼마나 값진 것인지를 알기 위해, 우리에게는 특별한 날의 의식이 필요한 것이다. 아무 때나 나이를 먹고 어느 때나 곡식이 익어간다면 기다림과 만남만이 줄 수 있는 이 황홀한 행복들을 어디에서 찾겠는가.

　결국 두 종류의 삶이 있다. 하나는 어제와 오늘, 나와 너, 이것과 저것을 차별 없는 동일함 속에서 받아들이려는 삶이고, 다른 하나는 그것들 각각을 특별한 존재로 기다리고 만나려는 삶이다. 전자의 세계는 주판과 문법이 지배하고, 후자의 세계는 장미와 종달새가 지배한다.

　(중략)

　두 세력 간의 싸움은 우리 삶 도처에서 벌어지고 있지 않은가. 누가 승자인가. 주민등록 번호, 납세 번호, 신용카드 번호 속에 파묻혀 사라지는 우리의 고유한 이름들을 보라. 거기에 그 슬픈 답이 있다.

　어느 시인의 말처럼 우리는 숫자나 대명사로서가 아니라 고유한 이름으로 불려지길 원하며 또 부른 그에게로 가서 꽃이 되고 싶다. 흐르는 세월 속의 어느 하루를 정해 대춘부를 부르듯 흘러가는 군상 가운데 누군가를 '너'로 불러 나의 영가를 들려주고 싶은 것이다.

– 김영민 · 이왕주, 「소설속의 철학」에서

읽을거리 2 이름, 그 명멸하는 존재의 언어

고등학생이었던 시절, 선생님께서 키 순서로 정해진 일련번호를 불러 질문을 던지시거나 그날이 2일이면 2번, 12번, 22번…… 순서로 지목하실 때면, 때로 우리가 '사람'이 아니라 '번호'인 것처럼 느껴졌던 기억이 있다. 대학에 다닐 때에도 크게 다르지 않아 출석을 제외하고는 이름 불리는 기회가 드물어 익명의 무리로 흘러다니곤 했던 것 같다. 그래서 더욱더, 선생님이 나를 알고 내 '이름을 불러 주었을 때'의 그 짧고 강렬한 환희를 기억하고 있다.

선생이 된 지금, 이제는 우선 출석부를 가지고 학생들의 이름을 먼저 익힌 후 강의실에서 이름과 얼굴을 맞추어 보기도 하고, 출석을 부를 때 서로 '눈짓'을 마주치자고 약속해 학생들의 쑥스러운 시선을 마주하기도 하며, 과제물을 읽을 때에도 우리가 서로 소통이 이루어지고 있다는 느낌을 주기 위해 '○○의 감상과 분석에는 ○○만의 빛깔과 향기를 지닌 생각이 가득하여 돋보입니다'라는 평가를 덧붙이기도 한다. '이름'을 통해 '나는 너를 알고 있다', '나는 너를 인식 혹은 인지하고 있다', 즉 '너는 내 사고의 범주 안에 존재하고 있다'라고 말해 주고 싶은 것이다.

물론, 이름을 '붙여 주는' 행위와 이름을 '불러 주는' 행위는 다르다. 즉 명명(命名)과 호명(呼名)은 다르다. 이름 없는 하나의 사물에 지나지 않을 때, 그래서 존재하고 있다는 것을 자각도 인식도 할 수 없을 때, 그 사물에 처음 이름을 '붙여 주는' 행위는 한층 진지할는지 모른다. 하지만, '사랑'이라는 말이 아무리 무성하게 남발하고 진부하게 여겨져도 내가 처음 사랑을 느껴 마음과 입으로 '사랑'을 되뇌일 때, 그 '사랑'은 내게 있어 호명이 아니라 명명이다. 처음 불러 보는 이름이기 때문이다. 다시 말해서, 이미 존재하던 이름이었을지라도 누군가 그 이름을 느끼고 인식해 '불러 주었을 때', 그것은 이름을 붙여 주는 행위와 다름없다. 내 이름이 어느 누군가에 의해 불릴 때 마치 처음 듣는 새로운 이름처럼 내 귀에 다가오기도 하듯, 이 세상에 이미 존재해 온 수많은 이름들일지라도 내 인식과 사고 안에 들어와 내가 그를 불러

줄 때 그것은 내게 있어 명명의 행위와 같다.

그러므로 누군가 나의 이름을 불러 주는 것이 곧 내 존재를 인식해 주는 첫 단계라고 생각하는 '우리들은 모두', 서로를 알지 못할 때의 무지와 무명(無名)의 어둠에서 명명을 통해 비로소 존재의 밝음으로 나서게 된다고 믿는 '우리들은 모두', 막연하고 희미한 '몸짓'이 아니라 눈과 눈을 맞추어 서로의 생각 안으로 들어선 '눈짓'이 되고 싶은 '우리들은 모두', 벌써부터 김춘수의 시 <꽃>을 잘 이해하고 있었는지도 모른다.

– 문학과교육, 제4호, 「문학과교육연구회」에서

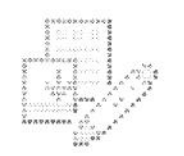 ## 논술 실전

✤ 인간은 누구나 자신의 고유한 이름을 가지고 산다. 인간이 이름을 가진다는 것은 인간이 다른 누구와도 구별되는 고유한 존재임을 보여주는 것이다. 다음의 (가)에서는 다른 사람들에 의해 자신의 '이름'이 불리어지기를 바라는 욕망을 확인해 볼 수 있다. 이러한 '이름'의 가치를 중심으로 하여, (나)에서 서술자인 '나'가 '장인'과 다투는 이유와 그 결과로서 성취하고자 하는 목표를 밝히고, 여기에서 추론한 인간관을 토대로 하여 인간의 수단화를 경계하는 논술을 작성하시오.

가

내가 그의 이름을 불러 주기 전에는
그는 다만
하나의 몸짓에 지나지 않았다.

내가 그의 이름을 불러 주었을 때
그는 나에게로 와서
꽃이 되었다.

내가 그의 이름을 불러 준 것처럼
나의 이 빛깔과 향기에 알맞는
누가 나의 이름을 불러 다오.
그에게로 가서 나도
그의 꽃이 되고 싶다.

우리들은 모두
무엇이 되고 싶다.

나는 너에게 너는 나에게

잊혀지지 않는 하나의 의미가 되고 싶다.

- 김춘수, 「꽃」에서

우리 장인님이 딸이 셋이 있는데 맏딸은 재작년 가을에 시집을 갔다. 정말은 시집을 간 것이 아니라 그 딸도 데릴사위를 해가지고 있다가 내보냈다. 그런데 딸이 열 살 때부터 열아홉 즉 십년 동안에 데릴사위를 갈아 드리기를, 동리에선 사위부자라고 이름이 낫지마는 열네 놈이란 참 너무 많다. 장인님이 아들은 없고 딸만 있는 고로 그 다음 딸을 데릴사위를 해올 때까지는 부려먹지 않으면 안 된다. 물론 머슴을 두면 좋지만 그건 돈이 드니까, 일 잘하는 놈을 고르느라고 연팡 바꿔 들였다. 또 한편 놈들이 욕만 줄창 퍼붓고 심히도 부려먹으니까 밸이 상해서 달아나기도 했겠지. 점순이는 둘째딸인데 내가 일테면 그 세 번째 데릴사위로 들어온 셈이다. 내 다음으로 네 번째 놈이 들어올 것을 내가 일두 참 잘하구 그리고 사람이 좀 어수룩하니까 장인님이 잔뜩 붙들고 놓질 않는다. 셋째 딸이 인제 여섯 살, 적어도 열 살은 돼야 데릴사위를 할테므로 그 동안은 죽도록 부려먹어야 된다. 그러니 인제는 속 좀 채리고 장가를 들여 달라고 떼를 쓰고 나자빠져라, 이것이다.

(중략)

실토이지 나는 점순이가 아침상을 가지고 나올 때까지는 오늘은 또 얼마나 밥을 담았나, 하고 이것만 생각했다. 상에는 된장찌개하고 간장 한 종지 조밥 한 그릇 그리고 밥보다 더 수부룩하게 담은 산나물이 한 대접 이렇다. 나물은 점순이가 틈틈이 해오니까 두 대접이고 네 대접이고 멋대루 먹어도 좋으나 밥은 장인님이 한 사발외엔 더 주지 말라고 해서 안 된다. 그런데 점순이가 그 상을 내 앞에 내려놓으며 제 말로 지껄이는 소리가,

"구장님한테 갔다 그냥 온담 그래!" 하고 엊그제 산에서와 같이 자꾸 쫑알거린다. 딴은 내가 더 단단히 덤비지 않고 만 것이 좀 어리석었다. 속으로 그랬다. 나도 저 쪽 벽을 향하야 외면하면서 내 말로,

"안 된다는 걸 그럼 어떻건담!?" 하고 또 얼굴이 빨개지면서 성을 내면서 안으로

샐죽하니 튀들어가지 않느냐. 이때 아무도 본 사람이 없었게 망정이지 보았다면 내 얼굴이 에미 잃은 황새새끼처럼 가엾다 했을 것이다.

사실 이때만치 슬펐던 일이 또 있었는지 모른다. 다른 사람은 암만 못생겼다 해두 괜찮지만 내 아내 될 점순이가 병신으로 본다면 참 신세는 따분하다.

밥을 먹은 뒤 지게를 지고 일터로 갈려 하다 도루 벗어던지고 바깥 마당 공석 위에 들어누어서 나는 차라리 죽느니만 같지 못하다고 생각했다.

내가 일 안하면 장인님 저는 나이가 먹어 못하고 결국 농사 못짓고 만다. 뒷짐으로 트림을 꿀꺽, 하고 대문밖으로 나오다 날 보고서,

"이 자식아! 너 왜 또 이러니?"

"관객이 났어유, 아이구 배야!"

"기껏 밥 처먹구 나서 무슨 관객이야, 남의 농사 버려주면 이 자식아, 징역 간다 봐라!"

"가두 좋아유, 아이구 배야!"

참말 난 일 안 해서 징역가도 좋다 생각했다. 일후 아들을 낳아도 그 앞에서 바보 바보 이렇게 별명을 들을 테니까 오늘은 열쭉에 난대도 결정을 내고 싶었다.

장인님이 일어나라고 해도 내가 안 일어나니까 눈에 독이 올라서 저편으로 휑하게 가더니 지게막대기를 들고 왔다. 그리고 그걸로 내 허리를 마치 돌떠 넘기듯이 쿡 찍어서 넘기고 넘기고 했다. 밥을 잔뜩 먹고 딱딱한 배가 그럴 적마다 퉁겨지면서 뱃창이 꼿꼿한 것이 여간 캥기지 않았다. 그래도 안 일어나니까 이번에는 배를 지게 막대기로 위에서 쿡쿡 찌르고 발길로 옆구리를 차고 했다. 장인님은 원체 심청이 굳어서 그러지만 나도 저만 못하지 않게 배를 채었다. 아픈 것을 눈을 꽉 감고 넌 해라 난 재미난 듯이 있었으나 볼기짝을 후려갈길 적에는 나도 모르는 결에 벌떡 일어나서 그 수염을 잡아챘다마는 내 골이 난 것이 아니라 정말은 아까부터 부엌 뒤 울타리 구멍으로 점순이가 우리들의 꼴을 몰래 엿보고 있었기 때문이다. 가뜩이나 말 한마디 톡톡히 못한다고 바보라는데 매까지 잠자코 맞는 걸 보면 짜장 바보로 알 게 아닌가. 또 점순이도 미워하는 이까짓 놈의 장인님 나곤 아무석도 안 되니까 막 때려도 좋지만 사정 보아서 수염만 채고(제 원대로 했으니까 이때 점순이는 퍽 기뻤겠지) 저기까지 잘 들리도록,

“이걸 까셀라부다!” 하고 소리를 쳤다.

장인님은 더 약이 바짝 올라서 잡은 참에 지게막대기로 내 어깨를 그냥 내려갈겼다. 정신이 다 아찔하다. 다시 고개를 들었을 때 그때엔 나도 온몸에 약이 올랐다. 이녀석의 장인님을, 하고 눈에서 불이 퍽 나서 그 아래 밭 있는 둔덕 아래로 그대로 떼밀어 굴려 버렸다. 조금 있다가 장인님이 씩, 씩, 하고 한번 해볼려고 기어오르는 걸 얼른 또 떼밀어 굴려버렸다.

– 김유정, 「봄 · 봄」에서

유의 사항 ●

1. 분량은 띄어쓰기를 포함하여 1,200자 내외(±100자 허용)로 할 것
2. 자신의 구체적인 체험을 반영할 것

논술 해결의 길잡이

✪ 논제 파악하기

논제에서는 두 가지를 요구하고 있다. (나)에서 세 번째 데릴사위인 내가 정식 사위가 되고자 투쟁하는 이유가 무엇인가, 그리고 결과로서 성취하고자 하는 목표가 무엇인가를 밝히는 것이고, 두 번째는 여기에 반영된 인간관을 바탕으로 인간의 수단화에 대한 경계를 주제로 하는 글을 작성하는 것이다.

이러한 문제들을 해결하기 위해서는 논제의 핵심이라 할 수 있는 '인간관'을 파악하는 것이 선행되어야 한다. 인간관이란 말 그대로 인간을 보는 관점이다. 인간의 특성이나 본질은 여러 가지 측면에서, 혹은 여러 가지 층위에서 논할 수 있다. 여기에서는 '나'가 '장인님'과 다투게 되는 동기를 통해서 그 특성이나 본질을 파악해야 한다. 다만 이 과정에서 '이름'의 가치나 의미에 담긴 특별한 뜻을 염두에 두어야 한다. (가)에서 말한 '이름'이란 인간 개개인이 가지는 고유명사의 의미 이전에 인간 관계를 맺고 있는 모든 사람들에게 자신의 존재를 나타내는 표상으로 해석해야 한다.

그렇다면 '나'가 '장인님'과의 다툼을 통해 얻고자 하는 것은 무엇이겠는가? 그것은 세 번째 데릴사위 혹은 사위 후보가 아니라 다른 누구와도 자신의 존재를 구별할 수 있는 정식 사위라는 이름이다. '나'는 사위라는 이름을 얻음으로써 노동력을 제공하는 수단에서 벗어나 그 자체로 존재 가치를 가지는 인간이 된다. 인간은 어떤 목적을 위해 필요한 수단이 아니라 항상 그 자체가 목적인 존재이기를 원하는 것이다. 여기에 인간 존엄의 본질적인 가치가 있다. 그리고 이것이 논제의 두 번째 요구 사항을 충족시킬 수 있는 내용이며, '나'의 투쟁에 반영되어 있는 인간관이기도 하다.

이들 문제가 순차적으로 해결됨으로써 이 논제에서 요구하고 있는 두 가지 사항은 모두 자연스럽게 해결될 수 있다.

✪ 제시문 파악하기

　(가)는 '이름'의 실존적 의미를 꽃으로 형상화한 작품이다. '이름'을 부르기 전에는 모두가 의미가 없는 몸짓에 불과하지만, '이름'을 부르게 되면 그 순간부터 '꽃'이 되고 '의미'가 되는 것이다. 이런 점에서 '이름'을 부른다는 것은 대상에 자신과 관련되는 어떤 특정한 의미를 부여하는 일이라 할 수 있다. 중요한 것은 '이름'은 아무렇게나 붙여질 수 있는 것이 아니고, '빛깔'과 '향기'에 알맞아야 한다는 점이다. 꽃은 제각기 다른 빛깔과 다른 향기를 가지고 그에 어울리는 이름을 제각기 가진다. 여기에서 빛깔과 향기는 그 꽃의 고유성을 상징하는 하나의 표지이다. 마찬가지로 인간은 누구나 다른 사람과 비교되는 고유한 환경, 성격, 인간성 등을 가지며, 이 고유성 때문에 존엄한 존재로 자리잡게 된다. 이 시에는 이처럼 다른 사람과 구별되는 자신만의 고유한 의미와 가치를 가지는 인간 관계에 대한 희구가 반영되어 있다.

　한편 (나)에서 '나'는 점순이와 결혼을 시켜준다는 약속을 믿고 머슴과 다름없이 '장인님(정확히는 장인 될 사람)'의 부림을 받는 존재이다. '나'는 다소 어수룩하고 우둔한 성격의 소유자이기도 하면서 한편으로는 결혼이라는 목표를 성취하기 위해 장인에게 함부로 대들기도 하는 과감함도 지니고 있다. 여기에서 '장인님'은 딸을 이용하여 노동력을 얻어내는 비정한 아버지이기도 하다. 첫째 딸을 시집보내면서 10명의 '데릴사위'를 '머슴'으로 부려먹었고, 둘째 딸을 미끼로 하여 벌써 세 번째 데릴사위를 노동력으로 이용하고 있다. 말하자면 '나'도 언제든지 데릴사위의 자격을 상실할지도 모르는 형편에 있는 '사위 후보' 중의 하나에 불과한 것이다.

✪ 해결과정 생각하기

　① (가)를 통해 '이름'의 가치와 의미를 파악하여, 이것이 인간 본질의 어떤 면을 드러냈는지를 추리해 본다.

　(가)에서 내포적 의미를 중심으로 시어를 이해해 보자. 이는 '이름'을 부르는 시점을 기준으로 그 전과 후를 구별해 보면 쉽게 파악될 수 있다. 이름을 불러 주기 전에는 '하나의 몸짓'에 불과하다 하였다. 이름을 불러 주었을 때 '꽃'이 되었다. 그리고 이 '꽃'은 '잊혀지지 않는 하나의 의미'이기도 하다. 그런데 이름은 어떻게 붙이고 부르는가? 꽃이라는 범주에 묶이는 사물은 무수히 많다. 그런데 그 다양한 꽃들은 제각기 이름을 가지고 있다. 그 이름은 각각의 꽃이 가지는 '빛깔'과 '향기'에 알맞게 붙여지고 불리어지는 것이다.

　이를 인간의 존재론적 욕망과 관련지어 의미를 추리해 보자. '나'에게는 다른 누구와도 구별되는 고유한 특성이 있다. 우리는 누구나 그 고유한 특성을 인정받고 싶어한다. 그 특성을 인정받을 때 나는 이름을 가지게 되는 것이다. 고유한 특성이 없으면 이름도 없는 것이다. 버스에서 우연히 만난 승객들, 야구장에 몰려든 관중들은 우연히 같은 시간에 같은 공간에서 나와 함께 있었을 뿐이다. 이들을 내가 일일이 기억할 수 없는 것은 그들이 승객이나 관객이라는 집단적 존재였기 때문이다. 반대로 같은 승객이라도, 혹은 관중이라도 내가 정말 좋아하는 사람을 만났다면, 그의 이름은 오래도록 기억에 남게 된다. 그가　② (나)에서 '나'가 장인과 다투는 이유를 추리해 보고, 이를 (가)의 '이름'에 대한 욕구와 관련지어 본다.

　(나)는 김유정의 해학적 문체로 유명한 소설이다. 어리숙하고 우둔한 주인공인 '나'의 성격부터가 웃음을 자아낸다. 이러한 특성 때문에 얼핏 보아서는 '이름'에 대한 욕구라는 철학적·존재론적 의미를 파악하기가 쉽지 않다. 그러나 제시문의 전반부를 보면 자신이 왜 점순이네 집에서 머슴 노릇을

하는지를 알 수 있는데, 여기에서 그 이유를 추리해 볼 수 있다.

'나'가 장인에게 요구하는 것은 처음의 약속을 지키라는 것이다. 그 약속이란 자신이 노동력을 제공해 준 대가로 점순이와 혼인을 하는 것이다. 그렇지만 이것은 겉으로 드러난 표면적인 목표일뿐이다. 좀 더 궁극적인 이유는 그가 왜 혼인을 하려고 하는가 하는 질문 속에서 나올 수 있다. 물론 그 이유는 단지 점순이를 사랑하기 때문이 아니다. 혼인을 통해서 성취하고자 하는 실존적 욕망이 숨어 있는 것이다. 그 실존적 욕망이란 (가)의 시에 나오는 '이름'에 대한 욕망이다.

맏딸을 시집보내면서 열 명의 데릴사위를 부려먹은 이력을 가진 '장인님'의 타산적 행동을 보면, '나'도 언제든지 쫓겨나거나 스스로 그만둘 처지에 있음을 알 수 있다. 그리고 그 자리는 다른 사람에 의해 다시 채워질 수 있다. 문제는 여기에 있다. '나'는 다른 사람에 의해 대체될 수 있는 세 번째 데릴사위가 아니라 무엇과도 대체될 수 없는 정식 '사위'가 되는 것이다. 내가 얻고자 하는 이름이 바로 '사위'인 것이다. 나에게는 어떤 '의미'를 지니는 존재이기 때문이다. 결국 '이름'은 나의 고유성에 대한 인간적 희구라 할 수 있다.

③ '나'의 투쟁에 배경으로 깔려 있는 인간관을 정리하고, 이를 토대로 인간의 수단화에 따른 위험을 파악해 본다.

나'가 다른 사람에 의해 얼마든지 대체될 수 있다는 것은 '나'가 목적이 아닌 수단으로 이용되고 있다는 의미이다. 즉 나는 점순이의 남편이나 장인의 사위가 아니라 그저 노동력을 제공하는 수단적인 존재에 불과한 것이다. 내가 장인과 다투는 이유도 궁극적으로는 수단이 아닌 목적으로서의 인간이 되고 싶어하는 데 있다. 이처럼 자신이 수단으로 전락할 때 인간에게 삶의 보람이나 자아 실현과 같은 가치는 한갓 허황한 이상에 불과해진다. 인간은 누구나가 그 자체로 존중받아야 하는 것이다. 이것이 인간의 존엄성이다.

　　논의를 구체화하기 위해서라면, 한 교실에서 일어날 수 있는 풍경을 상상해 봐도 좋다. 우리에게는 자신만의 고유한 이름이 있다. 이 이름으로 다른 사람과 관계를 맺고, 자신의 역할을 수행하고, 자기의 삶의 주체로서 살아가게 된다. 그런데 출석 번호가 이름을 대체하게 되면 자신이 수많은 개체 중의 하나에 불과하다는 느낌을 가지게 된다. 출석 번호는 중립적인 기호일 뿐이며, 그 번호로는 자신의 고유성을 나타낼 수 없기 때문이다. 출석 번호란 임의적으로 부여된 표지이며, 따라서 얼마든지 자신은 다른 번호로 대체되거나 다른 사람이 그 번호로 대체될 수도 있는 것이다. 이러한 예를 들면 논의의 추상성을 피하고 논지를 구체화할 수 있을 것이다.

　　이 논제는 널리 알려진 소설을 다른 각도에서 보기를 요구한다는 점에서 다소 어려워 보일 수도 있다. 그러나 달리 보는 시각을 미리 제시했기 때문에 큰 어려움은 없을 것이다. 논제에서 요구하는 대로, 김춘수의 「꽃」에서 '이름'이 어떠한 내포를 가지는가를 파악하고, 이를 근거로 하여 김유정의 「봄·봄」에서 '나'가 장인과 다투는 이유를 찾으면 된다. 「꽃」에서 '이름'이란 상대방에게 어떤 의미나 가치를 가지는 존재에게 붙여지고 불려지는 것이다. 다른 것으로 쉽게 대체될 수 있는 수단적 존재가 아니라는 의미이다. 이 같은 내포를 '나'의 투쟁에 대입을 해 보면, '나'는 여러 명의 사위 후보가 아닌 '사위'라는 이름을 얻고 싶어한다. 이 욕망은 내가 노동력을 제공하는 수단이 아니라 자기 삶의 주체로 서고 싶어하는 바람을 포함하고 있다. 인간이 수단화된다는 것은 언제든지 다른 것으로 대체될 수 있다는 의미이고, 이는 인간이 필요에 의해서 관계를 맺게 된다는 뜻이 된다. 이렇게 되면 인간의 존엄성은 사라지게 될 것이다. 이러한 취지가 제대로 반영되어야 논제의 핵심을 파악했다고 할 수 있다.

✪ 주제문 작성

'나'가 수단적인 존재로 남기를 거부하는 것과 마찬가지로 모든 인간은 인간으로서의 존엄성을 존중받고 싶어한다.

✪ 주제어 : 도구적 존재, 수단적 존재, 이름, 인간 존엄성, 존중.

✪ 개요 작성(1,200자)

서론(300자) : 도구적·수단적 존재의 의미.

본론(600자) : '나'의 투쟁의 이유.

　　　　　　 -수단적 존재이기를 거부함.

　　　　　　 -고유한 '이름'을 얻고 싶어함.

결론(300자) : 인간 존엄성의 본질과 그 존중의 필요성.

✪ 예시 답안

토사구팽이라는 말이 있다. 토끼 사냥이 끝나면 사냥개를 삶아 먹는다는 의미이다. 사냥개는 그 자체로 의미를 가지는 것이 아니었고 토끼 사냥이라는 목적에 필요한 하나의 도구에 불과했던 것이다. 오늘날 인간도 사냥개처럼 도구적 존재로 전락해 가는 경향이 있다. 많은 사람들은 경제적 이익을 내기 위해 많은 시간과 청춘을 투자하고, 또 어떤 사람들은 그들이 더 이상 어떤 이익을 만들어내지 못하면 다른 사람으로 대체해 버린다. 인간이 그 자체로 존중받지 못하고 수단으로 전락하는 것은 한마디로 인간으로서의 존엄성을 잃어버리는 것과 같다.(297자)

「봄·봄」이라는 소설은 전통 사회를 시대적 배경으로 하고 있지만, 여기에서 '나'는 인간의 수단화라는 문제를 적나라하게 드러내준다. 늙어서 더 이상 농사일을 할 수 없게 되자 '장인님'은 딸을 미끼로 삼아 데릴사위를 여러 차례 들여와서 노동력을 착취한다. 맏딸을 시집보내는 과정에서 열 명의 노동력을 이용할 수 있었고, 둘째딸의 경우에도 벌써 세 번째 데릴사위를 데려오는 교활함을 보여준다. 그러니

‘나’는 언제든지 다른 사람으로 대체될 수 있는 사위 후보에 불과한 것이다.(265자)

‘나’가 장인과 다투는 이유는 점순이를 좋아한다는 데도 있겠지만, 궁극적으로는 어떤 수단이 되고 싶지 않다는 데 있다. 말하자면 ‘나’는 여러 명의 사위 후보 중의 하나에 불과한 존재가 아니라 절대 유일한 사위가 되고 싶은 것이다. 이는 <꽃>에서 말한 ‘이름’의 가치를 고려하면 더욱 분명히 알 수 있다. 꽃이 제각각 고유의 향기와 빛깔을 가지고, 거기에 어울리는 이름을 지니고 있다. 마찬가지로, 인간인 ‘나’도 ‘나’의 향기와 빛깔에 맞는 이름을 가지고 싶은 것이다. 여기에서 향기와 빛깔이란 다른 누구와도 구별되는 고유한 가치를 상징하는 것이다. 결국 ‘나’가 장인과 다투는 것은 사위라는 이름을 얻고 싶었기 때문이었다.(351자)

인간이 수단이 된다는 것은 결국 인간이 다른 목적을 위해 소모되는 기계와 같은 존재가 된다는 의미이다. 인간의 수단화가 위험한 것은 인간의 존엄성이 파괴될 수 있는 가장 빠른 지름길이기 때문이다. 인간은 누구나 다른 사람을 대체하거나 다른 사람에 의해 대체될 수 있는 일회용 소모품이 되기를 원하지 않는다. 각자의 고유한 인간적 가치를 존중받으며 살고 싶어한다. 나의 이름이 무시되면서 편의를 위해 임의적으로 붙여진 출석번호로 불려질 때 별로 유쾌하지 못한 것은 바로 이 때문이라 할 수 있다. 이것이 인간의 존엄성이며, 이 존엄성은 인간을 어떤 다른 목적을 위한 수단이 아닌 인간 그 자체로 존중할 때 지켜질 수 있다.(355자)

(총 1,267자)

✪ 강평

이 답안은 ‘토사구팽’이라는 잘 알려진 한자성어를 이용하여 인간의 도구화나 수단화의 의미를 분명히 드러냈다. 이것이 답안의 서론에 제시되면서 독자의 관심을 환기하는 효과도 거두고 있다. 또한 논제에서 요구하는 바를 모두 포괄하여 제시문에 제시된 두 작품을 적절히 언급하면서 논지를 전개했고, 인간의 수단화에 대한 경계를 최종적인 주제 의식으로 드러냈다는 점에서 훌륭한 답안이라 할 수 있다.

다만 구체적인 예시가 없어서 결론부의 주장이 설득력을 잃고 있다는 점이 아쉽다. 물론 이름 대신 출석번호로 불려질 때의 유쾌하지 못한 경험이 반영되어 있지만, 너무 단편적이고 돌출적이어서 구체적인 사례로서의 의미를 살리지 못하고 있는 것이 약점이다. 주제가 추상적일수록 논지 전개에서는 구체적인 사례를 활용할 필요가 있다. 그 사례를 통해 사고의 깊이도 보여주고, 글쓴이의 개성도 드러낼 수 있다.

실존과 본질

1. 실존(實存, existence)이란

구체적·실질적으로 존재하고 있음을 나타내는 말이다.

철학, 특히 실존주의철학 용어. 가능적 존재로서의 본질(essence)에 대응하는 것으로서, 현대 실존주의에서는 특히 인간의 주체적 존재를 의미한다.

실존이라는 말은 근대철학에서 매우 다양하게 쓰이는 말이기 때문에 한마디로 정의(定義)한다는 것은 어려운 일이다. 원래 중세철학에서 실존(existential)이란 '(로부터)나가다', 또는 '나와서 현재 있다'를 의미하였고, 이에 대응하는 본질(essential)은 영원불변의 것을 가리켰다. 근대철학은 이 영원불변한 본질을 구하였고 G.W.F.헤겔은 그 완성자였다.

한편 인간 개인의 존재(실존)는 소멸되고 말았다. 헤겔의 이성(理性)·이념·절대정신이라고 하는 완성된 인간존재에 대하여 파멸과 죄를 안고 있는 단독자(單獨者)로서의 인간실존을 강조한 것은 S.A.키르케고르이다. 따라서 실존의 밑바닥에 무(無)를 인정한 것은 F.W.니체이며, 20세기에 들어서 K.야스퍼스, M.하이데거, J.P.사르트르 등이 실존주의 이론을 전개하였다.

2. 실존주의 사상의 성격

① 실존은 항상 특수하고 개별적이다.

② 실존은 주로 실존의 존재양식에 대한 문제이다. 따라서 실존은 존재 의미에 대한 탐구이기도 하다.

③ 존재 의미에 대한 탐구는 끊임없이 다양한 가능성에 직면하며 인간은 이

가능성들 가운데서 선택하고 이 선택에 몸을 맡겨야 한다.

④ 이 가능성들은 인간과 다른 사물 및 타인과의 관계에 의해 구성되기 때문에 실존은 항상 세계내존재이다. 즉 실존은 선택을 제한·제약하는 구체적 상황 속에 존재한다.

3. 방법론적 논점

① 하이데거

후설의 현상학을 이용한다. 하이데거에서 현상은 단순한 가상이 아니라 존재 자체의 현현(顯現)이다. 현상학은 존재의 구조를 드러낼 수 있으며 따라서 존재론이다. 다만 이때의 존재는 존재에 대한 물음을 제기하는 존재, 곧 인간이다.

② 야스퍼스

실존의 합리적 해명방법을 채택한다. 그에 따르면 실존은 존재에 대한 추구로서 인간의 합리적 자기이해 노력 또는 의사소통 노력이다. 그의 방법은 실존과 이성이 인간 존재의 두 기둥이라는 것을 전제한다.

③ 사르트르

철학의 방법은 실존적 정신분석 즉 인간 실존을 구성하는 '근본 기투(企投)'에 관한 분석이다.

④ 아바냐노와 메를로 퐁티 등

인문주의적 실존주의는 실존을 구성하는 구조 즉 인간을 다른 존재와 연결해주는 관계를 과학을 비롯한 모든 이용 가능한 기술을 사용하여 분석하고 규정한다.

4. 교육학 안에서 실존철학의 영향

① 볼르노에 의해서 철저하게 고찰되었다.

② 부버 : 실존주의 철학자로서 예외적으로 교육에 대해 언급하였다.

③ 모리스, 닐러 등도 실존주의가 교육학에 반영된 모습을 체계적으로 정리했다.

④ 로저스, 매슬로우, 올포트, 플랭클린, 메이 : 실존주의 철학의 아이디어들을 교육이나 교육활동을 전재하는 데에 도입해 적용하려는 노력, 교육심리 및 상담 심리 분야의 학자들에 의해서도 시도되었다.

5. 실존주의의 교육 철학

① 개인의 중요성에 대한 강조하였다.

② 자기 자신을 인지시키는 것, 사회적 선택에 휩쓸려서는 안 된다는 것, 참된 아동이 학교에 가는 이유는 궁극적으로 자기 자신이 누구이며, 인간생활이 무엇을 위한 것인가 하는 것을 찾아내려 하였다.

③ 교사와 학생 중에 교사는 학교에서 지식을 전달하는 사람(현실주의자)이 아니고, 문제해결을 위한 조력자(실용주의자)도 아니며, 인격자로서의 교사(이상주의자)도 아니다. 교사는 학생들에게 개인적으로 인간은 자아실현을 향해 나아가야 함을 강조해야 한다.

6. 본질(本質, essence)이란?

어떤 사물이 다른 사물과는 구별되는 사물로서 성립하고 있는 그 고유의 존재를 일컫는 말

이에 비해 그 사물에게 간혹 있기는 하지만 항상 있지 않고, 있어도 없어도

좋은 것은 부대성(附帶性)이다. 사물 본래의 성립이라는 점에서 본질이란 사물의 본성이다. 즉 사물의 존재를 규정하는 원인이다.

아리스토텔레스는 "그것은 무엇인가"라는 질문에 의해 물어지는 것을 사물의 본질이라 했고, 이것이 사물의 존재 그 자체라는 뜻에서 이를 사물의 실체라고 불렀다. 그것은 사물의 정의에 포착되는 것이다. 따라서 그것은 개개 사물이 속하는 종에 속하는 많은 사물의 공통성인데 이 공통성은 개개 사물에서 떠나 그 자체로서는 존재하지 않으며 개개 사물 속에 있어 그 사물의 존재를 구성하는 것이라고 했다. 본질이 사물 '본래의 성립'으로서 사물의 '지속성', '본래성'을 표현하는 것으로는 "그것이 본래는 (사물의) 무엇이었는가"라고도 말한다. 한편 이 말의 라틴어 번역인 'essentia'는 '존재한다'에서 온 말이며 '참으로 그것인 것'이라는 뜻이다. 본질은 유와 종의 차이에 따라 정의된다. 예와 구별될 수 없는 것으로 여겼으며, 그 밖의 사물에서는 이들이 구별되고 각각은 사물 고유의 본질을 가지며 여기에 '존재'의 작용이 부여되어 현실에 존재한다고 생각했다. 본질과 존재의 구별은 현대 실존주의 철학의 원천 중 하나이다. 근대 과학에서 사물의 존재는 그 정의에 따라 실체로 파악되는 것이 아니라 그것이 우연히 소유하고 있는 작용에 의해 기능을 갖는다고 파악되고 나서부터는 본질의 개념이 불분명해졌다.

7. 철학적 배경과 발전과정

플라톤, 데모크라테스, 에라스무스의 철학에 근거를 두고 있으며(관념론과 실재론), 진보주의 교육의 비판으로 대두.

1938년 미국에서 배글리가 '미국교육 향상을 위한 본질파 위원회'를 조직하고, '본질주의 강령'을 발표한 것을 계기로 표면화되었다. 오늘날의 학문중심 교육과정을 탄생시키는 데에 결정적 역할을 하였다.

8. 교육이론

① 학교는 인류의 문화재 중에서 가장 존귀한 본질을 대표하나 사상과 이론 및 이상의 공통되는 핵심을 모든 사람에게 가르쳐야 한다.

② 지나친 자유는 방종이므로 아동의 자유는 한계가 있어야 한다. 경우에 따라서는 교사의 통제가 필요하다.

③ 교육에서의 주도권은 아동에게 있는 것이 아니라 교사에게 있는 것이다. 교사의 역할은 성인세계와 아동세계 사이에 있는 중재자이다.

④ 학교는 심리적 훈련을 위한 전통적 교수방법을 받아들여야 한다.

⑤ 학습은 필연적으로 어려운 일이고 응용을 포함한다. 그러므로 아동의 흥미가 교육에 있어서 중요하지만 그에 못지않게 요구되는 것은 노력이다.

⑥ 교육과정은 인류의 문화재 가운데서 현재 생활에 소용될 정수만을 뽑아 구성하여야 한다.

⑦ 학교는 정신적 훈련의 방법을 강조하여 실행해야 한다.

⑧ 교육은 사회적 요구의 사회적인 관심을 중심으로 행해져야 한다.

제7장

전통의 미덕과 한계

 논술 기법

1. 단어의 정확한 개념 인지와 주술 호응관계

우리는 일상적으로 친구와 담소를 하면서도 경우에 따라 상황에 맞는 적당한 단어가 생각나지 않아서 고민하는 때가 종종 있다. 자신의 입을 통해 나가게 되는 표현이 매우 적절하고 완벽하면 언어 생활의 재미가 남다를 것 같다. 이러한 언어 생활의 자신감과 만족감을 위해서는 따로 사용하는 어휘에 대한 관심과 정확한 개념 인식의 과정이 필요하다.

말은 대화의 현장에 의거해 진행되기 때문에 설령 정확하지 못한 단어가 구사되더라도 상황으로 그 의미의 이해를 보조해 줄 수 있지만 글은 오히려 현장을 초월하여 생생하지 못한 환경에서 의미 전달을 하기 때문에 단어 사용의 정확성과 적절성이 훨씬 더 많이 요구된다. 문장 구성이나 맥락 구조가 불충분하거나 완전하지 않으면 내용의 애매모호함은 물론이고 오해와 곡해의 여지가 많다. 그리고 평가되고 점수화될 수밖에 없는 논술 고사에서의 논술 답안지는 정확한 의미 전달이 안 될 뿐더러 그 자체가 감점의 대상이 되어 결과적으로 고배를 마시기 십상이다.

글쓰기의 적절한 표현에 관한 주의에서는 크게 단어의 적절한 선택과 사용, 그리고 적절하고 완전한 문장의 사용 문제로 나누어 설명해 볼 수 있다. 먼저 단어의 적절한 선택 문제는 이미 익숙한 단어의 오용에서 출발하는데, 이것은 평소 그 단어의 정확한 개념 인식을 소홀히 한 데 기인한다. 예를 들어 '불가피(不可避)', '불가결(不可缺)', '불가분(不可分)' 등의 의미상의 구분, '왜곡(歪曲)'과 '곡해(曲解)'의 정확한 단어상의 의미 구별, '양심적 병역 기피'에서 '양심(良心)'의 본질적 의미, '상충적(相衝的)'과 '상보적(相補的)'의 의미 관계 등에 대한 정확한 개념적 인식이 준비되어 있어야 한다. 이것을 위해서는 물론 축자적(逐字的) 의미 이해가 필요하기 때문에 한자 이해의 소양이 절대적으로 필요하기는 하다. 하지만 이러한 단어를 인지하면서 적어도 정확한 단어의 이해와 용법을 익히는 것이 필요하다. 그리고 논술 답안에서는 이러한 단어의 사용에 있어서 혼동이 오면 안 될 것이다. 또한 아주 유사한 듯하지만 단어 사용의 방법에 약간의 차이를 보이는 다음의 경우도 눈에 띈다.

* '쫓다/좇다'의 의미 구별
    이익을 쫓는 것을 → 이익을 좇는 것을
    (쫓다 : 내몰다. 추방하다. / 좇다 : 따르다, 추구하다)
* "그렇지 못한 사람보다 <u>진심으로</u> 행복하다고 말할 수 있나" → "<u>진실로</u>"
    (진심으로 : 참된 마음으로, / 진실로 : 거짓이 없이 참으로)

> * "산이 날 에워싸고"라는 <u>시(詩)</u>"에서 → "<u>구절</u>에서"
>
> * 현대 문명의 <u>이득</u>을 → <u>혜택</u>을
>
> * 실제적 : 있는 그대로의 상태나 형편
>
>   실재적 : 실제로 존재함.

위의 사례는 논술문의 첨삭 지도 과정에서 개인별로 잘못 사용된 것을 발췌한 것이다. 평상시 언어 생활하는 방식으로 정확하지 못하지만 대충 그러그러한 의미의 범위 내에서 선택해서 쓴 단어들인데 정확하게 분석해 내면 위와 같은 오류가 나오는 것이다. 이러한 오류 지적을 경험한 학생은 다음부터라도 분명 정확한 단어 의미의 인지의 중요성이 강하게 살아날 것이다.

이러한 오류를 없애기 위한 방법은 논술 고사를 앞둔 상황에서 더욱 철저히 자신의 언어를 점검하고 분명치 못한 단어의 개념을 사전을 찾아 그 사전적 의미와 더불어 용법을 익히는 습관이 중요하다. 그리고 또 논술 연습을 통해 소신껏 쓴 글을 정밀한 눈으로 검토하여 첨삭한 자료를 토대로 공부하는 것이 매우 효과적이다. 글쓰기 지도는 일괄적인 이론의 학습만으로는 절대로 완성될 수 없다. 다양한 주제와 다양한 논제로 실제 글을 수차례 작성해 보면서 자신의 다양한 단어 사용과 문장 표현을 경험할 수 있으며, 정밀한 첨삭 지도를 받으면서 자신의 글쓰기에 곧잘 나타나는 맹점 유형이 파악되기도 하고 예상하지 못했던 오류를 잡아내어 고쳐갈 수도 있는 것이다.

단어 사용의 문제에 이어 또 고려해야 할 것에 문장의 구조와 정확성을 생각해 보아야 한다. 문장의 구조는 문장의 균형 감각과도 상통하는데 흔히 대구적 표현과 대조적 표현에서 드러난다.

* "변화 속도에 맞추어 살아가는 <u>사람이 있는가 하면</u>, 사회보다는 내가 주인이 되는 생활의 페이스를 가져야 한다는 <u>소리도 점점 높아지고 있다</u>."
  → "<u>~사람이 있는가 하면, ~사람도 있다.</u>"의 패턴으로.
* 히피족이라든지 교외 또는 시골로 집을 옮긴다든지 하는 것이다.
  → 히피족이 <u>된다든지</u> ~집을 <u>옮긴다든지</u> 하는 것이다.(문장의 균형 구성)

　위의 예시를 보면 어떤 부분에서 문장의 균형 감각이 일그러졌는지 알 수 있을 것이다. 이러한 표현은 머릿속에 있는 내용을 무작정 구성하다가 문장의 형식적인 표현의 감각을 놓친 것이다. 이렇게 잘못 써진 문장은 의도했던 내용이 무엇인지 잡아내기가 고쳐진 문장보다 훨씬 어렵다. 다시 말하면 글의 의미 전달이 제대로 되지 않는다는 뜻이다. 다시 말하지만 모든 글은 독자를 전제로 하며, 더구나 논술문은 시험 답안지로서 채점자에게 차별화된 답안지로 선정되어야 하기 때문에 이런 문장쓰기의 규칙은 꼭 수용해야 할 부분이다. 그 다음으로 살펴야 할 것에 문장 성분의 호응관계가 있다. 이것은 작문의 기본에서 이미 다 다루었겠지만 역시 글을 쓰다 보면 또 안타깝게 잘못되는 경우가 있다. 가장 간단한 주술호응이나 시제호응은 차치하고, 자기도 모르는 사이에 문장이 구조상 이상해지는 경우를 예로 들어 문장 호응의 문제에 좀더 철저를 기해야 할 필요성을 실감해 보자.

* "예를 들면, ~한 사례를 들 수 있다."(호응 안 됨)
  → "예를 들면, ~이 있다.(이다)"로 바꿈.
* 현대 사회<u>에는</u> 환경오염, 비인간화, 자아 정체성의 혼란 등 많은 문제
  점을 <u>낳았다</u>.
  → 현대 <u>사회는</u> ~~ 문제점을 <u>낳았다</u>.

위 예문에 나타난 것은 아주 예민한 부분의 호응이다. 그렇지만 수정 전과 수정 후는 독자의 입장에서 의미 파악의 정밀도가 분명히 다를 것이다. 조사 하나의 사용에도 신경을 써서 문장의 이어짐이 균형과 호응이 잘 되면 깔끔하고 정확한 문장이 될 것이고 나아가 군더더기 없는 글이 만들어질 것이다.

이 외에도 띄어쓰기, 맞춤법, 조사와 어미의 구별, 부호 사용의 제약, 구어적 표현의 지양 등 좋은 글을 위한 조건들이 많이 있겠지만 이런 것들은 기본 작문의 실력 배양에서 충분히 이루어졌을 것으로 믿고 여기에서는 자세하게 언급하지 않는다. 다만 자신이 곧잘 틀리는 부분은 자신이 열심히 작성한 논술 답안지를 통해서 보는 것이 가장 확실한 방법임을 다시 한 번 강조한다. 다만 이의 중요성을 위해서 한 예를 보여줌으로써 이에 대한 의식을 깨우치고 싶다.

* 안될 것이다. → 안 될 것이다.
* 정 반대 → 정반대('정' : 접두사, 접사는 붙여씀)
* 현단계 → 현 단계('현' : 관형사, 관형사는 뒤의 체언과 띄어씀)
* 이익추구에 급급하기 보다는 → 급급하기보다는

'나'가 주인이 되기 보다는 → 주인이 되기보다는

　　참고 : * 조사 : 붙여씀(비교의 뜻)

　　　　　　부사 : 띄어씀(뒤의 용언 수식, more의 뜻)

* 집밖에 나가지 않아도 → 집 밖에

　　참고 : 조사 : 붙여씀(오직 그것뿐임)

　　　　　명사+조사('밖'은 외부의 뜻)

* <u>열거 후에 적는 '등'은 띄어쓰고</u>(의존명사이기 때문), <u>'들'은 붙여 쓴다</u>
(접미사이기 때문)

* 모든 의존명사는 띄어쓴다.(것, 바, 수, 리, 등)

　　－알 수 있다 → 알 수 있다

* 모든 단위도 의존명사이다.

　　몇 십년 → 몇십 년('몇십'은 관형사, '년'은 단위 의존명사)

　　－원, 명, 분 등도 마찬가지임.

　　두가지 → 두 가지

* '한번' / '한 번'은 뜻이 다름.

* '이다'의 '이'는 <u>서술격 조사이기 때문에 앞말에 반드시 붙여</u> 적는다.

　　－뿐 인것이다. → 뿐인 것이다.

* '－어(語)'는 접미사이기 때문에 붙여 쓴다.(예 중국어, 일본어, 한국어,
단, 외래어의 나라 명에 붙일 때는 띄어쓴다. 포르투칼 어, 프랑스 어,
독일어 등)

* '－점(店)'도 접미사이기 때문에 붙여 쓴다.(음식점, 가구점, 백화점 등,
다만 외래어의 뒤에는 띄어쓴다. 예, 패스트푸드 점, 웰빙 점, 등)

* 커질 수록 → 커질수록('－ㄹ수록'은 어미이기 때문에 붙여 쓴다.(모든
어미))

* 삶이 겠는가? → 삶이겠는가?('겠'은 선어말어미임.)

* 산업사회, 농경사회, 정보사회, 현대 사회…

* 이 사회를 살아가는데 큰 문제점이 되고 있다. → 살아가는 데 큰 문
  제점이

  －데 : 연결어미(붙여 씀) : 증가하고 있는데, …

  　데 : 의존명사(띄어씀) : 갈 데라도 있나? / 책을 다 읽는 데 하루 걸
  　렸다.

  　(경우, 처지, 장소 등의 개념)

순수한 성공과 실패란 없다

개항 이후 조선은 열강들의 침입과 이권 다툼의 장이 되었다. 조정은 극도의 경제적 궁핍에 시달리고 있었고, 지배층은 농민에 대한 수탈을 일삼았다. 이러한 때 인간 평등과 사회 개혁을 주창하는 갑오 농민 전쟁(동학혁명, 1894년)이 일어났다. 그러나 이를 진압하기 위해 조정은 청과 왜의 군대를 끌어들여 청·일 전쟁에 불을 붙였고, 다시 봉기한 농민군은 일본군에 패함으로써, 봉건 정부와 외세 침략의 모순을 개혁하고자 했던 노력은 실패로 끝나고 말았다.

갑오 농민 전쟁은 정권 유지를 위해 외국군을 끌어들인 정부의 무능과 부패, 그리고 일본의 무력 탄압으로 성공을 거두지는 못하였다. 그러나 위정자들에게 제도 개혁의 필요성을 깨닫게 함으로써 갑오 개혁의 발판이 되었고, 농민군은 훗날 항일 의병 운동의 주요 세력이 되었다. 농민 항쟁은 널리 알려진 갑오 농민 전쟁 이전에도 여러 차례 일어났으며, 농민, 농업 임노동자층, 초기 노동자층, 유민 등 민중이 참여하는 광범위한 운동으로 전개되었다. 비록 이 운동이 지배 권력을 창출하는 데는 이르지 못했지만 그렇다고 이 운동을 실패라고 보는 것은 올바르지 않다. 어디에든 성공과 실패의 요소들은 공존하고 있는 것이고, 그 성패의 여부는 현상만을 두고 행하는 평가일 뿐이다. 그러므로 역사적 실패의 패배감에 가려진 성공을 드러내고, 분해하고, 생각해 볼 필요가 있다. 시대가 평가한 성공을 받아들일 준비를 미리부터 하고 있거나, 실패로 규정된 역사에 내재하는 성공의 요소들을 묵살해서는 안 되는 것이다.

반면에 한순간 조선의 성공적 개혁으로 보이던 갑오 개혁은 어떠했는가. 이는 신분제의 철폐나 왕실과 정부의 사무 재정 분리 등 정치, 경제, 사회의 각 분야에 걸쳐 제도적 근대화를 추진한 대표적 개혁이었다. 그러나 개혁이라는 구실로 일본에게 갖가지 이권을 넘겨주거나, 농민의 봉기를 일본군의 힘을 빌려 압살한 것을 상기할 필요가 있다. 무엇보다도, 이들은 민중보다는 지주의 이익을 옹호하는 개혁 방향을 가지고 있던 점을 간과해서는 안 된다.

자주 국권, 자유 민권, 자강 개혁으로 상징되어 온 <독립 협회> 또한 민중의 변혁 요구를 제대로 받아들이지 못한 것은 마찬가지였다. 즉, 이들은 과거의 개화 세력과는 달리 민중을 결합시켜 근대적 운동을 전개하였다는 평가를 받고 있으나, 민중의 힘을 얻지 않고 지주의 입장에서 모든 개혁을 추진하려는 한계를 가지고 있었다. 더욱이 미·일·영의 철도 부설권과 광산 채굴권 수탈을 문명 개화라 하여 적극 환영하였으니 이를 성공적 개혁이라고 단정짓기는 어려울 것 같다.

게다가 교과서를 통해 서재필과 함께 즐겨 외웠던 <독립 신문>은 엄밀히 말하면 미국 사람 필립 제이슨이 만든 것이다. 서재필에 대해서는 "전근대적인 한국인의 사상을 근대적인 단계로 유도하는 데 누구보다도 힘쓴 사상가"라는 긍정적 평가와 "한국 사람이 아닌 미국인 필립 제이슨으로 행세했으며, 그가 주장한 독립은 청국으로부터 떨어져 일본으로 붙자는 것이었다"라는 부정적 견해가 엇갈리고 있다. 이러한 학계의 논쟁 속에서 경상대학교 려증동 교수는 "<독립 신문>은 의병을 나쁜 놈들이라 하고 조선국과 조선 사람을 업신여겼으며, 일본국을 칭찬하였다"라는 청원서를 정부에 제출하기도 하였다. 만일 려교수의 주장이 옳다면 막연하게 <독립 신문>을 우리의 자랑스런 역사적 의지로만 생각했던 과거의 믿음은 무엇으로 보상받을 수 있을 것인가.

'역사란 현재와 과거와의 끊임없는 대화'라고 말한 카아의 주장을 근거로 한다면, 과거에 대한 판단으로부터 현재의 억압된 역사적 구도를 찾을 수 있다. 그런데 교과서로 쓰이는 역사 기술은 그 서술 자체가 성과라는 잣대로 성공과 실패를 구획하는 모습을 보이고 있다. 그렇기 때문에, 한 사회를 기술하는 데 있어서도, 정치와 경제 중심의 서술을 중시하는 나머지 문화나 풍속의 역사를 어디론가 묻어 버리곤 했다. 빈곤한 민생과 여성 문제, 변혁 사상의 전파와 그에 따른 사회 구조의 변화, 전통 문화와 근대 문화 사이에 일어나는 절충과 상충에 대한 역사는 어디로 갔는가.

　　사실 역사는 지금 이 순간 활동하고 있는 사람들에 의해 만들어지는 것이
며, 찾아지는 것이 아니라 현실에 자연스럽게 살아 있는 것이다. 그러므로
우리에게는 눈에 보이는 성과로 성공과 실패를 구별짓고, 살아 있는 대중의
삶을 뒤켠으로 묻어가는 역사보다는, 당대의 문제를 해결하기 위해 노력하고
실천하는 역사 철학이 필요하다. 그리하여 성공 안의 실패와 실패 안의 성공
을 인정하는 것에 인색하지 않을 수 있기를 바라고, 실패에 대한 두려움에
머물러 있거나 과정상의 실책을 위장하는 무력함에서 벗어날 수 있기를 바
란다.

읽을거리 2 문화적 잠재력의 중요성

전환기일수록 자신을 되돌아보는 작업이 중요해진다. 온 세계가 전환기 논의로 들끓는 지금, 이 작업을 진지하게 하고 있는 주체가 사회적 혼란이 극에 달해 있는 제3세계가 아니라 오히려 서구 사회라는 사실은 눈여겨볼 만한 점이다.

이제 서구의 지식인들에게 근대화의 기치였던 '휴머니즘'이란 단어는 억압과 추함의 표상으로 전락했다. '자유와 평등을 향한 투쟁사'로서의 인류보편사라든가 이것을 뒷받침해 온 휴머니즘이 사실은 유럽 열강이 만들어 내고 종속시키고 착취해 온 무수한 사회들을 소외시킨 오만한 역사임을 이들이 깨달았기 때문이며, 이것의 결과가 파괴적 경쟁과 인류의 종말에 가 닿아 있음도 알게 되었기 때문이다. 따라서 이들에게 '해방을 약속하는 유토피안적 역사'는 억압의 이야기를 상기시키는 위선적 이야기인 것이며 이들은 이 위선의 이야기를 새로 쓰는 작업을 자신의 세대가 해야 할 일로 삼고 있다.

자신들의 중심을 보다 더 근원적으로 성찰하고, 이제는 돌이킬 수 없게 된 자신들의 운명에 대해 새롭게 생각하려는 몸짓을 시작하게 된 서구는 자신들의 고대 역사나 그동안 '보이지 않고 들리지 않는 존재'로 감추어 두었던 자신의 주변에 주목한다. 즉, '그들'과 '우리'를 구별하는 이원주의를 극복하고자 하는 의지 아래 그동안 자신들이 소외시켜 온 대상을 진지한 반성의 소재이자 대안의 대상으로 삼기 시작한 것이다. 그 결과 서구가 소외시켜 왔던 주변 사회와 보다 평등한 관계를 맺기 원하는 탈식민주의 논의가 활발하게 일고 있다.

탈식민주의 논의란, 식민주의적 과거를 가진 사회들이 식민주의에 대한 현실 인식을 기초로 새로운 상황에 들어가기 위해 만들어가는 새로운 언어 행위를 말한다. 그것은 단순한 언어 행위가 아니라 사회 구조, 논리 체계, 저항의 방법을 담고 있다. 탈식민주의는 크게 두 가지 면에서 이루어지고 있는데 하나는 그동안 피지배 지역 주민들이 정치·경제적인 면에서만이 아니라보다 근원적인 문화와 심리 차원에 걸쳐 철저하게 소외되어 왔다는 인식에 근거하여 그 소외됨의 의미를 풀어내 가는 것이다. 다른 하나는 제국주의 시대의 절대적인 기준이었던 국가 변경이 허물어지고 문화적 충동과 상호간섭이 증가한 시대에서 탈식민화의 방향과 전략을 모색하는 작업이다. 단절적 자아, 파편화된 문화, 문화양식의 혼합과 다원화, 전통주의자들의 재등장 등이 이들이 다루는 주요 현상이라 할 수 있다.

탈식민주의 논의의 대표 주자격인 아파두라이는 이질적인 문화들이 마구 뒤섞여 있는 다국적 공간의 문제를 풀어 나가기 위해서는 새로운 문화 이론이 필요함을 강조하고 있다. 탈문화적 상황에서 자기 성찰의 작업은 '서구적 주체'와 이를 둘러싼 주변 국가 사이의 평등한 교류를 목표로 하여, 동질화와 개성화의 두 갈래 흐름 아래 풀어 가야 할 것이라는 것이 그의 견해이다. 이러한 논의는 사실상 서구의 직접적 식민지 통치를 오랫동안 받았던 인도나 아랍 계열의 지식인들과, 서구에 살고 있는 제3세계 출신 지식인들의 주도 아래 이루어지고 있다.

그렇다면, '보편적 자아' '객관적 이성'이기를 포기하는 서구의 몸짓에 우리는 안도의 숨을 내쉴 수 있겠는가? 제3세계 지식인 중에는 이제 겨우 힘을 모을 수 있게 되자, 병약해진 서구가 상대주의를 가장한 유언비어를 퍼뜨려 제3세계 주민들의 힘을 빼려 한다고 흥분하는 이들이 없지 않다. 이들의 흥분은, 새로운 논의의 흐름을 서구가 주도적으로 전개해 나가고 있으며, 그 논의가 주변국 지식인의 적대감과 소외감을 엉뚱한 방식으로 해소해 버린다는 데 있다.

나는 그런 음모론에 동의하지는 않는다. 그러나 적어도 서구의 성찰성이 짙은 글들을 읽으면서 '문화적 힘'에 대해 다시 한번 깊이 생각하게 된다. 사회적 진화의 과정에서 가장 중요한 것은 무엇인가? 그것은 문화적 잠재력이라 할 수 있다. 문화적 잠재력이란, 한 사회가 가진 자기 성찰의 능력과 위기 상황에서 선택할 수 있는 다양한 문화적 자원들을 뜻한다. 지금 서구에서 일고 있는 자기 성찰과 주변을 돌아보는 작업들은 궁극적으로는 자신들의 위기를 극복하려는 그들의 몸짓이라 할 수 있다. 자유와 평등의 역사가 자기 문명 밖의 문명을 대상화하고 억압하고 착취함으로써 가능했음을 깨달은 것은, 그러한 공격성이 더 나아갈 데가 없어졌기 때문이고, 그러한 공격이 결국 자신을 향해 날아올 것이라는 것을 알게 되었기 때문이지, 서구가 더 현명해지고 양심적이 되어서가 아니다. 그들은 자신들이 늘 해온 것처럼 스스로를 되돌아보면서 새로운 실험을 통해 대안을 모색하고 살 길을 찾아갈 것이다. 그들은 그런 과정에서 새로운 인식이 불가피하게 필요함을 알게 되었고, 제국주의적인 존재론과 기계론적 세계관이 걸림돌이 된다는 것을 알아챘으며, 그래서 동양 의학에서 아프리카 음악에 이르기까지 다양한 문화적 자원을 받아들여 그들의 문화 영역을 넓히고자 노력하고 있는 것이다.

그러나 근대 초기에 그들은 경제적 팽창을 필수적 조건으로 하는 산업화 과정에서 '지성과 양심의 소리'들을 앞세워 자신들의 생존, 곧 제국주의적 확장을 이루어 왔다. 당시 그들의 목적은 권력의 확장에 있었으며, 다른 이야기들은 한낱 변명이나 미사여구에 불과했다. 이 점을 상기할 때 후기 자본주의 시대에 일고 있는 그들의 반성의 소리가 문화적 팽창주의의 함정을 안고 있을 가능성은 충분히 있다. 이렇게 볼 때 탈식민주의에 대한 제3세계 지식인들의 흥분과 우려가 전혀 근거 없는 것은 아니다. 생존의 게임은 냉혹한 것이며 앞으로 오는 시대가 아무리 지금 시대와는 달라진다고 하더라도 그 점에서는 달라지지 않을 것이다. 문제의 핵심은 우리의 문화적 잠재력에 있다. 우리의 자기 성찰 능력과 문화적 자원이 중요하다는 것이다.

예술가의 양심이란 무엇인가? '예술가의 양심과 세상의 허위'라는 공식에 요약된 예술적 이상이, 속물의 세계로부터의 소외를 유일한 자랑으로 삼았던 서양의 보헤미아 예술가들의 고정관념에 이어져 있다는 추측은 있을 수 있는 일이다. 이들 보헤미아 예술가들의 의도적 또는 무의도적인 소외는 속물의 세계에 대한 비난으로 작용할 수밖에 없는 것이지만, 다른 한편으로는 소외의 덕성으로 굳힌 그들의 예술가적인 양심이 하나의 거짓된 포즈가 되고 자기 위안의 수단이 될 가능성이 있는 것도 사실이다. 김수영에게도 이러한 면이 전혀 없는 것은 아니다.

> 뮤우즈여
> 용서하라
> 생활을 하여나가기 위하여는
> 요만한 경박성이 필요하단다

라고 말하며 생활이 그로 하여금 허위의 세상 속으로 섞여 들어가지 않을 수 없게 함을 변명할 때, 우리는 그의 변명의 어조에서 고고의 포즈를 엿볼 수가 있다.

그러나 김수영이 처음에 어떠한 시인으로서의 자만심을 가졌든지 간에, 그의 마지막 예술가적 양심이 사치스러운 포즈가 아니었던 것은 틀림이 없다. 그가 '예술가의 양심'이라고 부른 것은 오히려 예술가의 태도나 이념으로 굳어지기 이전의 어떤 고집 같은 데에서 그 원형을 볼 수 있다. 김수영에게서 발견되는 이 고집은 단순한 자기주장, 아집에 불과할 수도 있지만, 무엇인가 엄격하고 진실된 것을 향한 고행자로서의 감각으로서, 많은 다른 예술가에서도 발견되는 것이다. 예술창작의 고통스러운 모색 가운데에서 쾌재를 부르게 하고 작품의 최종적인 형태에 동의하게 하는 것, 또는 이 모든 것을 거부하게 하는 것, 이러한 것이 전부 '예술가의 양심'이라고 불리우는 것의 한 속성이 아닌지 모른다. 하여튼 김수영의 고집은 그의 감정과 표현을 사실에 정확히 맞게 하고자 하는 노력에서 나오는 것이었던 것처럼 보인다.

그의 시의 이론은 예술가의 양심의 결백성에 대한 신념에서 나온다. 그는 시에 있어서도 무엇보다 거짓을 미워했다. 그 중에서도 특히 미워했던 것은 감정이나 태도의 거짓 꾸밈이었다. 그의 월평이나 시평에서 가장 빈번히 공격이 되는 것은 안으로의 진실을 그대로 노출시키는 것이 아닌, 일체의 가식적인 포즈였다.

시인의 스승은 현실이다. 나는 우리의 현실이 시대에 뒤떨어진 것을 부끄럽고 안타깝게 생각하지만, 그보다도 더 안타까운 것은, 이 뒤떨어진 현실을 직시하지 못하는 시인의 태도이다. 오늘날의 우리의 현대시의 양심과 작업은 이 뒤떨어진 현실에 대한 자각이 모체가 되어야 할 것 같다. 우리의 현대시의 밀도는 이 자각의 밀도이고, 이 밀도는 우리의 비애, 우리만의 비애를 가르쳐 준다. 이상한 역설 같지만 우리의 현대적인 시인의 긍지는 '앞섰다'는 것이 아니라 '뒤떨어졌다'는 것을 의식하는 데 있다. 그가 '앞섰다'면 이 '뒤떨어졌다'는 것을 확고하고 여유 있게 의식하는 점에서 '앞섰다'. 세계의 詩 市場에 출품된 우리의 현대시가 뒤떨어졌다는 낙인을 받는 것을 두려워하기 전에, 우리들에게는 우선 우리들의 현실에 정직할 수 있는 과단과 결의가 필요하다. 우리의 현대시가 우리의 현실이 뒤떨어진 것만큼 뒤떨어지는 것은 시인의 책임이 아니지만, 뒤떨어진 현실에서 뒤떨어지지 않은 것 같은 시를 위조해 내놓는 것은 시인의 책임이다.

– 김수영, 「시의 모더니티」에서

최근에 나온 책들 중에 주목되는 것은, 우리 역사의 풍부한 장점들을 계승하는 방향에서 미래 사회의 틀을 구상하고 있는 책들이다. 어느 사회학자에 의하면, 한국형 가족 제도, 공동체적 상부상조, 세계 정상의 교육열, 민족 문화의 유산 등을 중심으로 하여 우리의 문화적 우수성을 회복한다면 앞으로도 어려울 것이 없다고 한다.

그러나 그가 전략으로 주장하는 집단주의나 교육열을 부정적으로 볼 근거도 적지 않고, 나아가 그것이 과연 앞으로 계속 유지될 것인지에 대해서도 의문을 가질 수 있다. 서양에서도 대가족 제도는 1세기 전까지만 하더라도 유지되었으나 지금은 완전히 핵가족화되거나 독신이 늘어나는 것을 보면, 가족 제도의 변화는 당연한 것이 아닐까? 집단주의가 아닌 개인주의, 학력주의가 아닌 능력주의, 권위주의가 아닌 민주주의가 당연히 자리잡을 것이 아닌가?

또한 김열규 교수는 『한국인, 우리들은 누구인가?』라는 책에서 한국적인 것에 대한 물음은 민족 문화의 기층인 민속 문화로부터 시작되어야 한다고 주장하고서, 민속이란 초시대적인 것이라고 말했다. 그가 예로 드는 것 중에 품앗이의 노동관이 흥미롭다. 임금 노동으로서의 품팔이가 아닌 자진 봉사의 품앗이가 우리의 전통적인 노동관이었고 이것을 바탕으로 하여 새로운 노동관을 세워야 한다는 것이다. 그는 레비 스트로스가 일본인의 노동관인 신성과 보람이 산업화와 경제 발전을 이룩했다고 보듯이 우리의 노동관도 품앗이의 그것으로 변해야 한다고 본다. 그에 의하면 품앗이의 정신은 농사이며 길쌈, 길흉사의 잔치 등에 서로 돕고 도움받던 협동의 정신으로서 신라 시대 이래의 두레를 실천한 것이라고 한다.

그러나 레비 스트로스가 서양인의 노동관에 비교한 일본인의 노동관과, 우리의 품앗이라고 하는 노동 형태를 같이 논의하는 것은 차원이 다른 비교이다. 전자는 품팔이를 포함한 모든 노동 형태에 일반적인 노동 정신의 문제이나, 후자는 품팔이가 아닌 품앗이라고 하는 상부상조의 특수한 노동 형태를 말하기 때문이다. 이런 상부상조는 지금도 길흉사 등에 부분적으로 존재하나, 우리가 오늘날 말하는 산업의 노동이란 바로 품팔이의 임금 노동을 말하므로 도리어 옛 품팔이로부터 우리 나름의 노동관을 찾아야 할 것이 아닌가? 우리의 옛 품팔이는 기본적으로 노동자의 기본적인 생존을 보장한 것으로 수행되기도 했으나 근대에 와서 왜곡되었다.

또 하나 보기를 들어보자. 정부의 관료들이 '한국인답게 사는 길'이라고 하여 '인의예지신충효'를 설명하면서 새질서, 새생활을 부르짖고 있는데, 그 길의 하나로서 '법에 앞서는 사람다움의 도리'라는 것이 다음과 같이 설명되어 있다. 곧 우리나라 사람들은 웬만한 일을 가지고 법 앞에 나가 재판을 받는 일을 금기로 생각하며, 화해를 통해 해결하려는 게 한국인의 일반적인 의식이라고 하면서 그것을 되살려야 한다고 주장함과 동시에 미국을 법 만능 사회로 비판한다.

그러나 한국인들이 쉽게 접근할 수 있고 공정하게 판결을 받을 수 있는 훌륭한 재판 제도를 가졌다면 재판을 마다하지 않았을 것이다. 우리 역사에는 그렇게 잘 정비된 사법 제도가 없었고, 오늘날의 경우도 서민이 접근하기에는 너무도 어렵고 값이 비싸며 규모가 극히 작다.

물론 아직도 나는 서양이나 일본에 비하여 우리가 개방적이고 연대적이며 인간적이고, 윤리적이고 도덕적이고 사회적임을 믿는다. 또한 오늘의 윤리 부재나 도덕 상실이 우리 것을 내팽개친 채 서구 지향으로 치달린 탓으로 본다. 그러나 누군가 대학에서 『명심보감』이나 한자를 가르치면 도덕이 재무장된다는 식으로 말한 적이 있는데, 그런 방식에 대해서는 믿음을 갖지 못한다. 대학에서 한국사나 한국 전통 문화에 대한 교양 강의를 늘리면 윤리가 되살아날 것이라고 하는 낙관론도 결코 쉽게 찬성할 수가 없다.

나는 소위 한국적인 것에 대한 신비주의화를 경계한다. 특히 봉건적 전통의 미화는 철저히 경계되어야 한다. 무엇보다도 한국의 역사와 현실을 정확하게 아는 것이 급선무이다. 우리가 믿는 민주주의의 전통을 우리의 역사에서 확인하고 그것을 재흥하는 것이 오늘을 사는 민주 시민인 우리에게 가장 한국적인 것이다. 우리는 바로 이런 전통을 연구하고 전수하여야 하며, 이것을 통하여 인류 보편의 가치를 공유하여야 한다. 이것만이 21세기를 살아갈 우리의 올바른 자세이고, 또한 우리가 진정으로 발전되고 세계화되는 길이라 생각한다.

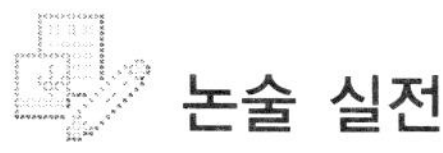 논술 실전

❖ (가)는 실패의 원인에 대한 다각적인 통찰을 보여 주는 글이고, (나)는 시인 자신을 구성하고 있는 역사와 전통에 대해 노래한 시이며, (다)는 (나)에 나타난 시인의 의도를 해설한 평문이다. (나) 시에 쓰인 '뿌리'라는 시어의 상징적 의미를 고려하여 이 작품에 나타나는 전통에 대한 시인의 견해가 갖는 미덕과 한계를 논하되, (가)의 논지를 참조하도록 하라.

가

인생을 살아가면서 실패를 경험하지 않는 사람은 없다. 이것은 특정 사회나 또는 역사상의 특정 시기에 대해서도 마찬가지로 적용된다. 이와 같이 실패라는 경험이 누구에게나 불가피한 것이라면 실패의 가부에 관한 사실은 커다란 문제가 되지 못한다. 오히려 무엇이 그러한 실패를 야기하였는가에 대한 '왜?'라는 질문이 더 소중할 수가 있다.

실패의 이유를 따지는 경우, 우리는 크게 두 가지 측면을 고려해 볼 수 있다. 하나는 그 실패가 자신(또는 한 집단이나 사회)의 결함이나 한계에서 말미암은 것이라고 생각하는 경우이고, 다른 하나는 이러한 내재적 요인보다는 외부의 객관적 조건이나 상황들에 의해 실패가 야기되었다고 보는 경우이다. 실제로 실패는 이러한 내재적 요인과 외재적 요인의 결합을 통해 현실로 나타나게 된다. 그러나 사람들은 일상에서 이 가운데 어느 한 측면만을 강조하는 경우가 많다. 예컨대 일제에 의한 강제 병합이 한말의 '무능한 정부와 무식한 국민들' 때문이었다고 하는 것은 내재적 요인만을 강조한 것이고, 일본의 제국주의적 침략 야욕 때문이었다고 하는 것은 외재적 요인만을 지적한 것이다. 그런데 일상 생활에서 실패는 흔히 내재적 요인에 의한 것으로 제시되는 경우가 대부분이다. 왜냐하면 실패는 궁극적으로 개인이나 집단의 차원에서 경험되는 것이고, 따라서 방금 일어난 곳에서 이유를 찾는다는 사고 방식에 사람들이 익숙해 있기 때문이다. 또 다른 이유로는 이처럼 개인 차원에서 일어나는 실패의 경험들이 집단적 차원에서 제기될 수 있을 정도로 의사소통망이 발전한 사회는 거의 없다는 사실을 들 수 있다. 개별 경험들이 공동의 쟁점으로 발전하지 못하고 개인 차원에서 해소되어 버리는 것은 그러한 과정을 통해서 이득을 얻는 사회 세력—항상 의도적으로 나서서 그러한 기제를 수행하는 것은 아니라고 할지라도—이 존재하는 것을 의미한다.

실패의 원인을 자기에게 돌리는 것은 인간이 가질 수 있는 미덕일 수 있지만, 이러한 미덕이 그것의 배후에서 작용하는 외재적 요인에 대한 통찰이라는 지혜를 보상하는 것은 아니다. 더구나 이러한 미덕은 궁극적으로 자신에 대한 폄하와 모멸로 이어지는 경우가 많으며, 나아가서 이것이 자신과 동일시되는 범위로 확장되면서 역사와 사회에 대한 회의주의와 패배주의를 만연시킨다.

— 김경일, 「실패에 대하여」에서

나

나는 아직도 앉는 법을 모른다
어쩌다 셋이서 술을 마신다 둘은 한 발을 무릎 위에 얹고
도사리지 않는다 나는 어느새 남쪽식으로
도사리고 앉았다 그럴 때는 이 둘은 반드시
이북친구들이기 때문에 나는 나의 앉음새를 고친다
팔일오 후 김병욱이란 시인은 두 발을 뒤로 꼬고
언제나 일본여자처럼 앉아서 변론을 일삼았지만
그는 일본대학에 다니면서 사 년동안을 제철회사에서
노동을 한 강자다

나는 이사벨 버드 비숍여사와 연애하고 있다 그녀는
일팔구삼년에 조선을 처음 방문한 영국왕립지리학회원이다
그녀는 인경전의 종소리가 울리면 장안의
남자들이 모조리 사라지고 갑자기 부녀자의 세계로
화하는 극적인 서울을 보았다 이 아름다운 시간에는

남자로서 거리를 무단통행 할 수 있는 것은 교군꾼,
내시, 외국인의 종놈, 관리들뿐이었다 그리고
심야에는 여자는 사라지고 남자가 다시 오입을 하러
활보하고 나선다고 이런 기이한 관습을 가진 나라를
세계 다른 곳에서는 본 일이 없다고
천하를 호령한 민비는 한번도 장안외출을 하지 못했다고…
전통은 아무리 더러운 전통이라도 좋다 나는 광화문
네거리에서 시구문의 진창을 연상하고 인환네
처갓집 옆의 지금은 매립한 개울에서 아낙네들이
양잿물 솥에 불을 지피며 빨래하던 시절을 생각하고
이 우울한 시대를 패러다이스처럼 생각한다

버드비숍여사를 안 뒤부터는 썩어빠진 대한민국이
괴롭지 않다 오히려 황송하다 역사는 아무리
더러운 역사라도 좋다
진창은 아무리 더러운 진창이라도 좋다
나에게 놋주발보다도 더 쩽쩽 울리는 추억이
있는 한 인간은 영원하고 사랑도 그렇다

비숍여사와 연애를 하고 있는 동안에는 진보주의자와
사회주의자는 네에미 씹이다 통일도 중립도 개좆이다
은밀도 심오도 학구도 체면도 인습도 치안국
으로 가라 동양척식회사, 일본총사관, 대한민국관리,
아이스크림은 미국놈 좆대강이나 빨아라 그러나
요강, 망건, 장죽, 종묘상, 장전, 구리개 약방, 신전,
피혁점, 곰보, 애꾸, 애 못 낳는 여자, 무식쟁이,
이 모든 무수한 반동이 좋다
이 땅에 발을 붙이기 위해서는

―제삼 인도교의 물 속에 박은 철근기둥도 내가 내 땅에

박는 거대한 뿌리에 비하면 좀벌레의 솜털

내가 내 땅에 박는 거대한 뿌리에 비하면

괴기영화의 맘모스를 연상시키는

까치도 까마귀도 응접을 못하는 시꺼먼 가지를 가진

나도 감히 상상을 못하는 거대한 뿌리에 비하면…

– 김수영, 「거대한 뿌리」에서

*이사벨 버드 비숍 여사 : 구한말 역사와 민중들의 삶을 비교적 선입견 없이 기술한 『한국과 그 이웃 나라들』이라는 책의 저자이자 문화인류학자.

김수영의 시를 추억과 역사의 요소로 나누어 살펴볼 수가 있을 듯하다. 그의 <거대한 뿌리>를 보면, 추억은 전통이나 역사에 비해 개인적이고 가족적이며 넓어야 동네라는 공간까지 퍼져 나간다. 그리고 추억이 묻어 있는 사물은 '요강, 망건, 가위의 사물은 추억을 환기하는 물건들이라기보다는 민족감정을 환기하고 있는 편이고 또한 배우지 못한 평민에 대한 편애와 옹호를 보여 주고 있다. 그리고 그들과 그것들은 제삼 인도교의 물 속에 박은 철근기둥도 '좀벌레의 솜털'이 되게 하는 '내죽, 종묘상, 장전, 구리개 약방, 신전, 피혁점, 곰보, 애꾸, 애 못 낳는 여자, 무식쟁이' 등 우리의 고유한 물건들과 장소 및 평민 중에서도 온전치 못한 사람이면서 이상하게 우리의 추억의 고향처럼 느껴지는 사람들이다. 이 작품 전체를 읽어 보면 역사가 내 땅에 박는 '거대한 뿌리'이다. 시인은 이런 것들을 품고 사랑할 수밖에 없는 자신을 확인하고 있다.

그렇다면 추억은 무엇이고 역사는 무엇인가. 추억이 약하고 작은 것이라면 역사는 강하고 큰 것이다. 역사가 개인들과 그들의 추억의 희생을 요구하는 것이라면 추억은 개인들과 그들의 삶을 영속화시킨다. 역사가 인간관계의 사슬을 벗어나지 못하는 것이라면 추억은 인간관계를 뛰어넘는 것이며, 역사가 현실이라면 추억은 꿈이다. 꿈꾸는 추억은 가난한 법이 없기 때문이다.

– 정현종, 「시와 행동, 추억과 역사」에서

유의 사항 ●

1. 글의 길이는 띄어쓰기를 포함하여 1,200자 내외(±100자 허용)로 할 것.
2. '뿌리'라는 시어의 상징적 의미를 밝힐 것.
3. 원고지 사용법 및 맞춤법 규정을 지킬 것.

논술 해결의 길잡이

✪ 논제 살피기

실패와 성공을 가늠하는 것은 결국 현재의 시각에서 어떤 식으로 과거를 바라보고자 하는가, 즉 현재의 의지와 태도에 달린 문제다. 한 인간이 자신의 삶을 돌이켜 보면서 다양한 교훈과 반응을 보이는 것은 자유지만, 이것이 공동체, 나아가 민족의 문제가 될 때에는 보다 의미 있는 태도를 세울 것을 요구하게 된다. 이것은 단순히 새로운 인식만을 요구하는 것도 아니요, 무조건적으로 과거 사실을 긍정하거나 수용하기만을 뜻하는 것도 아닐 터이다.

(가)는 보다 바람직한 태도를 갖기 위해서는, 내재적인 요인에만 초점을 두어서는 안 된다는 논지를 펴고 있다. (나)는 이에 비해 복합적인 관점을 갖는다. 이 시에서 자주 언급되는 이사벨 버드 비숍이라는 사람은, 구한말 <한국과 그 이웃 나라들>이라는 책을 집필한 문화인류학자로서, 구한말 역사와 민중들의 삶을 비교적 선입견 없이 기술한 바 있다. 그렇기 때문에 비숍 여사와 연애한다는 표현은, 우리 선조의 있는 그대로의 삶을 가감 없이 이해하고 포용하고픈 마음을 드러내어 준다. 이것은 (다)에서 해설한 바대로, 특히 약하고 작은 것들에 대한 옹호로서, 우리의 과거 역사에 대한 수치스러움과 옹호의 이중적인 마음을 보여 주고 있다. 그가 열거한 민중의 모습은 온전치 못한 것들이 대부분이기 때문이다. 이런 정서적인 반응은 (가)의 반응과 구별되면서, 과거 전통을 어떻게 받아들일 것이냐의 문제를 예각화해 준다. 논제는 (나)의 반응을 깊이 있게 이해하되, (가)의 균형잡힌 시각을 지향할 것을 요구하고 있다.

✪ **제시문 파악하기**

    제시된 세 개의 글은 우리가 역사와 사회에 대하여 어떤 관점을 취해야 할 것인가를 생각하게 해 준다. 인간의 삶에 있어서 지나온 시간들은 어떤 식으로든 사후 평가를 받게 되며 사람들은 이를 토대로 새로운 삶을 설계해 보게 된다.

    (가)는 인간의 역사를 실패와 성공으로 규정짓는다고 할 때, 우리가 실패의 원인을 무엇으로 보느냐에 대해서 문제제기하고 있는 글이다. 실패의 원인을 개인의 내재적 요소에만 돌리는 것은 사태를 균형잡힌 시각으로 보지 못하게 함을 말해 주고 있다. 이런 시각은 역사를 바라보는 보다 타당한 시각을 만드는 데 도움이 된다. 반면 (나)는 사학자의 눈이 아닌 시인의 눈으로 한국 역사를 바라보는 시각이라고 말할 수 있다. 김수영은 한국 역사와 지성인의 존재에 대해 깊이 고민한 시인이며, 이 시는 시인의 대표작이다. 우리 역사에 대한 새로운 깨달음을 통해 시인은 자신을 구성하는 과거를 '거대한 뿌리'로 칭하며, 이 뿌리의 중요성과 거대함을 인식하고 있다. (다)는 이러한 시인의 정서적인 접근을 좀더 실감나게 해설해 주고 있는 비평문이다.

    (가)가 과거 역사에 대한 보다 바람직하고 건강한 인식을 요구하는 것이라면, (나)는 과거를 자신의 것으로 인정하고 사랑하려는 정서적인 반응을 보여 준다고 하겠다.

✪ **해결과정 생각하기**

    ① (가)에서 대별한 바 있는 실패의 내재적 요인 및 외재적 요인을, (나)의 전통 및 선조들에 대한 시각과 연결시켜 생각해 보아야 한다.

결국 두 제시문은 역사와 인간에 대한 가치평가를 요구하고 있다. (가)에서는 실패의 가부에 대한 사실보다, '왜' 그런 실패가 야기되었는가를 보다 중시해야 한다고 했다. 그 요인으로서, 한 집단이나 사회의 내부적 결함이나 한계가 있을 수 있고, 외부의 객관적 조건이나 상황들이 또한 존재한다. (가)가 구체적인 현상 없이 추상적으로 기술된 입장이라면, (나)는 한국 역사, 한국 민중에 대한 이야기를 하고 있다. 그가 구체적으로 문제시하는 한국사는 구한말, 주권을 빼앗긴 시기이다. 이 시기를 그는 장안의 거리 풍경, 평범한 빨래터 풍경, 못난 군중들의 모습 등으로 형상화하였으며, 이런 것들은 가부장적 봉건제, 무력하고 초라한 민중 등으로 요약될 수 있다. 그는 스스로 이런 전통을 '더러운 역사' '더러운 진창'이라고 표현하고 있다. 민중들의 모습도 '무수한 반동'으로 설명된다. 그러나 이것은 '내가 내 땅에 박는 거대한 뿌리'로 다시 표현되며, 시인은 이런 것들에 대한 애증을 동시에 품고 있다. 이러한 시인의 태도에서 실패에 대한 원인을 내재적 요소로 돌리는 측면을 볼 수 있다.

② (나)에서 나타난 전통에 대한 관점에서 과거의 사실을 자기화하려는 노력을 파악하고, 이것을 어떤 식으로 보완할 수 있는지 그 실마리를 (가)의 관점에서 찾도록 한다.

시인의 전통에 대한 시각이 건강한 것이라고 말하기는 어렵다. 그러나 한 가지 분명한 것은, 시인은 선조들의 삶이 구차하든 실패한 것이든 자신의 삶을 구성하고 있는 것이므로 버릴 수 없는 중요한 것이라는 생각을 하고 있다. 1연에서 '나는 아직도 앉는 법을 모른다'고 말한 것은, 자신이 전통 속에서 무엇을 취할 것인지 선택하여야 하는데, 이것에 대해서 신중하게 고려하고 있음을 암시한다고 할 수 있다. 그런데 시인은 진보주의자, 사회주의자 등 서구적인 이념을 좇아서 현실을 바라보는 사람들과 자신은 다르다고 말하면서, 자신은 '내 땅'을 구성해 왔던 민중들의 삶을 포용하는 방향으로 살아가겠다고 말하고 있다. 이들을 사랑하며 살아가는 것이 '내 땅에 박는 거대한 뿌리'의 실체인 것이다. 이것은 과거 역사를 인정하고 수용하며 한국 역사와 민중에 대해 애정을 품는 과정이라는 점에서, 우리에게도 매우 의미 있는 태도인 것이다. 그런데 이런 관점은, 이미 과거 현실에 대한 부끄러움을 전제로 하고 있다. 즉, 우리의 능력이 없어서 실패했었다는 인식은 분명하게 전제한 채로 이 사실을 수용하려고 노력하는 태도이다. 그런 태도는 과거 현실을 다른 식으로 파악할 수 있는 인식의 전환을 요구한다. 자칫하면 시인의 태도는 자기 폄하를 감춘 채로 자기를 미화하는 식으로 나아갈 수 있기 때문이다. 이런 부분을 (가)의 논지를 빌어 적절히 지적하여야 하겠다. 즉, 외적 요인을 인정하고 실패의 원인을 적절히 분석하는 힘으로 보완하면 (나)는 더욱 바람직한 방향으로 나아갈 수 있다.

이 논제는 우리가 역사와 사회에 대하여 어떤 관점을 취해야 할 것인가를 생각하게 해 준다. (가)는 인간의 역사를 실패와 성공으로 규정짓는다고 할 때, 우리가 실패의 원인을 무엇으로 보느냐에 대해서 말하면서, 실패의 원인을 개인의 내재적 요소에만 돌리는 것은 사태를 균형 잡힌 시각으로 보지 못하게 한다고 주장한다. (나)는 사학자의 눈이 아닌 시인의 눈으로 한국 역사를 바라보는 시각이라고 말할 수 있다. 우리 역사에 대한 새로운 깨달음을 통해 시인은 자신을 구성하는 과거를 '거대한 뿌리'로 칭하며, 이 뿌리의 중요성과 거대함을 인식하고 있다. (나)의 정서적인 반응은 (가)의 반응과 구별되면서, 과거 전통을 어떻게 받아들일 것이냐의 문제를 예각화해 준다. 논제는 (나)의 반응을 깊이 있게 이해하되, (가)의 균형 잡힌 시각을 지향할 것을 요구하고 있다. (나)에서 나타난 전통에 대한 관점에서 과거의 사실을 자기화하려는 노력을 파악하고, 이것을 어떤 식으로 보완할 수 있는지 그 실마리를 (가)의 관점에서 찾도록 한다. 땅'을 구성해 왔던 민중들의 삶을 포용하는 방향으로 살아가겠다고 말하고 있다. 이들을 사랑하며 살아가는 것이 '내 땅에 박는 거대한 뿌리'의 실체인 것이다. 이것은 과거 역사를 인정하고 수용하며 한국 역사와 민중에 대해 애정을 품는 과정이라는 점에서, 우리에게도 매우 의미 있는 태도인 것이다. 그런데 이런 관점은, 이미 과거 현실에 대한 부끄러움을 전제로 하고 있다. 즉, 우리의 능력이 없어서 실패했었다는 인식은 분명하게 전제한 채로 이 사실을 수용하려고 노력하는 태도이다. 그런 태도는 과거 현실을 다른 식으로 파악할 수 있는 인식의 전환을 요구한다. 자칫하면 시인의 태도는 자기 폄하를 감춘 채로 자기를 미화하는 식으로 나아갈 수 있기 때문이다. 이런 부분을 (가)의 논지를 빌어 적절히 지적하여야 하겠다. 즉, 외적 요인을 인정하고 실패의 원인을 적절히 분석하는 힘으로 보완하면 (나)는 더욱 바람직한 방향으로 나아갈 수 있다.

이 논제는 우리가 역사와 사회에 대하여 어떤 관점을 취해야 할 것인가를 생각하게 해 준다. (가)는 인간의 역사를 실패와 성공으로 규정짓는다고 할 때, 우리가 실패의 원인을 무엇으로 보느냐에 대해서 말하면서, 실패의 원인을 개인의 내재적 요소에만 돌리는 것은 사태를 균형 잡힌 시각으로 보지 못하게 한다고 주장한다. (나)는 사학자의 눈이 아닌 시인의 눈으로 한국 역사를 바라보는 시각이라고 말할 수 있다. 우리 역사에 대한 새로운 깨달음을 통해 시인은 자신을 구성하는 과거를 '거대한 뿌리'로 칭하며, 이 뿌리의 중요성과 거대함을 인식하고 있다. (나)의 정서적인 반응은 (가)의 반응과 구별되면서, 과거 전통을 어떻게 받아들일 것이냐의 문제를 예각화해 준다. 논제는 (나)의 반응을 깊이 있게 이해하되, (가)의 균형 잡힌 시각을 지향할 것을 요구하고 있다. (나)에서 나타난 전통에 대한 관점에서 과거의 사실을 자기화하려는 노력을 파악하고, 이것을 어떤 식으로 보완할 수 있는지 그 실마리를 (가)의 관점에서 찾도록 한다.

✪ 주제문 작성

　　전통은 현재를 보다 정확하게 바라볼 수 있는 힘이 된다는 면에서 의미가 있다.

✪ 주제어 : 역사, 대화, 내재적 원인, 현재의 거울

✪ 개요 작성(1,200자)

서론(200자) : 역사는 과거와 현재의 대화이며, 과거의 실패에서 교훈을 얻을 수 있다.

본론(700자) : 김수영은 <거대한 뿌리>에서 실패의 내재적 원인만 강조하고 있는데 이것은 옳지 않다.

결론(300자) : 과거를 일방적으로 미화하지 않고, 현재의 거울로 삼는 것이 중요하다.

✪ 예시답안

　흔히들 역사는 과거와 현재의 대화라고 말한다. 과거가 있기에 현재가 있고, 현재에 발을 두고 미래를 계획할 수가 있다는 말이겠다. 우리가 좋은 미래를 만들어가려면, 우리들이 살아온 모습을 보다 객관적인 눈으로 바라볼 수 있어야만 하겠고, 이것은 쉽지 않은 일이다. 특히 과거 실패한 경험이 있다면 더더군다나 그러하다. 한 인간이 실패한 경험을 딛고 보다 나은 삶을 계획하는 일도 어려운 일인데, 하물며 민족 국가에 있어서 실패를 극복하는 일은 얼마나 중요할 것인가.(260자)

　김수영은 「거대한 뿌리」라는 시에서 전통에 대한 자신의 시각을 드러내어 보였다. 그는 버드 비숍 여사가 쓴 책을 보면서, 구한말의 민중들이 살아간 삶을 추적하여 그 삶의 모습을 상상하였던 것 같다. 천하를 호령하던 민비도 장안외출을 못하였다는 표현이나, 역사는 더러운 역사라도 좋다는 표현을 보면, 그는 전통을 좋게만 볼 수가 없었던 것으로 보인다. 그는 구한말, 민비 등 지배층이 펼쳤던 정책이 수포로 돌아가고 민중들은 무기력하게 남의 나라 통치를 받았던 것을 염두에 둔 것 같다. 그는 실패를 내재적 원인, 즉 당대 집단의 무능함에서 찾고 있다.(307자)

그러나 그는 그 사람들을 사랑하고 있는 자기 자신을 발견한다. 그는 '더러운 역사'라고 인정하더라도 '인간은 영원하고 사랑도 그렇다'고 말한다. 즉, 그는 그들이 만들어 낸 역사는 그리 좋은 것이 아니었지만, 그 인간들은 좋아한다고 말한다. 그 이유를 살펴보면, 그가 살아가고 있는 삶을 그 선조들이 만들어 주었기 때문이다. 그는 선조들을 좋아하고, 그 선조의 후예라는 것을 부끄럽게 여기지 않는다. 그렇지만 그는 자신이 배우고 인정하게 되는 한국 역사에 대한 부끄러움은 버리지 못하고 있는 것으로 보인다. 이것은 타당한 태도인 것 같지만, 정말로 자랑스럽게 생각하지 못하는 선조를 그저 좋아하겠다고 다짐하는 것은 그리 현명한 태도가 아니다. 자랑스러워야만 정말로 선호하고 좋아할 수 있는 것이다.(394자)

우리는 과거의 일들을 어떤 식으로든 미화하거나 망각해 버릴 수도 있다. 인간은 망각의 동물이라고 한다. 망각해 버리면 그만이라고 생각할 수도 있지만, 그것은 정말로 이성적인 태도는 아니다. 이성적인 인간이라면, 과거를 거울로 삼아 현재를 과학적인 태도로 바라보고, 보다 나은 미래를 꿈꿀 수가 있어야 한다. 구한말의 선조들은 잘못한 점도 있지만, 당대의 세계사는 한 나라 국민들의 지만으로 풀 수 있는 것은 아니었다. 중요한 것은 과거에 집착하는 것이 아니라, 현재의 거울로 삼을 수 있는 부분을 밝히는 것이라 생각한다.(299자)

(총 1,260자)

✪ 강평

이 답안은 과거의 실패의 원인을 어떤 식으로 바라보아야 할 것인지에 대해 고민하고 쓴 글이다. 따라서 전반적인 논지가 명확하고 군더더기가 없다. 먼저 서론에서 역사를 보는 관점을 드러내었다. 과거의 실패를 한 사람 차원이 아니라 집단 차원에서 규명하는 것이 중요하다고 말한 것은 아주 좋은 접근 방식이었다. 본론에서는 김수영의 「거대한 뿌리」를 구체적으로 인용하면서, 이 시를 충분히 이해하고 있음을 보여 준다. 김수영이 역사와 인간을 분리하여 사고하는 면을 지적한 것은 매우 예리하였다. 그러나 본론 전반이 김수영의 시에 대한 논평에 치우쳐서, 서론에서 말한 실패의 원인을 규명하는 것 자체에 집중되지 못한 면이 있는 것도 사실이다. 또한 김수영의 민중과 전통에 대한 사랑을 지나치게 비하한 면도 눈에 띈다. 논제에서는 (나)가 가진 미덕, 즉 전통의 자기화를 존중한 면을 드러낼 것을 요구했는데, 이런 부분은 드러나지 못했다. 결론은 서론과 마찬가지로 과거가 현재의 거울로 의미가 있다는 것을 다시 강조하고 있다. 매우 지적인 글이었지만, 본론이 (나)에 대한 비판에만 치우쳐서 결과적으로는 서론과 결론이 동어반복에 머무는 아쉬움을 남겼다.

전통(傳統, tradition)

1. 전통이란

① 역사적으로 전승된 물질문화, 사고와 행위양식, 사람이나 사건에 대한 인상, 갖가지 상징군(象徵群).

② 어떤 집단이나 공동체에서, 역사적으로 형성·축척되어 계통을 이루며 전하여 내려오는 사상·관습·행동 따위의 양식(樣式), 또는 그것의 핵심을 이루는 정신.

③ 역사적 생명력을 가진 것으로서 현재의 생활에 의미와 효용이 있는 문화유산.

2. 전통의 조건

전통은 광의로는 과거부터 전해진 문화유산(文化遺産)을 말한다. 그러나 주관적인 가치판단에 의하여 파악된 것과 그렇지 않은 것과는 구별되어야 한다. 주관적인 가치판단에 의하지 않고, 객관적인 존재로서 과거로부터 현재에 전해진 사상·관행(慣行)·행동·기술(技術)의 양식 등은 관습(慣習)이라고 해야 하며, 과거로부터 연속성을 가진 문화유산에 불과하다. 거기에 비해 전통은 같은 문화유산이라 하더라도 현재의 생활에서 볼 때 어떤 주관적인 가치판단을 기초로 하여 파악된 것을 말하며 반드시 연속성(連續性)을 필수조건으로 하지 않아도 된다.

어느 시대에 전적으로 망각되었던 것이 후대(後代)에 이르러 전통으로 되살아나는 일은 흔히 볼 수 있다. 이와 같이 잊었던 것이 새삼 전통으로 되살아나는 것은 그 시대 사람들의 주관적인 가치판단에 의하여 재평가되기 때문이다. 즉, 연속되지 않아도 그 시대의 주관판단에 의해 지켜나가야 할 것으로 여겨지는 유·

무형 문화유산을 전통이라 한다.

　전통은 이처럼 문화유산의 재평가가 불가결한 요소이므로 그 담당자는 일정한 종교적·정치적·경제적 또는 사회적으로 확고한 결합체이어야 하며 그것을 평가할 수 있는 능력을 갖추고 있어야 한다. 문화의 전통이라는 것은 이처럼 여러 가지 조건을 전제로 한다.

3. 전통과 관련된 개념

1) 인습(因習)과 누습(陋習)

　문화유산의 재평가가 전통의 기본이 되므로 단순히 옛 것, 인습(因習), 또는 누습(陋習)은 전통이라고 하지는 않는다. 사전적 의미의 인습은 이전부터 전해 내려오는 습관을 뜻한다. 습관은 개인행동의 반복이며 개인만의 것이다. 또 인습은 관습 중에서 불합리한 것을 말한다. 인습은 과학적 근거가 없고 사회적 명령도 따로 없이 그저 지금까지 지켜져 내려왔다는 이유만으로 지켜지는 경우가 있다. 예를 들면, 혼사나 상사(喪事)를 당하여 자기의 분에 넘치게, 혹은 필요 이상으로 성대하게 치르려고 하는 관습 따위는 인습이다. 누습은 천한 풍속, 또는 옛날부터 내려오는 나쁜 관습을 말한다.

2) 관습(慣習)

　관습(慣習)은 역사적으로 오랜 옛날부터 있었으나, 사회 구성원은 관습의 기원이나 의미에 대해서 모르는 경우가 많다. 그러한 점에서 일시적인 유행과는 다르다. 또 관습은 사회의 유대를 강화하고 동료 의식을 심어 주며, 환경에 적응하는 방법으로서 도움이 된다. 그러나 반면에 보수적인 사회를 만들고, 변화에 대한 저항이 된다. 관습은 사회에따라 다르다.

　관습 중에서도 역사적으로 오랫동안 지속되고, 구성원이 자신을 사회의 자랑으로 여기고 가치를 소중히 지켜 나가려고 하는 것을 전통이라고 한다. 일반적으로 관습은 농어촌이나 두메산골과 같은 변화 속도가 느린 사회에 많으며, 도시사회에서는 관습보다는 합리적인 규칙(가령 교통규칙 등)이나 어디서든지 통용되는 에티켓의 보편화 양상을 볼 수 있다.

4. 전통의 이해와 의의

흔히들 전통이라는 말을 옛것만을 고집하는 것으로 잘못 이해하고 있는 경우가 종종 있다. 전통이란 이름 아래 복고정신만을 강요함으로써 창조적 문화를 이끌어내지 못한다면 이것이야말로 정말 큰일이다. '전통 문화의 계승 발전'이라는 말을 곧잘 하는데 이 말뜻은 어디까지나 변화까지를 포함하는 말이다. 그러므로 전통이란 고여 있는 샘물이 아니라 늘 새로운 샘물을 길어 올리는 창조적 활동이다. 다시 말해서 전통이란 그 자체로 생산적인 힘을 가지고 있다는 얘기가 된다.

전통이란 어설픈 절충을 허용하지 않는다. 그렇다고 무조건 배타적이지 않다. 거르고 걸러서 받아들일 것은 받아들이는 속성을 안고 있다. 그러므로 길트기만 잘 하면 무한한 힘으로 확대 재생산할 수 있는 힘, 곧 온고지신(溫故知新)하고 법고창신(法古彰新)하자는 것이 전통이라는 말의 뜻이다.

전통을 존중하는 일은 때때로 '전통주의(傳統主義)'와 혼동되기 쉽고, 항상 불리한 평가를 받기 십상이지만 그것은 일정한 문화의 지속적·계속적인 축적을 전제로 하기 때문에 문화 창조에는 필수조건이 되었다. 그러나 한편으로는 전통이 갖는 권위(權威)는 그 담당자의 집단이나 공동체의 구성원에게 전통에 대한 애정·애착 또는 구속을 갖게 하여 거기에 맡기려는 신념체계(信念體系)를 강화한다. 또 공동생활의 통일화(統一化) 또는 재인식이 조장되어 다른 집단이나 공동체에 대해 이질감(異質感)이 생긴다. 따라서 집단이나 공동체가 내부적·외부적으로 위기에 빠졌을 때 전통은 다른 집단이나 공동체에 대해 우월감이나 배타적

감정을 갖게 하는 결과가 되어 때로는 민족의 독립이나 자각을 높이는 수도 있
으나, 편협한 지역근성(地域根性) 또는 내셔널리즘의 발전을 촉진하는 경향도 내
포한다.

5. 현대사회의 전통

　현대사회의 빠른 변화속도에서 전통은 자칫하면 뒤떨어져 보일 수 있지만,
전통이란 것은 그것 자체가 정체되어 있는 것이 아니라 각 시대와 문화와 서민
의 삶이 반영되어 있는 것으로 많은 변화를 한다. 현대사회에서 전통은 미래에
도 계속될 현재 삶의 모습까지 반영되어있으며 미래에 재평가되는 의미를 지닌
다. 재평가 과정에서 지나치게 옛것만 고수하다보면 일반 국민이나 서민들의 정
서와는 동떨어지게 된다. 어떤 기술이 있으면 그 기술을 옛 것의 방법과 재료 등
에만 치중하고 새로운 것을 모색하지 않게 되면 현대에서 필요하고 현대인이 공
감할 수 없게 된다. 과거의 기술을 현대와 미래에 적용하려는 노력을 기울여야
한다.

성리학(性理學, Sung Confucianism)

1. 성리학이란?

성리학은 송나라의 주자가 집대성한 학문으로, 우주의 근본원리와 인간의 심성문제를 철학적으로 밝히는 것에 목표를 둔 학문이다.

성리학은 선진 유가가 형이상학적 문제, 도덕적인 가치를 초월한 이론적 탐구에만 중요성을 둔 것에서 문제점을 발견하고, 한·당의 훈고학이 다루지 못하였던 형이상학적(形而上學的)·내성적(內省的)·실천철학(實踐哲學)적인 여러 분야에서 새로운 유학사상을 수립하였다. 그리하여 성리학은 이(理)·기(氣)의 개념을 구사하면서 우주의 생성과 구조, 인간 심성의 구조, 사회에서의 인간의 자세 등에 관하여 깊이 사색하고, 도덕적 실천을 강조하면서 동시에 이론적 탐구를 통한 지식의 확충을 주장하였다.

성리학은 이가 핵심개념이 되므로 이학(理學)이라고도 하며, 이전의 유학과는 다른 새로운 유학이란 의미에서 신유학이라고도 하고, 주자가 집대성하여 주자학이라고도 한다.

2. 성리학의 특징

① 성리학은 경학(經學)의 일종이다.

즉, 유학의 기본 경전인 사서삼경을 떠나서 따로 성리학이 있는 게 아니라는 것이다. 성리학은 유학의 일종이므로 효제의 실천을 위시한 인륜적 실천이 핵심이다. 이기심성론이 아무리 복잡하게 전개되더라도 인간 세계와 자연 세계를 떠난 보다 근원적 세계로의 형이상학적 초월에는 별 관심이 없다.

② 성리학은 기존의 유학에 대한 새로운 해석이라고 할 수 있다.

성리학의 특징은 효제의 윤리를 위시한 인륜적 가치를 불변의 진리로 간주하면서도, 인간과 인간의 도덕적 당위에 대해 인간 세계의 범위를 뛰어넘어 광대한 자연 세계의 지평 안에서 깊이 사유했다는 점이다. 이 시대의 유학이 신유학이라고 일컬어지는 것은 인간의 문제를 인간의 차원을 넘어 자연적 지평에서 바라보았기 때문이다.

③ 성리학은 비체계적인 철학이다.

주자는 방대한 분량의 문집과 어록 그리고 경서에 대한 주석을 남겼지만, 자신의 철학 전체를 일목요연하게 체계화하지 않았다. 다시 말해 주자는 독자적인 철학 체계의 수립가가 아니라 경전 주석가였다. 그러나 그의 단편들 속에는 분명 일관된 정신이 흐르고 있다.

3. 성리학의 발생

① 사상적 배경

- 공맹(공자, 맹자)시대 : 유학은 중국 사상의 주류를 이루는 것으로, 그것이 성립되던 상대에는 종교나, 철학 등으로 분리되지 않은 단순한 도덕사상이었다.
- 선진시대 : 선진시대에 유학은 도덕 실천의 학으로서 크게 부흥했으며, 시황제의 분서갱유로 큰 시련을 겪기도 했다.
- 한·당 시대 : 경전을 수집, 정리하고 그 자구에 대한 주와 해석을 주로 하는 훈고학이 주를 이루었다.
- 송 : 이 시기에는 정치적 또는 종교적 사회체제의 변화에 따라 노불 사상이 가미된, 이론적으로 심화되고 철학적인 체제를 갖춘 천리, 성즉리 등의 여러 학설이 나왔다. 이것을 주희가 집성, 정리하여 철학의 세계를 세운

것이 성리학으로 일명 주자학이라고 한다.

② 사회적 배경

주자에 따르면, 성인은 "도덕의 원리를 깨우쳐서 자신을 수양하고, 나아가 자신이 성취한 것을 다른 사람에게 확장하는 것"을 학문의 유일한 목적으로 삼았는데, 당시의 사람들은 사상가로서의 명성, 문학가로서의 명성과 같은 천박한 목표에만 혈안이 되어 있었다. 주자는 그러한 침체 상황 속에서 유학의 도를 부흥시키기 위해 자신의 생애를 바쳤다.

(ㄱ) 지식인들은 '고원함'과 '독창성'을 통해 명성만을 추구하였고, 진정한 깨우침을 위한 노력은 거의 하지 않았다.

"공자가 말씀하시길 옛날의 학자는 자기를 위해 공부했지만, 요즘의 학자는 다른 사람에게 내보이기 위해 공부한다 : 子曰 古之學者 爲己, 今之學者 爲人(논어 헌문 25장)"

(ㄴ) 주자는 문사(文詞)만 너무 강조하는 당시의 추세 역시 해로운 것으로 보았다.

"다른 사람을 기쁘게 하려고 철저히 연구된 화려한 문체를 연습하는 것은 자신을 위하는 것이 아니라 다른 사람에게 내보이려는 것이니, 정말로 부끄러운 일이다."(주자어류 권139, 8책, 3319쪽)

(ㄷ) 참된 학문에 대한 가장 큰 위협은 역설적이지만 유학에 바탕을 두었던 과거제도였다.

"배울 때는 반드시 자신을 위해 살펴야만 자기에게 절실하게 깨닫는다. 오늘날 사람들이 책을 읽는 것은 단지 과거시험을 치르기 위한 목적일 뿐이다."(주자어류 학5, 권11, 42조목)

③ 불교와 도교의 영향

성리학은 불교·도교의 영향을 받기도 했는데, 우주·자연 및 인성에 대한 본체론적 형이상학 탐구가 깊어진 것과 철저한 심성수양 경향이 바로 그것이다. 특히 불교의 영향은 매우 강조된다. 성리학의 형이상학적, 사변적인 성격 그 자체가 불교에서 유래되었다고 하기도 하고 성리학의 중심 개념인 '이(理)'의 설은 유교에서는 본래 없었던 것으로 불교에서 나온 것이라고 한다. 이러한 영향은 불교와 대항하던 성리학자들이 불교에 연기(緣起)·법계(法界) 등의 깊은 형이상학과 참선 같은 수행이 있음을 깨닫고, 그런 것이 유학에도 갖추어져 있음을 과시하려 했던 노력의 결과라 할 수 있다. 이렇게 송대 성리학의 성립에는 불교 철학이 많은 영향을 미쳤으나, 성리학의 세계관과 불교의 세계관은 근본적인 성격이 달랐다.

4. 한국 성리학의 전개

① 도입 초기

성리학이 우리나라에 도입된 것은 고려 말기 원나라를 통해서였다. 이미 고려 중기부터 유교를 심성 수양의 도리로까지 확대하려는 움직임이 있었고, 유불일치의 사상 경향이 대두하면서 유학자들 역시 심성 수양의 문제에 깊은 관심을 보이고 있었다. 그 후 원나라를 통해 도입된 성리학은 이러한 노력에 부응하는 것으로서 관심을 끌게 되었으며, 새로운 개혁이념으로, 국가 교학으로 받아들여졌다.

그러나 당시의 유학자들은 유불일치(儒佛一致)의 사상경향 속에서 불교적 심성 수양과 유교적 심성 수양의 차별성을 명확하게 인식하지 못하는 모습을 보여 주기도 했다. 양자의 차별성이 명확하게 된 것은 왕조 교체를 전후한 시기에 불교 비판이 본격화되면서부터이다. 이때 비로소 유교적 심성 수양은 윤리도덕의 실천을 포함하는 것이며, 불교적 심성 수양은 현세를 초월한 정신적 해방을 그 내용으로 하는 것이라는 점에서 그 차별이 인식되었다.

② 15세기 후반

이 시기의 성리학은 당시의 사회문제를 해결하기 위한 이념적 대응을 모색하기보다는 이미 확립된 예제·법제의 준수를 강조하는 것이 일반적인 사상경향이었다. 이러한 경향과는 달리 사림계 학자관료들은 재지사족의 입장에서 성리학을 다시 이해하고, 재지사족까지 포함한 지배층 일반의 도덕적 실천을 통해 당면한 사회문제의 해결에 적극적으로 나서야 함을 강조했다.

조광조를 대표로 하는 사림계 학자관료들의 개혁이념은 도학정치사상으로 집약되었다. 도학정치의 이념은 성리학에 바탕을 두고 유교의 전통적인 왕도사상을 재해석한 것으로, 삼강오상의 윤리도덕을 온전하게 실현하는 것을 정치의 기본 내용으로 파악했다. 도학정치사상은 지배층의 도덕적 책임의식을 더욱 심화하고, 나아가 인민들이 자발적으로 명분론적 질서에 따르도록 하려는 것이었다.

③ 16세기

15세기 말엽부터 사림계 학자관료들은 이러한 이념을 실현하기 위해 정치적·사회적 노력을 계속했으나, 당시 집권세력의 탄압에 의해 그 노력은 좌절되었다. 그러한 상황 속에서 정치적·사회적 실천의 이념적 근거인 성리학에 대한 깊이 있는 이해가 추구되었으며, 그 결과 16세기에는 성리학에 대한 이론적 탐구가 학문의 중심 내용으로 자리잡았다. 이언적과 서경덕에 의해 본격적으로 이루어진 성리학에 대한 이론적 탐구는 이황의 단계에 와서 특히 심성의 문제에 대한 깊이 있는 연구가 이루어졌다. 그리고 이이의 『성학집요(聖學輯要)』에서 보이듯 성리학에 바탕을 둔 경세론도 학문적으로 체계화되었다. 성리학의 이론적 특징을 보여주는 사단칠정논쟁(四端七情論爭)·인심도심논쟁(人心道心論爭)이 시작되어 이황의 이기호발설(理氣互發說)과 이이의 이기겸발설(理氣兼發說)로 체계화된 것도 그 무렵이었다. 이러한 이론적 탐구를 통해 우리나라의 성리학은 다양한 사상체계를 갖출 수 있었다.

④ 16세기 말엽, 17세기

이와 같이 성리학 내부에서 다양한 학문과 사상적 흐름이 형성되고, 그것이 학문이나 도덕적 실천에서 사우(師友) 관계의 중요성을 강조하는 흐름과 결합하면서 16세기 말엽에는 이황·조식·이이의 제자들을 중심으로 학파의 형성을 보게 되었다. 그리고 이들 학파에 의해 각 서원에서의 연구와 교육이 활발하게 이루어지면서 성리학은 17세기 학문·사상의 지배적 조류로서의 확고한 지위를 누릴 수 있었다.

⑤ 그 이후

17세기 후반부터 성리학은 변화하는 사회현실에 전진적으로 대처할 수 있는 학문·사상으로서의 역할을 상실하기 시작했으며, 실학으로 대표되는 새로운 학문·사상 조류가 등장했다.

5. 성리학의 주요 개념

① 태극설

태극을 만물의 근원, 우주의 본체로 보는 우주관을 계승하고 여기에 오행설(五行說)을 가하여 새로운 우주관을 수립한 것이 북송의 유학자 주돈이의 『태극도설(太極圖說)』이다. 『태극도설』은 만물 생성의 과정을 '태극─음양─오행─만물'로 보고 또 태극의 본체를 '무극이태극(無極而太極)'이란 말로 표현하였다. 주자는 이것을 해석하여 태극 외에 무극이 따로 있는 것이 아니라 하여, 만일 무극을 빼놓고 태극만을 논한다면 태극이 마치 한 물체처럼 되어서 조화의 근원이 될 수 없고, 반대로 태극을 빼놓고 무극만을 논한다면 무극이 공허(空虛)가 되어 역시 조화의 근원이 될 수 없다고 하였다. 이같이 무극과 태극은 떼어 생각할 수 없는 것으로, 유(有)가 즉 무(無)이며, 절대적 무는 절대적 유와 동일하다는 것이다.

② 이기설

이기설은 우주·인간의 성립·구성을 이(理)와 기(氣)의 두 원칙에서 통일적으로 설명하는 이론이다. 그러나 이와 기는 서로 밀접한 관계에 있어, 그 어느 것이 빠져도 존재할 수 없다. 이런 의미에서 이·기 양자는 동시존재이며 다만 그 질(質)을 달리할 뿐, 경중의 차는 없는 것이나, 기는 항상 변화하는 데 대하여 이는 법칙성을 지니고 부동(不動)한 것이기 때문에 거기에 자연히 경중이 부여된다. 특히 그것이 윤리에 관련될 경우 이러한 경향이 더욱 뚜렷하다. '천(天)은 이(理)이다' '마음은 이이다'라고 하는 이면에는 이가 법칙적 성격이 부여된 데 대하여 기는 항상 물적인 것, 그리고 자칫하면 이의 발현을 방해하는 것이라는 해석이 내재하게 된다.

기가 형질을 지니고 운동하는 것에 대하여, 이는 형질도 없고 운동도 하지 않고, 그 실재는 기를 통하여 관념적으로 파악되는 것이라 하였다. 즉, 기가 형질을 갖고자 할 때, 또는 운동을 일으키려 할 때, 이가 거기에 존재하지 않는다면 기의 이러한 작용은 전혀 불가능하며, 기의 존재 자체도 불가능해질 수밖에 없다. 그리고 주자는 이것을 윤리에 적용시켰을 때, 이·기에 경중을 두면서도 기를 악(惡)으로만 단정하지 않고, 기의 청탁(淸濁)에 의한 결과에서 선악을 인정하려 하였다.

③ 심성론

이기설이 우주를 논한 것이라면 심성론은 인생에 관한 문제를 다룬 것이다. 인간은 우주 내에 존재하는 것이므로 이기설과 심성론은 상호 관련성을 갖게 된다. 주자는 인간의 심성을 본연지성(本然之性)과 기질지성(氣質之性)으로 나누어 설명하였다. 본연지성은 이(理)요, 선(善)이라 하였고, 기질지성은 타고난 기질에 따라 청탁과 정편이 있어 반드시 선한 것만은 아니고 때로는 악하게도 된다 하였다. 정(情)은 반드시 악한 것만은 아니지만 때로는 선하지 못할 수도 있으니, 즉 기질을 맑게 타고난 사람은 그 정이 선하게 되지만 이것을 탁하게 타고난 사람은 그 정이 악하게 된다고 하였다. 이와 같이 사람에 따라 청탁·지우(智愚) 등 여러 차별이 있으나, 이 정은 불변이 아니므로 인간의 노력과 수양에 따라 우(愚)가 지(智)로도 변하고 탁함을 청으로 만들 수도 있는 것이니 여기에 인간의 윤리성 및 도덕성이라는 문제가 제기된다.

④ 성경론

인간이 자연의 진리와 진정한 자아를 추궁하여 근원적 도리에 도달하는 요체로서 주돈이는 이것을 정(靜)에 두었고, 정호는 성(誠)에 두었으며 정이와 주자는 경(敬)에 두었다. 이들 성리학자들의 정·성·경은 필연코 인(仁)과 의(義)로 귀일되는 것이다. 즉, 인·의의 인식 파악은 성·경에 의하여 비로소 가능함을 말하였다.

6. 성리학의 대표적 인물

▶ 기본 설계자

① 렴계 주돈이(周敦이) : 자는 무숙(茂叔)이며 세칭 염계(廉溪) 선생이라고 불렸다. 유교 뿐 아니라 불교와 도교에도 깊은 조예를 지니고 있었던 그는 특히 『주역(周易)』과 『중용』에 뛰어난 관심으로 우주의 본체를 규명한 『태극도설(太極圖說)』을 완성하였다.

② 명도 정호(程顥) : 동생 정이(程이)와 함께 이정자(二程子)라고 불리며, 그의 시호를 따라 정명도(程明道)라고도 불린다. 육경을 깊이 연구하여 유교에

심취하였고 주렴계 선생의 태극(太極) 개념 대신 건원(乾元) 개념을 사용하여 유교의 본체론을 심화시켰다. 그는 기의 근원으로서 건원(乾元)이라는 것을 생각했다. 그것은 염계의 태극에 해당하는 것인데, 다만 음양의 상위에 놓여진 것이기보다는 직접 만물을 낳게 하는 생명력을 의미한다.

③ 이천 정이(程이) : 정명도 선생의 아우로서 이천(伊川) 지방을 한때 다스렸기 때문에 정이천(程伊川)으로 잘 알려져 있다. 그의 유교 이론은 이기이원론(理氣二元論)을 주장하여 '기' 중심의 사상에서 '이' 중심의 사상으로 옮겨가는 과도기적 역할을 담당하였다.

그는 또한 성(性)에는 기품지성(氣稟之性)과 천연지성(天然之性)이 있다고 하여 훗날 주자가 본연지성(本然之性) 이론을 세우는 데 중요한 단서를 제공해 주었다.

▶ 집대성자

① 회암 주희(朱熹) : 자는 원회(元晦)이며 호는 회암(晦庵)이고 본관은 휘주(徽州)이다. 선생은 북송 유학자들의 학설을 종합 계승하는 한편 동시대의 불교와 도교를 섭렵함으로써 송대의 유교를 집대성하였다. 그의 철학 체계인 '주자학(朱子學)'은 성리학의 진수를 종합한 것으로서 그 이론이 매우 정밀하고 또한 방대한 내용을 담고 있어 이후의 유교 발전에 지대한 영향을 주었다. 특히 우리나라에서는 그의 유교 이론이 조선 시대 전반을 통하여 정설로 인정되고 과거 시험의 학과로 채택됨에 따라 장기간에 걸쳐 막강한 영향력을 끼쳤다.

▶ 우리나라

① 서경덕 : 장재의 영향으로 기개념을 확립하였다.

② 이황 : 주자의 영향으로 이개념을 확립하였다.

③ 율곡 : 둘을 취하여 독창적 이기설을 완성하였다.

7. 성리학의 영향

① 긍정적인 면

신진 사대부로 칭하는 당시의 성리학자들은 불교의 폐단뿐만 아니라 교리(敎理) 자체를 논리적으로 변척(辨斥)하는 동시에 이태조를 도와 법전의 제정과 기본정책의 결정을 통하여 유교를 국시로 삼는 조선조를 성립시키는 원동력이 되었다.

또한 퇴계·율곡의 성리학은 인간성의 문제를 매우 높은 철학적 수준에서 구명하였을 뿐만 아니라, 그것이 공허한 관념을 벗어나 역사적·사회적인 현실과 연관을 가지고 영향을 주었으며, 후세에 실학사상으로 전개되는 하나의 계기를 만들었다고 할 수 있다.

② 부정적인 면

성리학은 배타적인 학문이다. 따라서 주희의 사상을 제외한 어느 것도 인정하지 않았으며, 유학에서도 성리학을 제외한 학문은 사문난적으로 몰리는 등 성리학 외의 다른 사상은 용납되지 않았다.

또한 16세기 이후 권력을 잡은 사림들은 극단적으로 성리학을 신봉하는 사람들이었는데 주희가 만든 '주자가례'에 의해 허례허식적인 관혼상제에 매달리고, 남녀차별을 심하게 하였으며 자신의 주장만 옳다하니 붕당의 원인이 되기도 하였다. 무엇보다 성리학은 서민생활과 동떨어진 학문이어서 조선 경제발전을 저해하였다고 할 수 있으며 신문물을 받아들이는 것에 비판적인 입장이어서 봉건사회를 수호하고 민주화에 역행하는 면이 있었다.

논술 원고지

이름 (   )

역사와 전통을 배운다는 것은 '과거를 통해 현재를 이해하고 미래를 바라보는 것'이라고 한다. 이것들을 역사가 현재를 살아가는 우리에게도, 미래를 살아갈 후손들에게도 큰 영향을 미치는 ①것이라는 것을 시사해 준다. 과거의 사실을 있는 그대로 받아들여 현재와 미래의 밑거름으로 활용하는 것은 인류의 큰 자산이 되지만, 그것을 편향적인 시각으로 잘못된 통찰을 했을 ②때엔 현재와 이래에까지도 큰 ③해가 되기 때문이다. 따라서 역사에 관한 통찰은 객관적이고 깊이 있게 이루어져야만 한다.

이러한 관점에 비추어 제시문 (나)를 살펴보자. 제시문 (나)에는 시인의 한국 역사와 전통에 대한 포용적인 관점이 잘 드러나 있다. 시인은 작품에서 어떠한 역사나 전통이라도 좋다고 하면서 자신의 민족애를 드러낸다. 그러나 어쩐지 그 표현에는 모순점이 드러난다. 우리의 역사를 더러운 역사라고 표현하고, 진창이라고 표현한다. 우리나라의 역사를 결코 자랑스럽게는 생각하지 않는 것처럼 보인다. ④결국 시인은 부끄럽고 수치스러운 역사를 자신의 아량으로 받아들인 것이다. 그것이 바로 이 시에 등장하는 '뿌리'의 상징적인 의미이다. 다시 한번 정의하자면 '부끄러운 역사를 포용하겠다는 강한 의지, 정도가 적합할 것 같다.

A

시인의 이러한 관점은 현재 서구중심의 ⑤<u>사고관</u>에 찌들어 전통을 암암리에 무시하는 현대인들에게 경종을 울려주는 좋은 본보기가 된다. 시인은 우리나라 역사와 전통을 포용하면서 잃어버렸던 민족애를 상기시키고, 우리나라 국민에게 민족의식에 대한 대략적인 기틀을 잡아준다.

[B] 그러나 시인의 이러한 의식은 진정한 민족의식을 완성시키지는 못한다. 왜냐하면 시인의 민족애의 바탕에는 우리나라 전통과 역사에 관하여 부끄럽고 수치스러운 감정이 깔려 있기 때문이다. 이것은 우리나라의 암울한 시기를 모두 국내의 내부적 요소에서 찾았기 때문에 비롯되었다. 시인은 우리나라의 역사를 그 때의 국제적 정세, 문화적 분위기 등을 고려하지 않고, 단지 우리나라 내부의 권력층의 무능함, 이권다툼에서만 찾았기 때문이다. 만약 그 원인을 내우와 외부에서 통합적으로 고찰했다면 우리나라의 역사를 '더럽다'라고 까지는 표현하지 않았을 것이다.

[C] 역사는 내부적인 통찰만으로는 그 해석이 불가능하다. 그 시대의 사회적, 문화적, 국제적인 관계 등의 다양한 특징을 고루 반영해야만 이 진정한 의미의 역사가 탄생되는 것이다. 이러한 통찰이 뒷받침 되었을 때 역사는 우리에게 진정한 나침반 역할을 하게 될 것이고, 나아가 현재를 지탱하는 견고한 기둥이

① '영향을 미치는 것이라는 것을 시사해 준다'에서 한 문장에 '것'이 반복적으로 표현되는 것은 매끄러운 문장 표현이라고 할 수 없음. → '영향을 미친다는 것을 시사해 준다.'

② '~를 했을 때엔' – 논술문에서는 구어적인 표현이나 줄임말을 쓰지 않는 것이 좋음. → '~를 했을 때에는'

③ 의미어는 가능하면 의미 내용에 모호함을 유발하지 않는 정확한 어휘로 쓰는
것이 좋음.

한 글자의 단어보다는 동일한 의미나 더 정확한 의미의 단어가 있다면 그것
을 써 주는 것이 의미의 혼란과 어색함을 막을 수 있음. '해가 되기' → '잘못
된 영향을 미치기'

④ 이 문장 의미의 가치성이 애매모호함. 앞 문장의 흐름으로 보면 '부끄럽고 수
치스러운 역사'로의 인식이 강하게 느껴지지만, 뒷문장의 내용과 연결시키면
'아량'이 긍정적으로 해석되어 시인이 우리 역사에 대한 새로운 가치 인식의
토대로 이해되기도 함. 만약 후자 쪽이라면 '아량'이라는 단어보다는 '역사
의식' 정도의 어휘가 더 낫지 않을까? 그렇다면 줄을 바꿔 써서 앞의 내용과
다름을 확인해 주고, 역접 부사로 시작하는 것도 의미의 정확성을 위해 좋은
방법임.

⑤ '사고판'이라는 단어는 없으며 의미상 조어도 어려운 단어임. → 사고

〈총평〉

논제에 따라 반드시 전개해야 할 내용으로 다음 세 가지가 있다.

A. (나) 시의 '뿌리'의 상징적 의미

B. (나) 시인의 전통에 대한 견해가 갖는 미덕과 한계의 논(論)

C. B를 (가)의 논지(역사를 바라보는 바람직한 태도는 내재적인 요인에만 초
점을 두어서는 안 되고 그것을 둘러싼 폭넓은 세계에 대한 이해를 바탕으로 해
야 한다)를 참조.

이 세 가지의 내용이 적절하게 잘 전개된 글이다. 어휘가 개념적인 것으로
적절하게 선택이 되었고, 글의 내용도 비교적 군더더기가 없이 잘 정돈되었다.
다만 ④의 부분이 문맥적으로 모호해서 이 부분의 글의 흐름만 잘 이어주면 좋
은 글이 될 것 같다.

논술 수정 원고

역사를 배운다는 것은 '과거를 통해 현재를 이해하고 미래를 바라보는 것' 이라고 한다. 이것은 그만큼 역사가 현재를 살아가는 우리에게도, 미래를 살아갈 후손들에게도 큰 영향을 미친다는 것을 시사해 준다. 과거의 사실을 있는 그대로 받아들여 현재와 미래의 밑거름으로 활용하는 것은 인류의 큰 자산이 되지만, 그것을 편향적인 시각으로 잘못된 통찰을 했을 때에는 현재와 미래까지도 깊이 있게 이루어져야만 한다.

이러한 관점에 비추어 제시문 (나)를 살펴보자. 제시문 (나)에는 시인의 한국 역사와 전통에 대한 포용적인 관점이 잘 드러나 있다. 시인은 작품에서 어떠한 역사나 전통이라도 좋다고 하면서 자신의 민족애를 드러낸다. 그러나 어쩐지 그 표현에는 모순점이 드러난다. 우리의 역사를 더러운 역사라고 표현하고, 진창이라고 표현한다. 우리나라의 역사를 결코 자랑스럽게는 생각하지 않는 것처럼 보인다.

그러나 시인은 부끄럽고 수치스러운 역사를 자신의 역사의식으로 재해석하고 있다. 그것이 바로 이 시에 등장하는 '뿌리'의 상징적인 의미이다. 다시 한 번 정의하자면 '부끄러운 역사를 자신의 것으로 포용하겠다는 강한 의지' 정도가 적합할 것 같다.

시인의 이러한 관점은 현재 서구중심의 사고에 찌들어 전통을 암암리에 무시하는 현대인들에게 경종을 울려주는 좋은 본보기가 된다. 시인은 우리나라 역사와 전통을 포용하면서 잃어버렸던 민족애를 상기시키고, 우리나라 국민에게 민족의식에 대한 대략적인 기틀을 잡아 준다.

그러나 시인의 이러한 의식은 진정한 민족의식을 완성시키지는 못한다. 왜냐하면 시인의 민족애의 바탕에는 우리나라 전통과 역사에 관하여 부끄럽고 수치스러운 감정이 깔려있기 때문이다. 이것은 우리나라의 암울한 시기를 모두 국내의 내부적 요소에서 찾았기 때문에 비롯되었다. 시인은 우리나라의 역사를 그 때의 국제적 정세, 문화적 분위기 등을 고려하지 않고, 단지 우리나라 내부의 권력층의 무능함, 이권다툼에서만 찾았기 때문이다. 만약 그 원인을 내부와 외부에서 통합적으로 고찰했다면 우리나라의 역사를 '더럽다'라고 까지는 표현하지 않았을 것이다.

역사는 내부적인 통찰만으로는 그 해석이 불가능하다. 그 시대의 사회적, 문화적, 국제적인 관계 등 다양한 특징을 고루 반영해야 만이 진정한 의미의 역사가 탄생되는 것이다. 이러한 통찰이 뒷받침되었을 때 역사는 우리에게 진정한 나침반 역할을 하게 될 것이고, 나아가 현재를 지탱하는 견고한 기둥이 될 것이다. 조금만 높은 곳에서 보면 훨씬 더 많은 것을 볼 수 있듯, 우리도 조금 더 시야를 넓혀 역사를 바라보아야 할 때가 온 것 같다.

제8장

역사 해석의 시각과 태도

 **논술 기법**

1. 결론과 마지막 문장

논술 답안지의 결론 부분은 많은 학생들이 시간의 촉박함으로 다소 긴장이 되면서 스스로도 만족스럽지 못한 마무리로 정리하기 쉬운 곳이다. 그러나 우리가 어떤 글을 다 읽고 책장을 덮거나 원고의 마지막을 덮을 때 독자의 머릿속을 뱅뱅 돌면서 가장 많은 비중을 두고 생각하게 하는 부분이 글의 마지막이라는 점을 감안한다면 이 결론 부분은 결코 어떤 이유로도 가볍게 할 수 없을 것이다. 심지어 글의 마지막 단락이나 마지막 문장이 매우 참신하고 인상적인 내용이라면 그 순간에 글에 대한 평가가 당연히 높아질 수 있는 유리한 점이 있다.

　작문의 기본 학습에서 결론은 본론의 내용을 요약하여 쓰거나, 부연 강조, 또는 미래에 대한 전망 또는 제언, 논지 강조, 앞으로의 자세에 대한 행동 지침, 여운 남기기 등의 방법으로 기술할 수 있음을 배웠다. 이 중에서 가장 초보적이고 언뜻 확실해 보이는 방법은 본론 내용을 요약하는 방법이다. 그래서 학생들이 가장 쉽게 그리고 의심 없이 사용하는 방법 중의 하나가 바로 이 요약의 방법이다. 그러나 글자수 마저 제한적인 논술문에서 중요한 결론 부분을 참신하고 강한 인상을 주는 방법이 아닌, 본론 내용에 대한 요약과 중복은 정말 낭비적이고 소모적일 수밖에 없는 태도이다. 설령 본론 내용을 주장과 논거를 결합해 매우 타당하게 전개했다 하더라도 결론에서 이 내용을 다시 한번 반복하게 되면 이제 이 내용은 진부하고 동어반복 식의 지루한 내용으로 비칠 수 있다. 물론 강조를 하기 위해 중요한 본론 부분이 반복될 수는 있다. 하지만 이 경우는 서론과 본론의 논의를 짧게 요약하면서 적어도 동어반복이 되지 않도록 주의해야 한다.

　어떠한 결론 방식이 가장 좋다는 식의 획일적인 결론쓰기는 제시하기가 매우 어렵다. 그 이유는 논제의 성격과 제시하는 글의 방식이 다양하기 때문이다. 그러나 가장 보편적이고 비교적 무리 없이 정확하게 만들어지는 결론 방식은 '(간략한)요약 + 주장(강조) + 전망'의 형태가 될 것 같다. 다만 앞글에서의 동어반복적인 표현은 피하고 주장을 하되 좀더 참신하고 기발한 문구 이용이나 표현으로 주장 또는 강조를 하며 추상적이지 않은 내용으로 앞으로의 전망과 가능성을 열어주는 방식은 매우 적절할 수 있다. 다음의 결론 예시를 참고로 해 보자.

　　⑦ 요컨대 광고는 양날을 가진 칼이다. 어떻게 이용하고 접근하느냐에 따라 이로울 수도 있고 해로울 수도 있다. ⑥ 우리는 광고의 기본 속성에 대한 명확한 이해를 바탕으로 삼아 광고가 지닌 부정적 측면에 현혹되지 않도록 주의해야 한다. 각종 광고에 현혹됨으로써 과소비를 부추기거나 불필요한 유행에 휩쓸리는 일이 없어야 할 것이다. ⑥ 비판적 선택 능력을 상실한 채 달콤한 광고의 유혹에 넘어감으로써 자신을 파멸시키는 일이 있어서는 안 됨을 피에르 랑드리는 우리 모두에게 경고하고 있는 것이다.

⑦은 본론을 간략히 요약한 내용이다. ⑥은 주장을 강조하면서 자신의 논지를 확실히 하고 있다. ⑥은 논제의 제시문의 핵심 내용을 살려 그것을 통해 자신의 논지에 대한 설득력을 높이면서 여운을 주고 있다. 그리고 이 부분이 논술문을 다 읽고 난 후의 인상으로 채점자의 인상에 강하게 남을 수 있는 표현이 된다. 위 결론에서 ⑦과 ⑥만 있는 경우와 ⑥이 마지막 문장으로 완성되면서 글의 인상과 그 효과에 주는 영향력을 비교해 보면 결론의 글과 그 마지막 문장이 실제로 얼마만큼의 영향력이 큰 것인가를 알 수 있을 것이다.

다음의 한 예시도 아울러 살펴보자.

　　따라서 정보 생산자 및 제공자는 먼저 도덕적 양심과 책임을 갖추어야 한다. 정보가 아무리 부가 가치를 창출하는 재원이 되는 시대이고, 익명성이 보장되는 시대라 하지만, 지적·기능적 능력을 통하여 자기 자신의 개인적 이익만을 추구하다 보면, 필연적으로 다수의 희생자를 낳게 된다. 그

위의 결론 단락도 본론에 이어 자기의 주장을 강조하는 내용으로 정리되고 있다. 그러나 줄친 부분이 역시 결론의 내용을 좀더 훌륭하게 장식해 주고 있고 우리의 전래동화에 참신하게 비유하면서 마지막 문장을 엮어 누구라도 이것을 읽은 후에는 한참 동안 머릿속에 이 표현이 생동감 있게 살아있을 수 있도록 만들어 주고 있다.

논술문 쓰기 훈련을 하는 과정에서는 어떤 부분 하나도 소홀히 할 수 없다. 서론은 서론대로, 본론은 본론대로 모두 그 형식과 특징을 살려 충분히 연습을 해야만 한다. 그러나 결론과 그것의 마지막 문장은 또 다르게 글을 읽는 사람의 입장에서 마지막 인상을 만들어주고 이 부분이 실제적으로 점수로 바로 직결될 수 있는 부분임을 부인할 수 없다면 우리는 결론을 위한 자신만의 방법을 연습하고 개발해 두는 것도 괜찮은 노력임을 인정해야 할 것이다.

다만 결론쓰기에서 흔히 발견되는 다음의 유형은 조심하도록 노력해야 할 것이다. 첫째, '이러한 문제를 극복하기 위해서 우리 모두 힘껏 노력해야 한다.'는 식의 추상적인 문장으로 마무리를 하는 경우이다. 이것은 참신하지 않고 극히 상투적이어서 글쓴이의 개성적 발상을 읽을 수 있는 부분이 전혀 없다. 둘째, 문제 해결에 필요한 자세를 촉구하거나 논의 확대로 끝맺으면서 새로운 문제를 언급하는 경우이다. 이것은 결국 결론에서 새로운 논제를 시작하는 실수를 저지르고 있는 것이다.

위의 두 가지 경우를 특히 조심하면서 자신만의 개성적이고 참신한 결론 쓰기 방법을 고안하여 차분하게 글을 마무리하면 자신의 논지를 살리면서 표현의 효과까지 만족시키는 아주 훌륭한 글이 완성될 수 있을 것이다.

'인간의 역사가 결국 어디로 가고 있는가?' 하는 물음에 대해 많은 역사학자와 철학자들이 나름대로 대답을 내놓았다. 종말론적인 해답도 있었고 발전론적인 해답도 있어 왔지만, 지금까지의 인류 사회가 지향해 온 역사의 길은 인간들이 살기에 한층 더 나은 사회를 만드는 길이었으며, 그것은 또 많은 우여곡절이 있었음에도 불구하고 일정하게 이루어져 왔다고 생각된다.

좀더 구체적으로 말해 보면, 인류의 역사는 모든 인간들이 정치적인 속박에서 점점 벗어나는 방향으로 발전해 왔다. 헤겔은 '역사의 발전이란 곧 자유의 확대 과정'이라 말했다. 역사는 정치적으로 자유로워지는 인간의 수가 점점 많아지는 방향으로 발전해 온 것이다. 고대 사회에서는 왕과 귀족들만이 정치적 자유를 누렸지만, 근대 사회로 오면서 그 정치적 자유가 시민 계급에까지 확대되었고, 현대 사회로 오면서는 노동자·농민층에게까지 실질적으로 확대되어 가고 있다.

또한 인간의 역사는 경제적으로 빈부의 차가 적어지는 길로 발전해 왔고 또 앞으로도 계속 그렇게 나아갈 것이다. 신라 시대나 고려 시대에는 소수의 귀족층만이 재부의 대부분을 차지하여 피지배층의 생활은 처참했다. 조선 시대에도 양반 지배층의 생활과 일반 농민의 생활 사이에는 상상하기 어려울 만큼 차이가 있었다. 근대 사회로 내려오면서 자산 계급과 서민 대중 사이의 생활 양식은 어느 정도 접근해 갔으나 소유한 재부의 차이는 여전히 크다. 그러나 재부의 편중을 억제하고 사회적 평등을 촉진하는 운동과 정책이 계속 추진되고 있으며, 그것이 바른 역사의 길이라는 인식이 확대되어 가고 있다. 이와 같은 현상은 앞으로도 더 발전될 수밖에 없을 것이다.

인간의 역사는 또 인간과 인간 사이의 사회 계급적 차이를 해소하는 방향으로 꾸준히 발전해 왔다. 고려나 조선 시대의 그렇게 엄격했던 신분제가 폐지되어 종이나 하인 등 신분 제도에 의해 차별받던 계층이 없어졌고, 일제 강점 하 시대까지도 엄존했던 백정 계급이 없어진 지도 오래 되었다.

　물론 아직도 만민 평등이 이루어진 것은 아니다. 정치적 지위나 재부의 소유 정도에 따른 사람과 사람 사이의 차등은 아직 남아 있다. 그것이 해소되기 위해서는 인간이 정치적 속박으로부터 해방되고 경제적 불평등으로부터 해방되어야 할 것이다.

　인간의 역사는 또한 생각하고 표현하는 자유, 즉 사상의 자유가 꾸준히 확대되는 방향으로 발전해 왔다. 지구가 도는 것임을, 만민이 평등함을, 권력은 국민의 것이어야 함을, 재부가 만민의 것임을 남보다 먼저 말했다가 희생된 사람들이 많았지만, 아무리 무서운 권력도 뿌리 깊은 인습도 인간의 '생각하고 말하는 자유'를 계속 누를 수는 없었다. 사상의 자유야말로 인간의 역사를 앞으로 나아가게 하는 원동력 가운데 하나였던 것이다.

　수천 년에 걸친 인간의 역사를 분석해 온 역사학은 역사의 변화에 일정한 방향이 있다고 말하고 있다. 그 방향은 크게 말해서 인간이 정치적인 속박을 벗어나는 길, 경제적인 불평등을 극복하는 길, 사회적인 불평등을 해소하는 길, 사상의 자유를 넓혀가는 길이라 말하고 있다.

　역사를 어떻게 볼 것인가. 우리들 자신이 하고 있는 일, 주변에서 일어나고 있는 일들이 인간의 정치적 자유, 경제적 균등, 사회적 평등, 사상적 자유를 이루어나가는 데 궁극적으로 합치되고 있는가 그렇지 못한가를 분간할 수 있어야 한다. 합치되는 사실은 역사적 사실이며, 거슬리는 사실은 반역사적 사실임을 알 수 있어야 한다. 그것이 역사를 보는 직접적인, 그러면서도 쉬운 방법의 하나라 할 수 있다.

　자신의 조상, 자신이 속한 민족, 더 나아가서 인류의 긴 역사를 떠난 어떤 인간의 존재도 상상할 수 없으며, 또한 이러한 인간들을 떠난 미래의 역사도 생각할 수 없다. 한 인간의 개성은 그 자신이 살아온 고유한 과거이며, 한 민족의 정체는 그 민족이 밟아온 색다른 역사를 통해서만 그 대답을 얻을 수 있다. 나 개인이나 우리 민족에 있어 역사의 중요성은 자명하다.

　역사란 무엇인가? 그것은 과거의 사실과 사물들을 지칭한다. 신라에 의한 백제의 멸망, 이성계의 위화도 회군, 6·25 전쟁, 그리고 아편 전쟁, 일본의 항복 등이 그러한 사실의 예이며, 광개토대왕 비문이나 아즈카 고분의 고구려 양식 벽화가 역사적 사물의 예이다. 그러나 과거의 모든 사실이나 사물이 다 같이 역사에 속하지는 않는다. 화산 폭발이나 지방 정치인의 교통 사고가 한 민족의 역사의 일부일 수 없으며, 공룡의 사멸이나 아프리카 부족 싸움은 세계의 역사에 소속하지 못한다. 이것은 전자의 사실이나 사물들이 한 민족의 역사를 이야기하는 데 뺄 수 없는 요소이며　부분인 데 반해서, 후자의 사건이나 사물들은 전혀 그렇지 않기 때문이다.

　역사는 사실이나 사물들로서가 아니라 그러한 것들의 의미로만 존재한다.

　그러므로 역사가 탐구하는 것은 사실이나 사물이 아니라 그것들이 지니고 있는 의미이며, 역사가 의도하는 것은 그러한 의미로 싸여진 하나의 이야기이다. 그러므로 역사적 사실이나 사물들은 하나의 이야기를 구성하는 단편적 낱말이나 문장으로 존재하고, 이야기로서의 역사는 텍스트로 존재한다. 6·25 전쟁은 물리적으로 나타난 현상이고 광개토대왕 비문은 물리적으로 관찰할 수 있지만, 그것이 역사적 사실이나 사물로 분류될 수 있는 이유는 그것들이 한 이야기 속에서 관념적, 즉 언어적 의미를 담고 있는 기호로서 존재하기 때문이다.

　이야기로서의 역사는 어떻게 씌어지며 그 의미는 어떻게 해석해야 하는가? 예컨대, 무열왕릉에서 발견된 금관은 역사가의 시대적, 문화적 및 이념적 배경, 그리고 그의 총체적 역사관에 따라 그 의미가 달리 해석될 수 있는 만큼 역사 이야기는 극히 주관적일 수 있다. 그리고 광개토대왕 비문의 새로운 해석, 아즈카 고분에서 새롭게 발견된 벽화에 따라 역사가도 그때까지 갖고 있던 고구려의 역사, 그리고 백제와 일본의 문화적 관계에 대해 그가 갖고 있던 역사 인식이 바뀌고 새로운 역사를 쓸 수 있다. 이런 점에서 역사 쓰기와 역사 읽기는 서로 독립된 두 가지 행위가 아니라, 동일한 행동의 상보적 양면에 불과하다.

역사 쓰기와 역사 읽기에 대한 위와 같은 사실은 물리적으로 똑같은 사건·사실·사물일지라도 역사가에 의해 늘 새롭게 해석될 수 있고, 따라서 한 민족의, 그리고 인류의 역사가 부단히 새롭게 씌어질 수밖에 없음을 말해 준다. 그러므로 한 역사가가 나의, 우리 민족의, 그리고 세계의 역사로서 쓴 이야기와 그것의 의미는, 한 소설가가 쓴 소설로서의 이야기와는 달리 영원히 미완성인 채 언제나 열려 있으며, 앞으로 그 이야기를 어떻게 써 가야 하는가는 나의, 우리 민족의, 그리고 인류의 결단, 지혜 및 실천력에 달려 있다. 인간은 역사의 산물이지만, 그와 동시에 역사의 주인공이며 창조자이다.

실증적인 역사가들의 사고 방식에는 사료(史料) 속에 주관을 개입시켜서는 안 된다고 하는 기본적인 생각이 그 바탕에 깔려 있다. 물론 이러한 사고 방식은 그 자체로는 결코 잘못이라 할 수 없다. 문제는 그들이 단순한 사료 해석상의 이러한 규칙을 그 적용 한도를 넘어서서 역사학 전체의 원칙으로까지 확대하고 있는 데 있다. 이런 류의 실증적 역사가들은 각자의 개인적인 관점을 되도록 제거하고 사료로부터 획득된 사실로 하여금 스스로 말을 하게끔 만드는 것이 역사의 최대의 요건이라고 말한다. 이런 견해는 얼핏 들으면 그럴 듯하게 들리지만 그것은 이중의 의미에서 잘못이라는 점을 지적할 수 있다.

첫째, 역사의 사료에는 유물사료만이 아니라 서술사료가 있는데, 이 사료들도 그것을 작성하고 만든 사람들의 주관에 따른 고찰에 지나지 않는다는 점이다. 그 서술사료들은 그것을 작성한 사람들이 역사적 사실에 대해 취사선택을 한 결과인 것이다. 그러므로 결국 과거의 사실이란 우리가 그것을 어떤 하나의 맥락 속에 집어넣어 말을 하게 하지 않는 이상 결코 스스로 말하는 법은 없다. 그렇기 때문에 '사실은 스스로 말을 한다'고 하는 실증적 역사가들의 견해는 하나의 수사학에 지나지 않는다. 둘째로 역사가가 자신의 주관을 제거하고 사실로 하여금 스스로 말을 하게 해야 한다는 식으로 문제를 설정하는 방식 자체가 불가능한 일이다. 왜냐하면 우리가 역사를 쓰고자 하여 사료에 접근할 때에는 '황소 뒷걸음질에 쥐잡는' 격으로 무턱대고 사료를 탐구하는 것이 아니기 때문이다. 오히려 우리가 사료를 탐구할 때에는 이미 우리 스스로 어떤 의도를 가지고 그 의도에 따라 사료에 접근하는 것이 보통이다. 이런 의도를 가리켜 보통 가설이라 하는 바, 역사가가 특정한 의도를 가지는 것은 탐정이나 형사가 아무런 가설 설정 없이 범죄수사에 뛰어들 수 없는 것과 마찬가지이다. 물론 처음에 세웠던 가설은 탐구 도중에 수정되기도 하고 심지어 폐기되기도 한다. 그러나 이 경우에도 수정과 폐기는 객관적인 진실에 접근해 가는 방향으로 이루어져야 한다. 다만 처음에 세운 가설을 과감하게 수정하거나 폐기하기보다는 거기에 집착하는 경향은 인지상정일 것이다. 그렇지만 잘못이 있다면 그것은 역사가의 가설이 처음부터 잘못 설정되어 있었기 때문이거나 그 가설이 옳을 것이라 집착하는 태도에 있는 것이지, 가설을 세우는 그 자체에 있는 것은 아니다.

이는 우리가 역사를 왜 연구하고 공부하는가 하는 질문을 던져보면 너무나 자연스럽게 도출될 수 있는 사항이다. 보통 역사에 관심을 기울인다는 것은 장래를 앞에 두고 어떤 행위를 결단하고자 할 때에 그런 결단을 내리기 위한 근거를 구하고자 하는 의도를 전제로 한다. 말하자면 장래의 결단을 위해 우리는 과거에 물음을 던지는 것이다. 역사를 두고 '만들어지는 것'이라고 하는 까닭이 바로 여기에 있다.

✤ 다음의 (가)의 Ⅰ·Ⅱ는 조선조 단종과 세조의 권좌 이양을 소재로 한 두 소설 작품의 일부이고, (나)는 역사의 뜻을 정의하는 글의 일부이다. (가)의 Ⅰ·Ⅱ에서 서술 태도 및 시각의 차이가 왜 나타나며, 그러한 차이가 역사 서술에서는 어떻게 나타날 수 있는가를 구체적으로 밝히고, 이를 바탕으로 역사를 해석하고 평가할 때 적용되어야 할 보편적인 기준을 제시하시오.

가 Ⅰ

왕은 삼문에게서 국새를 받으시와 수양대군에게 전하신다.

시립한 사람들 중에서는 느껴 우는 소리가 들린다. 한확의 눈에서는 눈물이 흘렀다. 비록 밖에서는 왕의 선위를 주장하던 무리라도 손에 옥새를 들고 서 계신 왕을 우러러 뵈옵고 그 심사를 미루어 볼 때에는 눈물이 아니 흐를 수가 없었다.

수양대군은 이마를 조아려 세 번 사양하였다. 그러나 마침내 일어나 옥좌 앞에 꿇어앉아 왕의 손에서 국새를 받아 들고 어찌할 바를 모르고 다시 부복하였다. 수양대군도 마음이 설레고 눈물이라도 흘리고 싶었으나 조금도 슬프지 아니하였다. 손에 오랫동안 바라고 바라던 옥새가 있지 아니하냐. 이것은 꿈이 아니라야 한다.

– 이광수, 「단종애사(端宗哀史)」에서

가 Ⅱ

내가 못할 일을 했는가? 신왕은 몇 번을 속으로 자문하였다. 그러나 그에 대한 대답은 명료히 그의 마음에 일었다.

─아니로다. 천상천하 아무데를 내놓을지라도 추호 부끄러운 데 없다. 다만 조카님의 부탁과 같이 이 백성을 내 힘으로 넉넉히 안락되게 하며, 이 땅을 기름지게 키우는 데 성공하겠느냐 못하겠느냐 하는 문제뿐이로다.

온 힘을 다 쓰자. 뼈를 부수고 몸을 갈아서라도 조카님의 뜻에 봉답하고 또 어린 마음에 고통을 받으시며 물러서신 조카님을 이후 마음과 몸이 아울러 평안하시도록 온 힘을 다 쓰자.

신왕은 굳게 마음에 결심하였다.

– 김동인, 「대수양(大首陽)」에서

나

우리가 흔히 사용하고 있는 역사라는 단어는 원래 중국에서 빌어 온 말이다. 그런데 역사라는 말을 구성하는 '역(歷)'과 '사(史)' 중에서도 중요한 것은 '사(史)'자 이다. 이 '사'라는 글자 한 자가 바로 역사라는 의미를 가지기 때문이다. 이 글자는 원래 사람이 책을 받쳐 들고 있는 형상을 나타내는 글자라고 한다. 그러니까 결국 이 '사'라는 글자는 사물이나 사건을 글로 써서 남기는 인간, 기록하는 인간을 나타내는 것이라고 하겠다.

유럽에서는 역사를 의미하는 말로서 대체로 다음과 같은 두 가지 문자가 사용되고 있다. 그 가운데 하나는 유럽 문명의 원류를 이루는 그리스·로마 계열의 문자이고, 다른 하나는 중세 이후에 유럽 문명을 담당하게 되는 게르만계 민족의 언어이다. 그리스·로마 계열의 언어란 곧 현대 영어의 히스토리(history)라는 단어를 가리킨다. 이 말은 '사물을 탐구하다, 조사하다'라는 뜻을 가지고 있는데, 결국은 조사된 것, 탐구된 것을 가리킨다. 이야기를 뜻하는 영어의 스토리(story)도 같은 어원에서 나온 말이다. 그런가 하면 게르만 계열의 언어에서는 역사를 게쉬히테(Geschichte)라고 한다. 이 말은 '일어나다'라는 의미를 갖는 동사에서 출발하였으므로 '이미 일어난 일' 곧 과거의 사실을 의미하게 된다.

이처럼 유럽에서 역사라는 의미로 사용되는 두 가지 말은 오늘날 우리가 사용하고 있는 역사라는 말의 용법을 그대로 보여주고 있다. 우리가 막연하게 역사라고 말할 때에는 과거에 일어난 사건을 포괄적으로 지칭하는 의미로 사용하는 것이다. 그러나 또 한편으로 우리는 역사책에 쓰여진 사건 혹은 과거에 대해 탐구한 사건을 역사라고 말한다. 이 두 가지 의미는 흔히 '사실로서의 역사'와 '해석으로서의 역사'

로 구분되기도 한다.

유의 사항 •••••••••••••••••••••••••••••••••

1. 반드시 구체적인 역사적 사건을 예로 들어 설명할 것.
2. 글의 길이는 띄어쓰기를 포함하여 1,400자 내외(±100자 허용)로 할 것.

논술 해결의 길잡이

✪ 논제 살피기

이 논제는 크게는 두 가지, 작게는 세 가지 사항을 요구하고 있다. 첫째, 동일한 사건을 제재로 한 두 소설 작품이 왜 서로 다른 서술 태도와 시각을 보여주고 있는가. 둘째, 그러한 차이가 역사 서술에서는 어떻게 나타나는가. 셋째, 그렇다면 역사를 해석하고 평가할 때 어떤 기준으로 평가할 것인가.

첫째 사항은 작가의 세계관으로 해명이 가능하다. 어떤 관점에서 보느냐에 따라 평가가 달라질 수 있는 것은 당연한 일이고, 이는 문학 작품에서 가장 빈번히 나타나기 때문이다. 둘째 사항은 제시문에서 어느 정도 방향을 제시하고 있다. 사실로서의 역사만 본다면 서술 태도와 시각의 차이는 나타날 수 없지만, 그것이 언어적 기록이고 이야기라면, 다시 말해 해석으로서의 역사라면 당연히 역사 서술에서도 그러한 차이는 드러나게 마련이다. 이는 역사를 해석하는 주체의 관점만이 아니라 언어의 특성과도 관련된다. 언어는 완벽하게 이 세계의 사상(事象)을 드러낼 수 없기 때문이다. 셋째 사항은 순전히 논술 작성자 개인이 주체적으로 판단해서 결정해야 한다. 어떤 사건이 있다면 그것의 역사적 의미를 판단해야 하는데, 이때 무엇을 기준으로 삼을 것인가 하는 것이다. 어떤 기준을 적용하든, 그 기준이 왜 정당하고 타당한지를 밝혀야 한다.

✪ 제시문 파악하기

(가)의 Ⅰ은 이광수의 '단종애사'의 일부이고, Ⅱ는 김동인의 '대수양'의 일부로서, 세조가 단종으로부터 왕권의 상징인 옥새를 전달받는 장면을 발췌한 것이다. 동일한 사건을 제재로 삼고 있으면서도 제목에서부터 그 사건을

바라보는 시각의 차이를 확인할 수 있다. 전자는 '단종이 겪은 슬픈 역사'라는 의미에서 세조의 왕위 승계를 부당하게 보고 있고, 후자는 세조를 칭하면서 '대'라는 접두어를 붙여 존중과 정당성을 부각시키고 있음을 알 수 있다. 실제로 서술자의 서술 태도가 Ⅰ에서는 왕위 찬탈에 대한 수양대군의 정치적 야심을 "수양대군도 마음이 설레고 눈물이라도 흘리고 싶었으나 조금도 슬프지 아니하였다. 손에 오랫동안 바라고 바라던 옥새가 있지 아니하냐. 이것은 꿈이 아니라야 한다."라는 부분에서 극단적으로 드러낸다. Ⅱ에서는 이와 반대로 수양의 겸손한 성품이 왕위 계승의 정당성을 부여해 주고 있다. 이와 같은 서술 태도 및 시각의 차이는 문학에서는 매우 당연하고 자연스러운 현상이다. 작가는 자신의 고유한 세계관으로 파악한 세계상을 그려내기 때문이다.

(나)는 역사라는 말의 어원을 중심으로 그 의미를 살핀 글이다. 동양에서의 역사는 문자로 '기록'된 것이 중심 의미를 이루고, 서양에서는 '사건'과 '이야기', 즉 '사실로서의 역사'와 '해석으로서의 역사'라는 이중적인 의미를 지니고 있다는 것이다. 이 중에서 '사실로서의 역사'는 과거에 있었던 사건 그 자체를 가리키므로, (가)와 연관짓는 데는 어려움이 따른다. 반면에 '해석으로서의 역사'에 주목해 보면, '기록'은 문자언어로 옮기는 것이고 이야기도 언어로 엮어낸다는 점에서 동서양에서 공통적으로 규정한 '역사'의 의미를 추출해 볼 수 있다.

❂ 해결 과정 생각하기

① (가)의 Ⅰ과 Ⅱ에 나타난 서술 태도와 서술 시각의 차이를 역사의 개념에 적용한다.

<제시문 파악하기>에서도 언급한 대로, (가)의 Ⅰ과 Ⅱ는 대상을 어떤 관점으로 보느냐에 따라서 대상을 서술하는 태도가 다르게 나타나고 있음을

보여주는 전형적인 사례이다. 하나는 세조를 부당한 정치적 야욕을 가진 인물로 보는 반면에, 다른 하나는 세조의 왕위 승계가 정당한 일이라는 판단을 전제로 서술되고 있다. 이러한 차이는 하나의 언어적 기록이라 할 수 있는 역사에서도 나타날 수 있을 것이다. 언어는 어휘에서부터 어조까지가 그것을 사용하는 사람의 관점에 따라 달리 선택되기 때문이다.

그러나 여기에 그쳐서는 안 된다. <유의 사항>에서 구체적인 사례를 요구했기 때문에, 역사상의 특정한 사건을 끌어들여야 한다. 이 사례는 한국사에서 찾아도 되고 세계사에서 찾아도 무방하다. 다만 비교적 널리 알려지고, 관점의 차이에 따른 서술 방식의 차이가 잘 드러난 사례여야 한다. 가령, 유럽인들이 아메리카 대륙으로 간 사건을 두고 '아메리카 발견'으로 볼 것인가, '아메리카 침입'으로 볼 것인가 하는 문제나, 80년 광주에서 있었던 사건을 '폭도'들에 의한 '광주 사태'로 부르다가 현재는 '광주 민주화 운동'으로 규정하는 일은 친숙하면서도 관점의 차이를 적절히 드러내는 것으로 볼 수 있다. 이러한 사례를 통해 관점의 차이에 따라 역사 서술도 달라질 수 있음을 입증해야 한다.

② 역사적 사건을 평가할 때 무엇을 보편타당한 준거로 적용할 것인가를 생각해 본다.

역사적 사건의 평가에 적용될 보편타당한 준거가 정해져 있는 것은 아니다. 아무리 관점에 따라 동일한 사건에 대해 상이한 평가가 가능하더라도 모든 관점이 정당하지는 않을 것이기 때문이다. 따라서 어떠한 평가가 정당한지를 판단하기 위해서는 거기에 적용된 기준이 무엇인가를 따져야 한다.

이 기준은 논술 작성자 스스로 설정할 수 있어야 한다. 그리고 그것은 보편타당한 것이어야 한다. 예컨대 인권의 신장에 얼마나 기여했는가 하는 점을 들 수도 있고, 인간의 정치적 자유나 경제적 평등, 사상의 자유 등등도 보편타당한 기준으로 설정할 수 있다. 이들 항목들은 인류가 어디에서나 보편적으로 추구하는 사회적 삶의 지향들이기 때문이다.

이 논제는 궁극적으로 역사를 해석하고 평가할 때 적용되어야 할 보편타당한 기준은 무엇인가를 묻고 있다. 이를 위해서 동일한 사건을 제재로 한 두 소설 작품이 왜 서로 다른 서술 태도와 시각을 보여주고 있는가, 그러한 차이가 역사 서술에서는 어떻게 나타나는가 하는 문제를 선결 과제로 내세우고 있는 것이다.

어떤 관점에서 보느냐에 따라 평가가 달라질 수 있는 것은 당연한 일이고, 이는 문학 작품에서 가장 빈번히 나타난다. 그렇다면 역시 동일한 언어적 기록인 역사 서술에서도 이러한 차이는 나타나게 마련이다. 그러나 무한정 다양한 시각의 차이를 모두 정당하다고 인정할 수는 없다. 어떤 기준에 의해 평가하고 있는가를 보아야 하는 것이다. 이는 순전히 논술 작성자 개인이 주체적으로 판단해서 결정해야 한다. 어떤 사건이 있다면 그것의 역사적 의미를 판단해야 하는데, 이때 무엇을 기준으로 삼을 것인가 하는 것이다. 어떤 기준을 적용하든, 그 기준이 왜 정당하고 타당한지를 밝혀야 한다.

✪ 주제문 작성

역사적 사건에 대한 평가는 상대적일 수밖에 없으나, 그 평가의 기준은 보편타당해야 한다.

✪ 주제어 : 관점, 이해 관계, 평가 기준, 인권, 보편타당성

✪ 개요 작성(1,400자)

서론(250자) : '단종애사'와 '대수양'의 차이점

본론(720자) : 1. 사상(事象)을 대하는 관점의 다양성

   −이해 관계에 바탕을 둔 시각의 차이

2. 역사적 사건을 바라보는 관점의 차이

   −현재적 시각에서 상상력과 주관의 개입

3. 보편 타당한 평가 기준의 필요성

   −역사 날조나 악의적 의도에 대한 경계

결론(360자) : 역사에 대한 평가 기준으로서의 '인권'

   −인권의 보편타당한 가치

✪ 예시 답안

 이광수의 '단종애사'와 김동인의 '대수양'은 그 제목에서부터 대상을 보는 관점의 차이를 선명하게 보여준다. 이광수는 단종이 수양대군에게 왕위를 넘긴 것을 '슬픈 역사'라고 보고 있고, 김동인은 수양대군이 위대한 인물임을 드러내려고 하는 의도를 품고 있음을 알 수 있다. 실제로 '단종애사'에서는 수양대군이 겉으로 드러난 행동과 속에 품고 있는 마음이 서로 다른 위선적인 인물로 묘사되고 있고, '대수양'에서는 겸손한 성품의 소유자로 그려지고 있다.(250자)

 이러한 차이는 사물이나 사건, 현상을 바라보는 관점의 차이에서 생긴다. 같은 산이라 하더라도 그것을 어떤 방향에서 바라보느냐에 따라 그 모습은 달라질 수밖에 없다. 하물며 인간 사회를 바라보는 시각에 차이가 없을 수 없다. 산은 하나의 자연물로서 단지 보는 위치에 따른 차이에 불과하지만, 인간의 사회를 바라보는 시각은 너무도 당연히 복잡한 이해 관계를 바탕으로 삼고 있기 때문이다. 이광수와 김동인이 수양대군이 왕권을 차지하는 동일한 사건을 서로 상반된 시각으로 그려낸 것도 이러한 사정으로 이해할 수 있다.(285자)

 그런데 이러한 시각과 관점의 차이는 역사를 서술할 때에도 그대로 드러날 수 있다. 그것은 역사가 단지 지나간 과거의 사실에 머무르지 않고 오늘날의 인간의 안목으로 그것을 해석해내는 것이기 때문이다. 과거의 사실 자체도 순수하게 객관적인 사실만은 아니거니와, 그것을 오늘날의 관점에서 해석을 해 낸다면 거기에 필연적

으로 한 개인의 주관과 상상력이 개입될 수밖에 없는 것이다. 아메리카 대륙은 유럽인의 입장에서는 '발견'이었지만, 원주민의 입장에서는 '침탈'에 불과한 것이다.

그러나 그렇다고 해서 모든 다양한 관점들이 정당할 수는 없다. 악의적인 목적을 위해 의도적으로 역사를 날조하는 경우도 있기 때문이다. 따라서 어떤 특정한 역사적 사건을 해석하고 평가할 때에는 보편타당한 준거가 있어야 한다. 그리고 그 준거는 인간이 보편적으로 추구하고 지향하는 이상이 담겨 있어야 한다.(435자)

그런 점에서 '인권의 신장'은 그러한 준거의 하나로 자리잡을 수 있는 조건이 충분하다고 본다. 인류의 역사가 인간의 인권을 끊임없이 확장해 온 역사이기 때문이다. 인간은 어떠한 목적을 위한 수단으로 이용될 수 없으며, 그 자체로 존중을 받아 마땅한 존재이다. 우리가 일제에 의한 식민 통치를 반역사적이라고 평가할 수 있는 이유 중의 하나가 일제에 의해 저질러진 반인권적 악행에 있는 것이다. 뿐만 아니라 6·25 전쟁도, 광주 민주화 운동도 이와 같은 기준으로 평가할 수 있다. 이처럼 어떤 역사적인 사건이든지, 인권의 신장에 기여하느냐 인권을 억압하느냐는 그 사건에 대한 평가의 기준으로 충분한 보편타당성을 가질 수 있으리라 본다.(360자)

(총 1,330자)

✪ 강평

논제에서 요구하고 있는 바를 비교적 충실하게 수용하여 논지를 전개하였다. 또한 구체적인 사례를 동원함으로써 논지의 구체성을 높였고, 적절한 논거가 주장의 설득력을 높이고 있다. 아주 능숙한 글쓴이로서의 면모를 보여준다. 다만 서론과 본론, 결론의 분량을 적절하게 분배했으면 하는 아쉬움이 있다. 이 글의 결론에 해당되는 부분이 실은 이 논제에서 요구하고 있는 핵심적인 사안인데, 한 단락으로 마무리하고 말았다. 전체 분량에 비해 너무 소략한 느낌을 준다.

역사(歷史, History)

1. 역사의 어원

동양에서 쓰이는 역사(歷史)라는 단어의 어원은 '지나간 일', '경과한 일'을 뜻하는 "역(歷)"과 활쏘기에서 적중한 수를 기록하는 사람을 뜻하는 "사(史)"가 합쳐진 것이다. 또한, 서양에서 역사를 뜻하는 말로 쓰이는 단어에는 독일어인 Geschichte와 영어인 History가 있다. 독일어로 역사를 뜻하는 Geschichte라는 단어는 geschehen이라는 동사가 명사화한 것으로 "일어난 일"을 뜻한다. 한편 영어의 History는 "찾아서 안다."라는 그리스어 Historia에서 비롯된 것으로 즉, Ghechichte와 역(歷)은 '객관적 측면에서의 과거의 사실'을 History와 사(史)는 '주관적 측면의 기록된 사실'을 나타내는 어원을 가진다. 결국, 역사란 용어는 객관적 사실로서의 역사와 이를 토대로 역사가가 주관적으로 재구성한 역사의 두 측면을 내포하고 있다.

2. 역사의 대상

역사는 과거에 있어서의 인간의 행위를 대상으로 한다. 따라서 그 대상은 직접 우리들이 관찰할 수 없는 것이다. 그렇기 때문에 역사의 탐구는 인간에 의해 만들어지고 남은 모든 것, 즉 기록문헌, 건물 등 유형의 물건뿐만 아니라 구전해 오는 민요, 전설 등의 사료(史料)를 통해 이루어진다.

3. 역사의 목적

역사는 자기 인식을 목적으로 하고 있다. 인간에게 있어 가장 중요한 것은 자기 자신의 일을 아는 일일 것이다. 이 말은 자기의 개인적인 특수성을 아는 것이 아니라, 인간으로서의 자신의 본질을 안다는 의미이며, 자기 자신을 아는 것은 자신이 앞으로 무엇을 할 수 있겠는가를 아는 것이라고 할 수 있다. 그러나 무엇을 할 수 있겠는가는 자신이 직접 경험을 하지 않는 이상 알 수 없다. 하지만 과거 인간의 행동에 따른 인과결과를 연구함으로써 앞으로의 인간 행동에 따른 결과의 가능성 또한 점쳐볼 수 있게 된다. 따라서 역사의 가치는 인간이 무엇을 해왔는가를 연구함으로써 앞으로 무엇을 할 수 있는가, 또 해야 하는가를 가르쳐 주는 데 있다고 할 수 있다.

4. 역사의 관점

19세기 독일의 랑케는 역사란 "그것이 본래 어떻게 있었는가"를 밝히는 것이며(즉, 과거의 사실을 있었던 그대로 복원하는 것이며), "역사가는 자신을 숨기고 역사적 사실만을 말해야 한다"고 하여 역사의 객관적 측면을 강조 하였다. 예를 들어 기원전 221년 진시황제의 통일로 중국의 전국시대가 끝난 것은 명백한 사실(史實), 1950년 6월 25일에 육이오 전쟁이 일어난 것도 명백한 사실이다. 이렇게 과거에 일어난 일을 그대로 밝혀야 한다는 것이 그의 주장이다. 랑케의 이러한 입장은 실증적 역사 연구의 방법을 확립하는 데는 크게 이바지하였으나 역사의 주관적 측면은 철저하게 배제하는 것이었다. 19세기 독일의 역사학자 랑케, 그리고 그를 따르는 실증주의 역사학자들은 모두 그렇게 믿었다.

하지만 여기에는 근본적인 문제점이 있었다. 역사학자도 당대를 살아가는 한 사람의 인간인데, 어떻게 객관적이기만 할 수 있을까? 강물이 어디로 흘러가는지 알려면 강물 속에서는 불가능하고, 지구가 둥근 것을 보려면 지구 위에서는 불가능하다. 역사 속에 있으면서 역사를 객관적으로 본다는 것은 불가능한 일이라는 것이 랑케의 실증주의에 대한 비판으로 제기되기 시작했다.

그래서 20세기 이탈리아의 크로체는 "모든 역사는 오늘의 역사"라고 하면서 랑케의 입장에 반대하였다. 즉, 랑케가 주장하는 객관적 역사서술은 불가능하다고 비판하면서 역사가의 입장과 시각에 따라 역사 서술도 달라진다고 하였다. 예를 들어 역사의 기록이 지배자에 의해 이루어졌을 때는 그들의 입장을 옹호하기위해 피지배 계층의 우매함을 강조하고 자신들의 위대함을 강조하는 역사서가 저술될 수밖에 없고 피지배계층에 의해 쓰였을 때는 그들의 억울함을 달래기 위해 지배층의 모순점을 부각시킨다. 승리자의 역사라는 유명한 말은 앞의 사례와 같은 사실에 비추어 당대의 승리자에 의해 역사서가 서술되고 그에 따라 패배자의 입장은 역사서 속에서 승리자와 동등한 입장에서 서술되지 않기 때문에 역사가 객관적일 수 없다는 사실을 보여준다. 하지만 역사가의 주관적 해석을 강조하는 크로체의 이러한 입장에도 자칫 역사적 상대주의로 흐를 수 있다는 맹점이 있었다.

그래서 20세기 후반 영국의 카(Carr)는 객관적 사실을 중시하는 랑케와, 역사가의 주관적 해석을 중시하는 크로체를 모두 비판하면서 중도적(조화적)인 입장을 보여주었다. 즉, "역사가와 역사상의 사실은 서로를 필요"로 한다는 것이다. 왜냐하면 "사실을 갖지 못한 역사가는 뿌리가 없는 존재로서 열매를 맺지 못할 것"이며, 반대로 "역사가가 없는 사실은 생명이 없는 무의미한 존재"이기 때문이라는 것이다. 그에 의하면 결국 역사라는 것은, "역사가와 사실사이의 부단한 상호작용의 과정이며, 현재와 과거 사이의 끊임없는 대화"인 것이다. 다시 말하면, 역사가가 역사적 사실을 입증해 줄 자료, 즉 사료를 가지고 과거의 역사를 탐구(객관적으로)하고, 그 결과를 그 자신의 사관에 입각하여 서술(주관적으로)하는 학문이 역사라는 뜻이다.

제 9 장

배움의 가치

 ## 논술 기법

1. 정서(正書, 淨書) 습관의 중요성

논술 고사는 주어진 시간에 주어진 논제를 분석하고 그 자리에서 채점받을 논술 답안지를 작성하여 제출하는 시험이다. 이러한 상황에서는 누구나가 좀더 체계적이고 완벽한 답안지를 작성하고자 하는 바람이 있다. 그런 이유로 대뜸 답안지에 바로 글을 써 내려가기는 어려울 것이다. 미리 연습지에 초안을 잡아 써 놓고 이론적인 글쓰기의 요소에 입각하여 자신의 글을 수정한 다음 본 답안지에 옮겨 적으려 한다. 그러한 심리로 나타나는 현상 중의 하나가 글을 연필로 작성하는 경우이다. 많은 학생들은 제출용의 답안 작성은 절대로 연필은 안 된다는 생각을 가질 필요가 있다. 이것은 완성되지 않은 연습이며 따라서 정상적인 답안으로 인정받을 수 없다. 더군다나 시험인 경우에 일정 인원을 뽑고 나머지를 불합격시켜야 하는 민감한 상황에서 지우고 다시 써도 되는 연필로 작성된 답안지를 채점자에게 제출하여 어떻게 하라는 말인가? 물론 실제 시험에서는 필기도구를 규정하기 때문에 이런 결과가 직접 나타나지는 않겠지만, 중요한 것은 실제 시험이 아니라 논술 연습을 해 나가는 모의시험 과정에서 흔히 나타나는 답안 형태가 거의 이렇다는 것도 심각하게 생각해 보아야 한다. 평상시 연습해 오던 방식과 실제 시험에서의 방식이 다르면 긴장도 하겠거니와 새롭게 사용하는 방식이 낯설어서 결과적으로 낭패하기도 쉬울 수 있다.

논술 답안은 내용적으로 접근하면 주어진 논제를 제대로 분석해서 요구하는 대로 내용이 부분부분 잘 적용되었는지, 또는 자신의 주장을 설득력 있게 전개하기 위해 필요한 논거와 논증을 제대로 사용했는지, 단어 선택은 적절했는지, 문장 구성은 완전한지 등을 살펴 채점하는 것이 정상이겠으나 논술문 작성자는 이러한 내용의 장점들이 자신이 쓴 장점 이상으로 채점자에게 다가갈 수 있는 또 다른 요소들에도 당연히 신경을 써야 한다. 예를 들어, 글씨가 바르지 않고 비틀려 있거나 글씨 자체가 균형이 없이 써 있는 경우는 바르고 정확한 글씨에 비해 그 내용적 점수를 인정하는 데 약간의 제약이 있을 수 있음은 인지상정이다. 글씨는 훌륭한 서체를 모방하여 멋지게 쓰라는 것은 아니다. 누가 보아도 자음과 모음의 형태를 잘 알아볼 수 있도록 또박또박 써야 읽는 사람도 편한 마음으로 읽을 수 있다. 그리고 실제 글을 써 본 사람은 알겠지만 글을 쓰는 사람 입장에서도 날아가는 듯한 글씨체로 빨리빨리 내용을 전개하는 것보다 차분하게 천천히 글씨를 쓰다보면 글을 쓰는 사람의 생각도 차분해지면서 오히려 논리정연하게 잘 따져가면서 조리있는 글을 쓸 수 있는 장점이 있다. 중요한 것은 모의시험에서도 항상 글씨를 정확하게 써서 실제 중요한 답안지를 작성할 때도 아무 낯설음 없이 깨끗한 답안지를 만들어낼 수 있도록 준비하라는 것이다. 이것은 연습이니까 하는 생각을 가지고 매번 소홀히 하다 보면 긴장이 되고 시간이 쫓긴다는 강박관념 속에 글을 쓰게 되는 실제 시험에서 결코 깨끗한 답안 작성을 할 수 없다. 그 많은 답안지를 읽어 가면서 논술문 작성자의 개개인의 논리 속을 헤매면서 깨끗하지도 않고 정확한 자모음의 형태를 읽을 수 없는 글을 인내심을 가지고 읽어 줄 채점자는 아마도 끝내 찾지 못할 것이다.

이에는 글씨의 형태에만 국한시킬 문제는 아니다. 글씨의 크기도 적당해야 할 것이고 필기도구의 굵기도 적절해야 할 것이다. 글씨 크기가 너무 작으면 읽어내는 데 수고가 많을 것이며 바로 지루함이 느껴질 것이고, 너무 크면 글의 내용이 아무래도 성의 없이 느껴질 수도 있다. 볼펜보다는 잉크펜의 선택이 좀더 깔끔한 글쓰기에는 효과가 있을 것도 같다.

모의시험에서 답안 원고를 주어서 그곳에 논술문을 써 오라고 하면 간혹 깨끗하고 선명한 답안을 제시할 욕심으로 임의로 컴퓨터 자판을 이용해 작성해 오는 경우도 있다. 우선 보기에는 형식적 요건의 세련됨으로 전개한 내용의 평가가 그 이상의 효과로 다가올 수도 있겠지만 실제 논술 고사에서는 자신의 손으로 자신이 준비한 필기도구로 작성해야 하기 때문에 이러한 기술(記述)도 모의시험을 통해서 자신의 글씨로 숙달시켜야 함을 명심해야 할 것이다. 즉 논술문 쓰기의 훈련은 논제분석에서 시작하여 답안지에 직접 자신의 손으로 글을 전개해 가는 총체적인 과정의 연습이어야 함을 강조해 두고 싶다.

우리나라의 성리학은 원래 중국 송나라의 유교 철학을 수입한 것으로서, 이것이 이황과 이이와 서경덕과 같은 석학을 만나 크게 왕성하고, 또 어느 정도 우리나라 독창적인 학문의 모습을 가지고 나타나기도 하였다.

유학은 본래 여러 분야를 내포한 학문으로서, 정치, 경제, 법률, 철학, 윤리, 문학 및 예악 등 다방면에 걸친 이론이 그 안에서 전개되고 있다. 거기에는 실용적인 면을 다루는 부면이 있는가 하면, 순전히 이론에만 기울어지는 부면도 있다. 그런데 이 여러 분야 가운데서 우리나라에 일찍부터 수입되고, 여기서 활발한 성장을 본 것이 주로 형이상학 부면을 다루는 성리학이었다는 것은 하나의 운명이라 하겠다.

성리학의 주제는 우주의 근본 원리를 탐구하는 일과, 하늘과 사람과의 관계를 파악하려는 데 있다. 그러므로 이것은 일종의 자연철학이요 인생철학이었다. 즉 이를 통하여 인간 당위의 본무(本務)를 찾는 데 그 궁극적 목적이 있었다. 이러한 의미에 있어 성리학은 하나의 윤리학이기도 하였다.

이러한 성리학에 근거를 둔 교육의 종국적 목표는 도덕적 인격을 함양하여 군자의 자리에 이르게 하는 데 있었다. 이것은 마치도 유럽 중세기의 교육 목적이 기독교적 인격을 배양하여 신의 모습에 접근하도록 하는 데 있었던 것과 비슷하다.

성리학이 개인의 인격을 향상시키고 일상 생활의 도덕적 기준을 제시함으로써 사람으로 하여금 '군자(君子)의 도(道)'를 지키게 하였다는 점에서 공적이 없지 않으나, 성리학은 실제로 지나친 공리공론에 흘러 일상 생활과는 멀리 유리된 '아카데미즘'에 빠지고 말았다. 성리학은 '주정(主靜)'과 '거경(居敬)'을 수학 방법의 기본으로 삼았는데, '정(靜)'은 동(動)을 부인하는 태도요, '경(敬)'은 현실에서 이탈할 것을 요구한다. 이 두 가지가 다 같이 활동을 거부하고 실제를 무시하는 태도다. 결과적으로 남는 것은 이론뿐이요, 실질보다는 형식을 존중하는 경향에 빠지게 된다. 이러한 교육 사상과 방침은 조선

창건 이래 문(文)을 숭상하고 선비를 높이는 사회적 풍토와 호흡을 같이하여 이 나라에 행(行)보다는 론(論)을, 내용보다는 형식을 존중하는 전통을 마련한 것이다. 그리하여 학문은 더욱 실제 생활로부터 유리되어 갔다. 그 결과로 교육은 사람의 생활 향상의 수단이 되지 못하고 공리공론을 장려하는 근거가 된 것이다.

교육의 의미에 관하여 누구나 합의하는 한 가지 자명한 진리는, 교육이 어디엔가에 유용해야 한다는 것이다. 그리고 대부분의 사람들은 그 유용성의 의미를 '생활'과의 관련에서 찾는다. 그러나 '생활'에 유용해야 한다는 것은 그 의미가 결코 분명하지 않을뿐더러, 그 의미에는 근본적인 애매성이 있어서, 그것을 어느 쪽으로 해석하는가에 따라 교육의 양상은 근본적으로 달라진다.

예컨대 '빛은 직진한다'는 과학적 지식과 퓨즈를 갈아 끼우는 방법이 각각 교육 내용으로 어떤 성격을 가지고 있는가를 대비시켜 보자. 퓨즈 갈아 끼우는 방법을 배우지 못한 사람이 겪어야 할 불편이 어떤 것인가 하는 것은 누구에게나 분명하다. 퓨즈를 갈아 끼우지 않으면 캄캄한 방에 답답하게 앉아 있어야 하기 때문이다. 그러나 '빛은 직진한다'는 과학적 지식의 경우에는 사정이 전혀 다르다. 이 지식을 모른다고 해서 당장 불편을 겪는 것은 아니기 때문이다. 또한 퓨즈 갈아 끼우는 법을 알 필요가 있는 문제 사태는 살아가는 동안 저절로 부딪치게 되는 반면, '빛이 어떻게 나아가는가'가 문제되는 사태는 살아가는 동안에 도저히 저절로 부딪칠 가능성이 없다. 빛의 직진을 모른다고 해서, 퓨즈 갈아 끼우는 법을 모르는 경우와는 달리, 당장 불편이 생기지 않는 것은 바로 이 때문이다.

따라서 퓨즈 갈아 끼우는 방법이 '유용하다'는 것은, 누구에게나 분명한 반면에, 빛의 직진이라는 과학적 지식이 '유용하다'는 것은 모든 사람에게 분명한 것이 아니라는 점이 분명해진다. 오히려 '생활에 유용하다'는 말을 '퓨즈 갈아 끼우는 법이 유용하다'는 것과 같은 뜻으로 해석하면, 빛의 직진이라는 것은 전혀 유용하지 않다고 말하는 편이 더 정확하다.

그렇다면 우리가 오늘날 배우고 있는 빛의 직진이라는 지식은 어떻게 유용한가? 이 질문은 다시 퓨즈 갈아 끼우는 법의 유용성을 다시 재고함으로써 그 답을 구할 수 있다. 퓨즈 갈아 끼우는 법의 경우에는 그것을 배우지 못했다 하더라도, 그것을 배운 다른 사람의 힘을 빌어 퓨즈를 갈아 끼울 수 있다. 다시 말해 퓨즈 갈아 끼우는 법의 유용성은 다른 사람을 통해서도 실현될 수 있는 것이다. 퓨즈를 갈아 끼울 줄 아는 사람이 반드시 몇 명은 필요하지만, 그렇다고 해서 모든 사람이 퓨즈를 갈아 끼울 줄 알아야 하는 것은 아니다.

그러나 빛의 직진이라는 과학적 지식이 어떤 의미에서든 유용성을 가지고 있다면, 그 유용성은 결코 다른 사람의 힘을 빌어 실현될 수 있는 것이 아니다. 누군가가 나를 대신하여 빛이 직진한다는 것을 '알아 줄' 수 있는 것이 아니며, 그 아는 것이 내 것이 아닌 한, 그것은 나에게는 하등 유용성이 없는 것이다. 퓨즈 갈아 끼우는 법을 모든 사람이 배울 필요가 없는 것과는 달리, 빛이 직진한다는 과학적 지식은 우리 각자가 알아야 한다는 뜻에서, 모든 사람이 배워야 하는 것이다.

이것은 다시 말하면 우리가 저마다 빛이라는 과학적 현상을 보는 눈 또는 '안목'을 가져야 한다는 뜻이다. 다른 누군가가 그 현상을 대신해서 보아 줄 수 없기 때문이다. 오늘날 우리가 학교에서 가르치고 있는 '빛의 직진'이라는 지식은 옛날에 누군가가 태양이 특정한 위치에 있을 때 특정한 높이의 막대기의 그림자가 어째서 특정한 길이를 가지는가를 문제 삼았기 때문에 발견된 원리이다. 이 원리가 발견되기 이전에 살았던 사람들, 또는 그 이후라 하더라도 그 원리를 배우지 못한 사람들에게 '빛'은 보이지 않았을 것이다. 보였다고 하더라도 그들이 보는 빛은 환하다는 정도의 빛일 뿐, 하나의 과학적 현상으로서의 '빛'은 아닌 것이다. '빛의 직진'을 모르는 사람들에게는 빛에 관하여 단순히 아무 것도 볼 것이 없는 것이다. 이와 같이 '빛의 직진'이라는 원리는, 살아가는 동안에 당면하는 불편을 해결하기 위하여 만들어낸 원리가 아니라, 빛이라는 현상을 '보기' 위한 수단으로 만들어낸 원리이다. 이는 오늘날 우리가 학교에서 가르치고 있는 대부분의 교과에서도 마찬가지이다.

퓨즈를 갈아 끼울 줄 아는 것이 생활에 유용하다는 것은 누구에게나 분명하다. 그것을 모르면 당장 생활에 불편이 생기기 때문에, 퓨즈를 갈아 끼울 줄 모르는 사람까지도 그것이 유용하다는 것을 알 수 있다. 그러나 빛이라는 현상을 보는 것은 어디에 유용한가? '빛의 직진'이라는 지식의 유용성은 그 것을 배운 사람 자신이 그러한 눈으로 빛이라는 현상을 보는 데에 있다. 만 약 빛의 직진이라는 교육 내용의 의미를 잘못 파악한 나머지, 그것이 마치 퓨즈 갈아 끼우는 법처럼 당장 생활에서 부딪치는 문제를 해결하는 데에 유 용하게 쓰이는 것이라고 생각한다면, 빛의 직진을 가르치면서 그것이 학생들 의 안목이 되도록 가르치지 않을 위험이 충분히 있다. 그럴 때, 그 교육 내용 은 이쪽 저쪽 어느 쪽에도 쓸데없는 것이 될 가능성이 있다. 이런 점을 생각 해 보면, 교육의 의미를 올바로 파악하는 데는 교육이 생활에 유용하다는 말 은 분명히 방해가 된다고 말할 수 있다.

읽을
거리 3 「양반전」의 '증서'의 문맥적 의미

기존에는 군수가 적은 증서가 한낱 형식주의적인 것으로 마땅히 타파되어야 할 것들을 연암이 제시해 놓은 것이라는 견해가 지배적이었다. 그리하여 이 절목들은 양반들의 위선을 풍자 폭로하였다고 하거나 유교적 형식주의를 타파하려는 의도에서 풍자적으로 제시된 것이라 하였다. 이러한 견해는 그 내용이 정선 양반 같은 무기력하고 무능한 양반들마저 생산을 외면한 채 지체에 얽매어 이 형식주의적 절목을 지키고자 애쓰는 것으로 파악한 데서 추론한 것이다.

그러나 이것은 어디까지나 당시의 현실 속에서 판단되어져야 할 것으로 그 의미도 선비가 명상을 위한 마음을 가다듬는 자세이거나 양반들이 위생과 품위를 지킬 수 있는 행위 규범이었으며, 오늘날의 시각에서 보아도 이 절목들이 반드시 부정적으로 인식되는 것만은 아니다. 또 연암이 「열하일기」 등에서 보여주었듯이, 규율과 형식에 구애받지 않고 솔직하게 행동하는 성품이 없었던 것은 아니지만, 그렇다고 양반이 지켜야 할 예의범절을 결코 소홀히 했던 인물이 아님을 그의 글들을 통해서 충분히 확인할 수 있다. 따라서 이 증서의 절목들을 당시 양반의 형식주의를 풍자하려는 의도에서 제시된 것이라고 보기는 어려워진다.

그렇다면 이 증서의 문맥적 의미는 무엇인가? 이 절목들은 양반이 정덕(正德)을 닦고 선비의 도리를 갖추는 데 필요한 최소한의 규범이었다. 그런데 이 절목이 양반에게 잘못 인식되면 이것만을 전부로 알고 치민(治民)의 위치에 있는 선비가 이용(利用)이나 후생(厚生)을 외면하고 나아가 이것의 본질적 정신을 망각한 채 형식만 중시할 수도 있다. 실학의 기본 정신은 정덕(正德), 이용(利用), 후생(厚生)이다. 그러므로 정덕이 바로 선 위에서 이용과 후생이 함께 거론되어야 한다. 만약 정덕만을 앞세운다면 정선 양반과 같은 존재가 될 것이고, 이용 후생만 중시한다면 천부와 같은 존재가 될 것이다.

증서의 절목들이 부자에게 제시된 것은 부자와 같은 존재가 양반이 되기 위해서 먼저 갖추어야 할 수신의 행위 규범이기 때문이고, 그것은 이용 후생에 앞서 갖추어야 할 정덕의 구체적인 항목이기 때문이다. 그러나 이런 규범은 부자로서는 결코 실천이 용이하지 않았다. 그런데 그는 이런 실천이 없이 자신이 소망했던 양반의 존귀를 부로써 얻고자 했다. 여기에 부자의 속물주의가 도사리고 있으며 연암은 이 부자의 야망을 해학적으로 폭로하면서 진정한 양반의 상이 어떤 것인가를 암시하였다. 부자와 같은 속물적 인간형은 오늘날에도 얼마든지 찾아볼 수 있다.

선비는 끊임없이 예로써 이욕을 억제하고 지조를 잃지 않으며 명절(名節)을 닦기 때문에 존귀함을 인정받는 것이다. 이러한 존귀를 부자는 재물로써 구하고자 하였으니 연암의 의식으로는 이것이 용납될 수 없었던 것이다.

논술 실전

❖ 다음은 연암 박지원의 소설 「양반전」의 전문이다. 다음의 (나)에 나타난 증서의 내용은 양반의 책임이나 도리로 볼 수 있다. '양반'을 '교육받은 사람들'의 집단으로 상정할 때, 교육받은 사람의 책임과 권리를 고려하여 (가)에서 '양반'과 그의 행동을 바라보는 '부인'의 태도를 평가하는 논술을 작성하되, 다음의 질문 항목에 대한 답을 포함시키시오.

(1) 보통 사람들에게는 하등의 유용성이 없어 보이는 일이 참으로 어떤 중요한 의미를 가진다고 볼 수 없는가?

(2) 정전이 되었을 때를 대비하여 퓨즈 갈아 끼우는 법을 배울 것인가, 아니면 이러한 실질적인 도움을 받지 않더라도 전하와 전류, 전압의 원리를 배울 것인가? 즉, 학교 교육에서 가르치고 배우는 지식은 실생활에 유용하게 활용될 수 있어야 하는가?

가

양반이란 사족(士族)을 높여서 부르는 말이다.

정선군(旌善郡)에 한 양반이 살았다. 이 양반은 어질고 글읽기를 좋아하여 매양 군수가 새로 부임하면 으레 몸소 그 집을 찾아와서 인사를 드렸다. 그런데 이 양반은 집이 가난하여 해마다 고을의 환자(還子)를 타다 먹은 것이 쌓여서 천 석에 이르렀다.

강원도 감사(監司)가 군읍(郡邑)을 순시하다가 정선에 들러 환곡(還穀)의 장부를 열람하고 대노해서,

"어떤 놈의 양반이 이처럼 군량(軍糧)을 축냈단 말이냐?"

하고, 곧 명해서 그 양반을 잡아 가두게 했다. 군수는 그 양반이 가난해서 갚을 힘이 없는 것을 딱하게 여기고 차마 가두지 못했지만 무슨 도리가 없었다.

양반 역시 밤낮 울기만 하고 해결할 방도를 차리지 못했다. 그 부인이 역정을 냈다.

"당신은 평생 글읽기만 좋아하더니 고을의 환곡을 갚는 데는 아무런 도움이 안

되는군요. 쯧쯧, 양반, 양반이란 한 푼어치도 안 되는 걸."

그 마을에 사는 한 부자가 가족들과 의논하기를,

"양반은 아무리 가난해도 늘 존귀하게 대접받고 나는 아무리 부자라도 항상 비천(卑賤)하지 않느냐. 말도 못하고, 양반만 보면 굽신 굽신 두려워해야 하고, 엉금엉금 가서 정하배(庭下拜)를 하는데 코를 땅에 대고 무릎으로 기는 등 우리는 노상 이런 수모를 받는단 말이야. 이제 동네 양반이 가난해서 타먹은 환자를 갚지 못하고 시방 아주 난처한 판이니 그 형편이 도저히 양반을 지키지 못할 것이다. 내가 장차 그의 양반을 사서 가져 보겠다." 부자는 곧 양반을 찾아가 보고 자기가 대신 환자를 갚아 주겠다고 청했다. 양반은 크게 기뻐하며 승낙했다. 그래서 부자는 즉시 곡식을 관가에 실어가서 양반의 환자를 갚았다.

군수는 양반이 환곡을 모두 갚은 것을 놀랍게 생각했다. 군수가 몸소 찾아가서 양반을 위로하고 또 환자를 갚게 된 사정을 물어 보려고 했다 그런데 뜻밖에 양반이 벙거지를 쓰고 짧은 잠방이를 입고 길에 엎드려 '소인'이라고 자칭하며 감히 쳐다보지도 못 하고 있지 않는가. 군수가 깜짝 놀라 내려가서 부축하고,

"귀하는 어찌 이다지 스스로 낮추어 욕되게 하시는가요?"
하고 말했다. 양반은 더욱 황공해서 머리를 땅에 조아리고 엎드려 아뢴다.

"황송하오이다. 소인이 감히 욕됨을 자청하는 것이 아니오라, 이미 제 양반을 팔아서 환곡을 갚았습지요. 동리의 부자 사람이 양반이 올습니다. 소인이 이제 다시 어떻게 전의 양반을 모칭(冒稱)해서 양반 행세를 하겠습니까?"

군수는 감탄해서 말했다.

"군자로구나 부자여! 양반이로구나 부자여! 부자이면서도 인색하지 않으니 의로운 일이요, 남의 어려움을 도와주니 어진 일이요, 비천한 것을 싫어하고 존귀한 것을 사모하니 지혜로운 일이다. 이야말로 진짜 양반이로구나. 그러나 사사로 팔고 사고서 증서를 해 두지 않으면 송사(訟事)의 꼬투리가 될 수 있다. 내가 너와 약속을 해서 군민(君民)으로 증인을 삼고 만들어 미덥게 하되 본관이 마땅히 거기에 서명할 것이다."

나

"건륭(乾隆) 10년 9월 O일"

위에 명문(明文)은 양반을 팔아서 환곡을 갚은 것으로 그 값은 천 석이다.

오직 이 양반은 여러 가지로 일컬어지나니, 글을 읽으면 가리켜 사(士)라 하고, 정치에 나아가면 대부(大夫)가 되고, 덕이 있으면 군자(君子)이다. 무반(武班)은 서쪽에 늘어서고 문반(文班)은 동쪽에 늘어서는데, 이것이 '양반'이니 너 좋을 대로 따를 것이다.

야비한 일을 딱 끊고 옛을 본받고 뜻을 고상하게 할 것이며, 늘 오경(五更)만 되면 일어나 황(黃)에다 불을 당겨 등잔을 켜고 눈은 가만히 코끝을 보고 발꿈치를 궁둥이에 모으고 앉아 동래박의(東萊博議)를 얼음 위에 박 밀듯 왼다. 주림을 참고 추위를 견뎌 입으로 설궁(設窮)을 하지 아니하고 고치·탄뇌(叩齒彈腦)를 하며 입안에서 침을 가늘게 내뿜어 연진(嚥津)을 한다. 소맷자락으로 모자를 쓸어서 먼지를 털어 물결무늬가 생겨나게 하고, 세수를 할 때 주먹을 비비지 말고, 양치질해서 입내를 내지 말고, 소리를 길게 뽑아서 여종을 부르며, 걸음을 느릿느릿 옮겨 신발을 땅에 끄은다. 그리고 고문진보(古文眞寶)·당시품휘(唐詩品彙)를 깨알같이 베껴 쓰되 한 줄에 백자를 쓰며, 손에 돈을 만지지 말고, 쌀값을 묻지 말고, 더워도 버선을 벗지 말고, 밥을 먹을 때 맨상투로 밥상에 앉지 말고, 국을 먼저 훌쩍 떠 먹지 말고, 무엇을 후루루 마시지 말고, 젓가락으로 방아를 찧지 말고, 생파를 먹지 말고, 막걸리를 들이켠 다음 수염을 쭈욱 빨지 말고, 담배를 피울 때 볼에 우물이 파이게 하지 말고, 화 난다고 처를 두들기지 말고, 성내서 그릇을 내던지지 말고, 아이들에게 주먹질을 하지 말고, 노복(奴僕)들을 야단쳐 죽이지 말고,

마소를 꾸짖되 그 판 주인까지 욕하지 말고, 아파도 무당을 부르지 말고, 제사 지낼 때 중을 청해 재(齋)를 드리지 말고, 추워도 화로에 불을 쬐지 말고, 말할 때 이 사이로 침을 흘리지 말고, 소 잡는 일을 말고, 돈을 가지고 놀음을 말 것이다. 이와 같은 모든 품행이 양반에 어긋남이 있으면, 이 증서를 가지고 관(官)에 나와 변정할 것이다.

성주(城主) 정선 군수(旌善郡守) 화압(花押), 좌수(座首) 별감(別監) 증서(證書) 이에

통인(通引)이 탁탁 인(印)을 찍어 그 소리가 엄고(嚴鼓) 소리와 마주치매 북두성(北斗星)이 종으로, 삼성(參星)이 횡으로 찍혀졌다.

"양반이라는 게 이것뿐입니까? 나는 양반이 신선 같다고 들었는데 정말 이렇다면 너무 재미가 없는 걸요. 원하옵건대 무어 이익이 있도록 문서를 바꾸어 주옵소서."

그래서 문서를 다시 작성했다.

(하략)

유의 사항

1. 소설 작품에 대한 문학적 평가는 삼갈 것.
2. 글의 분량은 띄어쓰기를 포함하여 1,600자 내외(±100자)로 할 것.

논술 해결의 길잡이

✪ 논제 살피기

이 논제는 한 인물의 태도를 평가하라는 요구를 하고 있지만, 그 절차와 요구 사항이 상당히 복잡하게 얽혀 있다. 발문에서 두 가지 질문을 미리 제시했고, 그에 대한 답변을 포함해야 하기 때문이다. 그러나 이 두 가지 질문은 완결된 논의를 위해서는 반드시 거쳐야 할 단계이기 때문에, 오히려 문제의 난이도를 쉽게 조정하기 위한 배려로 보아야 한다. 즉 이 두 가지 질문을 답을 하다 보면, 양반의 부인이 가지는 태도를 평가할 수 있는 근거를 찾을 수 있는 것이다. 요구 사항이 많다는 것은 거꾸로 그만큼 논술 작성자가 수고를 덜 수 있다는 점을 명심해야 한다.

이 두 가지 질문은 한 마디로 학교에서 배우는 지식이 반드시 일상 생활에서 유용하게 활용되어야만 하는가 하는 두 번째 질문으로 귀결된다. 즉 양반의 부인이 보기에는 하등의 유용성도 없는 일만 하는 양반이 그래도 글을 읽고 공부를 하는 이유, 다시 말해 교육을 받는 이유는 무엇인가 하는 것이다. 만일 일상 생활에서 유용하게 활용되는 지식만을 얻기 위해서 교육을 받는다는 것이 타당하다면 부인의 태도는 지극히 정당하고 옹호되어야 한다. 그러나 생활상에 직접적으로 필요한 무엇인가를 얻는 데 교육의 목표가 기울어진다고 판단되면, 부인의 태도는 교육의 본질을 보지 못하는 근시안적인 것이라 할 수 있다. 이 논제의 핵심은 바로 여기에 있다.

✪ 제시문 파악하기

연암 박지원의 대표적인 소설 「양반전」은 양반이 양반답지 못한 행태를 풍자적으로 그려낸 작품이다. 이 소설은 일반적으로 이용후생과 실사구시를 기치로 내건 조선 후기 실학운동의 영향 아래 비생산적인 양반들의 허위 의식을 비판한 것으로 알려져 있다. 그러나 이 작품의 후기를 참조하면 양반이 양반답지 못한 점을 꼬집은 것이지, 결코 양반 제도 자체를 부정한 것은 아니었다.

논제와 관련하여 제시문에서 알 수 있는 점은 크게 두 가지이다. 하나는 양반들이 하등의 유용성이 없는 내용을 배우고 익힌다는 것이고, 다른 하나는 그런 내용을 출중하게 배운 결과로, 혹은 출중하게 배우지 않고도 부당한 사회적 특권을 누린다는 것이다. 제시문의 (나)가 전자와 관련된다면, 생략된 두 번째 증서는 후자와 관련된다.

그런데 유용성이 없는 것을 배우고 익힌다는 지적은 양반의 부인의 입을 통해서 명시적으로 제시되었다. 글만 읽는 양반이 무능하게도 생계를 책임지지 못할 때 가장 큰 피해를 입거나 가장 큰 걱정을 하는 사람은 당연히 그의 부인일 것이라는 점에서, 양반 부인의 핀잔은 어느 정도 개연성을 갖는다. 이를 뒤집어 생각해 보면, 그는 교육이 돈을 번다거나 양식을 구한다거나 하는 등의 생활적 필요를 충족시키는 데 도움이 되어야 한다는 전제를 암암리에 내세우고 있음을 알 수 있다.

✪ 해결 과정 생각하기

① (가)에 나타난 양반의 부인의 태도를 간추려 본다.

(가)에서 양반의 부인은 빈곤한 생활을 견디지 못하여 "당신은 평생 글읽기만 좋아하더니 고을의 환곡을 갚는 데는 아무런 도움이 안 되는군요."라고 하면서, 양반의 품위를 한 푼의 돈보다도 더 못한 가치로 폄하하고 있다. 그의 핀잔은 어떤 면에서 지극히 자연스러운 것이다. 남편이 '무능하게' 생활에 필요한 재화를 획득하지 못할 때, 가장 큰 피해와 고통을 당하는 사람은 다름 아닌 아내이기 때문이다. 그에게는 양반의 글읽기, 즉 교육이 당장 쌀

을 살 수 있는 한 푼어치의 돈만도 못한 것으로 보일 수밖에 없는 것이다.

그런데 이러한 생각은 글을 읽으면 돈이나 쌀이나 간에 생활에 필요한 재화를 얻을 수 있어야 한다는 전제를 깔고 있다. 이러한 생각을 오늘날 학교 교육에 적용시켜 보면, 학교에서 배운 지식은 한 인간이 사회 생활을 해 나가는 데에 직접적·간접적으로 도움을 줄 수 있어야 한다는 논리로 발전한다. 그리고 실제로 이러한 논리는 상당한 공감대를 지니고 오늘날의 교육 현장에 커다란 영향력을 행사하고 있다.

② 양반의 부인이 보여주는 태도를 비판할 수 있는 근거가 없는지 확인한다.

이런 논리는 어떤 면에서 매우 타당하면서도 그 반대 입장에서 생각해 볼 수 있다. 우리는 정전이 되었을 때를 대비하여 퓨즈 갈아 끼우는 법을 배울 것인가, 아니면 이러한 실질적인 도움을 받지 않더라도 전하와 전류, 전압의 원리를 배울 것인가? 양반의 부인의 입장에서라면 당연히 퓨즈 갈아 끼우는 법이 중요하다. 전하와 전류, 전압의 원리에 아무리 완벽하게 통달하더라도 퓨즈를 갈아 끼울 수는 없기 때문이다.

그러나 우리는 학교에서 전하와 전류를 배우고 그 원리를 익히는 데 많은 시간을 할애한다. 뿐만 아니라, 수학 시간에는 집합과 함수, 미분과 적분, 순열과 조합 등등을 배우지만 일상 생활에서 이러한 지식을 '써먹는' 경우는 거의 없다. 음악 시간에는 화성의 원리를 배우고, 미술 시간에는 인상주의니 입체주의니 하는 사조를 배우기도 한다. 국어 시간에는 운율이나 이미지, 시점이나 인물을 배운다. 그러나 역시 이러한 지식을 아는 것은 대학 입시에서 유리한 위치를 점하는 데는 도움이 되지만, 일상 생활에서 당장 써먹을 수 있는 것은 아니다. 그러면 왜 그러한가? 교육이 방향을 잘못 잡아서인가, 아니면 교육이란 본래부터 '먹고 사는 일'과는 무관한 일인가? 이 논제는 이러한 거시적인 안목에서 구상되어야 마땅하지만, 거기까지는 가지 않더라도 돈을 한 푼이라도 더 버는 데 유리해지기 위해서 교육을 받아야 한다는 생각이 지니는 타당성과 부당성을 저울질해 보는 것으로도 해결될 수 있다.

이 논제는 발문에서 두 가지 질문을 던져 놓고 여기에 답하는 형식으로 답안을 작성할 것을 요구하고 있다. 이 두 가지 질문은 결국 학교에서 배우는 지식이 반드시 일상 생활에서 유용하게 활용되어야만 하는가 하는 두 번째 질문으로 귀결된다. 즉 양반의 부인이 보기에는 하등의 유용성도 없는 일만 하는 양반이 그래도 글을 읽고 공부를 하는 이유, 다시 말해 교육을 받는 이유는 무엇인가 하는 것이다. 만일 일상 생활에서 유용하게 활용되는 지식만을 얻기 위해서 교육을 받는다는 것이 타당하다면 부인의 태도는 지극히 정당하고 옹호되어야 한다. 그러나 생활상에 직접적으로 필요한 무엇인가를 얻는 데 교육의 목표가 기울어진다고 판단되면, 부인의 태도는 교육의 본질을 보지 못하는 근시안적인 것이라 할 수 있다. 이 논제의 핵심은 바로 여기에 있다. 즉, 교육이 생활을 해 나가는 데 유용한 지식이나 기술을 가르쳐야 한다는 일반적인 논리가 타당한가 부당한가의 문제이다.

✪ 주제문 작성

교육은 생활상에 필요한 지식과 기술을 가르쳐 원만한 사회 생활을 해 나가게 하는 데 목적이 있으므로, 양반에 대한 부인의 태도는 정당하다.

✪ 주제어 : 학교 교육, 사회인, 유용성, 관념성

✪ 개요 작성(1,600자)

서론(300자) : 학교 교육은 사회 생활의 준비 단계

본론(1,000자) : 1. 유능한 사회인의 양성을 위한 학교 교육

2. 실생활에 유용한 지식과 기술 습득의 필요성

3. 무능한 남편에 대한 부인의 태도가 지니는 정당성

결론(300자) : 관념적 지식 편향으로 인한 학교 교육의 붕괴

✪ 예시 답안

가축이나 다른 동물들은 모체로부터 떨어져 나와 몇 시간 안에 혼자서 설 수 있다. 반면에 인간은 생후 2년은 되어야 온전히 서서 걸을 수 있다. 이는 인간이 완전한 개체가 되는 데에도 다른 동물에 비해 훨씬 오랜 시간이 걸린다는 사실을 단적으로 보여주는 예이다. 뿐만 아니라 정신적인 면에서나 인격적인 면에서나 인간이 하나의 자립적인 개체가 되는 데는 20년 가까운 시간이 소요되는 것이 일반적이다. 그리고 우리는 그 기간을 대부분 학교에서의 학습으로 보낸다.(257자)

이런 점에서 볼 때 학교 교육은 우리 인간이 유능한 사회인으로 살아가기 위해 지식과 기술을 배우고 익히는 준비로서의 의미를 갖는다고 할 수 있다. 우리가 학교에서 보내는 정상적인 제도 교육 기간은 대충 12년 정도가 된다. 그리고 나머지 대부분의 시간은 사회인으로서, 직업인으로서, 시민으로서 살아간다. 그 시간은 대체로 40년이 훨씬 넘는다. 다시 말해 12년 동안 배운 지식과 기술은 평생을 살아갈 유용한 생활의 방편이 되는 것이다. 따라서 학교 교육이란 한 개인이 특정한 직업을 통하여 사회적 의무를 수행하고 한 가정을 꾸리면서 살아갈 나머지 세월을 예비하는 기간이라 할 수 있다.(328자)

그렇다면 학교에서 무엇을 배울 것인가 하는 질문에 대한 답은 자명해진다. 그것은 바로 실생활에 필요한 지식과 기술이다. 그러나 오늘날의 학교에서 가르치고 배우는 교과 내용은 대체로 실생활에 전혀 유용하지 않고, 오히려 매우 관념적이어서 생활과 교육의 분리 현상을 낳기에 이르렀다. 예컨대 정보화 시대를 살아갈 우리에게 당장 필요한 지식은 컴퓨터의 작동 방법이고 인터넷을 손쉽게 활용할 수 있는 방법인데도, 학교에서는 이러한 분야에 대한 배려에 매우 인색하다. 노래를 잘 부를 수 있는 방법을 가르치는 대신 화성의 원리를 가르치는 데 더 열중한다. 영어가 세

계 공용어인 상황인데도 한자와 한문을 가르치는 경우도 있다.(344자)

　이렇게 배운 지식들은 어떻게든 유용하게 쓰일 수 있을지는 모르지만, 이것을 배우는 데 투자하는 시간은 아까울 수밖에 없다. 왜냐하면 유능한 사회인으로서 살아가기 위해서는 어떤 관념적인 지식보다는 실생활에 유용하게 활용될 수 있는 지식이나 기술이 훨씬 더 막강한 힘을 발휘할 수 있을 것이기 때문이다. 이런 맥락에서 보면 양반의 부인이 돈 한 푼 생기지 않는 글읽기에 몰두하고 있는 남편에게 핀잔을 준 것은 지극히 정당한 태도라 할 수 있다. 이는 남편의 무능함에 대한 핀잔이 아니라 생활에 전혀 도움이 되지 않는 공부에 대한 비판으로 보아야 할 것이다.(314자)

　오늘날 우리가 학교에서 배우고 익히는 대부분의 교과는 현실 생활과 유리된 내용을 담고 있다. 정보화 시대가 도래하여 숨가쁘게 흘러가는 시대인데도 학교 교육은 아직도 19세기와 크게 달라진 것이 없다. 전통이 그렇게 흘러 왔다고 해서 지금도 반드시 그 전통대로 살아가야 하는 것은 아니다. 오늘날에는 오늘날의 새로운 삶의 문법이 새로 생성될 것이며, 우리의 삶은 그 문법에 맞추어 살아가는 것이 옳다. 이 점은 교육에서도 마찬가지이다. 시대가 변한다면 거기에 맞추어 교육도 변해야 할 것이다.(279자)

(총 1,522자)

✪ 강평

　이 답안에는 치밀한 논리에 의해 뒷받침된 작성자의 주관이 매우 선명하게 드러나 있다. 왜 학교에서 실생활에 유용한 지식과 기술을 배워야 하는가 하는 점을, 인간의 본질적인 특성과 시대적인 환경을 근거로 하여 설득력 있게 풀어낸 점이 미덕이다.

　그러나 정작 논제에서 요구하고 있는 바, 양반 부인의 태도에 대한 평가가 너무나 소략하게 서술되어 있어서 본말이 전도된 듯한 느낌을 준다. 발문에서 제시한 두 질문은 양반 부인의 태도를 평가하기 위해 거쳐야 할 과정이어야 하는데, 그 자체가 종착점이 된 것이다. 또한 학교 교육이 유능한 사회인으로 성장해 가기 위한 준비 단계라는 주장을 내세우기 위해 처음에는 다른 동물과 구별되는 인간의 특징을 근거로 삼았다가 뒤에 가서는 정보화 시대라는 시대적 환경을 그 근거로 삼고 있어, 논리의 일관성에 큰 손상이 있었다. 서론에서 내세운 근거는 가능하면 본론과 결론에 이르기까지 일관되게 유지하는 것이 바람직하다.

교육(敎育, education)

1. 교육이란

인간의 가치를 높이고자 하는 행위 또는 그 과정을 말한다.

2. 교육의 목표

교육목표 수립에서는 개인 중심적 입장, 사회 중심적 입장, 통합적 입장 등이 있다.

개인 중심적 입장에서는 학생의 능력·필요·흥미 등에 기초하여 아동 각자의 효과적이고 충실한 발달에 중점을 두고, 사회 중심적 입장에서는 사회에의 적응 및 개조를 교육의 목적으로 보고 이에 합당한 교육목표를 수립한다.

통합적 입장에서는, 사회는 개인에 의해 구성되고 개선되지만 동시에 사회 또한 개인 성원의 성격·활동방향을 규제한다고 보고 사회와 개인의 상호작용적 성질을 중시한다. 따라서 학생의 사회적 자아실현을 강조하고, 사회의 요청과 개인의 필요를 절충하여 높은 차원에서 교육목표를 구성하고자 한다. 또한 교육목표는 인간행동의 분류에 따른 행동적 특징을 교육의 내용과 관련시켜 진술되는데, B.S.블룸 등이 행동적 목표라고 일컫은 교육목표는 인지적·정의적·운동 기능적 영역으로 분류된다.

3. 교육의 구조

교육은 여러 구조를 가지게 되는데, 이들의 구조는 대개 세 가지 형식으로 구분할 수 있다.

첫째, 교육자가 교재(敎材)를 준비해서 피교육자에게 교수하는 형식이다. 이 것은 주로 학교교실에 존재하는 교육의 기본구조로서 이러한 교육은 일정한 장소에서 계획을 세워 일정기간에 걸쳐 행하는 것이다. 가정에서는 부모나 형과 누이 등이 자식이나 동생을 가르치고, 직장에서는 선배가 후배에게 일의 기본을 가르치기도 한다.

둘째, 교육을 받는 자가 스스로 계몽하도록 여러 교육내용을 준비하는 형식의 교육이다. 이는 피교육자에게 직접 교수하는 것이 아니고, 도서나 영화·방송 등을 교육적으로 편성하여 제공함으로써 피교육자 각자가 자기교육을 하는 것이다. 교육자는 배후에서 교육적 배려를 하며, 교육매체로서 효과가 있을 만한 재료를 준비하여 그것이 자기계발을 위해 이용되도록 기대하는 것이다.

셋째, 인간관계 자체가 인간을 상호 교육하는 형식이다. 이것은 교육기관에서도 볼 수 있지만 주로 교육기관 밖의 사회생활 가운데서 인간을 교육하는 활동이다. 교육자는 의도적으로 가르치려고 하지 않으며, 자기계발을 위한 내용을 제공하지도 않는다. 다만, 교육받는 사람을 어떻게 인간관계 안에 넣을 것인가에 대해서 교육적 의도를 가지고 작용한다. 교육의 현실은 이들 세 가지 교육의 기본구조가 서로 결합하여 성립된다.

이 세 가지 교육의 기본구조가 어떠한 모양으로 결합하느냐에 따라서 각각 특색 있는 교육의 장(場)이 나타나게 된다. 교육의 장의 성격은 기본구조 가운데서 어느 것이 주(主)가 되느냐에 따라 결정된다. 근대사회의 대표적인 교육의 장으로는 청소년교육을 목표로 집중적인 교육을 실시하는 학교가 있다. 학교에서 실시하는 수업은 교재를 가지고 지식이나 기술을 전수하는 교육활동으로서, 학교에서의 시간은 대부분 여기에 충당되고 있다. 또한 학교와 함께 가정도 중요한 교육의 장이 되고 있다.

4. 교육의 변천

　　원시시대에는 교육을 위한 시설이 없었으며, 다만 일상생활 가운데서 생활에 필요한 범위의 지식이나 기술이 전수되고 생활방식으로 전달되었다. 이 시대에 모든 사람을 통솔하는 힘을 가진 자는 신(神)을 제사지내는 사람이고, 신을 제사지내는 사람은 일반인이 가지고 있지 못한 고도의 지식이나 제사의 방법을 다음 세대에게 전달하기 위하여 조직적인 교육을 행하였다. 또한 상층(上層)의 사람들은 정치적으로나 경제적으로 힘이 있고 생활도 높은 수준에 이르렀으며, 다음 세대에 대해서는 고도의 지식이나 기예(技藝)를 습득시키고 학습을 위해 필요한 시설도 갖추게 되었다.

　　고대 그리스에서는 높은 사회적 지위에 있던 자유민이 학교를 만들어서 다음 세대에게 문화적 교육을 행하였다. 예술과 체육을 통한 조화적 발달의 목적을 달성하기 위한 교육을 행하였는데, 특히 플라톤의 아카데미아(academia)는 높은 수준의 학문을 교수하는 기관이었다. 로마에서도 6세부터 어린이를 교육할 목적으로 기초학교가 만들어졌으며, 그 위에 문법학교(文法學校)와 수사학교(修辭學校)를 만들어 귀족의 자제를 교육하였으나 일반인은 이들 학교를 이용할 수 없었다. 중세는 종교와 군비(軍備)의 시대였으므로, 유럽에서는 그리스도교적 교육과 기사(騎士)의 교육이 중세 교육의 특색이 되었다. 근세사회는 중세의 종교적 지배로부터 벗어나서 고대의 문화를 부흥하고 자아의 자각에 의한 새로운 학문과 교육을 전개하게 되었다. 합리적 지식에 의하여 자연과 인간을 재발견하였는데, 이들 지식은 고전을 기초로 하였으므로 학교를 만들어 그 지식과 탐구방법을 교수하였다.

　　그러나 18세기에 들어서자 유럽의 학교는 국가의 제도로서 정비되고, 19세기에는 여러 국가에서 학교체계가 정비되기 시작하여 공교육제도가 나타나게 되었다. 초등·중등·고등으로 나누어진 학교체계가 나타났으나 일반 민중은 초등교육정도의 학교만 이용할 수 있었으며, 지도층의 자제는 고등교육기관에 진학하

여 높은 교양을 쌓고 사회의 상층에 입신할 자격을 가지게 되었다. 국가에 따라
서는 교육을 실시하는 기관이 노동자층과 지도층을 구분하는 경향까지 나타났는
데, 복선형(複線型) 학교제도는 이러한 사고방식을 기초로 발달한 것이다.

한국의 경우는 삼국시대 이전부터 문자를 사용하였으며, 일찍부터『논어』,『천
자문(千字文)』등을 귀족 자제의 학습교재로 사용하였고, 이들의 교수를 위한 학
교를 설립하였다. 삼국시대부터는 형식을 갖춘 학교가 나타나서 귀족 자제의 교
육과 관리를 양성하는 임무를 수행하였는데, 신라의 국학(國學)이 대표적인 예이
다. 이러한 교육기관은 고려시대에 국자감(國子監) 및 학당(學堂)·향교(鄕校)로,
조선시대에는 성균관·사부학당(四部學堂)·향교 등으로 발전하였다.

5. 교육의 기능과 전개 과정

교육은 근본적으로 인간애(人間愛)로부터 출발하며 상대편 인간에게 영향을
끼쳐서 그로 하여금 가치 있는 모습으로 성장하게 하는 사회기능이다. 교육은
인간사회가 본래부터 가지고 있는 근본기능으로서 무릇 사회생활이 있는 곳에는
교육기능이 존재하게 마련이다. 따라서 교육은 인간이 생활을 시작한 이래 오늘
날까지 행하여 온 작용으로서 사회가 있는 한 앞으로도 영원히 이루어질 것이다.
현대사회에서는 학교가 특히 큰 힘을 가지고 청소년을 교육하고 있기 때문에 일
반적으로 교육이란 교사가 학교라고 하는 정비된 기관에서 계획적으로 학생을
가르치는 것으로 인식되고 있다.

그러나 학교가 설립된 것은 인간생활의 역사에서 보면 얼마 되지 않은 일이며,
더욱이 모든 국민이 학교교육을 받게 된 것은 불과 최근 100년 사이의 일이다. 학
교가 없던 시대, 그리고 학교가 있어도 소수의 특수층만이 교육기관에서 교육받던
시대에 대부분의 청소년은 학교 밖에서 교육을 받았다. 교육은 사회생활에 따라
다니는 기능이기 때문에 사회생활이 진보하면서 변해 왔으며, 어느 시대에도 같은
모양의 교육이 행해진 적은 없다.

　　교육이 바람직한 인간을 기른다는 기능 자체는 같지만 그 양상은 사회에 따라서 각기 다른 것이다. 세계 각국은 모두 통일된 학교제도나 사회교육기관을 설치·운영하고 있지만 농어촌과 대도시, 대도시 가운데서도 주택지역과 상공업지역에서는 각각 그 지역의 여건을 반영한 특색 있는 교육이 행해지고 있다. 이와 같이 교육은 시대와 장소에 따라서 그 모습이 다르며 동시에 끊임없이 개선·진보하고 있다.

논술 첨삭

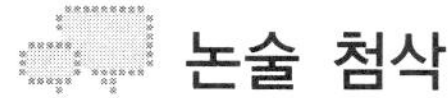

논술 원고지

이름 (　　　　　　)

사회가　변화해　온　①모습을　[나타내는]설명하는　말　②줌에서　'조용한　혁명'이라는　표현이　있다.　이는　돈과　물길을　맹목적으로　구하던　시대가　지나고　의식주의　문제가　없게　되자,　점차　정신적인　추구에　④먹고　초점을　맞추기　③시작함을　든　다　사는　강　문제가　해결되어야　정신　수양이든　전　관리든　할　수　있기　때문　일　것이다.　⑤그러나,　조선시대　양반의　사정은　⑥이렇지　못하였을뿐만은　아니다.　조선시대　비단　양반전,에서　빚이　늘어가고　쌀이　없어　굶어　죽더라도　일을　해서는　⑦안　되었다.　배가　⑧고픈데　글만　읽어야　⑨하다니.　⑩권위와　위신으로도　배가　부르단　말인가　보통　사람에게는　문명이들　⑪비효율적으로　것이다.　그래도　이들에게는　⑫자부심이　있었을　것이다.　농사나　짓는　⑬사람들과의　차이,　교육의　차이를　현저한　지식의　차이를　있었을　테니　그의　말부인의　눈에　비친　남이명　⑭어쨌거나　그의　값는　데에　조금도　편은　환곡을　쓸모없는　남편이었음은　보탬도　되지　않는　[경제적인]난는이　닥쳤을때　아무　모습에　하줄였　수을　느끼고　욕구들이　양반의　⑮역시　보증적인　생활　있을뿐이　것이다　충족되기　전에　추구되는　정신적　가치는　비난을　받아야　하는　것인가.
　이런　입장에서　바라보자면　글읽기를

열심히 해서 과거에도 합격하여 출세가도를 따라 명예를 누리는 몇몇 소수의 (16) 양반들과, 물려받은 재산이 있는 부유한 양반들은 정당하게 학문을 추구할 권리가 있으나 당장 하루 끼니를 (17) 걱정하나 신분이 양반인지라 농사도 지을 수 없는 자들은 (18) '허울' 뿐이라는 것일까. (19) 부분적으로는 맞는 말일지 모르나 내 생각은 이것과는 조금 다르다.

(20) 양반이 학문을 추구할 때 그 목적을 먼저 생각해 보면, 그들이 읽는 글이 살림엔 보탬이 되지 않을지언정 매우 귀중한 양식을 쌓는다고 여기는 데 있다. (21) 극단적인 경우에는 어느 정도는 융통성을 발휘해야 함은 당연하겠지만 말이다. 그리고 실질적인 기술력이란 것도 결국 기본 바탕을 이루는 학문이 뒷받침되어야 가능하다. 원리 탐구에 의한 기술이 아니라면 어느 정도 발전을 이루다가 한계에 맞닥뜨려 더 이상의 진보는 없게 될 것이다.

현재의 시점에서 이 문제는 학교 교육에 연결될 수 있다. 실제로 학교 생활 중에 배우는 여러 지식들은 (22) 어째서 배워야 하는지 알 수 없는 것이 많다. 실용주의적 입장에서 말이다. 실업계 학교란 곳에서 실제 도움되는 지식을 (23) 조금 더 가르친다. 그렇다고 모든 학교가 실질적인 지식만을 제공해야 그것이 바람직한 교육이 될 것인가?

우리 모두는 학교에서 (24) 배운 바탕으로 대학에 가고 (25) 대학에서 대부분 (26) 실질적인 도움이 없는 과목들을 전공한다. 그러나 현대의 사회에서 이런 (27) '브레인'이 없다면 사회 지탱이 (28) 가능한가. 예컨데 정치, 윤리와 같은 (29) 밑거름이 없다고 생각해 보면 (30) 혼란하고 무질서한 현대사회는 지탱할 곳을 잃는다. 하나의 기술이라도 (31) 그저 이용하는 것과 알고 이용하는 것은 다르다. (32) 양반의 예는 극단적인 것이었으나, 기술과 지식의 관계에서 사이좋은 상호 조화가 절실히 요구된다.

① * '모습' → '과정'(사회는 연속적으로 변화하는 것이고 그 한 지점에 '조용한 혁명'이라는 표현이 적용됨)

  * '나타내는' → '설명하는'

② → '에'('에서'와 '에'의 용법 차이 인식이 필요함. '에서'는 동작성 서술어와 호응하고 '에'는 비동작성 서술어와 호응함. 즉, '~말 중에 ~이 있다')

③ → '시작하게 되었음을'('시작함'은 주체의 행위를 드러냄, '시작하게 되었음' 은 상황인식적 표현임)

④는 논의 전개에서 매우 중요한 핵심 내용임. 이 내용은 '양반전'에서의 생활을 꾸리지 않고 글만 읽는 행위(논제1)와 교육에서의 실용적 가르침 선호 여부를 판단(논제2)하는 데 연결되어 논술의 흐름을 이어가므로, 원인해명의 문장으로 마무리할 것이 아니라 '조용한 혁명'의 표현에서 뽑아낸 논의의 쟁점을 잇는 고리로 이끌어야 함.

⑤ 새로운 문단으로 처리함.

⑥ → '이와 같지'(어색하거나 구어적인 표현은 지양함)

⑦ → '안 되었다'('안'은 부정 의미의 부사임, 즉 부사의 용언은 띄어 적음)

⑧ → '고픈데도'(의미를 강화하기 위해 '도'를 첨가함)

⑨~⑩ 논술문에서는 구어적 표현은 가능한 한 피함. ⑨는 구어적 표현임. ⑩의 내용을 볼 때 줄표 처리를 하여 ⑩이 앞 문장을 부연하도록 하는 것이 좋음.

⑪ → '납득이 안 가는 일일 것이다.'('비효율적'은 효율이 없다는 뜻으로 이 맥 락에서는 부적절한 단어임)

⑫ 궁극적 핵심 내용을 살려 의미내용을 추가함. → '학문추구라는 정신적인 자 부심이~'

⑬ 호응관계 정돈이 필요함.('~사람들과는 ~차이가 있었다'로 호응함. 그러므로 '사람들과의 ~차이, ~차이를 ~'로 호응함.)

⑭ '어쨌거나' '어쨌든'은 논리성을 벗어난 의미를 가지므로 논술문에서는 반드

시 피해야 할 단어임. → '하지만'(앞 문단의 '그러나' 표현을 고려하여 '그러나'를 다시 쓰지 않음)

⑮ 이 문장은 자신의 생각을 밝히기 위한 문제제기의 성격이 있으므로 문단을 달리하여 전개하는 것이 좋음. 그리고 그런 이유에서 문장의 시작은 '역시'보다는 '그러면'으로 시작하는 것이 좋음.('역시'는 앞 문장과의 동의적인 내용 전개, '그러면'은 전환적 문제제기의 의미가 담겨 있음) 또 이것은 앞의 ④ 내용과 관련이 있음.

⑯ → '양반들이나'(뒤의 '~양반들(은)'과 선택관계에 있음.)

⑰ → '걱정해야 하지만'(앞의 '추구할 권리가 있으나'와 '-으나'가 중복됨)

⑱ 의미 강화를 위해 내용 추가를 하고 '허울'의 ' '을 없앰(특별한 용어가 아님). → '양반으로서의 정신 가치 추구가 그저 허울뿐이라는 것인가.'

⑲ 애매한 표현보다는 정확한 의미 내용을 살림. → '현실 논리로 보면 ~'

⑳ 문장의 호응이 불안함. → '양반이 학문을 추구할 때 그 목적은 아마도 그들이 읽는 글이 살림에는 직접 보탬이 되지 않을지언정 매우 귀중한 생활의 양식을 쌓을 것이라는 데에 있다.'

㉑은 삭제함. 왜냐하면, 제시문 (가)의 상황은 허생이 양반으로서의 글읽기에 매달리기보다는 충분히 융통성을 발휘해야 할 처지인데 굳이 융통성을 발휘하지 않고 양반으로서의 가치를 추구하는 행동을 보임. 그리고 이 논술문은 그것을 근거로 논리를 전개해 가야 함. 그런데 여기에서 융통성을 발휘해야 당연하다고 하면 논지 기반이 흔들림.

㉒ 이 부분은 하나의 문장으로 엮어야 더 자연스럽고 의미가 명확해짐. → '적어도 실용주의적 입장에서는 왜 배워야 하는지를 알 수 없는 것이 많다.'

㉓ 비교의 의미를 살려 내용을 추가함. → '인문계 학교에 비해'

㉔ 문장 의미 연결이 안 됨 → '배운 것을 바탕으로'

㉕ → '대학에서도'(의미 강조)

㉖ 내용을 보강하여 문맥을 정리함. → '실질적인 기술이 아닌 이론을 전공한다'

㉗ '브레인'이라는 단어를 바로 쓰기보다는 정돈된 내용으로 구성하고 이해를 쉽게 하기 위해 이 단어를 괄호에 넣는 것도 좋음. → '전문적인 이론 구축 ('브레인')이'

㉘ → '가능할까?'

㉙ 사회 구조적 측면을 말하기 때문에 '밑거름'보다는 '저변 구축'이라는 단어가 더 적절할 듯함. → '저변 구축이'

㉚ 이 표현은 '혼란하고 무질서한'이 '현대 사회'를 수식하고 있음. 그러므로 내용을 위해 구성을 바로잡음. → '혼란하고 무질서하게 되어 현대 사회는 결코 지탱될 수 없다.'

㉛ 책임 있고 명확한 표현을 사용하는 습관이 중요함. → '정확히 알고 이용하는 것과 그렇지 않은 것이 차이가 있다.'

㉜ 구체적인 내용을 잡아서 언급해주면 문장 자체에서 의미의 대비성이 선명하게 살아남.

특히 **마지막 문장의 경우는 자신의 글을 선명하고 정확하게 마무리할 필요가 있음.** → '제시문의 양반에 보이는 현실 생활과 정신 가치 추구의 쟁점은 극단적인 사례이긴 하지만, 기술과 지식의 관계에서는 철저한 원리 터득 차원의 지식이 뒷받침되는 상호 조화가 절실히 요구된다.'

〈총평〉

본 논술 답안지에 반드시 나타나야 하는 내용은 논제에 근거하여 세 가지가 있다. 첫째는 '양반전'에 나오는 양반의 태도를 바라보는 '부인'의 태도를 평가하는 것이고, 둘째는 논제에 소문항으로 나온 내용 즉, 다른 사람들에게는 유용성이 없어 보이는 것에 대한 유용성의 의미와 가치에 대한 판단, 그리고 셋째는 두 번째 소문항 즉, 배움이라는 것이 이론으로 이루어지는 것인가와 실용에 입각해야 하는가에 대한 평가의 내용이다. 이 부분은 첨삭을 마친 <논술 첨삭 수정 원고>에 표시해 두었다.

위 학생은 논술문을 쓸 때 경수필적인 글의 흐름이 아닌 개념적인 글쓰기에 유념을 하고, 단어와 표현을 선택하는 데 좀더 많은 연습을 요한다. 그리고 개요에 입각해서 글을 전개하면서 그것의 핵심 의미를 살려 내용 전달을 정확하게 하려는 노력이 보강되면 자잘한 표현상의 어색함을 충분히 극복할 수 있을 것이라 생각한다.

논술 수정 원고

사회가 변화해 온 과정을 설명하는 말 중에 '조용한 혁명'이라는 표현이 있다. 이는 돈과 물질을 맹목적으로 추구하던 시대가 지나고 의식주의 해결에 문제가 없게 되자, 점차 정신적인 풍요의 추구에 초점을 맞추기 시작하게 되었음을 이르는 말이다. 이 흐름은 먹고 사는 문제가 해결되어야 정신수양이든 건강관리든 할 수 있음을 반영하고 있다.

그러나, 조선시대 양반들의 사정은 이와 같지 못하였다. 비단 제시문 '양반전'에서 뿐만은 아니다. 조선시대 양반들은 빚이 늘어가고 쌀이 없어 굶어 죽더라도 일을 해서는 안 되었다. 배가 고픈데도 글만 읽어야 하다니, —권위와 위신으로 배가 부를 수 있다는 말인가. 보통 사람들의 이해로는 분명 납득이 안 가는 일일 것이다. 그래도 이들에게는 학문추구라는 정신적인 자부심이 있었다. 농사나 짓는 보통 사람들과 현저한 지식의 차이, 교육의 차이를 그들은 스스로 긍정하고 있었을 테니 말이다.

하지만 그의 부인의 눈에 비친 남편은 환곡을 값는 데에 조금도 도움이 되지 않는 쓸모없는 남편이었음은 분명하다. 경제적인 고난이 닥쳤을 때 아무 보탬도 줄 수 없는 허울뿐인 모습에 염증을 느끼고 있었을 것이다.

그러면 역시 기본적인 생활 욕구들이 충족되기 전에 추구되는 정신적 가치는 비난을 받아야 하는 것인가. 이런 입장에서 바라보자면, 글읽기를 열심히 해서 과거에 합격하여 출세가도에 따라 명예를 누리는 몇몇 소수의 양반들이나, 물려받은 재산이 있는 부유한 양반들은 정당하게 학문을 추구할 권리가 있으나, 당장 하루 끼니를 걱정해야 하지만 신분이 양반인지라 농사도 지을 수 없는 자들은 양반으로서의 정신가치 추구가 그저 허울뿐이라는 것일까. 현실 논리로 보면 맞는 말인지 모르나 내 생각은 이것과는 조금 다르다.

양반이 학문을 추구할 때 그 목적은 아마도 그들이 읽는 글이 살림에는 직접 보탬이 되지 않을지언정 매우 귀중한 생활의 양식을 쌓을 것이라는 데에 있다. 그리고 실질적인 기술력이라는 것도 결국 기본 바탕을 이루는 학문이 뒷받침되어야 가능하다. 원리 탐구에 의한 기술이 아니라면 어느 정도 발전을 이루다가 한계점에 맞닥뜨려 더 이상의 진보는 없게 될 것이다.

현재의 시점에서 이 문제는 학교교육에 연결될 수 있다. 실제로 학교에서 배우는 여러 지식들은 적어도 실용주의적 입장에서는 왜 배워야 하는지를 알 수 없는 것이 많다. 실업계 학교에서는 실제 도움이 되는 지식을 인문계 학교에 비해 조금 더 가르친다. 그렇다고 모든 학교가 실질적인 지식만을 제공해야 그것이 바람직한 교육이 될 것인가?

우리 모두는 학교에서 배운 것을 바탕으로 대학에 가고, 대학에서도 대부분은 실질적인 기술이 아닌 이론을 전공한다. 그러나 현대 사회에서 이러한 전문적인 이론구축('브레인')이 없다면 사회의 지탱이 가능할까? 예컨대, 정치, 윤리와 같은 저변구조가 없으면 혼란하고 무질서하게 되어 현대 사회는 결코 지탱될 수 없다. 하나의 기술이라도 정확히 알고 이용하는 것과 그렇지 않은 것은 차이가 있다. 제시문의 양반에 보이는 현실 생활과 정신 가치의 쟁점은 극단적인 사례이긴 하지만, 기술과 지식의 관계에서는 철저한 원리 터득 차원의 지식이 뒷받침되는 상호조화가 절실히 요구된다.

제 10 장

문명과 환경 위기

 **논술 기법**

1. 첨삭 지도의 중요성

논술 고사를 대비하기 위한 글쓰기 연습과 효과는 이론과 지식으로만 될 수 없다. 평가를 받기 위한 최종물은 제한된 시간 속에서 작성한 원고 답안지가 되며 이 원고 답안지에는 단편적인 자신의 지식뿐만 아니라, 지식과 지식의 구성, 맞춤법, 띄어쓰기, 문장 구성 규칙, 단어 사용, 표현 방법 등이 총망라 된 상태로 총체적인 것이 대상이 되어 평가되기 때문이다. 여기에는 심지어 적당한 글씨 크기, 필기도구의 특성, 정서(正書, 淨書)의 정도 등도 채점자의 심리적인 평가 대상이 될 수 있다. 그러므로 논술 고사의 대비 공부는 본 교재의 설명을 차근차근 읽고 이해해 가면서 해당 실전 문제를 검토하고 논술 답안을 작성하여 이에 의거해 교사로부터 첨삭 지도를 받아야 완성된다. 첨삭 지도를 하다보면 학생이 무슨 말을 하려는지 이해는 되지만 그것을 논리적으로 매끄럽게 연결하지 못해 답답해하는 그들의 속마음이 노출되기도 하며, 출발점에서의 초점화된 의도와는 다르게 전개되는 글은 어디에서부터인가 약간 방향이 틀어진 경우도 발견된다. 이 경우 첨삭자의 입장에서 보면 어느 한 시점이나 이어지는 한 보조적 문장에서부터 틀어져 나가는 경우를 발견한다. 이러한 것을 제대로 잡아주는 첨삭 지도를 받게 되면 자신이 쓴 글에 대하여 수정해 주는 내용이기 때문에 이론적으로 학습하는 것보다 월등한 학습 효과를 거두게 된다. 첨삭 지도한 원고를 돌려주었을 때 학생들이 엄청난 집중력으로 첨삭 지도 내용을 검토하는 것을 보면 첨삭 지도의 효과를 생생하게 느낄 수 있을 것이다. 단순히 이론적인 차원에서 공부한 글쓰기의 일반적 지식은 배우면서 잊어버리고 각인되기가 어렵다. 그러나 자신의 글을 대상으로 첨삭된 내용을 접하고 그 부분이 왜 잘못되었는가의 설명을 접하거나, 기존 표현을 다른 방식으로 바꾸었을 때 글이 아주 매끄럽게 살아나면서 자신의 의도가 좀더 명확히 살아나는 것을 인식하는 순간은 글쓰기에 대한 이론적 지식이 이 단계에서 거의 각인되는 정도에 이른다. 그리고 글을 쓰는 스타일도 사람마다 개성이 있어서 다른 사람에게서는 보이지 않는 단골 실수(?)를 특정 개인은 가지고 있을 수 있다. 이것도 첨삭을 통해서 수정 보완할 수 있고 자신의 글쓰는 잘못된 습관을 고쳐갈 수도 있는 것이다.

첨삭 지도를 통해서 얻을 수 있는 또 하나의 장점은 첨삭 자료를 통해서 자신의 글쓰기에 대한 자신감을 키울 수 있는 것이다. 처음에 자신이 쓴 글은 어떤 점이 잘못되었는지 본인은 잡아낼 수도 없으면서 왠지 만족스럽지가 않은데, 지도를 받은 자료는 글의 흐름의 중요한 맥을 짚어 매끄럽고 명확한 글의 내용으로 잡아주기 때문에, 글이 크게 변형되지 않고도 비교적 훌륭한 글이 될 수 있다는 가능성을 글쓴이 자신이 스스로 갖게 된다. 그래서 조금만 신중하게 글을 쓰면 자신도 훌륭한 글을 만들어 낼 수 있을 것이라는 자신감과 기대감이 생기게 되는 것이다. 그래서 성취 동기가 강한 사람은 똑같은 논제로 글을 다시 써보기도 한다. 물론 이러한 태도로 논술 공부를 한다면 그 실력 배양은 눈에 띄게 이루어질 것이다. 그러나 그렇게까지 하지 않는다 하더라도 적어도 그 다음 실전 논제에 대한 거부감이나 무서움을 없앨 수 있게 되며, 지금까지의 첨삭 자료를 토대로 그 다음 문제에서는 더 정교한 글을 쓰려는 마음 태도를 단단히 갖게 되는 것이다.

흔히 글쓰기를 공부하거나 논술 공부를 하려 하면 많은 학생들은 띄어쓰기나 맞춤법을 먼저 생각하고 글쓰기 능력에 이러한 실력이 많은 비중을 차지하는 것으로 인식하는 경우가 많다. 그러나 논술 고사에서 이것은 기본일 뿐이다. 다시 말해 이에 대한 지식과 원고에의 반영이 제대로 이루어진 경우는 극히 당연하여 채점에 부가점이 되는 것은 아니고, 다만 이러한 부분이 반영되지 못한 경우는 감점을 당할 수 있으며 아마도 그 감점도 심리적인 감점의 상승 작용도 일으킬 수 있을 것이다. 맞춤법과 띄어쓰기가 안 되면 앞서 말했다시피 기본이 안 되었다고 채점자는 판단할 수 있기 때문이다. 그러나 이에 대한 지식 수용은 적어도 시험을 치르는 수험생이라면 이미 넘어섰겠고 다만 실제 글쓰기의 적용 문제만 남아 있는 상태라고 볼 수 있다. 따라서 이러한 맞춤법, 띄어쓰기 능력도 오로지 첨삭 지도를 통해서 내면화하고 완성해 나가야 한다.

정작 논술 답안지의 채점에서는 논제에 따른 기술 내용에서 다양한 배경지식과 정교한 내용의 연결 그리고 확고한 근거에 의거한 자신의 견해 등을 살피는 것이다. 그런데 '구슬이 서 말이라도 꿰어야 보배다'라는 말이 있듯이 두루두루 읽어 저장해 놓은 지식이라 하더라도 논제를 분석하여 그것을 꿰어 맞추어 가는 능력은 수차례의 실습을 통해서만 가능한 것이고, 이런 반복된 훈련은 빠른 시간 내에 두려움이나 어설픔이 없이 쉽게 글을 쓸 수 있는 능력을 길러줄 것이다. 그러므로 본 교재의 10장으로 구성된 실전 논술의 문제를 대상으로 성실히 훈련을 쌓는다면 편안한 마음으로 주어진 시간 내에 충분히 글을 써 내려가는 단계까지 갈 수 있으리라 믿는다. 혹시 글을 쓰기 위한 내용적 자료가 미비한 학생이 있다면 본 교재의 논술 실전에 관련한 각각의 읽기 자료를 토대로 보강하여 논술 실전 문제에 대비할 수 있다.

작은 실천이 소중하다

지구촌 곳곳에서 지금 갖가지 이유로 20만 에이커 이상의 열대 우림이 파괴되고 3만 6천 에이커에 이르는 땅이 사막의 불모지로 바뀐다. 1,300만 톤의 유독성 화학물질이 공중에 방출되며, 130여 종에 이르는 생물이 지구상에서 사라져버린다. 그런가 하면 4만 5천명이 넘는 사람들이 굶어 죽어가고 있다. 이 모든 일이 24시간, 그러니까 단 하루 사이에 일어나고 있는 일이라면 도저히 믿어지지 않을 것이다. 지구는 앞으로 50년 이상을 견뎌내기 어렵게 될 것이라고 예측하는 과학자들이 적지 않다. 그들은 걷잡을 수 없을 만큼 급속도로 진행되고 있는 열대 우림의 파괴를 그 근거로 든다.

석탄과 석유 같은 화석 연료가 모두 고갈되는 때를 지구 종말의 해로 잡는 학자도 있다. 석탄과 석유가 모두 바닥날 때 지구가 지탱할 수 있는 인구는 고작 2억 5천 명 정도라는 것이다. 현재 에너지 소비율을 기준으로 삼는다면 앞으로 약 45년 동안 사용할 수 있는 양이 남아 있고, 2.8퍼센트의 에너지 소비 증가율로 계산한다면 앞으로 겨우 30년밖에는 쓸 수 없는 양이 남아 있다. 그렇다면 2030년이나 2045년이면 인류는 더 이상 화석 에너지를 사용할 수 없게 된다. 에너지 문제는 과학과 기술을 좀더 발전시켜 대체 에너지를 개발함으로써 해결할 수 있다고 하더라도 화석 연료에서 얻는 온갖 원자재는 어떻게 할 도리가 없다. 화석 연료만이 아니고 앞으로는 물도 턱없이 부족하게 되어 제3차 세계대전은 아마 물을 두고 벌이게 될 것이라고 한다.

지금 자라나고 있는 어린이들과 앞으로 태어날 어린 생명을 생각하면 정신이 아찔하다. 그들이 사용할 천연자원을 우리가 미리 가불하여 사용한 셈이고, 그 대가로 그들에게 준 약속 어음은 부도가 날 가능성이 아주 높다. 그들에게 새로운 밀레니엄은 장밋빛 희망보다는 회색빛 절망의 그림자가 짙게 드리워져 있다. 가뜩이나 위기 의식에 사로잡혀 있는 이때에 무책임하게 묵시론적 종말론에 들떠 있는 이단자처럼 쓸데없이 환경 재앙에 대한 공포를 조장한다고 나무랄는지도 모른다. 그러나 안타깝게도 이러한 예측은 객관적 통계 자료에 근거를 둔 엄연한 사실이다.

이른바 문명국에 살고 있다는 현대인들의 소비생활을 보고 있노라면 섶을 껴안고 불 속으로 뛰어들고 있는 것과 조금도 다르지 않다. 휴지 한 장, 종이 컵 하나, 나무젓가락 하나, 철침 하나 사용하는 것을 삼가야 한다. 환경 위기나 생태계 위기를 극복하는 데에는 거창한 이론보다는 작은 실천이 훨씬 더 값지고 소중하다.

– 김욱동, 「한국의 녹색문화」에서

읽을거리 2 문명은 인성의 나태의 소산

문명의 죄는 문명 그 자체에 있는 것이 아니라 그러한 문명의 양식을 창출한 주체로서의 인간에게 있다. 다시 말하면, 수질오염의 주범은 합성세제 그 자신이 아니라 그 합성세제를 만들어 내었고 또 그것을 사용하는 인간이다. 마치 수질오염의 죄악을 합성세제라는 가치중립적 사태에 모두 전가시킴으로써 그 합성세제라는 사태를 창출시킨 인간의 죄악을 모면시키고자 하는, 치사하고도 약삭 빠른 또 다른 인간의 문명의 죄악을 우리는 고발하여야 한다. 문명의 죄악은 문명 그 자체에 있다기보다는 결국 문명을 창출하는 인간의 "욕망"에 있음을 직시하여야 한다.

우리는 학교교육을 통해 퇴계 이황과 고봉 기대승 사이에 "四端七情"에 관한 논의를 담은 편지가 일곱 번 왕래되었고, 그 "四端七情論爭"이 조선조의 전 유학의 성격을 규정했다는 역사적 사실을 알고 있다. 七情(희·노·애·구·애·오·욕)이란 욕망이다. 그리고 四端(인·의·예·지)이란 이 욕망을 조절하기 위한 人性內的 장치다. 그리고 흔히 우리는 이것을 "도덕" 내지 "윤리"라고 표현한다. 그러나 四端이 존재론적으로 七情外的인 것이 아니라, 七情內的인 것이라는데 그 문제의 복잡성이 있다. 사단과 칠정은 비록 그것이 사대부 양반계층의 윤리체계를 직접 겨냥하고 한 언설들이지만, 거시적으로는 바로 그것이 그들이 살고 있는 사회전체의 윤리를 규정하고, 그 사회의 제도적 모습까지도 규정한다는 데에 바로 그 이데올로기적 특성이 있는 것이다.

우리가 알고 있는 조선조사회는 분명 도덕적으로 훈련된 사회였고, 욕망이 절제된 사회며, 따라서 생태학적으로 조절된 사회다. 다시 말해서, 그 봉건성이나 전근대성을 운운하기에 앞서, 그 사회의 모습이 단순한 우연이 아니라, 매우 조직적으로 절제된 결과라는 소박한 현실인식이 성립되어야 한다. 현재의 문명을 바라볼 때 그리고 우리의 윤리감각과는 영 엉뚱하게 흘러가는 환경파괴의 실상을 목도할 때, 우리의 전통 문화 속에 내장되어 있는 잘 조절된 생활 방식과 욕망을 절제했던 인간의지가 절실한 교훈이 된다.

동물학대의 최종적인 목적은 인간의 욕망을 충족하기 위해서다. 인간이 동물과 동등한 種으로써 공존할 때에는 동물학대는 없었다. 동물을 기르고 농지를 개간하여 씨를 뿌리면서 동물학대는 그 기나긴 여정을 시작한 것이다.

세계 축산업의 최종적인 희생자는 동물들 자신이다. 태어나자마자 어린 숫송아지들은 좀더 "순종적"으로 되고, 그 고기의 질을 개선하기 위하여 거세된다. 동물들이 서로 상처를 내는 일이 없도록 하기 위해서 쇠뿔의 뿌리를 태워버리는 화학약품이 사용된다. 이런 일이 마취도 하지 않고 이루어진다.

송아지들은 어미소들과 함께 여섯 달에서 열한 달 동안 방목장에서 지내는 것이 허용되고, 그 이후에는 거대한 기계화된 사육장으로 옮겨져서 거기서 살이 찌고 도살되기를 기다린다. 최소한의 시간 안에 최적의 몸무게를 얻기 위해서 사육 관리자들은 성장촉진 호르몬과 사료첨가물을 포함한 여러 가지 약제들을 소들에게 투여한다. 전에는 사람들이 엄청난 양의 항생제를 투여하였는데, 그것은 동물들을 비좁고 오염된 우리나 사육장 속에 억지로 가둬놓고 살게 할 때 만연되는 질병을 막기 위한 것이다. 축산업자들은 소의 먹이 속에 항생제를 광범위하게 섞는 것을 중지하였다고 주장하고 있지만, 그 약들이 여전히 젖소들에게는 투여되고 있고, 젖소 고기는 미국에서 소비되는 쇠고기 전체의 15퍼센트를 차지하고 있다. 사람들이 소비하는 고기에서 항생제 잔류물이 발견되고 있는데, 이것은 인체가 항생제 효과에 저항력을 갖도록 만들며 그렇게 함으로써 좀더 유독한 계통의 박테리아에 쉽게 감염되게 만든다. 거세되고, 온순해지고, 약물을 주입 받으면서, 소들은 먹이통에서 옥수수와 사탕수수와 기타 곡물을 소비하면서 긴 시간을 보내는데, 그 곡물들은 온통 제초제로 절여진 것이다.

소의 몸무게를 최대한으로 확보하기 위해서 사육되는 소들의 삶의 모든 국면이 하나하나씩 감시되고 통제되고 있다. 파리떼를 쫓느라고 소들이 몸을 움직임으로써 매일 반파운드까지 몸무게를 잃어버릴 수 있기 때문에 고도의 독성을 가진 살충제가 사육장 부근에 살포된다. 이상적인 체중인 1,100파운드까지 살이 찐 다음에 소들은 거대한 트레일러에 무리지어 실려가게 되는데. 트럭에서 소들은 조금도 움직일 공간도 없이 서로 부대끼며 참아야 한다. 도살장까지 이동하는 수십 마일 내지 수백 마일 동안에 소들은 트럭 안에서 쓰러지고, 그러고서는 짓밟혀서 다리와 목과 등과 골반이 깨어지는 일이 허다하다. 도중에 쓰러진 소들은 트럭에서 끌어내려지기를 몇 시간이고 기다려야 한다. 쓰러진 동물들은 흔히 엄청난 고통으로 괴로움을 당하고 있음에도 불구하고 이들에게 결코 안락사나 마취제가 주어지는 일이 없다. 왜냐하면 그렇게 하면 그들의 시체는 쓸모가 없고 따라서 이윤에 손실을 가져오기 때문이다.

소들은 일렬로 도살장으로 들어간다. 들어가자마자 공기총을 맞고 소들은 기절한다. 동물이 주저앉을 때 도살장 노동자가 재빨리 뒷다리의 발굽에 쇠사슬 하나를 건다. 그리고 동물은 기계적으로 마루에서 들어올려지게 되고, 몸이 뒤집혀진 채 걸려있게 된다. 피에 흠뻑 젖은 사람들이 길다란 칼을 가지고 소의 목을 베는데, 칼날을 후두 속으로 깊이 1, 2초 동안 들이밀었다가 재빨리 칼을 거두면서 그 과정에 경동맥과 경정맥을 절단하는 것이다.

－피터 싱어, 「동물해방」에서

인간도 동물인 까닭에, 동물로서의 기본적인 욕구는 우선 충족되어야 한다. 인간의 기본적 욕구를 유감 없이 충족시키기 위해서는 의식주에 필요한 물질이 요청되거니와 의식주에 필요한 물질만으로는 경제생활의 안정을 얻었다고 볼 수가 없다. 인간은 동물로서의 기본적인 욕구 이외에 문화적 욕구를 가지고 있으며, 이 문화적 욕구의 충족을 위해서도 물질적 기반이 필요하다. 그러나 인간의 '문화적 욕구'라는 것은 변화와 신축성이 강한 심리 상태를 말하는 것이므로, 경제생활의 안정을 위해서 필요한 물질의 양과 질이 어느 정도의 것인지는 분명하지 않다. 다만 한 가지 확실한 것은, 빈부의 차이를 좁히고 경제적 균형을 얻는 일이 매우 중요한 조건의 하나라는 사실이다. 인간의 이러한 기본적인 욕구 문제를 사회화의 과정으로 간주하고 거기에 일정한 자율성의 원리를 대입시키려는 것이 윤리학이다. 지난 100년 간의 정신적인 대변혁과 이로 인하여 이루어진 오늘날의 '다원주의적 사회'의 상황은 윤리의 문제에서 획일성과 강제적인 규율성을 부정한다. 윤리가 정치적인 이데올로기와 신 중심의 종교 국가관에서 벗어나 이전시기보다 훨씬 더 각 개인의 다면적인 생활사에 다가서게 된 것이다.

– 한스라이러, 「나로부터의 윤리」에서

읽을거리 5 환경 윤리

　환경이란 일반적으로 인간을 둘러싸고 있는 자연 환경과 생활 환경을 총칭하는 말이다. 환경 윤리는 이러한 환경과 환경 문제에 대한 가치 탐구와 문제 해결을 추구하는 것을 목적으로 한다. 그러므로 환경 윤리의 정립은 자연 환경과 생활 환경 자체의 독자적인 가치를 인정하는 데에서부터 시작되어야 한다. 또한 환경 윤리의 정립을 위해서는 환경 실태에 대한 정확한 인식과 환경 공학적인 접근 노력 및 그 가능성과 한계에 대한 평가, 그리고 경제 발전 단계에 따른 지역적인 차이에 대한 올바른 인식 등이 요구된다. 환경 위기에 대응하려는 윤리학적 노력으로서의 환경 윤리는 환경을 보는 인식의 전환, 또는 환경과 인간의 관계 재정립이라는 차원에서 논의되어야 한다. 자연환경이 인간에게 무엇인가 하는 문제와 관련하여 우리는 생물 중심적인 사고를 할 필요성이 있다. 왜냐하면 인간은 자연 환경 보전에 대해 책임을 지고 있기 때문이다. 여기에서 우리는 자연 환경을 보전하기 위해 두 가지 방향을 생각해 볼 수 있다. 첫째는 자연 환경의 고유한 가치를 인정하는 것이다. 자연은 단순히 인간을 위해 봉사하는 것으로만 의미 있는 것이 아니며, 그 나름대로의 독자성을 가지고 있다. 이는 문명 비판적인 배경에서 자연과 인간이 하나라는 생각을 기초로 하여 환경 윤리를 확립하려는 시도라고 말할 수 있다.

　둘째는 인간의 윤리적 의무의 범위를 시간적 공간적으로 확대해서 자연을 인간의 삶의 조건으로 받아들이는 것이다. 이는 인간과 자연의 올바른 관계를 규명해 보려는 시도라고 할 수 있는데, 여기에서 우리가 극복해야 할 사실은 인간 이외의 것은 인간이 정해 놓은 목적에 따라 마음대로 이용할 수 있는 수단에 불과한 것이 아니라는 점이다. 따라서 인간의 책임과 윤리는 단지 인간 관계에서만 형성되는 것이 아니며, 그 범위가 자연 환경으로 확대되어야 한다. 인간적인 가치는 바람직한 삶이 무엇이냐 하는 비전과 관계되며, 이러한 차원에서 우리의 선택은 환경 보전의 가치에 연관된다. 환경 보전과 관련된 중요한 문제는 장기적인 안목에서 볼 때 인간의 소비생활과 직접적인 관련이 있다. 윤리적인 소비 생활은 천연 자연을 최대한 절약하며, 개인적인 인간관계의 측면을 뛰어넘어 인류 공동체의 생존을 염두에 두면서 소비와 생산을 조절하는 생활 방식이다. 여기서 말하는 '윤리'라는 개념을 단지 도덕적인 원리나 도덕적 규범 체계라는 좁은 의미보다는 사회의 존속에 대한 책임의 문제를 뜻한다. 즉 '책임'의 범위에는 인간만이 아닌 다양한 생명체의 공존공생을 약속하는 공동체적 삶의 양식을 구현하는 문제와 관련된다.

– 이선복, 「환경과 윤리」에서

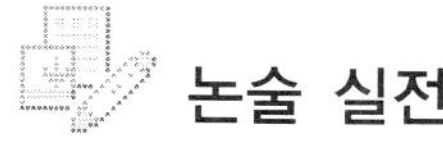

논술 실전

✤ (가)는 인간의 삶에서 윤리적 규범이 차지하는 위상에 대해서 서술한 글이고, (나)는 축산업의 실태를 통해 편중된 소비형태와 그로 인한 환경파괴의 실상을 언급한 글이다. 두 글을 참조하여 오늘날의 소비생활에서 새로이 요구되는 윤리적 규범을 환경문제와 관련하여 서술하시오.

가

우리는 인간의 자유의지라는 형이상학적 실체를 막연하나마 믿고 말하고 행동한다. 그러나 이미 고대 그리스의 스토이즘, 인도의 힌두/불교나 중국의 음양사상은 이러한 신념과 상충되며, 19세기의 파프라스, 라메트리는 자유의지를 허용하지 않는 총체적 결정론을 주장했으며, 현재 날로 발달되는 첨단과학은 자유의지의 허구성을 확실한 사실로 입증해가고 있는 것 같다.

설사 형이상학적으로 자유의지가 부재하더라도, 적어도 형이하학적 차원에서, 즉 구체적이고 명확한 경험의 차원에서 인간의 자유의지는 부정할 수 없다. 인간으로서 항상 이것을 할 것인가 저것을 할 것인가, 이렇게 살 것인가 저렇게 살 것인가의 선택을 해야 하고 그러한 선택으로 고민하지 않는 인간을 상상할 수 없으며, 이러한 선택에 대한 고민이 자유의지를 필연적으로 전제하기 때문이다.

인간의 불가피한 선택 가운데에 가장 중요한 선택의 문제는 윤리적 선택이다. 윤리는 다른 사람 혹은 다른 동물의 즐거움과 아픔과 나의 욕망이 상충되는 상황에서 내가 어떻게 하면 '옳은' 선택을 하고 '선한' 사람, 즉 인간으로서 가치 있는 사람이 될 수 있는가를 판단하고 행동할 수 있는가를 결정하는 문제이며, '윤리적'이란 옳은 판단과 행동을 했다는 뜻이다.

누구나 예외 없이 나름대로 가장 사람답게 살기를 원한다. 사람다운 삶이 곧 윤리적으로 옳은 삶을 의미한다면, 모든 인간은 한결같이 윤리적으로 옳게 살기를 원한다. 어떠한 삶이 윤리적으로 옳은가? 어느 인간 사회이고 윤리적 옳음과 그름을 판단하는 기준이 그 사회의 윤리적 규범으로 존재한다. 윤리적으로 옳은 나의 행동은, 내가 사는 사회의 규범에 따르면 된다. 그러나 한 사회의 규범은 다른 사회의 규범과 흔히 일치하지 않으며, 한 사회의 규범조차 시대에 따라 변하고 또한 일정한 시대 한 사회의 규범들 가운데에도 구체적인 윤리적 결정의 상황에서 두 가지 규범이 서로 상충하는 경우가 허다하다.

이러한 문제에 부딪칠 때 철학과 종교가 나서게 된다. 동서고금을 막론하고 위대한 철학은 규범윤리학을 반드시 포함하고 있을 뿐만 아니라, 모든 철학체계는 알게 모르게 궁극적으로는 윤리적 문제에 초점이 맞추어지고 있다. 철학은 이성적 직관과 논리에 비추어, 그리고 종교는 계시와 깨달음에 근거하여 시간과 공간을 떠난 보편적인 윤리적 규범을 탐색하여 인류에게 제공하고자 한다.

– 박이문, 「무엇을 할 것인가?」에서

현재 지구상에는 12억 8천 마리의 소들이 있다. 소들은 지구 땅덩어리의 거의 24퍼센트를 차지하고 있고 지구상에서 생산되는 곡물의 3분의 1을 먹어치우고 있다. 오늘날 미국에서 생산되는 곡물의 70퍼센트 이상이 가축의 먹이로 제공된다. 이것은 농업의 역사에서 새로운 현상이다. 처음으로 소들이 방대한 양의 곡물을 먹게 된 것이다. 소들이 꼴이 아닌 곡물을 먹게 된 것은 전적으로 20세기 들어 일어난 일이지만 거의 아무런 논쟁 없이 이 일이 일어났다.

전세계적으로 가축 대신에 인간을 먹이는 데 곡물을 이용한다면 십억 이상의 사람들이 먹을 수 있게 된다. 대부분 아이들인 4천만 내지 6천 만 명의 인간이 해마다 굶주림과 그에 관련된 질병으로 죽어가고 있다는 사실을 고려할 때 이러한 통계는 엄청난 의미를 갖는다. 또한 제3세계에서는 수백만의 사람들이 곡물부족으로 굶주리고 있는 동안 산업화된 나라들에서 수백만이 넘는 사람들이 심장마비와 뇌졸중과 암으로 죽어가고 있다. 그런데 이 질병들의 원인은 부분적으로 쇠고기의 과잉소비에 있는 것이다. 미국에서는 동물성 지방과 콜레스테롤과 인간의 질병 사이의 관련에 대하여 광범위한 조사 연구를 실시한 결과 쇠고기문화가 약속한 "행복한 삶"은 미국인들의 무절제한 습관으로 풍요의 질병에 시달리게 되었음을 입증했다.

또한 세계의 축산업은 지구생태계의 존속 그 자체에 영향을 미치고 있다. 1960년 이래 중앙아메리카 숲의 25퍼센트 이상이 목초지 조성을 위해 벌채되었다. 1970년대 말에는 중앙아메리카 전체 농토의 3분의 2를 소나 다른 가축들이 점유하게 되었는데, 그 대부분은 북미의 식탁으로 갈 운명에 있는 가축들이었다. 이러한 파괴적인 방식―삼림벌채, 토지집중, 농민분해―은 라틴아메리카 전체에 걸쳐 되풀이되고 있다. 멕시코에서는 1987년 이후 3천7백만 에이커의 숲이 방목지의 추가를 위해 파괴되었다.

축산의 파괴적인 영향은 열대우림을 훨씬 넘어 지구의 광대한 땅덩이를 포함하는 데까지 미치고 있다. 가축은 이제 지구 전역에 걸친 사막화의 주요 원인이 되고 있고 엄청난 양의 메탄가스를 방출함으로써 지구온난화의 주범이 되고 있다. (중략)

우리의 나날의 식사에서 쇠고기를 먹지 않는 것은 개인적인 결정이지만, 그러나 그것은 매우 파급효과가 큰 결정이다. 지금 수백만의 미국인과 유럽인들이 쇠고기를 졸업하거나 아니면 적어도 쇠고기 소비를 줄이려는 개인적 선택을 하고 있는 중인데, 이것은 우리의 행성과 인간의 장래에 중대한 영향을 미칠 것이다.

― 제레미 리프킨, 「쇠고기를 넘어서」에서

유의 사항 ●●●●●●●●●●●●●●●●●●●●●●●●●●●●●●●●●●●●●●●

1. 수험생의 직접·간접 체험을 반영할 것.
2. 한 편의 완결된 글로 쓸 것.
3. 어문 규정과 원고지 사용법에 따를 것.
4. 1,600자 내외(제목, 띄어쓰기 포함, ±200자)로 쓸 것.

논제 살피기

이 논제는 추상적인 윤리 문제가 아니라, 윤리적 안목을 평가하기 위하여 생태 문제라는 구체적인 사안을 논의의 단서로 삼을 것을 요구하고 있다. 보통 윤리를 주제로 하는 논제가 상당 부분 추상적이고 관념적인 논의로 흘러 답안을 작성하는 과정에서 커다란 어려움을 초래하는 경우가 많은데, 이 논제는 '소비 생활'이라는 구체적인 문제를 윤리적으로 해명하도록 유도하고 있다는 점에서 특징적이라 할 수 있다. 이른바 '생태 윤리' 혹은 '환경 윤리'의 범주로 포괄될 수 있다.

이 논제에서 요구하는 것은 다음의 두 가지이다. 첫째, 오늘날의 소비 생활을 비판적으로 고찰하고 그 이면에 존재하는 인간의 욕망이라는 문제를 윤리적인 규범이라는 틀 내에서 논의하는 것이고, 둘째, 우리가 확립해야 할 윤리 규범의 측면에서 새롭게 모색되어야 할 생태계와의 관계를 논술하는 것이다.

주제문 작성

생태 위기에 대처하기 위해서는 필요 이상의 욕망을 충족하고자 하는 태도를 버려야 한다.

주제어 : 소비 욕망, 과잉 욕망, 환경 재해, 윤리적 규범

개요 작성(1,400자)

서론(200자) : 광고의 소비 욕망 자극

본론(900자) : 1. 현대인의 삶이 가진 개인 본위 경향

−사회적 규범과의 충돌

2. 심리적 만족을 위한 소비 생활

−물질적 충족 이상의 과잉 욕망

3. 각종 환경 재해로부터 얻는 교훈

−미래 세대에 대한 책임감

결론(300자) : 생산자와 소비자의 윤리적 규범

✪ 예시 답안

오늘날 우리의 소비 생활은 주위의 무수한 유혹과 광고에 속속들이 노출되어 있다. 아침 조간 신문에 끼어오는 수많은 광고 전단을 접하면서 하루가 시작되어 한밤중 마감뉴스가 끝나도 상품을 선전하는 광고는 계속 이어진다. 지금의 소비 생활은 필요한 물건을 고르고 선택하는 의지의 차원이 아닌 집요한 광고와 유혹을 견디어 내어야만 하는 것이다.(189자)

그것은 결국 우리들이 지나치게 물질주의적 가치만을 가치고 인정하는 생활방식, 다시 말해서 산업문화를 전적으로 받아들였기 때문이다. 이 과정에서 사회적인 규범과 개인의 윤리 규범은 철저히 분리되어 '좀 더 풍요롭고 편한 생활'이란 슬로건은 사회 공동체를 위한 것이 아니라 개개인의 삶의 편의를 위해 유용되었다.

더욱 심각한 문제는 풍요로운 생활이라는 가치가 단순히 물질적 충족에 머무르지 않고 드디어는 무한한 심리적 욕망의 충족을 지향하고 있다는 데 있다.

이제 더 이상 사람들은 단순히 배가 고파서 음식을 먹지 않는다. 좀 더 비싼 음식을 먹음으로써 사회적인 인정을 받고자 하고, 비슷한 류의 사람들끼리 동질감을 형성하고자 한다. 마찬가지로 속도를 내기 위해 차를 이용하지 않고, 비싼 차를 탐으로써 남들로부터 받게 되는 모종의 위화감을 즐기는 것이다. 이러한 심리를 이용하여, 끊임없이 새로운 유행을 만들어 내고, 소비자들의 심리적 소비 욕망을 자극한다.

그리하여 결국은 자원을 필요 이상으로 소모하게 되는 것이다.(513자)

그런데 과잉 욕망이 초래하게 될 위험은 지금 바로 나타나지 않고, 먼 훗날에 가서야 나타난다는 데 심각한 문제가 있다. 개인의 몫도 아니고 지금 사회의 몫도 아닌 영원히 후손에게 대물림해야 할 환경에 대해 거의 윤리적인 규범을 갖지 못한 채 소비하고 파괴하고 있는 것이다. 아무리 환상을 갖고 싶어도, 이대로 간다면 머지않아 생존의 자연적 토대가 완전히 허물어지고 만다는 냉정한 사실이 달라지는 것은 아니다. 지금 온갖 곳에서 매순간 끊임없이 불거져 나오는 환경재난과 생명훼손의 사례들은 이 추세에 강력한 제동이 걸리지 않으면 우리 자신이나 다음 세대들의 이 지상에서의 생존이 사실상 불가능하게 될 것임을 예고하는 불길한 징후들이다.(356자)

우리가 '미래의 세계'를 계획하거나 만들어낼 필요가 없다. 현재의 세계를 잘 보살피면 미래도 충분히 보살피는 일이 될 것이다. 그러기 위해서는 심리적 효과에 치중된 소비 생활의 패턴에서 과감하게 벗어날 필요가 있다. 이른바 '메이커' 신발, '메이커' 가방, '메이커' 의류만을 찾는 것은 실질적인 필요가 아닌 순전히 물질을 통한 심리적 만족을 추구하는 일에 불과하다. 기업체들도 오직 영리 추구에만 집착하여 불필요한 소비 욕구를 자극하는 대신, 일정한 수익을 환경에 환원하는 생태적 사고를 가질 필요가 있다.(291자)

(총 1,349자)

✪ 강평

이 논술은 전반적으로 구체적인 사례와 일반적인 설명이 조화를 이루어, 창의적이면서도 보편적인 사고력을 드러냈다는 장점을 갖는다. 서론과 결론에서 소비 생활과 관련된 구체적인 사례가 추상적으로 흐를 논의를 구체화시키고 있는 것이다. 또한 논제가 요구하는 바를 비교적 포괄적으로 제시하여 문제를 발견하고 해결하는 논술 작성자의 사고의 폭이 매우 넓음을 알 수 있다. 또한 본론의 요약 정도로 그치는 상투적인 논술의 공식에서 벗어나,

그야말로 결론적인 내용을 서술함으로써 개요를 작성하는 능력이 범상치 않음을 알 수 있다.

다만 아쉬운 것은, <제시문>에 나온 내용을 지나치게 외면 혹은 무시했다는 점이다. 육류 소비의 문제나, 생태 문제의 윤리 문제를 <제시문>으로부터 이끌어냈더라면, 논의의 안정감을 확보할 수 있었으리라 생각된다. <제시문>의 가치도 존중하고, 그것을 참조하라는 논제의 요구에도 충실해질 필요가 있다.

문명(文明, civilization)

1. 유래

라틴어의 키비스(civis : 시민)나 키빌리타스(civilitas : 도시)에서 유래된 용어이다.

2. 개요

‘미개’와 대응하는 진보된 인간생활의 총체를 이른다. 라틴어의 ‘civis’(시민)와 ‘civitas’(도시)에서 유래한 바와 같이 특별히 도시문화를 가리키는 경우가 많다. 19세기 말에 ‘문화’를 최초로 정의한 타일러(1832~1917)는, ‘문명’과 ‘문화’를 동일시했다. 플라톤, 아리스토텔레스, T.홉스 등은 ‘문명’과 ‘사회’를 동일시하고 문명 이전을 무질서상태(자연상태)라고 생각했다. 그러나 자연상태라고 부를 만한 무질서한 세계는 미개사회까지 포함, 인간사회에는 존재하지 않는다는 것이 밝혀져 이 개념은 무너졌다. 고대의 여러 문명은 몇몇 지역에서 시기를 달리해 발생한 것으로 밝혀졌다. 메소포타미아와 이집트에서는 BC 3500~3000년경, 인더스 강 유역에서는 BC 2500년경, 중국에서는 BC 1500년경에 각각 문명이 형성되었고 신대륙에서는 멕시코 계곡과 페루에서 기원 전후에 탄생했다. 신대륙의 문명은 구대륙의 문명과는 독립적으로 발생했다는 것도 밝혀졌다. 고대문명이 발생한 이들 지역을 통해 농경의 발전에 따른 인구증가, 부의 축적, 직업의 분화, 도시의 형성, 치수(治水), 토기·직물의 제작 등을 볼 수 있다.

3. 개념

문명이라는 용어는 실제에 있어 매우 다양한 뜻으로 쓰이나 문화와 대치(對

置)되는 것으로 파악하는 입장과 문화의 특수한 한 형태로 파악하는 입장으로 크게 나누어 볼 수 있다. 전자는 독일철학이나 사회학에서 전통적으로 볼 수 있으며 인류의 정신적이고 가치적인 소산을 문화라고 하는 데 대하여 물질적·기술적 소산을 문명이라고 한다. 이 견해는 통속적인 용법으로 널리 보급되어 사용되고 있다.

후자의 견해는 제2차 세계대전 후 문화인류학의 보급에 따라 일반화되었다. 여기에 따르면 문화 중에서 도시적인 요소, 고도의 기술, 작업의 분화, 사회의 계층분화를 갖는 복합문화(문화의 복합체)를 큰 단위로서 파악한 총체를 문명이라고 한다. 전자의 입장 가운데 A.베버에 의하면 문명은 주체(主體)를 떠나 직선적으로 발전, 누적되어 무한하게 진보하는 기술적 수단의 총계(總計)이지만 문화는 주체와의 관련 하에 일회에 그치는 역사적 개체이며 누적되는 것이 아니므로 진보라는 척도로써는 측정할 수 없다고 한다.

그 밖에 18세기 몽테스키외나 루소 등의 백과전서파는 문명을 야만(barbarism)과 대치시키지 않고 봉건제·군주제와 대치시켜 문명이란 말 속에 봉건사회에서 시민사회로의 진보라는 뜻과 계몽의 의미를 포함시켰다. 이러한 생각은 사회진화론의 바탕에서도 볼 수 있는데, 예를 들면 모건 등이 주장한 몽매(蒙昧 : savagery)·야만·문명(civilization)이라고 하는 단계적인 구분이다.

토인비는 고대에서 현대에 이르는 모든 세계문명을 포괄적으로 다룬 드문 역사가로서, 문명의 단위를 국가보다는 크고 세계보다는 작은 중간적인 범위에서 구하였다. 그는 서구문명·인도문명·극동문명·정교(正敎) 그리스도교 문명과 같은 현존하는 문명에서 고대문명까지 거슬러 올라가 21개의 문명을 들었고, 그 발생·성장·쇠퇴·해체과정을 논하였다. 이들 문명 중에서, 모체가 된 고대문명은 모문명(母文明)이라 부르며, 이들은 서로 독립해서 발생하였다고 하였다. 모문명은 구(舊)세계의 이집트 문명, 수메르 문명, 미노스 문명, 중앙 아메리카의 마야 문명, 남아메리카의 안데스 문명, 아시아의 중국 문명 등 6개이며, 여기에 더하여 고대 인도의 하라파 문명이 독립적으로 발생하였다고 보면 7개가 된다. 이 중에서 중국 문명은 중간에 이민족의 지배를 받으면서도 현재까지 4,000년 동안 계속 살아 있다. 그러나 모문명이 독립적으로 발생하였다고 하는 주장은 충분히 논증된 것은 아니다.

세계에서 가장 오래 된 문명의 발생지와 발생기에 대해서는, 정설이라고 단언할 수는 없지만 BC 4000년대 오리엔트로 보는 것이 통설이다. 각 문명의 기원을 보면, 이집트 문명은 BC 2800년경, 미노스 문명은 BC 2600년경, 하라파 문명은 BC 3000년기(紀)의 중간, 중국 문명은 BC 2000년 초, 신대륙의 문명은 BC 1000년대 전기(前期)로 보고 있다. 한때 세계의 고대문명이 단일문화로부터 전파되었다고 하는 설(예 : 이집트 기원설)도 있었으나 현재 이를 인정하는 사람은 없다. 문명의 기원을 큰 하천의 유역에 한정시키거나, 관개시설 또는 유목민에 의한 농경민 정복에서 구하는 등의 여러 설이 있으나 모두 부분적으로 해당할 뿐, 모든 고대문명에 해당하는 일반론으로서는 인정되지 않고 있다.

문명발생의 근본적인 요인을 생산력의 일정한 수준에서 구하는 이론은 일반론으로서는 인정할 수 있지만, 개개의 문명 사례(事例)에 대해 개별적·구체적 논증은 충분히 얻지 못하고 있다.

4. 문화(文化)와의 차이점

※ 사전적 의미

〈문명〉: 인류가 이룩한 물질적, 기술적, 사회 구조적인 발전. 자연 그대로의 원시적 생활에 상대하여 발전되고 세련된 삶의 양태를 뜻한다.

〈문화〉: 자연 상태에서 벗어나 일정한 목적 또는 생활 이상을 실현하고자 사회 구성원에 의하여 습득, 공유, 전달되는 행동 양식이나 생활 양식의 과정 및 그 과정에서 이룩하여 낸 물질적·정신적 소득을 통틀어 이르는 말. 의식주를 비롯하여 언어, 풍습, 종교, 학문, 예술, 제도 따위를 모두 포함한다.

∴ 이 모든 것을 종합해 볼 때, 문명을 환경에 맞게 적응시킨 것이 문화라고 생각한다.

5. 문명과 도시

문명의 발전에 있어서 도시가 수행한 역할은 크다. V.G.차일드는 도시가 문명의 기본적 요소임을 역설하고 신석기시대의 농경문화에서 문명에로의 추이를 '도시혁명'이라고 불렀다. 그리고 도시는 문명을 표시할 뿐만 아니라 문명을 창출하는 것이라는 개념이 생겼다.

그러나 메소아메리카(Mesoamerica)의 저지대에 번창했던 올멕 문화(BC 800~300경)의 중심은 도시라기보다는 제사 중심지라고 해야 할 것이며 올멕 문화와 거의 같은 시기에 형성된 남아메리카의 차빈 문화에서도 도시의 발달은 미약하다. 그러므로 문명과 '도시성'(urbanism)을 동일시할 수는 없으나 매우 밀접한 관계에 있는 것은 사실이다.

문명의 형성에 따라 도시가 발전하면 자연이 주는 위협에서 해방되어 생활이 보다 쾌적해지지만, 다른 한편 자연의 파괴도 진전된다. 고대도시 중에는 인구 1만~2만에 이르는 곳도 있었다고 하지만, 후대로 내려와서 예를 들면 16세기 서유럽의 도시는 그렇게 대규모였던 것은 아니며 2,000~2만 정도의 인구였다. 17세기에 와서 인구가 겨우 10만 이상 되는 도시가 출현한다. 고대문명에서도 도시는 저장·관개(灌漑) 등으로 많은 자연재해를 피할 수 있었지만 도시생활은 신체적·정신적 건강에 부적당한 요소를 초래하게 되었다. 교역, 채광(採鑛), 군사활동, 성벽·도로·상수도·하수도의 건설, 신전(神殿) 등의 웅장한 건축 등을 통해 고대도시는 환경을 대규모로 파괴·변형하게 되고, 그 진행방향이 현대도시의 모습을 향해갔다. 고대 로마의 하수도는 공중변소에 직결되어 테베레 강을 오염시켰다. 도시화가 진전될수록 자연이 주는 위협에서 해방되었지만 환경파괴 역시 심해지지 않을 수 없었다. 이것은 분명히 문명의 발전, 도시화에 내포된 심각한 딜레마였다.

이와 같은 문명화·도시화에 따른 자연파괴는 19세기에 와서는 이전과 비교도 할 수 없을 만큼 심해졌다. 과학과 기술의 진보에 따른 기계화의 진전, 산업혁명 이후의 대량생산의 실현, 대공장의 건설로 환경파괴는 급속하게 진행되었기 때문이다. 석탄사용, 강철제조, 화학공장은 대기와 하천을 한층 더 오염시켰다. 이와 같이 문명 자체는 자연의 극복과정에서 발달했지만, 그 문명의 발달은 결국 인류의 생존을 위협하는 자연의 파괴·변형을 촉진하게 되었다. 이와 같은 모순은 고대도시에서도 이미 나타났었지만, 현대에 와서 극단적인 형태를 띠게 된 것이다.

6. 세계 4대 문명

① 황하문명

중국 황하강 중류, 하류 지역에서 발생한 문명이다. 종래는 문명을 미개의 상대적인 말로 이해하고, 문자의 발명과 도시의 성립 등에 중점을 두어, 황하 문명의 연도도 청동기 시대 이후로 보는 것이 보통이었다.

그러나 문명을 문화의 가치 체계를 떠받치는 물질적·기술적 기초라고 정의할 경우, 황하 문명의 연대 범위는 농경이 시작된 신석기시대부터 청동기가 나타난 은나라, 철기가 거의 완전히 보급된 전한시대(前漢時代)까지라고 할 수 있다.

세계의 4대 문명은 큰 강 유역에서 일어났다. 그렇다면 왜 중국 문명은 양쯔강이 아닌 황하강 유역에서 일어났을까?

양쯔강은 신석기 시대에는 현재보다 기온이 높고 강수량이 많아 저습지에 크고 작은 호소(湖沼)가 산재하여 삼림이 무성한 상태였다. 이에 반하여 황하강 유역은 대륙성 기후로 건조한데다가 비옥한 황토가 퇴적하여 황토 지대를 형성하였다.

② 인더스 문명

BC 3000년기 중엽부터 약 1000년 동안 인더스 강 유역에서 청동기를 바탕으로 번영한 고대 문명이다. 메소포타미아의 영향을 받은 듯하다. 인더스문명의 대표적 유적은 당시의 2대 도시였던 하라파와 모헨조다로인데, 최초로 고고학적 조사를 받았던 하라파 유적의 이름을 따서 고고학적으로는 하라파문화라고 부른다.

19세기 중엽에 영국인 알렉산더 커닝엄이 하라파 유적을 조사하였지만, BC 3000년기의 고대문명으로서 확인된 것은 1922~23년 시작되었던 양 유적 발굴의 결과였다.

모헨조다로는 '사자(死者)의 언덕'이라는 뜻으로, 처음에는 J.H.마셜에 의해, 후에는 E.매케이에 의해 발굴되었다. 하라파는 『리그베다』에 전하는 할리 유푸야라는 추측도 있다. 하라파는 M.S.버트에 의해 발굴되었고, 그 후 찬후다로(chanhu-daro) 등 같은 종류의 문화가 인더스강 유역을 중심으로 분포해 있는 사실이 밝혀졌으며, 현재까지 총계 100개소 이상의 유적이 보고 되고 있다.

이 유적 가운데 남쪽의 소라스트라 지방의 것은 인더스문명 후기 또는 그것에 이어지는 아(亞)인더스문명에 속한다고 알려져 있다. 이와 같은 인더스문명권 중에서 하라파는 인더스 상류유역 펀자브 지방의, 모헨조다로는 하류유역인 신드 지방의 수도로 추정된다.

③ 메소포타미아 문명

메소포타미아는 '두 강 사이의 땅'이란 뜻으로 비옥한 반달 모양의 티그리스 강, 유프라테스 강 유역을 중심으로 번영한 고대 문명이다. 바빌로니아·아시리아 문명을 가리키나 넓게는 서남 아시아 전체의 고대 문명을 지칭하는 경우도 있다.

메소포타미아 문명은 지리적 요건 때문에 외부와의 교섭이 빈번하여 정치·문화적 색채가 복잡하였다. 폐쇄적인 이집트 문명과는 달리 두 강 유역은 항상 이민족의 침입이 잦았고, 국가의 흥망과 민족의 교체가 극심하였기 때문에 이 지역에 전개된 문화는 개방적, 능동적이었다. 메소포타미아 문명은 주위의 문화적 파급과 후세의 영향을 고려해 볼 때 세계사적 의의가 크다.

④ 이집트문명

나일 강 하류의 비옥한 토지에서 이집트 문명은 이루어졌다. 이집트는 지리적 위치가 폐쇄적이어서 메소포타미아 문명에 비해 정치·문화적 색채가 단조롭다. 이집트는 사막과 바다로 둘러 싸여 있어서 외부의 침입 없이 2000년 동안 고유 문화를 간직할 수 있었다.

이집트는 '헤로도투스'의 말처럼 '나일 강의 선물'이라 할 만큼 나일강의 영향을 많이 받았다. 이집트는 나일강과 주변의 기름진 토양을 바탕으로 일찍 농경이 발달하였다.

해마다 겪게 되는 나일강의 범람은 상류의 비옥한 퇴적물을 운반하는 작용을 하였으므로 나일 강변은 풍요로운 땅이었다. 나일 강의 홍수는 주변의 모든 것들을 진흙 속에 묻어 버렸다. 그러나 이런 홍수는 규칙적으로 일어나서 미리 예측을 할 수 있었다. 따라서 이집트인들은 농사의 시기를 조절할 수가 있었다. 이런 나일 강의 범람 때문에 태양력·기하학·건축술·천문학이 발달하였다.

□ 부록

문교부 고시 제88-1 호(1988. 1. 19.)

한글 맞춤법

제1장 총 칙

제1항 한글 맞춤법은 표준어를 소리대로 적되, 어법에 맞도록 함을 원칙으로 한다.

제2항 문장의 각 단어는 띄어 씀을 원칙으로 한다.

제3항 외래어는 '외래어 표기법'에 따라 적는다.

제2장 자 모

제4항 한글 자모의 수는 스물넉 자로 하고, 그 순서와 이름은 다음과 같이 정한다.

ㄱ(기역)	ㄴ(니은)	ㄷ(디귿)	ㄹ(리을)	ㅁ(미음)
ㅂ(비읍)	ㅅ(시옷)	ㅇ(이응)	ㅈ(지읒)	ㅊ(치읓)
ㅋ(키읔)	ㅌ(티읕)	ㅍ(피읖)	ㅎ(히읗)	
ㅏ(아)	ㅑ(야)	ㅓ(어)	ㅕ(여)	ㅗ(오)
ㅛ(요)	ㅜ(우)	ㅠ(유)	ㅡ(으)	ㅣ(이)

〔붙임 1〕 위의 자모로써 적을 수 없는 소리는 두 개 이상의 자모를 어울러서 적되, 그 순서와 이름은 다음과 같이 정한다.

ㄲ(쌍기역)　　ㄸ(쌍디귿)　　ㅃ(쌍비읍)　　ㅆ(쌍시옷)
ㅉ(쌍지읒)

ㅐ(애)	ㅒ(얘)	ㅔ(에)	ㅖ(예)	ㅘ(와)	ㅙ(왜)
ㅚ(외)	ㅝ(워)	ㅞ(웨)	ㅟ(위)	ㅢ(의)	

〔붙임 2〕 사전에 올릴 적의 자모 순서는 다음과 같이 정한다.

자 음: ㄱ ㄲ ㄴ ㄷ ㄸ ㄹ ㅁ ㅂ
ㅃ ㅅ ㅆ ㅇ ㅈ ㅉ ㅊ ㅋ
ㅌ ㅍ ㅎ

모 음: ㅏ ㅐ ㅑ ㅒ ㅓ ㅔ ㅕ ㅖ

ㅗ ㅘ ㅙ ㅚ ㅛ ㅜ ㅝ ㅞ
ㅟ ㅠ ㅡ ㅢ ㅣ

제3장 소리에 관한 것

제1절 된소리

제5항 한 단어 안에서 뚜렷한 까닭 없이 나는 된소리는 다음 음절의 첫소리를 된소리로 적는다.

1. 두 모음 사이에서 나는 된소리

소쩍새	어깨	오빠	으뜸	아끼다
기쁘다	깨끗하다	어떠하다	해쓱하다	가끔
거꾸로	부썩	어찌	이따금	

2. 'ㄴ, ㄹ, ㅁ, ㅇ' 받침 뒤에서 나는 된소리

산뜻하다	잔뜩	살짝	훨씬	담뿍
움찔	몽땅	엉뚱하다		

다만, 'ㄱ, ㅂ' 받침 뒤에서 나는 된소리는, 같은 음절이나 비슷한 음절
이 겹쳐 나는 경우가 아니면 된소리로 적지 아니한다.

| 국수 | 깍두기 | 딱지 | 색시 | 싹둑(~싹둑) |
| 법석 | 갑자기 | 몹시 | | |

제2절 구개음화

제6항 'ㄷ, ㅌ' 받침 뒤에 종속적 관계를 가진 '-이(-)'나 '-히-'가 올 적
에는, 그 'ㄷ, ㅌ'이 'ㅈ, ㅊ'으로 소리나더라도 'ㄷ, ㅌ'으로 적는다.(ㄱ을
취하고, ㄴ을 버림.)

ㄱ	ㄴ		ㄱ	ㄴ
맏이	마지	|	핥이다	할치다
해돋이	해도지	|	걷히다	거치다
굳이	구지	|	닫히다	다치다
같이	가치	|	묻히다	무치다
끝이	끄치	|		

제3절 'ㄷ' 소리 받침

제7항 'ㄷ' 소리로 나는 받침 중에서 'ㄷ'으로 적을 근거가 없는 것은 'ㅅ'
으로 적는다.

덧저고리	돗자리	엇셈	웃어른	핫옷
무릇	사뭇	얼핏	자칫하면	뭇〔衆〕
옛	첫	헛		

제4절   모   음

제8항 '계, 례, 몌, 폐, 혜'의 'ㅖ'는 'ㅔ'로 소리나는 경우가 있더라도 'ㅖ'로
적는다. (ㄱ을 취하고, ㄴ을 버림.)

ㄱ	ㄴ	ㄱ	ㄴ
계수(桂樹)	게수	혜택(惠澤)	헤택
사례(謝禮)	사레	계집	게집
연몌(連袂)	연메	핑계	핑게
폐품(廢品)	페품	계시다	게시다

다만, 다음 말은 본음대로 적는다.

게송(偈頌)   게시판(揭示板)   휴게실(休憩室)

제9항 '의'나, 자음을 첫소리로 가지고 있는 음절의 'ㅢ'는 'ㅣ'로 소리나는
경우가 있더라도 'ㅢ'로 적는다. (ㄱ을 취하고, ㄴ을 버림.)

ㄱ	ㄴ	ㄱ	ㄴ
의의(意義)	의이	닝큼	닝큼
본의(本義)	본이	띄어쓰기	띠어쓰기
무늬〔紋〕	무니	씌어	씨어
보늬	보니	틔어	티어
오늬	오니	희망(希望)	히망
하늬바람	하니바람	희다	히다
늴리리	닐리리	유희(遊戲)	유히

제5절 두음 법칙

제10항 한자음 '녀, 뇨, 뉴, 니'가 단어 첫머리에 올 적에는, 두음 법칙에
따라 '여, 요, 유, 이'로 적는다.(ㄱ을 취하고, ㄴ을 버림.)

ㄱ	ㄴ		ㄱ	ㄴ
여자(女子)	녀자		유대(紐帶)	뉴대
연세(年歲)	년세		이토(泥土)	니토
요소(尿素)	뇨소		익명(匿名)	닉명

다만, 다음과 같은 의존 명사에서는 '냐, 녀' 음을 인정한다.

냥(兩)   냥쭝(兩-)   년(年)(몇 년)

〔붙임 1〕 단어의 첫머리 이외의 경우에는 본음대로 적는다.

남녀(男女)   당뇨(糖尿)   결뉴(結紐)   은닉(隱匿)

〔붙임 2〕 접두사처럼 쓰이는 한자가 붙어서 된 말이나 합성어에서, 뒷
말의 첫소리가 'ㄴ' 소리로 나더라도 두음 법칙에 따라 적는다.

신여성(新女性)   공염불(空念佛)   남존여비(男尊女卑)

〔붙임 3〕 둘 이상의 단어로 이루어진 고유 명사를 붙여 쓰는 경우에도
붙임 2에 준하여 적는다.

한국여자대학   대한요소비료회사

제11항 한자음 '랴, 려, 례, 료, 류, 리'가 단어의 첫머리에 올 적에는, 두음
법칙에 따라 '야, 여, 예, 요, 유, 이'로 적는다.(ㄱ을 취하고, ㄴ을 버림.)

	ㄱ	ㄴ		ㄱ	ㄴ
양심(良心)	량심	|	용궁(龍宮)	룡궁
역사(歷史)	력사	|	유행(流行)	류행
예의(禮儀)	례의	|	이발(理髮)	리발

다만, 다음과 같은 의존 명사는 본음대로 적는다.

리(里): 몇 리냐?

리(理): 그럴 리가 없다.

〔붙임 1〕 단어의 첫머리 이외의 경우에는 본음대로 적는다.

개량(改良)	선량(善良)	수력(水力)	협력(協力)
사례(謝禮)	혼례(婚禮)	와룡(臥龍)	쌍룡(雙龍)
하류(下流)	급류(急流)	도리(道理)	진리(眞理)

다만, 모음이나 'ㄴ' 받침 뒤에 이어지는 '렬, 률'은 '열, 율'로 적는다.
(ㄱ을 취하고, ㄴ을 버림.)

	ㄱ	ㄴ		ㄱ	ㄴ
나열(羅列)	나렬	|	분열(分裂)	분렬
치열(齒列)	치렬	|	선열(先烈)	선렬
비열(卑劣)	비렬	|	진열(陳列)	진렬
규율(規律)	규률	|	선율(旋律)	선률
비율(比率)	비률	|	전율(戰慄)	전률
실패율(失敗率)	실패률	|	백분율(百分率)	백분률

〔붙임 2〕 외자로 된 이름을 성에 붙여 쓸 경우에도 본음대로 적을 수
있다.

신립(申砬)　　　　최린(崔麟)　　　　채륜(蔡倫)　　　　하륜(河崙)

〔붙임 3〕　준말에서 본음으로 소리나는 것은 본음대로 적는다.

국련(국제연합)　　　　대한교련(대한교육연합회)

〔붙임 4〕　접두사처럼 쓰이는 한자가 붙어서 된 말이나 합성어에서, 뒷
　　　　말의 첫소리가 'ㄴ' 또는 'ㄹ' 소리로 나더라도 두음 법칙에 따라 적는다.

역이용(逆利用)　　　　연이율(年利率)　　　　열역학(熱力學)
해외여행(海外旅行)

〔붙임 5〕　둘 이상의 단어로 이루어진 고유 명사를 붙여 쓰는 경우나 십
　　　　진법에 따라 쓰는 수(數)도 붙임 4에 준하여 적는다.

서울여관　　　　신흥이발관　　　　육천육백육십육(六千六百六十六)

제12항　한자음 '라, 래, 로, 뢰, 루, 르'가 단어의 첫머리에 올 적에는, 두음
법칙에 따라 '나, 내, 노, 뇌, 누, 느'로 적는다. (ㄱ을 취하고, ㄴ을 버림.)

ㄱ	ㄴ		ㄱ	ㄴ
낙원(樂園)	락원	|	뇌성(雷聲)	뢰성
내일(來日)	래일	|	누각(樓閣)	루각
노인(老人)	로인	|	능묘(陵墓)	릉묘

〔붙임 1〕　단어의 첫머리 이외의 경우에는 본음대로 적는다.

쾌락(快樂)　　　극락(極樂)　　　거래(去來)　　　왕래(往來)
부로(父老)　　　연로(年老)　　　지뢰(地雷)　　　낙뢰(落雷)
고루(高樓)　　　광한루(廣寒樓)　　　동구릉(東九陵)　　　가정란(家庭欄)

〔붙임 2〕 접두사처럼 쓰이는 한자가 붙어서 된 단어는 뒷말을 두음 법칙에 따라 적는다.

내내월(來來月)　　　상노인(上老人)　　　중노동(重勞動)

비논리적(非論理的)

제6절　겹쳐 나는 소리

제13항　한 단어 안에서 같은 음절이나 비슷한 음절이 겹쳐 나는 부분은 같은 글자로 적는다. (ㄱ을 취하고, ㄴ을 버림.)

ㄱ	ㄴ		ㄱ	ㄴ
딱딱	딱닥		꼿꼿하다	꼿곳하다
쌕쌕	쌕색		놀놀하다	놀롤하다
씩씩	씩식		눅눅하다	눙눅하다
똑딱똑딱	똑닥똑닥		밋밋하다	민밋하다
쓱싹쓱싹	쓱삭쓱삭		싹싹하다	싹삭하다
연연불망(戀戀不忘)	연련불망		쌉쌀하다	쌉살하다
유유상종(類類相從)	유류상종		씁쓸하다	씁슬하다
누누이(屢屢-)	누루이		짭짤하다	짭잘하다

제4장　형태에 관한 것

제1절　체언과 조사

제14항　체언은 조사와 구별하여 적는다.

떡이	떡을	떡에	떡도	떡만
손이	손을	손에	손도	손만
팔이	팔을	팔에	팔도	팔만
밤이	밤을	밤에	밤도	밤만
집이	집을	집에	집도	집만
옷이	옷을	옷에	옷도	옷만
콩이	콩을	콩에	콩도	콩만
낮이	낮을	낮에	낮도	낮만
꽃이	꽃을	꽃에	꽃도	꽃만
밭이	밭을	밭에	밭도	밭만
앞이	앞을	앞에	앞도	앞만
밖이	밖을	밖에	밖도	밖만
넋이	넋을	넋에	넋도	넋만
흙이	흙을	흙에	흙도	흙만
삶이	삶을	삶에	삶도	삶만
여덟이	여덟을	여덟에	여덟도	여덟만
곬이	곬을	곬에	곬도	곬만
값이	값을	값에	값도	값만

제2절   어간과 어미

제15항 용언의 어간과 어미는 구별하여 적는다.

먹다	먹고	먹어	먹으니
신다	신고	신어	신으니

믿다	믿고	믿어	믿으니
울다	울고	울어	(우니)
넘다	넘고	넘어	넘으니
입다	입고	입어	입으니
웃다	웃고	웃어	웃으니
찾다	찾고	찾아	찾으니
좇다	좇고	좇아	좇으니
같다	같고	같아	같으니
높다	높고	높아	높으니
좋다	좋고	좋아	좋으니
깎다	깎고	깎아	깎으니
앉다	앉고	앉아	앉으니
많다	많고	많아	많으니
늙다	늙고	늙어	늙으니
젊다	젊고	젊어	젊으니
넓다	넓고	넓어	넓으니
훑다	훑고	훑어	훑으니
읊다	읊고	읊어	읊으니
옳다	옳고	옳아	옳으니
없다	없고	없어	없으니
있다	있고	있어	있으니

〔붙임 1〕 두 개의 용언이 어울려 한 개의 용언이 될 적에, 앞말의 본뜻이 유지되고 있는 것은 그 원형을 밝히어 적고, 그 본뜻에서 멀어진 것은 밝히어 적지 아니한다.

(1) 앞말의 본뜻이 유지되고 있는 것

넘어지다　　늘어나다　　늘어지다　　돌아가다　　되짚어가다

들어가다　　떨어지다　　벌어지다　　엎어지다　　접어들다

틀어지다　　흩어지다

(2) 본뜻에서 멀어진 것

드러나다　　사라지다　　쓰러지다

〔붙임 2〕 종결형에서 사용되는 어미 '-오'는 '요'로 소리나는 경우가 있
더라도 그 원형을 밝혀 '오'로 적는다. (ㄱ을 취하고, ㄴ을 버림.)

ㄱ	ㄴ
이것은 책이오.	이것은 책이요.
이리로 오시오.	이리로 오시요.
이것은 책이 아니오.	이것은 책이 아니요.

〔붙임 3〕 연결형에서 사용되는 '이요'는 '이요'로 적는다. (ㄱ을 취하고,
ㄴ을 버림.)

ㄱ	ㄴ
이것은 책이요, 저것은 붓이요, 또 저것은 먹이다.	이것은 책이오, 저것은 붓이오, 또 저것은 먹이다.

제16항　어간의 끝음절 모음이 'ㅏ, ㅗ'일 때에는 어미를 '-아'로 적고, 그
밖의 모음일 때에는 '-어'로 적는다.

1. '-아'로 적는 경우

나아	나아도	나아서
막아	막아도	막아서
얇아	얇아도	얇아서
돌아	돌아도	돌아서
보아	보아도	보아서

2. '- 어'로 적는 경우

개어	개어도	개어서
겪어	겪어도	겪어서
되어	되어도	되어서
베어	베어도	베어서
쉬어	쉬어도	쉬어서
저어	저어도	저어서
주어	주어도	주어서
피어	피어도	피어서
희어	희어도	희어서

제17항 어미 뒤에 덧붙는 조사 '- 요'는 '- 요'로 적는다.

읽어	읽어요
참으리	참으리요
좋지	좋지요

제18항 다음과 같은 용언들은 어미가 바뀔 경우, 그 어간이나 어미가 원칙에 벗어나면 벗어나는 대로 적는다.

1. 어간의 끝 'ㄹ'이 줄어질 적

갈다:	가니	간	갑니다	가시다	가오
놀다:	노니	논	놉니다	노시다	노오
불다:	부니	분	붑니다	부시다	부오
둥글다:	둥그니	둥근	둥급니다	둥그시다	둥그오
어질다:	어지니	어진	어집니다	어지시다	어지오

〔붙임〕 다음과 같은 말에서도 'ㄹ'이 준 대로 적는다.

마지못하다	마지않다	(하)다마다	(하)자마자
(하)지 마라	(하)지 마(아)		

2. 어간의 끝 'ㅅ'이 줄어질 적

긋다:	그어	그으니	그었다
낫다:	나아	나으니	나았다
잇다:	이어	이으니	이었다
짓다:	지어	지으니	지었다

3. 어간의 끝 'ㅎ'이 줄어질 적

그렇다:	그러니	그럴	그러면	그러오
까맣다:	까마니	까말	까마면	까마오
동그랗다:	동그라니	동그랄	동그라면	동그라오
퍼렇다:	퍼러니	퍼럴	퍼러면	퍼러오
하얗다:	하야니	하얄	하야면	하야오

4. 어간의 끝 'ㅜ, ㅡ'가 줄어질 적

푸다:	퍼	펐다	|	뜨다:	떠	떴다

끄다:	꺼	껐다		크다:	커	컸다
담그다:	담가	담갔다		고프다:	고파	고팠다
따르다:	따라	따랐다		바쁘다:	바빠	바빴다

5. 어간의 끝 'ㄷ'이 'ㄹ'로 바뀔 적

걷다〔步〕:	걸어	걸으니	걸었다
듣다〔聽〕:	들어	들으니	들었다
묻다〔問〕:	물어	물으니	물었다
싣다〔載〕:	실어	실으니	실었다

6. 어간의 끝 'ㅂ'이 'ㅜ'로 바뀔 적

깁다:	기워	기우니	기웠다
굽다〔炙〕:	구워	구우니	구웠다
가깝다:	가까워	가까우니	가까웠다
괴롭다:	괴로워	괴로우니	괴로웠다
맵다:	매워	매우니	매웠다
무겁다:	무거워	무거우니	무거웠다
밉다:	미워	미우니	미웠다
쉽다:	쉬워	쉬우니	쉬웠다

다만, '돕-, 곱-'과 같은 단음절 어간에 어미 '-아'가 결합되어 '와'로 소리나는 것은 '-와'로 적는다.

| 돕다〔助〕: | 도와 | 도와서 | 도와도 | 도왔다 |
| 곱다〔麗〕: | 고와 | 고와서 | 고와도 | 고왔다 |

7. '하다'의 활용에서 어미 '‒아'가 '‒여'로 바뀔 적

하다:　　하여　　　　하여서　　　　하여도　　　　하여라　　　　하였다

8. 어간의 끝음절 '르' 뒤에 오는 어미 '‒어'가 '‒러'로 바뀔 적

이르다〔至〕:　이르러　　　이르렀다

노르다:　　　노르러　　　노르렀다

누르다:　　　누르러　　　누르렀다

푸르다:　　　푸르러　　　푸르렀다

9. 어간의 끝음절 '르'의 '―'가 줄고, 그 뒤에 오는 어미 '‒아/‒어'가 '‒라/‒러'로 바뀔 적

가르다: 갈라　　　갈랐다　　　|　　부르다: 불러　　　불렀다

거르다: 걸러　　　걸렀다　　　|　　오르다: 올라　　　올랐다

구르다: 굴러　　　굴렀다　　　|　　이르다: 일러　　　일렀다

벼르다: 별러　　　별렀다　　　|　　지르다: 질러　　　질렀다

제3절　접미사가 붙어서 된 말

제19항　어간에 '‒이'나 '‒음/‒ㅁ'이 붙어서 명사로 된 것과 '‒이'나 '‒히'가 붙어서 부사로 된 것은 그 어간의 원형을 밝히어 적는다.

1. '‒이'가 붙어서 명사로 된 것

길이　　　　깊이　　　　높이　　　　다듬이　　　땀받이　　　달맞이

먹이　　　　미닫이　　　벌이　　　　벼훑이　　　살림살이　　쇠붙이

2. '-음/- ㅁ'이 붙어서 명사로 된 것

| 걸음 | 묶음 | 믿음 | 얼음 | 엮음 | 울음 |
| 웃음 | 졸음 | 죽음 | 앎 | 만듦 |

3. '-이'가 붙어서 부사로 된 것

| 같이 | 굳이 | 길이 | 높이 | 많이 | 실없이 |
| 좋이 | 짓궂이 |

4. '-히'가 붙어서 부사로 된 것

| 밝히 | 익히 | 작히 |

　다만, 어간에 '-이'나 '-음'이 붙어서 명사로 바뀐 것이라도 그 어간의 뜻과 멀어진 것은 원형을 밝히어 적지 아니한다.

| 굽도리 | 다리〔髢〕 | 목거리(목병) | 무녀리 |
| 코끼리 | 거름(비료) | 고름〔膿〕 | 노름(도박) |

〔붙임〕　어간에 '-이'나 '-음' 이외의 모음으로 시작된 접미사가 붙어서 다른 품사로 바뀐 것은 그 어간의 원형을 밝히어 적지 아니한다.

　(1) 명사로 바뀐 것

귀머거리	까마귀	너머	뜨더귀	마감
마개	마중	무덤	비렁뱅이	쓰레기
올가미	주검

　(2) 부사로 바뀐 것

| 거뭇거뭇 | 너무 | 도로 | 뜨덤뜨덤 | 바투 |

  불긋불긋   비로소   오긋오긋   자주   차마

(3) 조사로 바뀌어 뜻이 달라진 것

  나마   부터   조차

제20항 명사 뒤에 '-이'가 붙어서 된 말은 그 명사의 원형을 밝히어 적는다.
  1. 부사로 된 것

  곳곳이   낱낱이   몫몫이   샅샅이   앞앞이   집집이

  2. 명사로 된 것

  곰배팔이   바둑이   삼발이   애꾸눈이
  육손이   절뚝발이/절름발이

〔붙임〕 '-이' 이외의 모음으로 시작된 접미사가 붙어서 된 말은 그 명사
  의 원형을 밝히어 적지 아니한다.

  꼬락서니   끄트머리   모가치   바가지   바깥
  사타구니   싸라기   이파리   지붕   지푸라기
  짜개

제21항 명사나 혹은 용언의 어간 뒤에 자음으로 시작된 접미사가 붙어서
  된 말은 그 명사나 어간의 원형을 밝히어 적는다.

  1. 명사 뒤에 자음으로 시작된 접미사가 붙어서 된 것

  값지다   홑지다   넋두리   빛깔   옆댕이   잎사귀

  2. 어간 뒤에 자음으로 시작된 접미사가 붙어서 된 것

낚시	늙정이	덮개	뜯게질
갉작갉작하다	갉작거리다	뜯적거리다	뜯적뜯적하다
굵다랗다	굵직하다	깊숙하다	넓적하다
높다랗다	늙수그레하다	얽죽얽죽하다	

다만, 다음과 같은 말은 소리대로 적는다.

(1) 겹받침의 끝소리가 드러나지 아니하는 것

할짝거리다	널따랗다	널찍하다	말끔하다
말쑥하다	말짱하다	실쭉하다	실큼하다
얄따랗다	얄팍하다	짤따랗다	짤막하다
실컷			

(2) 어원이 분명하지 아니하거나 본뜻에서 멀어진 것

| 넙치 | 올무 | 골막하다 | 납작하다 |

제22항 용언의 어간에 다음과 같은 접미사들이 붙어서 이루어진 말들은
그 어간을 밝히어 적는다.

1. ‘-기-, -리-, -이-, -히-, -구-, -우-, -추-, -으키-, -이키-,
   -애-’가 붙는 것

맡기다	옮기다	웃기다	쫓기다	뚫리다
울리다	낚이다	쌓이다	핥이다	굳히다
굽히다	넓히다	앉히다	얽히다	잡히다
돋구다	솟구다	돋우다	갖추다	곧추다
맞추다	일으키다	돌이키다	없애다	

다만, '-이-, -히-, -우-'가 붙어서 된 말이라도 본뜻에서 멀어진 것
은 소리대로 적는다.

도리다(칼로 ~)　　　드리다(용돈을 ~)　　　고치다

바치다(세금을 ~)　　　부치다(편지를 ~)　　　거두다

미루다　　　　　　　　이루다

2. '-치-, -뜨리-, -트리-'가 붙는 것

놓치다　　　덮치다　　　떠받치다　　　받치다　　　밭치다

부딪치다　　　뻗치다　　　엎치다　　　　부딪뜨리다/부딪트리다

쏟뜨리다/쏟트리다　　　　젖뜨리다/젖트리다

찢뜨리다/찢트리다　　　　흩뜨리다/흩트리다

〔붙임〕 '-업-, -읍-, -브-'가 붙어서 된 말은 소리대로 적는다.

미덥다　　　　　　우습다　　　　　미쁘다

제23항 '-하다'나 '-거리다'가 붙는 어근에 '-이'가 붙어서 명사가 된 것은
그 원형을 밝히어 적는다.(ㄱ을 취하고, ㄴ을 버림.)

ㄱ	ㄴ		ㄱ	ㄴ
깔쭉이	깔쭈기	|	살살이	살사리
꿀꿀이	꿀꾸리	|	쌕쌕이	쌕쌔기
눈깜짝이	눈깜짜기	|	오뚝이	오뚜기
더펄이	더퍼리	|	코납작이	코납자기
배불뚝이	배불뚜기	|	푸석이	푸서기
삐죽이	삐주기	|	홀쭉이	홀쭈기

〔붙임〕 '-하다'나 '-거리다'가 붙을 수 없는 어근에 '-이'나 또는 다른 모음으로 시작되는 접미사가 붙어서 명사가 된 것은 그 원형을 밝히어 적지 아니한다.

개구리	귀뚜라미	기러기	깍두기	꽹과리
날라리	누더기	동그라미	두드러기	딱따구리
매미	부스러기	뻐꾸기	얼루기	칼싹두기

제24항 '-거리다'가 붙을 수 있는 시늉말 어근에 '-이다'가 붙어서 된 용언은 그 어근을 밝히어 적는다.(ㄱ을 취하고, ㄴ을 버림.)

ㄱ	ㄴ		ㄱ	ㄴ
깜짝이다	깜짜기다	|	속삭이다	속사기다
꾸벅이다	꾸버기다	|	숙덕이다	숙더기다
끄덕이다	끄더기다	|	울먹이다	울머기다
뒤척이다	뒤처기다	|	움직이다	움지기다
들먹이다	들머기다	|	지껄이다	지꺼리다
망설이다	망서리다	|	퍼덕이다	퍼더기다
번득이다	번드기다	|	허덕이다	허더기다
번쩍이다	번쩌기다	|	헐떡이다	헐떠기다

제25항 '-하다'가 붙는 어근에 '-히'나 '-이'가 붙어서 부사가 되거나, 부사에 '-이'가 붙어서 뜻을 더하는 경우에는 그 어근이나 부사의 원형을 밝히어 적는다.

1. '-하다'가 붙는 어근에 '-히'나 '-이'가 붙는 경우

급히	꾸준히	도저히	딱히	어렴풋이	깨끗이

〔붙임〕 '-하다'가 붙지 않는 경우에는 소리대로 적는다.

　　　갑자기　　　반드시(꼭)　　　슬며시

　2. 부사에 '-이'가 붙어서 역시 부사가 되는 경우

　　　곰곰이　　　더욱이　　　생긋이　　　오뚝이　　　일찍이　　　해죽이

제26항　'-하다'나 '-없다'가 붙어서 된 용언은 그 '-하다'나 '-없다'를 밝히어 적는다.

　1. '-하다'가 붙어서 용언이 된 것

　　　딱하다　　　숱하다　　　착하다　　　텁텁하다　　　푹하다

　2. '-없다'가 붙어서 용언이 된 것

　　　부질없다　　　상없다　　　시름없다　　　열없다　　　하염없다

제 4 절　합성어 및 접두사가 붙은 말

제27항　둘 이상의 단어가 어울리거나 접두사가 붙어서 이루어진 말은 각각 그 원형을 밝히어 적는다.

　　　국말이　　　꺾꽂이　　　꽃잎　　　끝장　　　물난리
　　　밑천　　　부엌일　　　싫증　　　옷안　　　웃옷
　　　젖몸살　　　첫아들　　　칼날　　　팥알　　　헛웃음
　　　홀아비　　　홑몸　　　흙내
　　　값없다　　　겉늙다　　　굶주리다　　　낮잡다　　　맞먹다

받내다	벋놓다	빗나가다	빛나다	새파랗다
샛노랗다	시꺼멓다	싯누렇다	엇나가다	엎누르다
엿듣다	옻오르다	짓이기다	헛되다	

〔붙임 1〕 어원은 분명하나 소리만 특이하게 변한 것은 변한 대로 적는다.

　　　할아버지　　　할아범

〔붙임 2〕 어원이 분명하지 아니한 것은 원형을 밝히어 적지 아니한다.

골병	골탕	끌탕	며칠	아재비
오라비	업신여기다	부리나케		

〔붙임 3〕 '이〔齒, 虱〕'가 합성어나 이에 준하는 말에서 '니' 또는 '리'로
　　　소리날 때에는 '니'로 적는다.

간니	덧니	사랑니	송곳니	앞니
어금니	윗니	젖니	톱니	틀니
가랑니	머릿니			

제28항 끝소리가 'ㄹ'인 말과 딴 말이 어울릴 적에 'ㄹ' 소리가 나지 아니
하는 것은 아니 나는 대로 적는다.

다달이(달-달-이)	따님(딸-님)	마되(말-되)
마소(말-소)	무자위(물-자위)	바느질(바늘-질)
부나비(불-나비)	부삽(불-삽)	부손(불-손)
소나무(솔-나무)	싸전(쌀-전)	여닫이(열-닫이)
우짖다(울-짖다)	화살(활-살)	

제29항　끝소리가 'ㄹ'인 말과 딴 말이 어울릴 적에 'ㄹ' 소리가 'ㄷ' 소리로
　　　　 나는 것은 'ㄷ'으로 적는다.

반짇고리(바느질~)　　　사흗날(사홀~)　　　삼짇날(삼질~)

섣달(설~)　　　　　　　숟가락(술 ~)　　　이튿날(이틀 ~)

잗주름(잘~)　　　　　　푿소(풀~)　　　　　섣부르다(설~)

잗다듬다(잘~)　　　　　잗다랗다(잘~)

제30항　사이시옷은 다음과 같은 경우에 받치어 적는다.

1. 순 우리말로 된 합성어로서 앞말이 모음으로 끝난 경우

　(1) 뒷말의 첫소리가 된소리로 나는 것

고랫재	귓밥	나룻배	나뭇가지	냇가
댓가지	뒷갈망	맷돌	머릿기름	모깃불
못자리	바닷가	뱃길	볏가리	부싯돌
선짓국	쇳조각	아랫집	우렁잇속	잇자국
잿더미	조갯살	찻집	쳇바퀴	킷값
핏대	햇볕	혓바늘		

　(2) 뒷말의 첫소리 'ㄴ, ㅁ' 앞에서 'ㄴ' 소리가 덧나는 것

멧나물	아랫니	텃마당	아랫마을	뒷머리
잇몸	깻묵	냇물	빗물	

　(3) 뒷말의 첫소리 모음 앞에서 'ㄴㄴ' 소리가 덧나는 것

도리깻열	뒷윷	두렛일	뒷일	뒷입맛
베갯잇	욧잇	깻잎	나뭇잎	댓잎

2. 순 우리말과 한자어로 된 합성어로서 앞말이 모음으로 끝난 경우

  (1) 뒷말의 첫소리가 된소리로 나는 것

귓병	머릿방	뱃병	봇둑	사잣밥
샛강	아랫방	자릿세	전셋집	찻잔
찻종	촛국	콧병	탯줄	텃세
핏기	햇수	횟가루	횟배	

  (2) 뒷말의 첫소리 'ㄴ, ㅁ' 앞에서 'ㄴ' 소리가 덧나는 것

곗날	제삿날	훗날	툇마루	양칫물

  (3) 뒷말의 첫소리 모음 앞에서 'ㄴㄴ' 소리가 덧나는 것

가욋일	사삿일	예삿일	훗일

3. 두 음절로 된 다음 한자어

곳간(庫間)	셋방(貰房)	숫자(數字)	찻간(車間)
툇간(退間)	횟수(回數)		

제31항 두 말이 어울릴 적에 'ㅂ' 소리나 'ㅎ' 소리가 덧나는 것은 소리대로 적는다.

1. 'ㅂ' 소리가 덧나는 것

댑싸리(대ㅂ싸리)	멥쌀(메ㅂ쌀)	볍씨(벼ㅂ씨)
입때(이ㅂ때)	입쌀(이ㅂ쌀)	접때(저ㅂ때)
좁쌀(조ㅂ쌀)	햅쌀(해ㅂ쌀)	

2. 'ㅎ' 소리가 덧나는 것

머리카락(머리ㅎ가락)	살코기(살ㅎ고기)	수캐(수ㅎ개)
수컷(수ㅎ것)	수탉(수ㅎ닭)	안팎(안ㅎ밖)
암캐(암ㅎ개)	암컷(암ㅎ것)	암탉(암ㅎ닭)

제5절 준 말

제32항 단어의 끝모음이 줄어지고 자음만 남은 것은 그 앞의 음절에 받침
으로 적는다.

(본말)	(준말)
기러기야	기럭아
어제그저께	엊그저께
어제저녁	엊저녁
가지고, 가지지	갖고, 갖지
디디고, 디디지	딛고, 딛지

제33항 체언과 조사가 어울려 줄어지는 경우에는 준 대로 적는다.

(본말)	(준말)
그것은	그건
그것이	그게
그것으로	그걸로
나는	난
나를	날
너는	넌

너를	널
무엇을	뭣을/무얼/뭘
무엇이	뭣이/무에

제34항 모음 'ㅏ, ㅓ'로 끝난 어간에 '-아/-어, -았-/-었-'이 어울릴 적
에는 준 대로 적는다.

(본말)	(준말)		(본말)	(준말)
가아	가		가았다	갔다
나아	나		나았다	났다
타아	타		타았다	탔다
서어	서		서었다	섰다
켜어	켜		켜었다	켰다
펴어	펴		펴었다	폈다

〔붙임 1〕 'ㅐ, ㅔ' 뒤에 '-어, -었-'이 어울려 줄 적에는 준 대로 적는다.

(본말)	(준말)		(본말)	(준말)
개어	개		개었다	갰다
내어	내		내었다	냈다
베어	베		베었다	벴다
세어	세		세었다	셌다

〔붙임 2〕 '하여'가 한 음절로 줄어서 '해'로 될 적에는 준 대로 적는다.

(본말)	(준말)		(본말)	(준말)
하여	해		하였다	했다
더하여	더해		더하였다	더했다

흔하여　　　　흔해　　　　|　　　　흔하였다　　　　흔했다

제35항　모음 'ㅗ, ㅜ'로 끝난 어간에 '-아/-어, -았-/-었-'이 어울려 'ㅘ/ㅝ, 왔/웠'으로 될 적에는 준 대로 적는다.

(본말)	(준말)		(본말)	(준말)
꼬아	꽈		꼬았다	꽜다
보아	봐		보았다	봤다
쏘아	쏴		쏘았다	쐈다
두어	둬		두었다	뒀다
쑤어	쒀		쑤었다	쒔다
주어	줘		주었다	줬다

〔붙임 1〕 '놓아'가 '놔'로 줄 적에는 준 대로 적는다.

〔붙임 2〕 'ㅚ' 뒤에 '-어, -었-'이 어울려 'ㅙ, 왰'으로 될 적에도 준 대로 적는다.

(본말)	(준말)		(본말)	(준말)
괴어	괘		괴었다	괬다
되어	돼		되었다	됐다
뵈어	봬		뵈었다	뵀다
쇠어	쇄		쇠었다	쇘다
쐬어	쐐		쐬었다	쐤다

제36항　'ㅣ' 뒤에 '-어'가 와서 'ㅕ'로 줄 적에는 준 대로 적는다.

(본말)	(준말)		(본말)	(준말)
가지어	가져		가지었다	가졌다

견디어	견뎌		견디었다	견뎠다
다니어	다녀		다니었다	다녔다
막히어	막혀		막히었다	막혔다
버티어	버텨		버티었다	버텼다
치이어	치여		치이었다	치였다

제37항 'ㅏ, ㅕ, ㅗ, ㅜ, ㅡ'로 끝난 어간에 '-이-'가 와서 각각 'ㅐ, ㅖ, ㅚ, ㅟ, ㅢ'로 줄 적에는 준 대로 적는다.

(본말)	(준말)		(본말)	(준말)
싸이다	쌔다		누이다	뉘다
펴이다	폐다		뜨이다	띄다
보이다	뵈다		쓰이다	씌다

제38항 'ㅏ, ㅗ, ㅜ, ㅡ' 뒤에 '-이어'가 어울려 줄어질 적에는 준 대로 적는다.

(본말)	(준말)			(본말)	(준말)	
싸이어	쌔어	싸여		뜨이어	띄어	
보이어	뵈어	보여		쓰이어	씌어	쓰여
쏘이어	쐬어	쏘여		트이어	틔어	트여
누이어	뉘어	누여				

제39항 어미 '-지' 뒤에 '않-'이 어울려 '-잖-'이 될 적과 '-하지' 뒤에 '않-'이 어울려 '-찮-'이 될 적에는 준 대로 적는다.

| (본말) | (준말) | | (본말) | (준말) |
| 그렇지 않은 | 그렇잖은 | | 만만하지 않다 | 만만찮다 |

적지 않은   적잖은 | 변변하지 않다   변변찮다

제40항 어간의 끝음절 ‘하’의 ‘ㅏ’가 줄고 ‘ㅎ’이 다음 음절의 첫소리와 어울려 거센소리로 될 적에는 거센소리로 적는다.

(본말)	(준말)		(본말)	(준말)
간편하게	간편케	|	다정하다	다정타
연구하도록	연구토록	|	정결하다	정결타
가하다	가타	|	흔하다	흔타

〔붙임 1〕 ‘ㅎ’이 어간의 끝소리로 굳어진 것은 받침으로 적는다.

않다	않고	않지	않든지
그렇다	그렇고	그렇지	그렇든지
아무렇다	아무렇고	아무렇지	아무렇든지
어떻다	어떻고	어떻지	어떻든지
이렇다	이렇고	이렇지	이렇든지
저렇다	저렇고	저렇지	저렇든지

〔붙임 2〕 어간의 끝음절 ‘하’가 아주 줄 적에는 준 대로 적는다.

(본말)	(준말)		(본말)	(준말)
거북하지	거북지	|	넉넉하지 않다	넉넉지 않다
생각하건대	생각건대	|	못하지 않다	못지않다
생각하다 못해	생각다 못해	|	섭섭하지 않다	섭섭지 않다
깨끗하지 않다	깨끗지 않다	|	익숙하지 않다	익숙지 않다

〔붙임 3〕 다음과 같은 부사는 소리대로 적는다.

결단코   결코   기필코   무심코   아무튼   요컨대

정녕코   필연코   하마터면   하여튼   한사코

제5장 띄어쓰기

제1절   조   사

제41항   조사는 그 앞말에 붙여 쓴다.

꽃이   꽃마저   꽃밖에   꽃에서부터   꽃으로만
꽃이나마   꽃이다   꽃입니다   꽃처럼   어디까지나
거기도   멀리는   웃고만

제 2 절   의존 명사, 단위를 나타내는 명사 및 열거하는 말 등

제42항   의존 명사는 띄어 쓴다.

아는 **것**이 힘이다.   나도 할 **수** 있다.
먹을 **만큼** 먹어라.   아는 **이**를 만났다.
네가 뜻한 **바**를 알겠다.   그가 떠난 **지**가 오래다.

제43항   단위를 나타내는 명사는 띄어 쓴다.

한 **개**   차 한 **대**   금 서 **돈**   소 한 **마리**
옷 한 **벌**   열 **살**   조기 한 **손**   연필 한 **자루**
버선 한 **죽**   집 한 **채**   신 두 **켤레**   북어 한 **쾌**

다만, 순서를 나타내는 경우나 숫자와 어울리어 쓰이는 경우에는 붙여
쓸 수 있다.

두시 삼십**분** 오초	제일**과**	삼학년
육**층**	1446**년** 10**월** 9**일**	2대대
16**동** 502**호**	제1**실습실**	80**원**
10**개**	7**미터**	

제44항　수를 적을 적에는 '만(萬)' 단위로 띄어 쓴다.

십이억 삼천사백오십육만 칠천팔백구십팔
12억 3456만 7898

제45항　두 말을 이어 주거나 열거할 적에 쓰이는 다음의 말들은 띄어 쓴다.

국장 **겸** 과장	열 **내지** 스물	청군 **대** 백군
책상, 걸상 **등**이 있다	이사장 **및** 이사들	사과, 배, 귤 **등등**
사과, 배 **등속**	부산, 광주 **등지**	

제46항　단음절로 된 단어가 연이어 나타날 적에는 붙여 쓸 수 있다.

그때 그곳　　좀더 큰것　　이말 저말　　한잎 두잎

　　제3절　보조 용언

제47항　보조 용언은 띄어 씀을 원칙으로 하되, 경우에 따라 붙여 씀도 허
　　용한다. (ㄱ을 원칙으로 하고, ㄴ을 허용함.)

ㄱ   ㄴ

ㄱ	ㄴ
불이 꺼져 **간다**.	불이 꺼져**간다**.
내 힘으로 막아 **낸다**.	내 힘으로 막아**낸다**.
어머니를 도와 **드린다**.	어머니를 도와**드린다**.
그릇을 깨뜨려 **버렸다**.	그릇을 깨뜨려**버렸다**.
비가 올 **듯하다**.	비가 올**듯하다**.
그 일은 할 **만하다**.	그 일은 할**만하다**.
일이 될 **법하다**.	일이 될**법하다**.
비가 올 **성싶다**.	비가 올**성싶다**.
잘 아는 **척한다**.	잘 아는**척한다**.

다만, 앞말에 조사가 붙거나 앞말이 합성 동사인 경우, 그리고 중간에 조사가 들어갈 적에는 그 뒤에 오는 보조 용언은 띄어 쓴다.

잘도 놀아만 **나는구나**!	책을 읽어도 **보고**…….
네가 덤벼들어 **보아라**.	강물에 떠내려가 **버렸다**.
그가 올 듯도 **하다**.	잘난 체를 **한다**.

제4절 고유 명사 및 전문 용어

제48항 성과 이름, 성과 호 등은 붙여 쓰고, 이에 덧붙는 호칭어, 관직명 등은 띄어 쓴다.

김양수(金良洙)	서화담(徐花潭)	채영신 씨
최치원 선생	박동식 박사	충무공 이순신 장군

다만, 성과 이름, 성과 호를 분명히 구분할 필요가 있을 경우에는 띄

어 쓸 수 있다.

　　　남궁억/남궁 억　　　　　　독고준/독고 준
　　　황보지봉(皇甫芝峰)/황보 지봉

제49항　성명 이외의 고유 명사는 단어별로 띄어 씀을 원칙으로 하되, 단
　　위별로 띄어 쓸 수 있다.(ㄱ을 원칙으로 하고, ㄴ을 허용함.)

ㄱ	ㄴ
대한 중학교	대한중학교
한국 대학교 사범 대학	한국대학교 사범대학

제50항　전문 용어는 단어별로 띄어 씀을 원칙으로 하되, 붙여 쓸 수 있
　　다.(ㄱ을 원칙으로 하고, ㄴ을 허용함.)

ㄱ	ㄴ
만성 골수성 백혈병	만성골수성백혈병
중거리 탄도 유도탄	중거리탄도유도탄

제6장　그 밖의 것

제51항　부사의 끝음절이 분명히 '이'로만 나는 것은 '-이'로 적고, '히'로만
　　나거나 '이'나 '히'로 나는 것은 '-히'로 적는다.

　1. '이'로만 나는 것

가붓이	깨끗이	나붓이	느긋이	둥긋이
따뜻이	반듯이	버젓이	산뜻이	의젓이

가까이	고이	날카로이	대수로이	번거로이
많이	적이	헛되이		
겹겹이	번번이	일일이	집집이	틈틈이

2. '히'로만 나는 것

| 극히 | 급히 | 딱히 | 속히 | 작히 |
| 족히 | 특히 | 엄격히 | 정확히 | |

3. '이, 히'로 나는 것

솔직히	가만히	간편히	나른히	무단히
각별히	소홀히	쓸쓸히	정결히	과감히
꼼꼼히	심히	열심히	급급히	답답히
섭섭히	공평히	능히	당당히	분명히
상당히	조용히	간소히	고요히	도저히

제52항 한자어에서 본음으로도 나고 속음으로도 나는 것은 각각 그 소리에 따라 적는다.

(본음으로 나는 것)	(속음으로 나는 것)
승낙(承諾)	수락(受諾), 쾌락(快諾), 허락(許諾)
만난(萬難)	곤란(困難), 논란(論難)
안녕(安寧)	의령(宜寧), 회령(會寧)
분노(忿怒)	대로(大怒), 희로애락(喜怒哀樂)
토론(討論)	의논(議論)
오륙십(五六十)	오뉴월, 유월(六月)
목재(木材)	모과(木瓜)

십일(十日) 시방정토(十方淨土), 시왕(十王), 시월(十月)

팔일(八日) 초파일(初八日)

제53항 다음과 같은 어미는 예사소리로 적는다.(ㄱ을 취하고, ㄴ을 버림.)

ㄱ	ㄴ
-(으)ㄹ거나	-(으)ㄹ꺼나
-(으)ㄹ걸	-(으)ㄹ껄
-(으)ㄹ게	-(으)ㄹ께
-(으)ㄹ세	-(으)ㄹ쎄
-(으)ㄹ세라	-(으)ㄹ쎄라
-(으)ㄹ수록	-(으)ㄹ쑤록
-(으)ㄹ시	-(으)ㄹ씨
-(으)ㄹ지	-(으)ㄹ찌
-(으)ㄹ지니라	-(으)ㄹ찌니라
-(으)ㄹ지라도	-(으)ㄹ찌라도
-(으)ㄹ지어다	-(으)ㄹ찌어다
-(으)ㄹ지언정	-(으)ㄹ찌언정
-(으)ㄹ진대	-(으)ㄹ찐대
-(으)ㄹ진저	-(으)ㄹ찐저
-올시다	-올씨다

다만, 의문을 나타내는 다음 어미들은 된소리로 적는다.

-(으)ㄹ까?　　-(으)ㄹ꼬?　　-(스)ㅂ니까?

-(으)리까?　　-(으)ㄹ쏘냐?

제54항 다음과 같은 접미사는 된소리로 적는다.(ㄱ을 취하고, ㄴ을 버림.)

ㄱ	ㄴ		ㄱ	ㄴ
심부름꾼	심부름군		귀때기	귓대기
익살꾼	익살군		볼때기	볼대기
일꾼	일군		판자때기	판잣대기
장꾼	장군		뒤꿈치	뒷굼치
장난꾼	장난군		팔꿈치	팔굼치
지게꾼	지겟군		이마빼기	이맛배기
때깔	땟갈		코빼기	콧배기
빛깔	빛갈		객쩍다	객적다
성깔	성갈		겸연쩍다	겸연적다

제55항 두 가지로 구별하여 적던 다음 말들은 한 가지로 적는다.(ㄱ을 취하고, ㄴ을 버림.)

ㄱ	ㄴ
맞추다(입을 맞춘다. 양복을 맞춘다.)	마추다
뻗치다(다리를 뻗친다. 멀리 뻗친다.)	뻐치다

제56항 '-더라, -던'과 '-든지'는 다음과 같이 적는다.

1. 지난 일을 나타내는 어미는 '-더라, -던'으로 적는다.(ㄱ을 취하고, ㄴ을 버림.)

ㄱ	ㄴ
지난 겨울은 몹시 춥더라.	지난 겨울은 몹시 춥드라.
깊던 물이 얕아졌다.	깊든 물이 얕아졌다.

그렇게 좋던가?	그렇게 좋든가?
그 사람 말 잘하던데!	그 사람 말 잘하든데!
얼마나 놀랐던지 몰라.	얼마나 놀랐든지 몰라.

2. 물건이나 일의 내용을 가리지 아니하는 뜻을 나타내는 조사와 어미는
'(-)든지'로 적는다. (ㄱ을 취하고, ㄴ을 버림.)

ㄱ	ㄴ
배든지 사과든지 마음대로 먹어라.	배던지 사과던지 마음대로 먹어라.
가든지 오든지 마음대로 해라.	가던지 오던지 마음대로 해라.

제57항 다음 말들은 각각 구별하여 적는다.

가름	둘로 가름.
갈음	새 책상으로 갈음하였다.
거름	풀을 썩인 거름.
걸음	빠른 걸음.
거치다	영월을 거쳐 왔다.
걷히다	외상값이 잘 걷힌다.
걷잡다	걷잡을 수 없는 상태.
겉잡다	겉잡아서 이틀 걸릴 일.
그러므로(그러니까)	그는 부지런하다. 그러므로 잘 산다.
그럼으로(써)	그는 열심히 공부한다. 그럼으로(써)
(그렇게 하는 것으로)	은혜에 보답한다.

노름   노름판이 벌어졌다.

놀음(놀이)   즐거운 놀음.

느리다   진도가 너무 느리다.

늘이다   고무줄을 늘인다.

늘리다   수출량을 더 늘린다.

다리다   옷을 다린다.

달이다   약을 달인다.

다치다   부주의로 손을 다쳤다.

닫히다   문이 저절로 닫혔다.

닫치다   문을 힘껏 닫쳤다.

마치다   벌써 일을 마쳤다.

맞히다   여러 문제를 더 맞혔다.

목거리   목거리가 덧났다.

목걸이   금 목걸이, 은 목걸이.

바치다   나라를 위해 목숨을 바쳤다.

받치다   우산을 받치고 간다.

                        책받침을 받친다.

받히다   쇠뿔에 받혔다.

밭치다   술을 체에 밭친다.

반드시   약속은 반드시 지켜라.

반듯이   고개를 반듯이 들어라.

부딪치다	차와 차가 마주 부딪쳤다.
부딪히다	마차가 화물차에 부딪혔다.
부치다	힘이 부치는 일이다.
	편지를 부친다.
	논밭을 부친다.
	빈대떡을 부친다.
	식목일에 부치는 글.
	회의에 부치는 안건.
	인쇄에 부치는 원고.
	삼촌 집에 숙식을 부친다.
붙이다	우표를 붙인다.
	책상을 벽에 붙였다.
	흥정을 붙인다.
	불을 붙인다.
	감시원을 붙인다.
	조건을 붙인다.
	취미를 붙인다.
	별명을 붙인다.
시키다	일을 시킨다.
식히다	끓인 물을 식힌다.
아름	세 아름 되는 둘레.
알음	전부터 알음이 있는 사이.
앎	앎이 힘이다.

안치다	밥을 안친다.
앉히다	윗자리에 앉힌다.
어름	두 물건의 어름에서 일어난 현상.
얼음	얼음이 얼었다.
이따가	이따가 오너라.
있다가	돈은 있다가도 없다.
저리다	다친 다리가 저린다.
절이다	김장 배추를 절인다.
조리다	생선을 조린다. 통조림, 병조림.
졸이다	마음을 졸인다.
주리다	여러 날을 주렸다.
줄이다	비용을 줄인다.
하노라고	하노라고 한 것이 이 모양이다.
하느라고	공부하느라고 밤을 새웠다.
- 느니보다(어미)	나를 찾아오느니보다 집에 있거라.
- 는 이보다(의존 명사)	오는 이가 가는 이보다 많다.
- (으)리만큼(어미)	나를 미워하리만큼 그에게 잘못한 일이 없다.
- (으)ㄹ 이만큼(의존 명사)	찬성할 이도 반대할 이만큼이나 많을 것이다.

- (으)러(목적)   공부하러 간다.

- (으)려(의도)   서울 가려 한다.

- (으)로서(자격)   사람으로서 그럴 수는 없다.

- (으)로써(수단)   닭으로써 꿩을 대신했다.

- (으)므로(어미)   그가 나를 믿으므로 나도 그를 믿는다.

(-ㅁ, -음)으로(써)(조사)   그는 믿음으로(써) 산 보람을 느꼈다.

문장 부호

문장 부호의 이름과 그 사용법은 다음과 같이 정한다.

Ⅰ. 마침표〔終止符〕

1. 온점(.), 고리점(˚)

가로쓰기에는 온점, 세로쓰기에는 고리점을 쓴다.

(1) 서술, 명령, 청유 등을 나타내는 문장의 끝에 쓴다.

젊은이는 나라의 기둥이다.
황금 보기를 돌같이 하라.
집으로 돌아가자.

다만, 표제어나 표어에는 쓰지 않는다.

압록강은 흐른다(표제어)
꺼진 불도 다시 보자(표어)

(2) 아라비아 숫자만으로 연월일을 표시할 적에 쓴다.

1919. 3. 1. (1919년 3월 1일)

(3) 표시 문자 다음에 쓴다.

1. 마침표   ㄱ. 물음표   가. 인명

(4) 준말을 나타내는 데 쓴다.

서. 1987. 3. 5. (서기)

2. 물음표(?)

의심이나 물음을 나타낸다.

(1) 직접 질문할 때에 쓴다.

> 이제 가면 언제 돌아오니?
> 이름이 뭐지?

(2) 반어나 수사 의문(修辭疑問)을 나타낼 때 쓴다.

> 제가 감히 거역할 리가 있습니까?
> 이게 은혜에 대한 보답이냐?
> 남북 통일이 되면 얼마나 좋을까?

(3) 특정한 어구 또는 그 내용에 대하여 의심이나 빈정거림, 비웃음등
을 표시할 때, 또는 적절한 말을 쓰기 어려운 경우에 소괄호 안에
쓴다.

> 그것 참 훌륭한(?) 태도야.
> 우리 집 고양이가 가출(?)을 했어요.

〔붙임 1〕 한 문장에서 몇 개의 선택적인 물음이 겹쳤을 때에는 맨 끝의
물음에만 쓰지만, 각각 독립된 물음인 경우에는 물음마다 쓴다.

> 너는 한국인이냐, 중국인이냐?
> 너는 언제 왔니? 어디서 왔니? 무엇하러?

〔붙임 2〕 의문형 어미로 끝나는 문장이라도 의문의 정도가 약할 때에는
물음표 대신 온점(또는 고리점)을 쓸 수도 있다.

이 일을 도대체 어쩐단 말이냐.
아무도 그 일에 찬성하지 않을 거야. 혹 미친 사람이면 모를까.

3. 느낌표(!)

감탄이나 놀람, 부르짖음, 명령 등 강한 느낌을 나타낸다.

(1) 느낌을 힘차게 나타내기 위해 감탄사나 감탄형 종결 어미 다음에
쓴다.

앗!
아, 달이 밝구나!

(2) 강한 명령문 또는 청유문에 쓴다.

지금 즉시 대답해!
부디 몸조심하도록!

(3) 감정을 넣어 다른 사람을 부르거나 대답할 적에 쓴다.

춘향아!
예, 도련님!

(4) 물음의 말로써 놀람이나 항의의 뜻을 나타내는 경우에 쓴다.

이게 누구야!
내가 왜 나빠!

〔붙임〕　감탄형 어미로 끝나는 문장이라도 감탄의 정도가 약할 때에는 느낌표 대신 온점(또는 고리점)을 쓸 수도 있다.

　　개구리가 나온 것을 보니, 봄이 오긴 왔구나.

Ⅱ. 쉼표〔休止符〕

1. 반점(,), 모점(、)

　　가로쓰기에는 반점, 세로쓰기에는 모점을 쓴다.
　　문장 안에서 짧은 휴지를 나타낸다.

(1) 같은 자격의 어구가 열거될 때에 쓴다.

　　근면, 검소, 협동은 우리 겨레의 미덕이다.
　　충청도의 계룡산, 전라도의 내장산, 강원도의 설악산은 모두 국립 공원이다.

다만, 조사로 연결될 적에는 쓰지 않는다.

　　매화와 난초와 국화와 대나무를 사군자라고 한다.

(2) 짝을 지어 구별할 필요가 있을 때에 쓴다.

　　닭과 지네, 개와 고양이는 상극이다.

(3) 바로 다음의 말을 꾸미지 않을 때에 쓴다.

　　슬픈 사연을 간직한, 경주 불국사의 무영탑.
　　성질 급한, 철수의 누이동생이 화를 내었다.

(4) 대등하거나 종속적인 절이 이어질 때에 절 사이에 쓴다.

　　콩 심으면 콩 나고, 팥 심으면 팥 난다.
　　흰 눈이 내리니, 경치가 더욱 아름답다.

(5) 부르는 말이나 대답하는 말 뒤에 쓴다.

　　얘야, 이리 오너라.
　　예, 지금 가겠습니다.

(6) 제시어 다음에 쓴다.

　　빵, 빵이 인생의 전부이더냐?
　　용기, 이것이야말로 무엇과도 바꿀 수 없는 젊은이의 자산이다.

(7) 도치된 문장에 쓴다.

　　이리 오세요, 어머님.
　　다시 보자, 한강수야.

(8) 가벼운 감탄을 나타내는 말 뒤에 쓴다.

　　아, 깜빡 잊었구나.

(9) 문장 첫머리의 접속이나 연결을 나타내는 말 다음에 쓴다.

　　첫째, 몸이 튼튼해야 된다.
　　아무튼, 나는 집에 돌아가겠다.

다만, 일반적으로 쓰이는 접속어(그러나, 그러므로, 그리고, 그런데 등)
뒤에는 쓰지 않음을 원칙으로 한다.

그러나 너는 실망할 필요가 없다.

(10) 문장 중간에 끼어든 구절 앞뒤에 쓴다.

나는, 솔직히 말하면, 그 말이 별로 탐탁하지 않소.
철수는 미소를 띠고, 속으로는 화가 치밀었지만, 그들을 맞았다.

(11) 되풀이를 피하기 위하여 한 부분을 줄일 때에 쓴다.

여름에는 바다에서, 겨울에는 산에서 휴가를 즐겼다.

(12) 문맥상 끊어 읽어야 할 곳에 쓴다.

갑돌이가 울면서, 떠나는 갑순이를 배웅했다.
갑돌이가, 울면서 떠나는 갑순이를 배웅했다.
철수가, 내가 제일 좋아하는 친구이다.
남을 괴롭히는 사람들은, 만약 그들이 다른 사람에게 괴롭힘을 당해
본다면, 남을 괴롭히는 일이 얼마나 나쁜 일인지 깨달을 것이다.

(13) 숫자를 나열할 때에 쓴다.

1, 2, 3, 4

(14) 수의 폭이나 개략의 수를 나타낼 때에 쓴다.

5, 6 세기   6, 7 개

(15) 수의 자릿점을 나타낼 때에 쓴다.

14,314

2. 가운뎃점(·)

열거된 여러 단위가 대등하거나 밀접한 관계임을 나타낸다.

(1) 쉼표로 열거된 어구가 다시 여러 단위로 나누어질 때에 쓴다.

철수·영이, 영수·순이가 서로 짝이 되어 윷놀이를 하였다.
공주·논산, 천안·아산·천원 등 각 지역구에서 2 명씩 국회 의원을 뽑는다.
시장에 가서 사과·배·복숭아, 고추·마늘·파, 조기·명태·고등어를 샀다.

(2) 특정한 의미를 가지는 날을 나타내는 숫자에 쓴다.

3·1 운동   8·15 광복

(3) 같은 계열의 단어 사이에 쓴다.

경북 방언의 조사·연구
충북·충남 두 도를 합하여 충청도라고 한다.
동사·형용사를 합하여 용언이라고 한다.

3. 쌍점(:)

(1) 내포되는 종류를 들 적에 쓴다.

문장 부호: 마침표, 쉼표, 따옴표, 묶음표 등.
문방 사우: 붓, 먹, 벼루, 종이.

(2) 소표제 뒤에 간단한 설명이 붙을 때에 쓴다.

일시: 1984 년 10 월 15 일 10 시.

마침표: 문장이 끝남을 나타낸다.

(3) 저자명 다음에 저서명을 적을 때에 쓴다.

정약용: 목민심서, 경세유표.

주시경: 국어 문법, 서울 박문 서관, 1910.

(4) 시(時)와 분(分), 장(章)과 절(節) 따위를 구별할 때나, 둘 이상
을 대비할 때에 쓴다.

오전 10:20 (오전 10 시 20 분)

요한 3:16 (요한 복음 3 장 16 절)

대비 65:60 (65 대 60)

4. 빗금(/)

(1) 대응, 대립되거나 대등한 것을 함께 보이는 단어와 구, 절 사이에
쓴다.

남궁만/남궁 만   백이십오 원/125 원

착한 사람/악한 사람   맞닥뜨리다/맞닥트리다

(2) 분수를 나타낼 때에 쓰기도 한다.

3/4 분기   3/20

Ⅲ. 따옴표〔引用符〕

1. 큰따옴표(" "), 겹낫표(『 』)

가로쓰기에는 큰따옴표, 세로쓰기에는 겹낫표를 쓴다.
대화, 인용, 특별 어구 따위를 나타낸다.

   (1) 글 가운데서 직접 대화를 표시할 때에 쓴다.

     "전기가 없었을 때는 어떻게 책을 보았을까?"
     "그야 등잔불을 켜고 보았겠지."

   (2) 남의 말을 인용할 경우에 쓴다.

     예로부터 "민심은 천심이다."라고 하였다.
     "사람은 사회적 동물이다."라고 말한 학자가 있다.

2. 작은따옴표(' '), 낫표(「 」)

가로쓰기에는 작은따옴표, 세로쓰기에는 낫표를 쓴다.

   (1) 따온 말 가운데 다시 따온 말이 들어 있을 때에 쓴다.

     "여러분! 침착해야 합니다. '하늘이 무너져도 솟아날 구멍이 있다.'고
합니다."

   (2) 마음 속으로 한 말을 적을 때에 쓴다.

     '만약 내가 이런 모습으로 돌아간다면, 모두들 깜짝 놀라겠지.'

〔붙임〕 문장에서 중요한 부분을 두드러지게 하기 위해 드러냄표 대신에
쓰기도 한다.

지금 필요한 것은 '지식'이 아니라 '실천'입니다.
'배부른 돼지'보다는 '배고픈 소크라테스'가 되겠다.

Ⅳ. 묶음표〔括弧符〕

1. 소괄호(( ))

(1) 원어, 연대, 주석, 설명 등을 넣을 적에 쓴다.

커피(coffee)는 기호 식품이다.
3·1 운동(1919) 당시 나는 중학생이었다.
'무정(無情)'은 춘원(6·25 때 납북)의 작품이다.
니체(독일의 철학자)는 이렇게 말했다.

(2) 특히 기호 또는 기호적인 구실을 하는 문자, 단어, 구에 쓴다.

(1) 주어　　(ㄱ) 명사　　(라) 소리에 관한 것

(3) 빈 자리임을 나타낼 적에 쓴다.

우리 나라의 수도는 (　　)이다.

2. 중괄호({ })

여러 단위를 동등하게 묶어서 보일 때에 쓴다.

주격 조사 { 이 / 가 }   국가의 3 요소 { 국토 / 국민 / 주민 }

3. 대괄호(〔 〕)

(1) 묶음표 안의 말이 바깥 말과 음이 다를 때에 쓴다.

　　　나이〔年歲〕　　　낱말〔單語〕　　　手足〔손발〕

(2) 묶음표 안에 또 묶음표가 있을 때에 쓴다.

　　　명령에 있어서의 불확실〔단호(斷乎)하지 못함〕은 복종에 있어서의 불확실〔모호(模糊)함〕을 낳는다.

Ⅴ. 이음표〔連結符〕

1. 줄표 (―)

이미 말한 내용을 다른 말로 부연하거나 보충함을 나타낸다.

(1) 문장 중간에 앞의 내용에 대해 부연하는 말이 끼여들 때 쓴다.

　　　그 신동은 네 살에 ― 보통 아이 같으면 천자문도 모를 나이에 ― 벌써 시를 지었다.

(2) 앞의 말을 정정 또는 변명하는 말이 이어질 때 쓴다.

　　　어머님께 말했다가 ― 아니, 말씀드렸다가 ― 꾸중만 들었다.
　　　이건 내 것이니까 ― 아니, 내가 처음 발견한 것이니까 ― 절대로 양보할 수가 없다.

2. 붙임표(-)

(1) 사전, 논문 등에서 합성어를 나타낼 적에, 또는 접사나 어미임을
나타낼 적에 쓴다.

겨울 - 나그네 　　　　불 - 구경 　　　　손 - 발
휘 - 날리다 　　　　슬기 - 롭다 　　　　- (으)ㄹ걸

(2) 외래어와 고유어 또는 한자어가 결합되는 경우에 쓴다.

나일론 - 실 　　　　디 - 장조 　　　　빛 - 에너지 　　　　염화 - 칼륨

3. 물결표(~)

(1) '내지'라는 뜻에 쓴다.

9월 15일 ~ 9월 25일

(2) 어떤 말의 앞이나 뒤에 들어갈 말 대신 쓴다.

새마을: 　　~ 운동 　　　　~ 노래
- 가(家): 음악~ 　　　　미술~

<h2 align="center">Ⅵ. 드러냄표〔顯在符〕</h2>

1. 드러냄표(˙, ˚)

·이나 ˚을 가로쓰기에는 글자 위에, 세로쓰기에는 글자 오른쪽에 쓴다.
문장 내용 중에서 주의가 미쳐야 할 곳이나 중요한 부분을 특별히 드러내
보일 때 쓴다.

한글의 본 이름은 훈민정음이다.

중요한 것은 왜 사느냐가 아니라 어떻게 사느냐 하는 문제이다.

〔붙임〕 가로쓰기에서는 밑줄(__, ------)을 치기도 한다.

다음 보기에서 명사가 <u>아닌</u> 것은?

Ⅶ. 안드러냄표〔潛在符〕

1. 숨김표(××, ○○)

알면서도 고의로 드러내지 않음을 나타낸다.

(1) 금기어나 공공연히 쓰기 어려운 비속어의 경우, 그 글자의 수효만큼 쓴다.

배운 사람 입에서 어찌 ○○○란 말이 나올 수 있느냐?
그 말을 듣는 순간 ×××란 말이 목구멍까지 치밀었다.

(2) 비밀을 유지할 사항일 경우, 그 글자의 수효만큼 쓴다.

육군 ○○ 부대 ○○○ 명이 작전에 참가하였다.
그 모임의 참석자는 김×× 씨, 정×× 씨 등 5 명이었다.

2. 빠짐표(□)

글자의 자리를 비워 둠을 나타낸다.

(1) 옛 비문이나 서적 등에서 글자가 분명하지 않을 때에 그 글자의

수효만큼 쓴다.

　　大師爲法主□□賴之大□薦 (옛 비문)

(2) 글자가 들어가야 할 자리를 나타낼 때 쓴다.

　　훈민정음의 초성 중에서 아음(牙音)은 □□□의 석 자다.

3. 줄임표(……)

(1) 할 말을 줄였을 때에 쓴다.

　　"어디 나하고 한번……."
　　하고 철수가 나섰다.

(2) 말이 없음을 나타낼 때에 쓴다.

　　"빨리 말해 !"
　　"……."